W9-ABG-992

kathy reichs el beso de la muerte

Planeta Internacional

kathy reichs

el beso de la muerte

Traducción de Gerardo di Masso

Planeta

Título original: Deadly Décisions

© Temperance Brennan, L. P., 2000
    Publicado de acuerdo con el editor original Scribner, un sello de Simon & Schuster,
    Inc., Nueva York
© por la traducción, Gerardo di Masso, 2001
© Editorial Planeta, S. A., 2001
    Còrsega, 273-279, 08008 Barcelona (España)
Diseño de la sobrecubierta: CSA
Ilustración de la sobrecubierta: © Gary Faye/Photonica
Primera edición: setiembre de 2001
Depósito Legal: B. 31.225-2001
ISBN 84-08-03812-5
ISBN 0-684-85971-8 editor Scribner, Nueva York, edición original
Composición: Fort, S. A.
Impresión: A&M Gràfic, S. L.
Encuadernación: Argraf Encuadernación, S. L.
Printed in Spain - Impreso en España

Dedicado con amor a la Pandilla de Carolina Beach

AGRADECIMIENTOS

Para escribir *El beso de la muerte* conté con la ayuda desinteresada de mucha gente y, en este sentido, fueron particularmente pacientes mis colegas que trabajan en ciencias forenses y en la aplicación de la ley. Merece un agradecimiento especial el sargento Guy Ouelette, de la División de la Unidad del Crimen Organizado, Sûreté de Quebec, y el capitán Steven Chabot, el sargento Yves Trudel, el cabo Jacques Morin y el comisario Jean Ratté, de la Operación Carcajou en Montreal.

En la Communauté Urbaine de la Policía de Montreal, el teniente-detective Jean-François Martin, de la División de Crímenes Mayores; la sargento-detective Johanne Bérubé, de la División de Agresiones Sexuales, y el comandante André Bouchard, Moral, Alcohol y Estupefacientes, del Centro de Operaciones Sur, mostraron una infinita paciencia al responder a mis preguntas y explicarme el funcionamiento de las diferentes unidades policiales. En este sentido, merece un especial agradecimiento el sargento-detective Stephen Rudman, supervisor del Departamento de Análisis y Enlace, del Centro de Operaciones Sur, quien contestó a mis preguntas, me suministró planos y mapas y me obsequió con una visita guiada por los calabozos.

En cuanto a mis colegas del Laboratorio de Ciencias Jurídicas y Medicina Legal debo agradecer al doctor Claude Pothel sus valiosos comentarios sobre patología, y a François Julien, del Departamento de Biología, su demostración del modelo de mancha de sangre. Pat Laturnus, analista de modelos de manchas de sangre en el Canadian Police College de Ottawa, también me ayudó con su vasta experiencia en este campo y me facilitó varias fotos para la ilustración de la cubierta.

En Carolina del Norte, me gustaría dejar constancia de mi agradecimiento al capitán Terry Sult, de la Unidad de Inteligencia del Departamento de Policía de Charlotte-Mecklenburg; a Roger Thompson, director del Laboratorio de Criminología del Departamento de Policía de Charlotte-Mecklenburg; a Pam Stephenson, analista jefe, Servicios de Inteligencia y Tecnología, del Departamento de Investigaciones del Estado de Carolina del Norte; a Gretchen C. F. Shappert, de la Oficina del Fiscal General de Estados Unidos, y al doctor Norman J. Kramer, del Grupo Médico de Mecklenburg.

Otras personas que pusieron a mi disposición su tiempo y conocimientos son el doctor G. Clark Davenport, geofísico en NecroSearch International; el doctor Wayne Lord, Centro Nacional para el Análisis de Crímenes Violentos, de la Academia del FBI, Quantico, Virginia, y Victor Svoboda, director de comunicación del Instituto Neurológico de Montreal y el Hospital Neurológico de Montreal. El doctor David Taub fue mi gurú de la Harley-Davidson.

Estoy en deuda con Yves St. Marie, director del Laboratorio de Ciencias Jurídicas y Medicina Legal; con el doctor André Lauzon, jefe del Laboratorio de Medicina Legal, y con el doctor James Woodward, decano de la Universidad de Carolina del Norte en Charlotte, por su incesante apoyo.

También Paul Reichs merece un agradecimiento especial por sus valiosos comentarios durante la redacción del manuscrito.

Y, como siempre, quiero expresar mi agradecimiento a mis extraordinarios editores, Susanne Kirk en Scribner, y Lynne Drew en Random House, y a mi maravillosa agente, Jennifer Rudolph Walsh.

Aunque los consejos de los expertos citados contribuyeron a mejorar notablemente el texto, cualquier error que pueda haber en este libro es de mi exclusiva responsabilidad.

1

Su nombre era Emily Anne. Tenía nueve años, rizos negros, largas pestañas y la piel de color caramelo. En las orejas llevaba unos diminutos pendientes de oro. En la frente presentaba dos orificios de bala producidos por una pistola Cobra 9 mm semiautomática.

Era sábado y yo estaba trabajando por expreso requerimiento de mi jefe, Pierre LaManche. Llevaba alrededor de cuatro horas en el laboratorio, clasificando unos tejidos destrozados, cuando la puerta de la amplia sala de autopsias se abrió y el sargento-detective Luc Claudel se dirigió hacia mí a grandes zancadas.

Claudel y yo habíamos trabajado juntos en el pasado, y aunque él había llegado a tolerarme, tal vez incluso a apreciarme, nadie lo hubiese deducido por sus bruscos modales.

—¿Dónde está LaManche? —preguntó, echando un vistazo a la camilla que había ante mí y luego apartando rápidamente la mirada.

No contesté. Cuando Claudel tenía uno de esos días, yo lo ignoraba.

—¿Ha llegado el doctor LaManche?

El detective evitaba mirar mis guantes cubiertos de porquería.

—Es sábado, monsieur Claudel. Él no tra…

En ese momento, Michel Charbonneau asomó la cabeza por la puerta. A través de la abertura alcancé a oír el zumbido y el golpe seco de la puerta eléctrica en la parte posterior del edificio.

—*Le cadavre est arrivé* —informó Charbonneau a su compañero.

¿Qué cadáver? ¿Por qué había dos detectives de homicidios en la morgue un sábado por la tarde?

Charbonneau me saludó en inglés. Era un hombre corpulento, y el pelo corto y erizado le daba el aspecto de un puerco espín.

—¿Qué hay, doctora?

—¿Qué ocurre? —pregunté, quitándome los guantes sucios y apartando la mascarilla que me cubría la mitad de la cara.

Claudel se encargó de responder, con el rostro tenso y los ojos tristes bajo la dura luz de los fluorescentes.

—El doctor LaManche no tardará en llegar. Él se lo explicará.

Tenía la frente cubierta de sudor y la boca era una línea fina y apretada. Claudel detestaba las autopsias y evitaba pisar la morgue siempre que podía. Sin decir nada más, abrió la puerta de par en par y pasó rápidamente junto a su compañero. Charbonneau lo siguió con la mirada a lo largo del corredor y luego se volvió hacia mí.

—Esto es muy duro para él. Tiene niños.

—¿Niños?

Una sensación de frío me invadió el pecho.

—Los Idólatras atacaron esta mañana. ¿Ha oído hablar de Richard Marcotte?

El nombre me resultaba vagamente familiar.

—Tal vez lo conozca como *Araignée*, «Araña». —Curvó los dedos como un niño que recitara el poema del torbellino—. Un tío genial. Y uno de los oficiales elegidos de las bandas de motoristas proscritos. Araña era el oficial de orden de los Serpientes, pero hoy tuvo un día realmente malo. Esta mañana, sobre las ocho, cuando salía de su casa para ir al gimnasio, los Idólatras le dispararon desde un coche en marcha mientras su amiguita se zambullía en unos arbustos de lilas para protegerse.

Charbonneau se pasó una mano por el pelo y tragó con dificultad.

Esperé.

—En el tiroteo también mataron a una niña.

—Santo Dios.

Mis dedos se tensaron alrededor de los guantes de látex.

—Una niña pequeña. La llevaron al Hospital Infantil de Montreal, pero no lo consiguió. Ahora la traen aquí. Marcotte ingresó cadáver. Está fuera.

—¿LaManche también viene?

Charbonneau asintió.

Cuando están de guardia, los cinco patólogos que trabajan en el laboratorio se turnan para el servicio. Raramente sucede, pero si es necesario practicar una autopsia fuera de hora o acudir a la escena de un crimen, siempre hay alguien disponible. Hoy ese alguien era LaManche.

Una niña. Podía sentir las emociones que comenzaban a atenazarme el pecho y la garganta y necesitaba salir de allí.

Mi reloj marcaba las 12.40. Me arranqué el delantal de plástico, hice un ovillo junto con la mascarilla y los guantes y arrojé todo dentro de un contenedor de residuos biológicos. Luego me lavé las manos y cogí el ascensor hasta la planta doce.

No sé cuánto tiempo permanecí sentada en mi despacho, con la vista clavada en el río San Lorenzo e ignorando mi yogur. En un momento dado creí escuchar el ruido de la puerta del despacho de LaManche; luego, el fugaz zumbido de las puertas de seguridad de cristal que separaban las secciones de nuestra ala del edificio.

Como antropóloga forense había conseguido desarrollar cierta inmunidad ante las muertes violentas. Desde que el examinador médico me consulta para obtener información de los huesos de las personas quemadas, mutiladas o descompuestas, he visto lo peor. Mis lugares de trabajo son el depósito de cadáveres y la sala de autopsias, de modo que sé perfectamente qué aspecto tiene un cadáver y cómo huele, cuál es su tacto cuando se lo manipula o se lo secciona con un escalpelo. Estoy acostumbrada a las prendas empapadas de sangre secándose en una percha, al ruido que hace una sierra Stryker al cortar un hueso, a la visión de los órganos flotando en frascos asépticos provistos de una etiqueta con un número.

Pero siempre me ha perturbado la visión de los niños muertos. El bebé golpeado, el crío apaleado, el niño desnutrido hasta la anorexia de los fanáticos religiosos, la víctima púber de un pedófilo violento. La violación de los jóvenes inocentes nunca ha dejado de provocar en mí una sensación de angustia y horror.

No hacía mucho tiempo había estado trabajando en un caso en el que estaban implicados dos niños, dos gemelos varones que habían sido asesinados y mutilados. Había sido uno de los momentos más difíciles de mi carrera y no quería volver a montar en ese tiovivo emocional.

11

Pero ese caso también había sido un motivo de satisfacción. Cuando supe que el fanático responsable de aquella carnicería fue encerrado y ya no pudo ordenar más ejecuciones, experimenté una auténtica sensación de haber conseguido algo realmente bueno.

Quité la tapa del yogur y lo removí con una cucharilla.

Las imágenes de aquellos niños revoloteaban en mi cabeza. Recordaba mis sensaciones en la morgue aquel día, escenas de cuando mi hija era pequeña.

Santo Dios, ¿por qué semejante locura? Los hombres mutilados que había dejado abajo también habían muerto como consecuencia de la guerra entre bandas de motoristas.

No debes desalentarte, Brennan. Debes estar furiosa. Fría y decididamente furiosa. Luego aplica tus conocimientos para ayudar a atrapar a esos cabrones.

—Sí —acordé conmigo misma en voz alta.

Acabé el yogur, bebí el resto del café y regresé a la planta inferior.

Charbonneau estaba en la antesala de uno de los pequeños cuartos de autopsias, repasando las hojas de una libreta con espiral. Su voluminoso cuerpo desbordaba la silla de vinilo al otro lado del escritorio. Claudel no estaba a la vista.

—¿Cómo se llama? —pregunté.

—Emily Anne Toussaint. Iba camino de su clase de danza.

—¿Adónde?

—Verdún. —Señaló con la cabeza hacia la habitación contigua y añadió—: LaManche ha comenzado a trabajar.

Pasé junto al detective y entré en la sala de autopsias.

Un fotógrafo estaba tomando fotografías mientras el patólogo completaba sus notas y las complementaba con instantáneas en Polaroid.

Observé a LaManche mientras cogía la cámara por sus asas laterales y luego la alzaba y la bajaba sobre el cuerpo inmóvil. Mientras el objetivo entraba y salía de foco, un pequeño punto se empañó para luego condensarse sobre una de las heridas en la frente de la niña. Cuando el perímetro del punto se volvió irregular, LaManche oprimió el seguro del obturador. Un cuadrado blanco se deslizó de la cámara y LaManche lo añadió a la colección que había extendido en la mesa lateral.

El cuerpo de Emily Anne mostraba las evidencias de los ingentes esfuerzos realizados para salvarle la vida. La cabeza estaba parcialmente vendada, pero podía verse un tubo transparente que sobresalía del cuero cabelludo, insertado para controlar la presión intracraneal. Un tubo endotraqueal desaparecía a través de la garganta y continuaba por la tráquea y el esófago para llevar oxígeno a los pulmones y bloquear la regurgitación procedente del estómago. Los catéteres de transfusión intravenosa seguían unidos a sus vasos subclavios, inguinales y femorales, y los parches blancos redondos de los electrodos del electrocardiograma aún estaban adheridos al pecho.

Había sido una intervención desesperada, casi como un asalto. Cerré los ojos y sentí que las lágrimas me quemaban el interior de los párpados.

Hice un esfuerzo para mirar nuevamente aquel pequeño cuerpo sin vida. Emily Anne no llevaba más que un delgado brazalete de plástico del hospital. Junto a ella había una bata de hospital verde pálido, un montón de ropa, una mochila rosa y un par de zapatillas rojas.

La intensa luz blanca de los fluorescentes. El acero y los azulejos brillantes. Los instrumentos quirúrgicos fríos y estériles. Aquella niña no pertenecía a ese lugar.

Cuando alcé la vista, los ojos tristes de LaManche se encontraron con los míos. Aunque ninguno de los dos dijo nada acerca del cuerpo que yacía sobre la superficie de acero inoxidable, yo sabía lo que estaba pensando. Otro niño. Otra autopsia en esa misma habitación.

Después de reprimir con esfuerzo mis emociones, describí los progresos que estaba haciendo con mis propios casos, montando los cadáveres de los motoristas que habían sido despedazados por su propia locura, y le pregunté cuándo estarían disponibles los historiales médicos. LaManche me dijo que ya los había pedido y que deberían llegar el lunes.

Le agradecí la información y me marché a reanudar mi siniestra tarea. Mientras clasificaba los tejidos, recordé la conversación que había mantenido el día anterior con LaManche y deseé con toda mi alma seguir todavía en los bosques de Virginia. ¿Sólo había pasado un día desde que LaManche me había llamado allí? Entonces Emily Anne aún estaba viva.

En veinticuatro horas pueden cambiar muchas cosas.

2

El día anterior yo había estado en Quantico dirigiendo un taller de recuperación de cadáveres en la Academia del FBI. Mi equipo de técnicos de recolección de pruebas estaba desenterrando y analizando un esqueleto cuando vi que un agente especial se acercaba a nosotros a través de los árboles. Me informó de que un tal doctor LaManche quería hablar conmigo urgentemente. Dejé a mi equipo trabajando y salí del bosque con una sensación de inquietud en el pecho.

Mientras desandaba el camino hacia la carretera, pensé en LaManche y en las noticias que podría traerme su llamada. Había comenzado a trabajar como consultora del Laboratorio de Ciencias Jurídicas y Medicina Legal después de haberme trasladado a Montreal a principios de los noventa como parte de un intercambio universitario entre McGill y mi universidad natal en Charlotte. LaManche, sabiendo que yo estaba avalada por el Consejo Norteamericano de Antropología Forense, había sentido curiosidad ante la posibilidad de que pudiera serle útil en su trabajo.

La provincia de Quebec dispone de un sistema de forenses centralizado, con sofisticados laboratorios criminales y médico-legales, pero no cuenta con ningún antropólogo forense avalado por un consejo. Entonces, como ahora, yo trabajaba como consultora de la Oficina del Examinador Médico Jefe en Carolina del Norte, y LaManche solicitó mis servicios para el Laboratorio de Ciencias Jurídicas y Medicina Legal. El ministerio creó un laboratorio de antropología y yo me sumergí en un curso intensivo de lengua francesa. Durante más de una década, los cadáveres reducidos a esqueletos, descompuestos, momificados, quemados o mutilados de la provincia de Quebec han pasado por mis manos para ser analizados e identificados. Cuando una autopsia convencional es inútil, desmenuzo todo el material de que dispongo a partir de los huesos.

LaManche raramente me había dejado un mensaje con el añadido de urgente. Cuando lo había hecho, nunca había sido nada bueno.

En pocos minutos llegué a una camioneta aparcada a un costado de un camino de grava. Me solté el pelo y me pasé los dedos por el cuero cabelludo.

No había ningún ácaro.

Después de colocarme el broche y asegurarlo nuevamente formando una coleta, saqué mi mochila de la parte trasera de la camioneta y busqué el teléfono móvil. La pequeña pantalla me reveló que tenía tres mensajes. Comprobé la lista de números. Los tres pertenecían al laboratorio.

Intenté llamar pero la señal se perdía por momentos. Por esa razón había dejado el teléfono en la camioneta. Maldición. Aunque mi francés se había vuelto fluido en los últimos diez años, a menudo el ruido de fondo y las conexiones defectuosas me causaban problemas. Entre el intercambio idiomático y la debilidad de la señal, jamás había podido recibir un mensaje claro en ese teléfono. Tenía que regresar caminando al cuartel general.

Me quité el mono Tyvek y lo arrojé dentro de una caja en la parte trasera de la camioneta. Luego eché a andar colina abajo con la mochila colgando del hombro.

En el ciclo, por encima de las altas copas de los árboles, un halcón sobrevolaba su presa. El cielo era de un azul brillante, con unas pocas nubes algodonosas repartidas al azar y llevadas ociosamente por el viento. El curso se impartía normalmente en mayo, y nos preocupaba que el hecho de convocarlo este año en abril pudiese coincidir con lluvias intensas o un descenso de las temperaturas. Nada de eso. El mercurio rondaba los veinte grados en los termómetros.

Mientras caminaba era consciente de los sonidos que había a mi alrededor. Mis botas pisando la grava del camino. El canto de los pájaros. El ruido intermitente y seco de la hélice del helicóptero encima de mi cabeza. Los disparos en la lejanía. El FBI comparte las instalaciones de Quantico con otras agencias de policía federales y con el Cuerpo de Marines, y la actividad es constante y muy intensa.

15

El camino de grava terminaba en la cinta de asfalto en Hogan's Alley, justo debajo de la plaza urbana simulada que utilizaban el FBI, la DEA, la ATF y otras agencias. Me alejé hacia la izquierda para evitar inmiscuirme en un ejercicio de rescate de rehenes y giré a la derecha colina abajo por Hoover Road en dirección al módulo más próximo de un complejo de hormigón gris y marrón con antenas que surgían desde los techos más altos como nuevos brotes en un viejo seto. Después de atravesar una pequeña zona de aparcamiento que comunicaba con el Centro de Investigación y Formación de Ciencias Forenses, pulsé un timbre en la zona de carga.

Una puerta lateral se abrió y dejó entrever la cara de un hombre. Aunque era joven, su cabeza estaba completamente calva y daba la impresión de que llevaba así bastante tiempo.

—¿Ha acabado temprano?

—No. Necesito llamar a mi laboratorio.

—Puede usar mi oficina.

—Gracias, Craig. Sólo será un minuto. Espero.

—Estoy comprobando unos equipos, de modo que no tenga prisa.

A menudo se compara la academia con una jaula de hámsters debido al laberinto que forman los túneles y los corredores que conectan los diferentes edificios. Pero las plantas superiores no son nada comparadas con el laberinto inferior.

Craig y yo atravesamos serpenteando una zona llena de embalajes de madera y cajas de cartón, viejos monitores de ordenador y baúles metálicos con piezas de equipamiento, recorrimos un corredor y luego otros dos hasta llegar a una oficina apenas lo bastante grande para alojar un escritorio, una silla, un archivador y una estantería. Craig Beacham trabajaba para el Centro Nacional para el Análisis de Crímenes Violentos (NCAVC), uno de los componentes principales del Grupo de Respuesta a Incidentes Críticos del FBI (CIRG). Durante algún tiempo había tenido el nombre de Unidad de Asesinos en Serie y Secuestro de Niños (CASKU), pero recientemente había recuperado su nombre original. Puesto que la formación y entrenamiento de los técnicos en recuperación de pruebas, o ERT, es una de las funciones del NCAVC, es esta unidad la que organiza el curso anual.

Cuando se trata con el FBI, uno debe ser un experto en siglas.

16

Craig recogió unas carpetas de su escritorio y las guardó en el archivador.

—Al menos le dejará algo de espacio para tomar notas. ¿Quiere que cierre la puerta?

—No, gracias. Así está bien.

Mi anfitrión hizo un leve gesto con la cabeza y luego desapareció nuevamente en el corredor.

Respiré profundamente, cambié mentalmente al francés y marqué el número.

—*Bonjour, Temperance.* —Sólo LaManche y el sacerdote que me bautizó utilizaban la versión formal de mi nombre. El resto del mundo me llama simplemente Tempe—. *Comment ça va?*

Le dije que estaba bien.

—Gracias por llamarme. Me temo que aquí tenemos una situación horrible y necesitaré su ayuda.

—*Oui?* —¿Horrible? LaManche no era un hombre proclive a las exageraciones.

—*Les motards.* Han muerto otros dos.

Les motards. Motoristas. Durante más de una década, las bandas de motoristas se habían disputado el tráfico de drogas en Quebec. Yo había trabajado en varios casos de *motards,* víctimas de disparos que también habían sido quemados hasta quedar irreconocibles.

—*Oui?*

—Hasta ahora es lo que la policía ha conseguido reconstruir. Anoche tres miembros de los Idólatras decidieron visitar el cuartel general de los Serpientes, llevando con ellos una poderosa bomba casera. El Serpiente que estaba a cargo de las cámaras de vigilancia descubrió a una pareja que se acercaba con un paquete sospechoso. Abrió fuego y la bomba estalló. —LaManche hizo una pausa—. El conductor está ingresado en el hospital y su estado es crítico. En cuanto a los otros dos, el fragmento de tejido más grande que pudo recuperarse pesa cuatro kilos.

Hostia.

—Temperance, he tratado de ponerme en contacto con el comisario Martin Quickwater. Se encuentra en Quantico, pero ha estado todo el día en una reunión dedicada a la revisión de casos.

—¿Quickwater?

No se trataba de un apellido típicamente quebequés.

—Es nativo. *Cri*, me parece.

—¿Está con Carcajou?

La Operación Carcajou es una fuerza de tareas multijuris-diccional creada para investigar las actividades criminales entre las bandas de motoristas fuera de la ley que operan en la provincia.

—*Oui*.

—¿Qué quiere que haga?

—Por favor, transmítale al comisario Quickwater lo que acabo de decirle y que se ponga en contacto conmigo. Luego me gustaría que regresara lo antes posible. Es probable que tengamos dificultades con estas identificaciones.

—¿Han podido recuperar huellas dactilares o fragmentos dentales?

—No. Y seguramente no lo consigan.

—¿ADN?

—También puede haber problemas en ese aspecto. La situación es complicada y preferiría no discutirla por teléfono. ¿Es posible que regrese antes de lo previsto?

Siguiendo mi calendario normal, yo había acabado mi período académico de primavera en la UNC-Charlotte a tiempo para impartir el curso en el FBI. Ahora sólo tenía que leer los exámenes finales. Mis planes incluían pasar unos días con unos amigos en Washington D. C. antes de volar a Montreal a pasar el verano. Esa visita tendría que esperar.

—Llegaré mañana.

—*Merci*.

LaManche continuó hablando en su muy preciso francés y la tristeza o el cansancio contribuían a que el rico timbre de su voz de barítono fuese más profundo.

—Esto no pinta nada bien, Temperance. Los Idólatras se vengarán, de eso no cabe duda. Luego, los Serpientes se encargarán de derramar más sangre. —Oí cómo inspiraba profundamente y cómo exhalaba luego el aire muy despacio—. Me temo que la situación está experimentando una escalada a guerra total en la que pueden morir muchos inocentes.

Después de hablar con LaManche llamé a US Airways e hice una reserva para un vuelo de la mañana. Mientras colgaba el auricular, Craig Beacham apareció en el vano de la puerta. Le expliqué el asunto de Quickwater.

—¿El comisario?

—Es de la RCMP, Real Policía Montada del Canadá. O de la GRC, si lo prefiere en francés. Gendarmería Real del Canadá.

—Hum.

Craig pulsó un número y preguntó por el comisario Quickwater. Después de hacer una pausa, apuntó algo en un papel y colgó.

—El tío que busca se encuentra asistiendo a una importante sesión de revisión de casos en una de las salas de conferencia de este edificio. —Me entregó el número que había apuntado y luego me dio algunas instrucciones—. Sólo tiene que entrar y buscar un asiento. Es probable que hagan un descanso a las tres.

Le agradecí la información y recorrí los diferentes pasillos hasta dar con la sala de conferencias. Unas voces apagadas llegaban a través de las puertas cerradas.

Mi reloj marcaba las dos y veinte. Hice girar el picaporte y me deslicé en el interior de la sala.

Estaba totalmente a oscuras, excepto por el haz de luz de un proyector de diapositivas y el brillo adamascado de una de las transparencias iluminadas. Alcancé a vislumbrar media docena de figuras sentadas alrededor de una mesa situada en el centro de la habitación. Algunas cabezas se volvieron en mi dirección mientras yo me instalaba en una silla junto a una de las paredes laterales. La mayoría de los ojos permanecieron fijos en la pantalla.

Durante la siguiente media hora vi cómo la premonición de LaManche cobraba vida con detalles realmente espantosos. Una casa hecha pedazos por una explosión, tejidos esparcidos en las paredes, trozos de cuerpos sobre el cuidado césped del parque. El torso de una mujer, un rostro convertido en una máscara roja, huesos craneales abiertos por el impacto de los proyectiles disparados con una escopeta. El chasis ennegrecido de un deportivo, una mano calcinada colgando de una de las ventanillas traseras.

Un hombre sentado a la derecha del proyector hacía comentarios acerca de las guerras de bandas de motoristas en Chicago mientras pasaba las diapositivas. La voz me resultaba vagamente familiar, pero no alcanzaba a identificar sus rasgos.

Más disparos. Explosiones. Navajazos. De vez en cuando miraba las siluetas que estaban sentadas a la mesa. Sólo una no llevaba el pelo pegado al cráneo.

Finalmente, la pantalla quedó en blanco. El proyector zumbaba y las motas de polvo flotaban en su haz de luz. Las sillas chirriaron cuando sus ocupantes se estiraron mientras se volvían unos hacia otros.

El orador se levantó y se acercó a la pared. Cuando se encendieron las luces pude reconocerlo como el agente especial Frank Tulio, un graduado del curso de recuperación de pruebas de hacía algunos años. Me vio y una sonrisa se dibujó en su rostro.

—Tempe. ¿Cómo estás?

Todo en Frank era preciso, exacto, desde su pelo gris cortado a navaja hasta su cuerpo compacto y sus inmaculados zapatos italianos. A diferencia del resto de nosotros, a lo largo de los ejercicios con cadáveres y bichos, Frank siempre se había mantenido impecable, impasible.

—No puedo quejarme. ¿Sigues en la oficina de Chicago?

—Hasta el año pasado. Ahora estoy aquí, asignado al CIRG.

Todas las miradas convergían en nosotros y, de pronto, fui consciente de mi estado de desaliño y del aspecto de mi peinado. Frank se volvió hacia sus colegas.

—¿Todos conocen a la gran doctora de los huesos?

Mientras Frank hacía las presentaciones de rigor, las personas sentadas alrededor de la mesa sonreían y asentían. A algunas pude reconocerlas, a otras no. Una o dos de ellas hicieron bromas acerca de algunos episodios del pasado en los que yo había intervenido.

Dos de los presentes no estaban asociados a la academia. La cabeza con cabellera que había detectado en la oscuridad pertenecía a Kate Brophy, supervisora de la Unidad de Inteligencia de la oficina del Departamento Estatal de Investigación (SBI) de Carolina del Norte. Kate había sido la experta del SBI en bandas de motoristas desde que yo tenía memoria. Nos habíamos conocido a principios de los ochenta cuando los Proscritos y los Ángeles del Infierno libraban una guerra en las dos Carolinas. Yo había identificado a dos de las víctimas.

En el extremo de la mesa, una mujer joven tecleaba en lo que parecía ser un estenotipo. Junto a ella estaba Martin Quickwater, sentado delante de un ordenador portátil. Su rostro era ancho, de pómulos altos y cejas que formaban un ángulo en los extremos. Tenía la piel del color del ladrillo cocido.

—Estoy seguro de que vosotros dos ya os conocéis —dijo Frank.

—En realidad, no nos conocemos —dije—. Pero es la razón por la que me encuentro aquí. Tengo que hablar con el comisario Quickwater.

Quickwater me concedió cinco segundos de atención aproximadamente y luego volvió a concentrarse en la pantalla de su ordenador.

—Buena coordinación. Estamos listos para hacer un descanso. —Frank echó un vistazo a su reloj y luego regresó a apagar el proyector—. Vayamos en busca de un poco de cafeína y volvamos a reunirnos a las tres y media.

Mientras los agentes pasaban a mi lado, uno de los miembros del NCAVC hizo un gesto exagerado formando una especie de visor con los dedos para mirarme a través de ellos. Hacía diez años que éramos amigos y sabía lo que me esperaba.

—Me alegra verte, Brennan. ¿Has llegado a un acuerdo con tu jardinero? ¿Cortarte el pelo y los setos por el mismo precio?

—Algunos de nosotros trabajamos en serio, agente Stoneham.

Y continuó su camino hacia la salida mientras sonreía.

Cuando sólo quedamos Quickwater y yo en la sala, sonreí y comencé a presentarme de un modo más formal.

—Sé quién es usted —dijo Quickwater en un inglés con un ligero acento.

Su brusquedad me sorprendió y tuve que hacer un esfuerzo para no responderle con la misma falta de cortesía. Tal vez el hecho de estar sudada y con el pelo revuelto me había vuelto susceptible.

Cuando le expliqué que LaManche había estado tratando de ponerse en contacto con él, Quickwater cogió el busca de su cinturón y comprobó la pantalla; luego lo golpeó levemente contra la palma de la mano. Sacudió la cabeza, soltó un suspiro y volvió a ajustar el artilugio en el cinturón.

—Pilas —dijo.

El comisario me miraba fijamente mientras yo le repetía lo que había dicho LaManche. Sus ojos eran de un marrón tan oscuro que resultaba imposible discernir un límite entre el iris y la pupila. Cuando hube terminado de darle el recado, él asintió con la cabeza, luego se volvió y abandonó la sala.

Me quedé inmóvil un instante, preguntándome por la extraña conducta de aquel hombre. No sólo tenía que volver a unir a dos motoristas vaporizados, ahora tenía como compañero al comisario Simpático.

Cogí mi mochila y regresé al bosque.

No hay problema, señor Quickwater. He roído huesos más duros que usted.

3

En el viaje de regreso a Montreal no hubo mayores novedades, excepto por un abierto *desaire* de Martin Quickwater. Aunque estábamos en el mismo vuelo, no me dirigió la palabra en ningún momento y tampoco se trasladó a ninguno de los asientos vacíos que había en mi fila. Nos saludamos con un leve movimiento de cabeza en el aeropuerto Washington-Reagan y nuevamente mientras esperábamos en la cola de control de equipajes en el aeropuerto Dorval de Montreal. Su indiferencia resultó un alivio para mí. No quería saber nada de aquel hombre.

Cogí un taxi hasta mi casa en Centre-ville, saqué mis cosas de las maletas y me preparé un burrito congelado. Mi viejo Mazda se puso en marcha al tercer intento y me dirigí hacia el distrito este de la ciudad.

Durante décadas, el laboratorio forense había estado ubicado en la quinta planta de una estructura conocida como el edificio SQ. La policía provincial, o Sûreté du Québec, ocupaba el resto de las plantas, excepto por mi despacho y un centro de detención en la doce y trece, respectivamente. La morgue y las salas de autopsia estaban en el sótano.

Recientemente, el gobierno de Quebec se gastó millones de dólares para renovar el edificio. Los calabozos se instalaron en otras dependencias y los laboratorios criminales y médico-legales se encuentran ahora distribuidos en las dos últimas plantas. Desde que se realizó el traslado han pasado ya varios meses pero aún no podía creerme el cambio. Mi nuevo despacho tenía una vista espectacular del San Lorenzo y mi laboratorio era de primera clase.

A las tres y media de un viernes, el bullicio normal de un día laborable comenzaba a atenuarse. Las puertas comenzaban a cerrarse una a una, y el ejército de científicos y técnicos de laboratorio reducía progresivamente sus efectivos.

Abrí la puerta del despacho y colgué la chaqueta en el perchero de madera. Sobre el escritorio había tres formularios blancos. Escogí el que llevaba la firma de LaManche.

La *«Demande d'Expertise en Anthropologie»* es a menudo mi primera introducción a un caso. El documento, cumplimentado por el patólogo solicitante, suministra una serie de datos fundamentales para seguir la pista a un archivo.

Mis ojos recorrieron la columna de la derecha. Número del laboratorio. Número de la morgue. Número de la incidencia policial. Clínico y eficiente. El cuerpo es clasificado y archivado hasta que las ruedas de la justicia hayan seguido su curso.

Cambié a la columna de la izquierda. Patólogo. Forense. Oficial a cargo de la investigación. La muerte violenta es la intrusión final y aquellos que la investigan son los últimos mirones. Aunque yo también participo, nunca me siento cómoda con la indiferencia con la que el sistema trata a los muertos y enfoca la investigación criminal. Si bien se vuelve imprescindible cierto distanciamiento para mantener el equilibrio emocional, siempre tengo la sensación de que la víctima se merece algo más apasionado, más personal.

Examiné el resumen de los hechos conocidos. Difería del relato que LaManche me había hecho por teléfono en un único aspecto. Hasta la fecha se habían conseguido recuperar doscientos quince restos de carne y hueso. El resto más grande pesaba cinco kilos.

Ignoré los demás formularios y un montón de mensajes telefónicos, y fui en busca del director.

En contadas ocasiones había visto a Pierre LaManche vistiendo otra cosa que no fuese la bata blanca de laboratorio o la verde de quirófano. No podía imaginarlo riendo o llevando una camisa a cuadros. Era un hombre triste y amable, y estrictamente tweed. Y el mejor patólogo forense que conocía.

Lo observé a través del rectángulo de cristal que recortaba la puerta de su despacho. Su cuerpo alto y delgado estaba inclinado sobre el escritorio cubierto de papeles, revistas, libros y una pila de archivos de todos los colores primarios. Cuando llamé, alzó la vista y me indicó que entrase.

La habitación, igual que su ocupante, olía ligeramente a tabaco de pipa. LaManche tenía una manera silenciosa de moverse y, en ocasiones, el aroma a tabaco era mi primera pista de su presencia.

—Temperance —acentuaba la última sílaba y la hacía rimar con France—. Le agradezco que haya regresado antes de lo que tenía previsto. Por favor, tome asiento.

Siempre el francés perfecto, jamás una contracción o una palabra de jerga popular.

Nos sentamos a una pequeña mesa que había junto al escritorio. Sobre ella había varios sobres grandes y marrones.

—Sé que es demasiado tarde para comenzar los análisis ahora, ¿pero quizá quiera venir mañana?

Tenía el rostro surcado de arrugas, profundas y verticales. Cuando alzaba las cejas al formular una pregunta, las líneas que corrían paralelas a sus ojos se estiraban y convergían hacia el centro.

—Sí, por supuesto.

—Tal vez quiera comenzar con los rayos X.

Señaló los sobres y luego giró en el sillón en dirección al escritorio.

—Y aquí están las fotografías de la escena del crimen y de la autopsia.

Me entregó varios sobres marrones más pequeños y una cinta de vídeo.

—Los dos motoristas que llevaban la bomba al cuartel de los Serpientes quedaron pulverizados, y sus restos esparcidos en una amplia zona. Gran parte de lo que el equipo de recuperación encuentra está pegado en las paredes y enganchado en los arbustos y las ramas de los árboles. Es asombroso, pero los fragmentos más grandes recuperados hasta ahora proceden del techo del cuartel general de los Serpientes. Un trozo de tórax presenta un tatuaje parcial que nos resultará muy útil para establecer la identidad de su dueño.

—¿Qué hay del conductor del coche?

—Murió esta mañana en el hospital.

—¿Y el tío que disparó?

—Está detenido, pero esta gente nunca nos sirve de mucho. Preferirá que lo metan entre rejas antes que decirle nada a la policía.

—¿Incluso información sobre la banda rival?

—Si abre la boca, es hombre muerto.

—¿Aún no hay huellas dactilares o restos dentales?

—Nada.

LaManche se pasó una mano por la cara, se irguió y hundió los hombros, luego enlazó las manos sobre el regazo.

—Me temo que nunca conseguiremos clasificar todos los tejidos.

—¿No podemos utilizar la prueba del ADN?

—¿Ha oído alguna vez los nombres de Ronald y Donald Vaillancourt?

Negué con la cabeza.

—Los hermanos Vaillancourt, Le Clic y Le Clac. Ambos son miembros de los Idólatras. Hace algunos años, uno de ellos estuvo implicado en la ejecución de Claude *Le Couteau* Dubé. No recuerdo cuál de los dos.

—¿La policía cree que las víctimas de la explosión son los hermanos Vaillancourt?

—Sí.

Sus ojos melancólicos se posaron en los míos.

—Clic y Clac son mellizos idénticos.

Esa tarde, cerca de las siete, examiné todo el material excepto la cinta de vídeo. Con ayuda de una lupa estudié montones de fotografías que mostraban centenares de fragmentos óseos y masas sanguinolentas de diferentes tamaños y formas. En todas las fotos había flechas que señalaban gotas rojas y amarillas sobre la hierba, entre las ramas, y aplastadas contra paredes, cristales rotos, papel alquitranado y metal corrugado.

Los restos habían llegado al depósito de cadáveres en grandes bolsas de plástico negro, cada una de las cuales contenía a su vez una colección de bolsas Ziploc (1). Cada bolsa estaba numerada y albergaba un surtido de trozos corporales, tela, metal y desechos inidentificables. Las fotos de la autopsia incluían desde las bolsas sin abrir hasta instantáneas de los pequeños sacos plásticos agrupados sobre las mesas de autopsia y vistas de su contenido clasificado por categorías.

En las fotografías finales, la carne formaba filas, como la que se ve en el mostrador de un carnicero. Identifiqué trozos de

(1) Bolsas que se utilizan en la práctica forense para proteger herméticamente cualquier resto que pueda servir como evidencia en un hecho criminal. *(N. del t.)*

cráneo, un fragmento de tibia, una cabeza femoral y una porción de cuero cabelludo con una oreja derecha completa. Algunos primeros planos mostraban los bordes dentados de un hueso astillado, otros revelaban pelos, fibras y restos de tela adheridos a la carne. El tatuaje que había mencionado LaManche era claramente visible en un trozo de piel. El dibujo describía tres calaveras, manos huesudas que cubrían los ojos, las orejas y la boca. La ironía era extraordinaria. Ese tío no estaría viendo, oyendo y diciendo absolutamente nada.

Después de haber examinado las fotos y las radiografías, no pude menos que coincidir con LaManche. En las fotografías podía ver muchos huesos y las radiografías revelaban la presencia de más. Eso me permitiría determinar el origen anatómico de algunos tejidos. Pero separar ese amasijo de carne en dos hermanos idénticos sería una ardua tarea.

El proceso de separar los cadáveres mezclados siempre es difícil, especialmente si los restos de ambos se encuentran gravemente dañados o están incompletos. Y este proceso se vuelve infinitamente más difícil cuando los muertos son del mismo género, edad y raza. En una ocasión pasé varias semanas examinando los huesos y la carne descompuesta de varios prostitutos desenterrados de un espacio angosto que había debajo de la casa de su asesino. Todos los muertos eran blancos y adolescentes. La secuencia de ADN había resultado fundamental para determinar quién era quién.

En este caso, ese procedimiento quizá no diese resultado. Si las víctimas eran mellizos monocigóticos, se habían desarrollado a partir de un único huevo. Su ADN sería idéntico.

LaManche estaba en lo cierto. Era improbable que yo fuese capaz de dividir los fragmentos en cuerpos separados y adjudicarle un nombre a cada uno de ellos.

Un súbito ruido gástrico me sugirió que era hora de largarme de allí. Cansada y desalentada, cogí mi bolso, me abroché la chaqueta y me dirigí a la salida del edificio.

Una vez en mi apartamento, la luz intermitente del teléfono me indicó que tenía un mensaje. Extendí sobre la mesa el *sushi* que había comprado de camino a casa, abrí una coca-cola *light* y pulsé el botón.

Mi sobrino Kit estaba viajando en coche de Texas a Vermont en compañía de su padre. Empeñados en fortalecer su vínculo afectivo, los dos venían al norte a pescar lo que fuese que quedase enganchado en un anzuelo en aguas interiores en primavera. Puesto que mi gato prefiere el espacio y la comodidad de una caravana a la eficiencia de los viajes en avión, Kit y Howie habían prometido recogerlo en mi casa de Charlotte y llevarlo a Montreal. El mensaje decía que ellos y *Birdie* llegarían al día siguiente.

Mojé una rodaja de rollo de *maki* en salsa verde y me lo llevé a la boca. Estaba a punto de repetir la operación cuando sonó el timbre. Sorprendida de que alguien llamase a mi puerta a esa hora, fui hasta la pantalla de seguridad.

El monitor mostró a Andrew Ryan apoyado contra la pared en mi vestíbulo. Llevaba tejanos gastados, zapatillas de deporte y una cazadora sobre una camiseta negra. Con su metro ochenta y cinco, ojos azules y rasgos angulosos, parecía una mezcla de Cal Ripkin (2) e Indiana Jones.

Yo parecía Phyllis Diller (3) antes de su conversión.

Genial.

Suspirando, abrí la puerta.

—Hola, Ryan. ¿Qué hay?

—Vi luz y pensé que habías regresado a casa temprano.

Me examinó con la mirada.

—¿Un día duro?

—Lo he pasado viajando y clasificando trozos de carne —dije defensivamente, luego me acomodé el pelo detrás de las orejas—. ¿Quieres pasar?

—No puedo quedarme. —Vi que llevaba el busca y su arma—. Sólo quería preguntarte por tus planes para cenar mañana.

—Mañana me pasaré todo el día examinando los restos de dos víctimas de una explosión, de modo que supongo que estaré un tanto atontada.

—Tendrás que comer en algún momento.

—Tendré que comer.

Apoyó una mano sobre mi hombro y con la otra me apartó un mechón de pelo de la cara.

—Si estás muy cansada, podemos pasar de la cena y sólo relajarnos —dijo en voz baja.

(2)   Cal Ripkin es un famoso jugador de béisbol que actúa en los Orioles de Baltimore. *(N. del t.)*

(3)   Phyllis Diller es una veterana comedianta estadounidense. *(N. del t.)*

—Humm.

—¿Eso amplía nuestros horizontes?

Apartó el pelo y me rozó la oreja con los labios.

Oh, sí.

—De acuerdo, Ryan. Me pondré el liguero de cuero.

—Siempre lo aconsejo.

Lo obsequié con mi mirada de «sí, de acuerdo».

—¿Te apetece comida china?

—Me parece perfecta —dijo, levantando el pelo y haciendo un lazo con él. Luego lo dejó caer y enlazó ambos brazos detrás de mi espalda. Antes de que pudiese protestar me acercó a él y me besó, su lengua jugueteó en los bordes de mis labios y luego se introdujo lentamente en mi boca.

Sus labios eran suaves, su pecho duro contra el mío. Comencé a separarme de él, pero sabía que no era eso lo que deseaba hacer. Solté un suspiro y me relajé mientras mi cuerpo se amoldaba al suyo. Los horrores del día se evaporaron y, en ese momento, me sentí a salvo de la locura de las bombas y los niños asesinados.

Finalmente ambos tuvimos necesidad de respirar.

—¿Estás seguro de que no quieres entrar? —pregunté, retrocediendo y manteniendo la puerta abierta. Mis rodillas parecían hechas de gelatina.

Ryan echó un vistazo a su reloj.

—Estoy seguro de que media hora no supondrá ninguna diferencia.

En ese preciso instante su busca comenzó a sonar. Ryan comprobó el número.

—Mierda.

Mierda.

Volvió a enganchar el busca en la cintura de los tejanos.

—Lo siento —dijo, sonriendo tímidamente—. Sabes muy bien que preferiría...

—Vete. —Sonriendo a mi vez, apoyé ambas palmas en su pecho y lo empujé suavemente hacia el vestíbulo—. Te veré mañana. Siete y media.

—Piensa en mí —dijo, luego se volvió y echó a andar por el corredor.

Cuando se hubo marchado regresé a mi *sushi*, pensando inevitablemente en Andrew Ryan.

Ryan es SQ, un detective de homicidios, y ocasionalmente trabajamos en los mismos casos. Aunque hacía años que me lo había estado pidiendo, sólo recientemente había comenzado a verlo de un modo más personal. Había sido necesaria cierta autopersuasión, pero había aceptado su punto de vista. Técnicamente no trabajábamos juntos, de modo que mi «regla de nada de romances en la oficina» no se aplicaba a menos que yo lo quisiera.

Sin embargo, ese tipo de arreglo me ponía nerviosa. Después de veinte años de matrimonio, y varios más como soltera no tan alegre, no me resultaba tan sencillo entablar nuevas relaciones. Pero disfrutaba de la compañía de Ryan, de modo que decidí hacer la prueba. Tener una «cita» con él, como diría mi hermana.

Cielo santo. Una cita.

Tenía que reconocer que Ryan me resultaba extremadamente atractivo. A la mayoría de las mujeres les pasaba lo mismo. Adondequiera que fuésemos, notaba que las miradas femeninas se clavaban en él. Perplejas, sin duda.

Yo también lo estaba. Pero en ese momento ese barco seguía anclado en el puerto, con los motores en marcha y a punto de hacerse a la mar. Las rodillas de gelatina acababan de confirmármelo. Cenar fuera de casa sin duda era una idea mucho mejor.

El teléfono comenzó a sonar cuando estaba quitando la mesa.

—*Mon Dieu*, has vuelto.

Un inglés profundo y nasal, con un fuerte acento francés.

—Hola, Isabelle. ¿Qué hay?

Aunque hacía sólo dos años que conocía a Isabelle Caillé, en ese tiempo nos habíamos hecho amigas. Nos conocimos durante una época muy difícil de mi vida. En el corto espacio de un desolado verano fui el blanco de un violento sicópata, mi mejor amiga fue asesinada y finalmente me vi obligada a hacer frente a la realidad de un matrimonio fracasado. En un rapto de autoindulgencia había reservado una habitación en un Club Med y había cogido un avión para jugar al tenis y ponerme las botas comiendo.

Conocí a Isabelle en el avión que nos llevaba a Nassau y más tarde formamos una pareja de dobles. Ganamos, descubrimos que estábamos en ese lugar por las mismas razones y disfrutamos juntas de una agradable semana. Desde entonces éramos muy buenas amigas.

—No esperaba que volvieras hasta la semana próxima. Pensaba dejarte un mensaje para que nos viésemos, pero puesto que estás en casa, ¿qué me dices de cenar juntas mañana?

Le conté que había quedado con Ryan.

—Ese tío es un guardián, Tempe. Si te cansas de ese *chevalier*, lo envías aquí y yo me encargaré de darle algo en qué pensar. ¿Por qué has regresado antes de tiempo?

Le hablé de la bomba.

—*Ah, oui*. Lo leí en *La Presse*. ¿Realmente ha sido tan horrible?

—Las víctimas no están precisamente en buena forma —dije.

—*Les motards*. Si quieres saber mi opinión, esos moteros reciben lo que se merecen.

Isabelle jamás carecía de opinión y raramente dudaba en compartirla.

—La policía tendría que dejar que esos delincuentes se volaran en pedazos. De ese modo, ya no tendríamos que mirar sus cuerpos sucios y cubiertos de horribles tatuajes.

—Hum...

—Quiero decir que no es como si estuviesen matando niños.

—No —convine—. No lo es.

A la mañana siguiente, Emily Anne Toussaint murió de camino a su clase de ballet.

4

Howard y Kit llegaron a las siete, dejaron a *Birdie* y continuaron su viaje. *Birdie* estaba dedicado a ignorarme y comprobar los alrededores en busca de presencia canina cuando, a las ocho, me marché al laboratorio para reanudar mi trabajo con las víctimas de la explosión.

Emily Anne había llegado poco después del mediodía.

Como necesitaba espacio había elegido la sala de autopsias más grande para trabajar. Había trasladado hasta el centro de la habitación las camillas con los restos de las víctimas de la explosión y estaba tratando de reconstruir los cadáveres sobre dos mesas. Como era sábado, tenía todo el lugar sólo para mí.

Ya había conseguido identificar y clasificar todos los fragmentos óseos visibles. Luego, utilizando los rayos X, había extraído los fragmentos que contenían hueso y diseccionado el tejido en busca de marcas. Cuando encontraba duplicados, los dividía entre las mesas. Dos tubérculos púbicos, o procesos mastoideos o cóndilos femorales izquierdos significaban dos individuos diferentes.

También había encontrado evidencias de un problema de crecimiento infantil en algunos de los fragmentos de los huesos más grandes. Cuando la salud está en peligro, un niño deja de crecer y el desarrollo esquelético se detiene. Esas interrupciones suelen estar causadas por enfermedades o por períodos de alimentación inadecuada. Cuando la situación mejora, el crecimiento se reanuda, pero esas interrupciones dejan marcas permanentes.

Los rayos X mostraban líneas opacas en numerosas astillas óseas de brazos y piernas. Las bandas estrechas discurrían de forma transversal a través de los huesos e indicaban períodos de crecimiento interrumpido. Coloqué el tejido con fragmentos afectados en una mesa y el tejido con hueso normal en la otra.

Uno de los amasijos de carne destrozada contenía varios huesos de la mano. Cuando los desmenucé para su observación encontré dos metacarpianos con tallos irregulares. Estas áreas deformes mostraban una creciente intensidad cuando eran sometidas a la acción de los rayos X, lo cual sugería que una de las víctimas se había roto estos dedos en el pasado. Aparté esos tejidos.

El tejido que carecía de hueso era otra cuestión. En el caso de esos tejidos estudiaba la tela adherida, trabajando hacia atrás desde el tejido clasificado, haciendo coincidir hebras o fibras de una mesa o la otra con los trozos de tejido que aún quedaban en las camillas. Pensaba que podía conseguir un tartán tejido, o tela caqui del tipo que se encuentra en los pantalones de trabajo, tela tejana y algodón blanco. Más tarde, los expertos de los departamentos de pelo y fibra llevarían a cabo un análisis completo para ver si podían corroborar mis conjuntos.

Después del almuerzo y mi conversación con LaManche, regresé a las víctimas de la explosión. Hacia las cinco y cuarto había conseguido separar aproximadamente dos terceras partes del tejido disponible. Sin las pruebas de ADN no tenía ninguna esperanza de poder asociar los fragmentos restantes con individuos específicos. Había hecho todo lo que estaba a mi alcance.

Y también me había fijado una meta.

Mientras examinaba las partes corporales de los Vaillancourt me resultaba muy difícil sentir compasión por las personas que estaba reconstruyendo. De hecho, me fastidiaba tener que hacer ese trabajo. Esos hombres habían volado en pedazos mientras se preparaban para hacer saltar por los aires a otras personas. Una extraña justicia había prevalecido y yo sentía más desconcierto que pena.

No sucedía lo mismo con Emily Anne. Ella yacía sobre la mesa de autopsias de LaManche porque se dirigía a su clase de baile. Esa realidad no era aceptable. La muerte de una niña inocente no podía ser catalogada simplemente como una baja incidental de una guerra irracional.

Los Serpientes podían matar a los Idólatras y los Proscritos podían acabar con los Bandidos. O los Paganos. O los Ángeles del Infierno. Pero ellos no debían matar a los inocentes. Me prometí a mí misma que aplicaría todos los conocimientos forenses que estuvieran a mi alcance, y todas las horas que pudiese, a encontrar una evidencia que identificase y condenase a estos sociópatas homicidas. Los niños tenían derecho a caminar por las calles de la ciudad sin que los acribillaran a balazos.

Trasladé los restos clasificados nuevamente a las camillas, luego las llevé hasta los compartimentos refrigerados y me cambié de ropa. A continuación subí en el ascensor y fui a ver a mi jefe.

—Quiero trabajar en este caso —dije con voz serena—. Quiero coger a esos cabrones asesinos de niños.

Sus ojos viejos y cansados me miraron durante lo que pareció una eternidad. Habíamos estado discutiendo el caso de Emily Anne Toussaint. Y de la otra víctima. Un chico.

Olivier Fontaine se dirigía a su entrenamiento de hockey cuando su bicicleta se acercó demasiado a un Jeep Cherokee justo cuando el conductor hacía girar la llave del encendido. La bomba estalló con suficiente potencia como para llenar de metralla el cuerpo de Olivier, y lo mató al instante. Sucedió el día en que cumplía doce años.

Hasta que no vi el cuerpo de Emily Anne no recordé el asesinato de Fontaine. Aquel trágico incidente se había producido en diciembre de 1995 en West Island y estuvieron implicados los Ángeles del Infierno y la banda de los Rock Machine. La muerte de Olivier había suscitado una ola de indignación popular, que llevó a la creación de la Operación Carcajou, la fuerza de tareas multijurisdiccional dedicada a la investigación de los crímenes cometidos por las bandas de motoristas.

—Temperance, no puedo...

—Haré todo lo que sea necesario. Trabajaré en mi tiempo libre, entre caso y caso. Si Carcajou es como todos los demás, probablemente estén escasos de personal. Podría introducir datos en el ordenador o revisar casos históricos. Podría servir de enlace entre las diferentes agencias, tal vez establecer vínculos con unidades de inteligencia en Estados Unidos. Yo podría...

—Temperance, relájese. —Levantó una mano—. Yo no tengo poder de decisión sobre eso. Hablaré con monsieur Patineau.

Stéphane Patineau era el director del LSJML. Era él quien tomaba las decisiones finales relacionadas con los laboratorios criminales y médico-legales.

—No permitiré que cualquier implicación con Carcajou interfiera en mis tareas normales.

—Lo sé. Le prometo que lo primero que haré el lunes por la mañana será hablar con el director. Ahora márchese a casa. *Bonne fin de semaine.*

Yo también le deseé que pasara un buen fin de semana.

Los finales de invierno en Quebec son muy diferentes de los de las tierras bajas de Carolina. Allí la primavera se asoma suavemente y, hacia finales de marzo y principios de abril, las flores comienzan a abrirse y el aire se llena de la tibieza del incipiente verano.

Los quebequeses esperan seis meses más para plantar sus jardines y maceteros. La mayor parte de abril es fría y gris, y las calles y aceras brillan con el hielo y la nieve fundidos. Pero cuando aparece la primavera, lo hace con una exhibición que te deja sin aliento. La estación estalla literalmente y la gente responde con una alegría que no tiene parangón en todo el planeta.

Pero aún faltaban varias semanas para esa actuación primaveral. El día estaba oscuro y caía una leve llovizna. Subí la cremallera de la chaqueta, bajé la cabeza y eché a correr hacia mi coche. Las noticias llegaron cuando estaba a punto de entrar en el túnel Ville-Marie. El asesinato de Toussaint era la historia principal. Aquella noche, Emily Anne debía recibir un premio en un concurso de redacción en una escuela primaria. Había titulado su ensayo ganador como: «Dejad que los niños vivan.»

En ese momento apagué la radio.

Pensé en mis planes para esa noche y me alegró saber que tendría a alguien que me levantase el ánimo. Me prometí que no hablaría del trabajo con Ryan.

Veinte minutos más tarde abría la puerta de mi apartamento, justo en el momento en que sonaba el teléfono. Miré el reloj. Las siete menos diez. Ryan llegaría dentro de cuarenta minutos y necesitaba tiempo para ducharme y cambiarme.

Entré en el salón y dejé la chaqueta sobre el sofá. El contestador se puso en funcionamiento y oí mi propia voz que pedía que dejasen un mensaje. *Birdie* apareció en el salón al tiempo que Isabelle comenzaba a hablar.

—Tempe, si estás en casa, coge el teléfono. *C'est important*. —Pausa—. *Merde!*

Realmente no quería contestar, pero había algo en su voz que me hizo levantar el auricular.

—Hola, Isa...

—Pon la tele. CBC.

—Ya conozco la historia de Toussaint. Estuve en el lab...

—¡Ponla!

Busqué el mando a distancia y encendí el televisor.

La noticia me dejó paralizada.

5

«... el teniente-detective Ryan había estado sometido a una investigación durante varios meses. Ha sido acusado de posesión de objetos robados y de tráfico y posesión de sustancias prohibidas. Esta tarde, Ryan se entregó sin ofrecer resistencia a los oficiales del CUM a la puerta de su casa en Old Port. Ha sido suspendido de empleo y sueldo a la espera de que se concluya la investigación.

»Y ahora, algunas otras noticias que hemos estado siguiendo. En el ámbito económico, la fusión propuesta entre...»

—¡Tempe!

El ladrido de Isabelle me devolvió a la realidad. Me llevé el auricular a la oreja.

—*C'est lui, n'est-ce pas? Andrew Ryan, Crimes contre la Personne, Sûreté du Québec?*

—Tiene que tratarse de un error.

Mientras lo decía, mis ojos volaron hacia la luz que indicaba si había mensajes. Ryan no había llamado.

—Será mejor que cuelgue. Él llegará pronto.

—Tempe. Está en prisión.

—Tengo que dejarte. Te llamaré mañana.

Colgué y llamé al apartamento de Ryan. No hubo respuesta. Llamé a su busca y dejé mi número. Nada. Miré a *Birdie*. Él no tenía ninguna explicación.

A las nueve supe que no vendría. Había llamado a su apartamento siete veces. Había llamado a su compañero y había obtenido el mismo resultado. Ninguna respuesta. Nada.

Intenté corregir los exámenes que había traído conmigo de la Universidad de Charlotte, pero no podía concentrarme. Mis pensamientos volvían a Ryan una y otra vez. Pasó el tiempo y me encontré mirando el mismo ensayo en la misma libreta azul sin enterarme de nada de lo que aquel estudiante había escrito. *Birdie* se había instalado entre mis rodillas, pero era un consuelo insuficiente.

No podía ser cierto. No podía creerlo. No lo creía.

A las diez me metí en la bañera y tomé un largo baño de burbujas, me preparé un plato de espaguetis congelados y lo llevé al salón. Elegí unos CD que esperaba que me reanimaran un poco y los metí en el aparato reproductor. Luego intenté leer. *Birdie* volvió a reunirse conmigo.

Nada. La misma sensación. Pat Conroy podría haber estado impreso en sánscrito.

Había visto la imagen de Ryan en televisión, con las manos esposadas a la espalda, policías uniformados a cada lado. Había visto cómo le inclinaban la cabeza hacia adelante antes de introducirlo en el asiento trasero del coche patrulla. Aun así, mi mente se negaba a aceptarlo.

¿Andrew Ryan estaba vendiendo drogas?

¿Cómo pude haberme equivocado tanto con él? ¿Había estado traficando durante todo el tiempo desde que nos conocimos? ¿Acaso había en él un aspecto que yo no había sido capaz de reconocer? ¿O se trataba simplemente de un terrible error?

Tenía que tratarse de un error.

Los espaguetis se enfriaron en el plato. Mi estómago no estaba para comida. Mis oídos no estaban para música. Big Bad Voodoo Daddy y la banda de Johnny Favourite tenían un ritmo capaz de levantar a los prisioneros de un gulag y hacerlos bailar, pero no conseguían levantar mi ánimo.

Ahora la lluvia caía lentamente, tamborileando en las ventanas con un sonido intermitente. Mi primavera de Carolina parecía estar a miles de kilómetros de distancia.

Enrosqué unos cuantos espaguetis en el tenedor, pero el olor hizo que me diese un vuelco el estómago.

Andrew Ryan era un delincuente.

Emily Anne Toussaint estaba muerta.

Mi hija se encontraba en algún lugar del océano Índico.

A menudo llamo a Katy cuando me siento deprimida, pero en los últimos meses no me había resultado sencillo. Estaba pasando su primavera disfrutando del programa Semestre en el Mar, viajando alrededor del mundo a bordo del SS *Universe Explorer*. El barco no regresaría hasta dentro de cinco semanas.

Me llevé un vaso de leche al dormitorio y miré a través de la ventana, mis pensamientos giraban igual que el tráfico de las cinco de la tarde.

Los árboles y los arbustos parecían sombras negras a través de la niebla oscura y brillante. Detrás de ellos alcanzaba a ver los faros de los coches y el resplandor del cartel de neón del *dépanneur* de la esquina. De vez en cuando pasaban coches levantando una cortina de agua pulverizada o transeúntes apresurados que hacían retumbar sus tacones sobre la acera húmeda.

Todo era tan rutinario, tan normal. Sólo otra noche lluviosa de abril.

Corrí las cortinas y me metí en la cama, dudando de que mi mundo volviese a la normalidad en mucho tiempo.

Pasé todo el día siguiente en una actividad constante. Vaciando maletas. Limpiando. Comprando comida. Y evitando la radio y la televisión, apenas una breve ojeada al periódico.

La *Gazette* presentaba en primera página el asesinato de Emily Anne Toussaint: «Estudiante muerta en un sangriento tiroteo.» Debajo del titular había una fotografía de Emily Anne en su cuarto grado. Llevaba trenzas con los extremos sujetos con largas cintas rosadas. Su sonrisa mostraba huecos que la dentición adulta jamás tendría posibilidad de llenar.

La fotografía de la madre de Emily Anne era igualmente desgarradora. La cámara había captado a una delgada mujer negra con la cabeza echada hacia atrás, la boca amplia, los labios curvados hacia adentro en un grito de angustia. Las rodillas de la señora Toussaint estaban dobladas, las manos aparecían enlazadas debajo de la barbilla y, a cada lado, era sostenida por dos voluminosas mujeres negras. De la imagen granulada se desprendía una tristeza indescriptible.

La historia aportaba escasos detalles. Emily Anne tenía dos hermanas pequeñas, Cynthia Louise, de seis años, y Hannah Rose, de cuatro. La señora Toussaint trabajaba en una panadería. El señor Toussaint había muerto en un accidente industrial hacía tres años. La pareja había nacido en Barbados, y había emigrado a Montreal buscando una vida mejor para sus hijas.

El jueves a las ocho de la mañana se celebraría un funeral con misa en la iglesia católica de Nuestra Señora de los Ángeles, seguido del entierro en el cementerio de Nuestra Señora de las Nieves.

Me negué a leer o escuchar las noticias acerca de Ryan. Quería oírlas de sus labios. Durante toda la mañana dejé mensajes en su contestador, pero no obtuve respuesta. El compañero de Ryan, Jean Bertrand, también estaba ilocalizable. No se me ocurría qué otra cosa podía hacer. Estaba segura de que nadie en el CUM o la SQ querría hablar de la situación, y no conocía a ningún amigo o familiar de Ryan.

Después de una sesión en el gimnasio, preparé una cena a base de alas de pollo con salsa de ciruelas, zanahorias glaseadas con setas y arroz con azafrán. Mi compañero felino sin duda habría preferido pescado.

El lunes por la mañana me levanté temprano, conduje hasta el laboratorio y fui directamente a ver a LaManche. Estaba reunido con tres detectives, pero me dijo que hablase con Stéphane Patineau lo antes posible.

Sin perder un minuto eché a andar por el corredor donde se encontraban las oficinas del personal médico-legal y los laboratorios de antropología, odontología, histología y patología. Después de pasar junto a la Sección de Documentación a mi izquierda y la Sección de Imágenes a mi derecha, continué hasta la zona de recepción principal y giré a la izquierda hacia el ala que alojaba al personal administrativo del LSJML. El despacho del director estaba al fondo.

Patineau estaba hablando por teléfono. Me hizo una seña para que entrase, y me senté en un sillón situado enfrente de su escritorio.

Cuando acabó su conversación, se reclinó en su sillón y me miró fijamente. Sus ojos eran marrones y oscuros, encapuchados por profundas aristas y cejas espesas. Stéphane era un hombre que jamás debería preocuparse por la calvicie.

—El doctor LaManche me ha dicho que quiere participar en la investigación del caso Toussaint.

—Creo que podría ser de utilidad en la Operación Carcajou. He trabajado en varios casos en los que había motoristas implicados. En este momento estoy clasificando los restos de las víctimas de la explosión en el cuartel general de los Serpientes. No soy nueva en este tipo de situaciones. Podría...

Patineau agitó una mano.

—El director de la Operación Carcajou me preguntó si podía asignar a alguien de mi personal para que actuase como enlace con su unidad. Con la escalada de violencia que se está produciendo le gustaría asegurarse de que el laboratorio criminal, el personal médico-legal y sus investigadores se encuentren en la misma página en el mismo momento.

No necesitaba oír más.

—Puedo hacerlo.

—Es primavera. Una vez se haya fundido el hielo del río y los excursionistas invadan los bosques, su cuota de trabajo aumentará.

Era verdad. La cantidad de cadáveres que aparecían flotando en el río siempre aumentaba cuando llegaba el buen tiempo y los muertos del invierno anterior salían a la luz.

—Haré horas extraordinarias.

—Pensaba asignar a Réal Marchand a este trabajo, pero si quiere intentarlo no hay ningún problema. No es un trabajo a tiempo completo.

Cogió un papel del escritorio y me lo dio.

—Habrá una reunión esta tarde a las tres. Los llamaré para decirles que usted también acudirá.

—Gracias. No lo lamentará.

Se levantó y me acompañó hasta la puerta.

—¿Hay algún dato positivo en los hermanos Vaillancourt?

—Lo sabremos tan pronto como aparezcan sus fichas médicas. Hoy mismo, con un poco de suerte.

Alzó ambos pulgares en un gesto de aliento.

—A por ellos, Tempe —dijo en inglés.

Le devolví el gesto y él se encogió de hombros y regresó a su despacho.

Además de ser un extraordinario administrador, Patineau llenaba una camisa de un modo más impresionante que la mayoría de los culturistas.

Los lunes son días muy agitados para todos los forenses y examinadores médicos, y éste no era una excepción. Mientras

LaManche repasaba los casos, yo pensaba que la reunión no acabaría nunca.

Una niña había muerto en el hospital y la madre decía que ella sólo la había sacudido. Tres años superan la edad del «síndrome del niño sacudido», y una contusión sugería que la cabeza de la niña había sido golpeada contra una superficie dura.

Un esquizofrénico paranoico había sido hallado con el vientre abierto y los intestinos desparramados sobre la alfombra de su dormitorio. La familia afirmaba que él mismo se había infligido ese terrible corte.

Dos camiones habían colisionado en St-Hyacinthe. Ambos conductores habían sufrido quemaduras hasta quedar completamente desfigurados.

Un marinero ruso de veintisiete años fue encontrado en su camarote sin señales de vida. El capitán del barco lo declaró muerto y el cuerpo fue conservado y llevado a tierra. La muerte se había producido en aguas jurisdiccionales canadienses, por lo que era necesario practicarle la autopsia.

Una mujer de cuarenta y cuatro años había sido asesinada a golpes en su apartamento. Se buscaba a su esposo perturbado.

Habían llegado las fichas médicas de Donald y Ronald Vaillancourt. Y también un sobre con fotografías.

Cuando las fotos circularon entre los presentes en la reunión supimos que al menos uno de los mellizos yacía en pedazos en el sótano. En un espléndido momento Kodak, Ronald Vaillancourt aparecía con el pecho desnudo, flexionando la parte superior del torso. La calavera *no-veo-ningún-demonio* decoraba la parte derecha del pecho.

LaManche asignó cada una de las autopsias a un patólogo y me entregó la documentación correspondiente a los Vaillancourt.

Hacia las diez cuarenta y cinco ya sabía cuál de los mellizos se había roto los dedos. Ronald *Le Clic* Vaillancourt se había fracturado el segundo y tercer dedo de la mano izquierda en 1993 durante una pelea en un bar. Los rayos X del hospital mostraban la herida en la misma zona de las irregularidades que yo había detectado en los metacarpianos. También mostraban que los huesos del brazo de Le Clic carecían de líneas de crecimiento interrumpido.

Dos meses más tarde, un accidente de moto envió nuevamente a Le Clic a la sala de urgencias, esta vez a causa de un trauma en la cadera y uno de sus miembros inferiores. La placa radiográfica era similar. Los huesos de la pierna de Ronald eran normales. Su ficha también indicaba que había sido arrojado de un coche en 1995, apuñalado durante una reyerta callejera aquel mismo año y apaleado por una banda rival en 1997. Su archivo de rayos X tenía diez centímetros de grosor.

También sabía quién no había sido un niño saludable. Donald *Le Clac* Vaillancourt fue hospitalizado varias veces en su infancia. Cuando era un bebé sufrió prolongados períodos de náuseas y vómitos, cuya causa nunca fue diagnosticada. A los seis años, la escarlatina casi acaba con su vida. A los once fue una gastroenteritis.

Le Clac también había tenido una vida agitada. Su historial, como el de su hermano, contenía un grueso fajo de radiografías que atestiguaban sus numerosas visitas al centro de traumatología. Un pómulo y nariz rotos. Una herida de arma blanca en el pecho. Un golpe en la cabeza propinado con una botella.

Mientras repasaba los datos no pude reprimir una sonrisa ante la ironía del cuadro. La turbulenta vida de los dos hermanos proporcionaba un diagrama para clasificar sus cuerpos. Sus numerosos percances habían dejado un mapa esquelético completo.

Armada con los archivos médicos, regresé a la planta inferior y reanudé el proceso de identificación de las distintas partes analizadas. Comencé por el segmento de tórax tatuado y los fragmentos asociados a él. Ése era Ronald. También recibió la mano fracturada y todos los tejidos que contenían huesos grandes normales.

Los huesos de los miembros con líneas de crecimiento interrumpido fueron a parar a Donald. Los huesos de los miembros que carecían de esas líneas fueron asignados a su hermano.

Luego le expliqué a Lisa, una de las técnicas en autopsias, cómo radiografiar los fragmentos restantes con los huesos en posiciones idénticas a aquellas que aparecían en las placas radiográficas cuando los hermanos estaban vivos. Eso me permitiría comparar los detalles de forma y estructura interna.

Puesto que la unidad de rayos X estaba muy saturada, trabajamos durante la hora del almuerzo; acabamos a la una y media, cuando los otros técnicos y patólogos regresaban a sus tareas. Lisa me prometió que terminaría el trabajo cuando la máquina estuviese disponible y yo regresé rápidamente a la planta superior a cambiarme de ropa.

La Operación Carcajou tenía su cuartel general en una moderna estructura de tres plantas en la orilla del río San Lorenzo, justo enfrente del Montreal Antiguo. El resto del complejo estaba ocupado por la policía portuaria y las oficinas administrativas de la autoridad marítima.

Aparqué frente al río. A mi izquierda veía el puente Jacques Cartier formando un arco a través de la Île-Notre-Dame; a la derecha se encontraba el puente Victoria, de menor tamaño que el anterior. Enormes trozos de hielo flotaban y se sacudían sobre las aguas grises del río.

Sobre la orilla, un poco más lejos, divisé Habitat '67, un complejo geométrico de espacio residencial construido originalmente para alojar la Exposición Universal y convertido más tarde en condominios privados. La visión del edificio me provocó una opresión en el pecho. Ryan vivía en ese conglomerado de cajas.

Aparté ese pensamiento de mi cabeza, cogí la chaqueta y me dirigí hacia el edificio. La cubierta de nubes se había roto, pero el día seguía desapacible y húmedo. La brisa que llegaba desde el río, transportando con ella el olor a aceite y agua helada, agitaba mi ropa.

Una amplia escalera llevaba al cuartel general de Carcajou, situado en la tercera planta. Dentro de unas puertas de cristal había un lince (4) disecado, el tótem del que había tomado su nombre la unidad. Hombres y mujeres ocupaban numerosos escritorios en una espaciosa sala central; las extensiones de sus números figuraban en letras de imprenta en unos pequeños rótulos situados encima de sus cabezas. Las paredes estaban cubiertas de recortes de periódicos enmarcados, historias de los investigadores de Carcajou y sus presas.

Algunos alzaron la cabeza, la mayoría no lo hizo mientras yo cruzaba la sala en dirección hacia donde se encontraba la secretaria, una mujer de mediana edad con el pelo teñido en exceso y un lunar en la mejilla del tamaño de una pequeña mo-

_____

(4) El carcajou es una variedad de lince de Canadá. *(N. del t.)*

neda. Apartó los ojos de sus archivos el tiempo suficiente para indicarme dónde estaba la sala de conferencias.

Entré en la sala, donde había una docena de hombres sentados a una mesa rectangular, mientras varios más se apoyaban ociosamente en las paredes. El director de la unidad, Jacques Roy, se levantó al verme. Era un hombre bajo y musculoso, de tez roja y pelo gris con la raya en medio, como el modelo de un ferrotipo de 1890.

—Doctora Brennan, nos alegramos de que comparta el trabajo con nosotros. Será de gran ayuda para mis investigadores y también para la gente de su laboratorio. Por favor.

Señaló un asiento vacío junto a la mesa.

Colgué la chaqueta en el respaldo de la silla y me senté. Mientras llegaban otras personas, Roy explicó el propósito de la reunión. Varios de los presentes se habían incorporado recientemente al equipo de Carcajou. Otros eran veteranos, pero habían necesitado ponerse al día. Roy haría un breve repaso del escenario de las bandas de motoristas que pululaban en Quebec. Cuando llegó el comisario Quickwater procedió a informar acerca de la sesión de revisión de casos a la que había asistido en la Academia del FBI.

Era como una curva en el tiempo. Era Quantico otra vez, sólo que ahora el idioma era francés y la carnicería descrita se había producido en un lugar que yo conocía y por el que sentía afecto.

Las dos horas siguientes revelaron un mundo que muy pocos llegarán a conocer nunca. Esa breve mirada me estremeció el cuerpo y envió un escalofrío a lo más profundo de mi alma.

6

—En primer lugar, un poco de información para entrar en materia.

Roy hablaba desde el frente de la sala. Tenía algunas notas en el podio, pero no las utilizaba.

—Los clubes de motoristas proscritos nacieron en la costa Oeste de Estados Unidos poco después de acabada la segunda guerra mundial. Algunos de los soldados veteranos no consiguieron adaptarse a las exigencias sociales de los tiempos de paz y decidieron lanzarse a las carreteras rurales montados en sus Harley-Davidson, acosando a la gente y convirtiéndose en unos sujetos despreciables. Formaron grupos independientes con nombres como Luchadores Alcohólicos, Gansos Galopantes, Pecadores de Satán o los Borrachos. Desde el principio estuvo muy claro que estos tíos no eran los candidatos más apropiados para el Colegio de Cardenales.

Risas y comentarios en voz baja.

—El grupo que habría de tener mayor impacto era una colección de inadaptados sociales que se llamaban a sí mismos los Cabrones Jodidos de Bloomington. Los POBOB se convirtieron finalmente en los Ángeles del Infierno. El nombre y el símbolo de la cabeza de la muerte con casco lo tomaron de un escuadrón de bombarderos de la segunda guerra mundial. Desde la célula fundacional en San Bernardino, California...

—Yahoo, Berdoo —el comentario llegó desde las filas de atrás.

—Exacto.

—Desde aquel momento, los Ángeles del Infierno se extendieron por toda Norteamérica. Finalmente, otros grupos se repartieron también por todo el país y luego por el mundo. En la actualidad, los cuatro grupos más importantes son los Ángeles del Infierno, los Proscritos, los Bandidos y los Paganos. Todos ellos, salvo los Paganos, tienen ramas fuera de Estados Unidos, aunque ninguna de las bandas alcanza la extensión de los Ángeles del Infierno.

Un hombre sentado al otro lado de la mesa alzó la mano. Tenía un vientre voluminoso y una incipiente calvicie, y se parecía asombrosamente a Andy Sipowicz (5), de la serie «Policías de Nueva York».

—¿De qué número estamos hablando?

—Las cifras varían dependiendo de la fuente, pero el cálculo más acertado dice que los Ángeles del Infierno tienen más de mil seiscientos miembros repartidos por Europa, Australia y Nueva Zelanda. La mayoría, naturalmente, se encuentra en Estados Unidos y Canadá, pero, al día de hoy, tienen ciento treinta y tres ramas alrededor del mundo.

»El informe anual de 1998 del Servicio de Inteligencia Criminal de Canadá calcula que los Bandidos tienen sesenta y siete ramas y aproximadamente seiscientos miembros en todo el mundo. Otros cálculos elevan la cifra a ochocientos.

—Sacrement!

—¿Qué es lo que determina que un club de motoristas sea proscrito?

El tío que formuló la pregunta parecía tener diecinueve años.

—Técnicamente, la calificación de club de motoristas proscrito, OMC, designa a aquellos clubes que no están registrados en la Asociación Motociclista Americana o la Asociación Motociclista Canadiense, las asociaciones norteamericanas afiliadas a la Federación Internacional de Motociclismo, con sede en Suiza. Según la AMA, estos clubes no registrados representan sólo el uno por ciento de todos los motoristas, pero es precisamente esta rama desviada la que hace que los motoristas tengan esa pésima fama. Y es un sambenito que los chicos han aceptado graciosamente, por cierto. Yo he visto el logotipo de ese uno por ciento tatuado en algunos de los hombres más feos de la provincia de Quebec.

—Sí. El pequeño triángulo identifica al verdadero motorista.

(5)   Personaje que interpreta el actor Dennis Franz. (N. del t.)

El investigador que estaba sentado a mi derecha llevaba una coleta y un pendiente plateado en la oreja.

—Al verdadero vómito de rata, querrás decir.

Sipowicz de nuevo. Su francés sonaba exactamente como yo hubiese esperado si la acción de «Policías de Nueva York» se hubiese desarrollado en Trois-Rivières.

Más risas.

Roy señaló una pila de carpetas que había en el centro de la mesa.

—Allí hay suficiente información sobre la estructura de esas bandas. Leedla y la discutiremos más tarde. Hoy quiero que nos concentremos en el escenario local.

Accionó un proyector. La pantalla se llenó con la imagen de un puño cerrado, una cruz esvástica tatuada en la muñeca y las letras FTW (6) en rojo y negro en los nudillos.

—La filosofía básica de los motoristas proscritos puede resumirse en una sola frase.

—¡Que se joda el mundo!

Todos gritaron al unísono.

—FTW. Que se joda el mundo —convino Roy—. Tu insignia y tus hermanos son lo primero y exigen absoluta lealtad. Los que no son blancos no deben tomarse la molestia de presentar una solicitud de ingreso.

Roy pasó a la siguiente diapositiva. La pantalla mostró una fotografía en blanco y negro de dieciséis hombres dispuestos en tres filas andrajosas. Todos tenían una abundante cabellera y llevaban chalecos de cuero sin mangas cubiertos de insignias, distintivos y remiendos. Sus tatuajes hubieran impresionado a un guerrero maorí. Sus expresiones también.

—A finales de la década de los setenta, los Proscritos y los Ángeles del Infierno de Estados Unidos se reunieron con algunas bandas de Quebec a las que querían incorporar a sus respectivas pandillas. En 1977, los Popeyes fueron invitados al baile de promoción y se convirtieron en la primera rama de los Ángeles del Infierno en la provincia. En aquella época, los Popeyes eran el segundo OMC más grande de Canadá, con entre 250 y 350 miembros. Lamentablemente, sólo 25 o 30 de esos

(6)   Estas tres letras significan *Fuck the World*, literalmente: «¡Que se joda el mundo!» o «¡A la mierda el mundo!». Obviamente, en la traducción no se podrían respetar las tres letras del original en inglés, de modo que se conservarán como tales con las acepciones arriba citadas. *(N. del t.)*

muchachos habían conseguido impresionar lo bastante a los Ángeles del Infierno como para usar su distintivo, de modo que el resto fue despedido sin contemplaciones. Aquí podéis ver a algunos de los rechazados. Ésta es la tristemente famosa rama Norte. Cinco de estos tíos fueron eliminados por sus hermanos Ángeles y la rama se extinguió.

—¿Por qué?

—Cada club tiene un código de conducta que se aplica a todos sus miembros. Desde el mismo instante en que se formó la banda de los Ángeles del Infierno en la década de los cuarenta sus reglas han prohibido expresamente la heroína y el uso de jeringuillas. Y este aspecto se ha vuelto mucho más importante considerando el ambiente que se respira actualmente. Tened presente que éstos no son los motoristas de entonces. Ésta no es la rebelión social de los años cincuenta, o la subcultura de las drogas y la revolución que caracterizó a los sesenta. Hoy las bandas están implicadas en el crimen organizado sofisticado. Estos tíos son, fundamentalmente, hombres de negocios. Los drogatas pueden causar problemas y costarle mucho dinero al club, y eso es algo que no se tolera.

Roy señaló la pantalla.

—Volviendo al coro que tenemos en la pantalla, en 1982 la rama de Montreal aprobó una ley referida a las drogas y exigió la muerte o expulsión de cualquier Ángel que la desafiase. Pero los miembros de la rama Norte estaban demasiado colgados de su cocaína y decidieron seguir su propio camino. Aparentemente, la droga había afectado sus matemáticas, porque no se dieron cuenta de que eran ampliamente superados en número.

Uno por uno, Roy señaló con el puntero a cinco de los hombres que aparecían en la fotografía.

—En junio de 1985, estos tíos fueron encontrados durmiendo la siesta de cemento en el canal del San Lorenzo. Uno de los sacos de dormir había salido a la superficie, los otros tuvieron que ser sacados del fondo del río.

—Cuidando del negocio.

Coleta.

—Permanentemente. Fueron asesinados en el cuartel general de los Ángeles del Infierno en Lennoxville. Aparentemente, la fiesta a la que habían asistido no resultó ser la que ellos esperaban.

—Un poco diferente de la vieja doctrina del hermano proscrito justo.

Coleta sacudió la cabeza.

—¿Fue ese incidente el que originó la guerra actual? —pregunté.

—En realidad, no. Un año después de que los Ángeles del Infierno adoptaran a los Popeyes, un grupo de Montreal llamado Preferidos de Satán se convirtió en la primera rama de los Proscritos en Quebec. Han estado matándose entre ellos desde entonces.

Roy señaló a un hombre flaco y demacrado que aparecía agachado en la primera fila de la fotografía.

—La guerra se declaró cuando este Ángel del Infierno mató a un Proscrito disparándole desde un coche en marcha. Después de ese hecho quedó abierta la veda durante varios años.

—«Dios perdona, los Proscritos no.» Ése es su lema.

Sipowicz escribió su nombre, «Kuricek», en una libreta mientras hablaba. Me pregunté cuánta gente lo llamaría Sipowicz por error.

—Así es. Pero los Proscritos de Quebec han sufrido serios reveses desde entonces. Cinco o seis de sus miembros están en prisión y hace un par de años su cuartel general fue quemado hasta los cimientos. La guerra que se libra actualmente enfrenta a los Ángeles del Infierno y a un grupo canadiense llamado Rock Machine, y sus clubes de marionetas.

—Tíos con clase —dijo Sipowicz/Kuricek.

—Pero los Rock Machine también han vivido tiempos difíciles —continuó Roy—. Hasta hace poco.

Volvió a accionar el mando del proyector y en la pantalla apareció la imagen de un hombre con una gorra que abrazaba a un camarada que llevaba una chaqueta de cuero. En el centro de la espalda del abrazado había un bandido como el que aparece en los cómics mexicanos, con una navaja en una mano y una pistola en la otra. Unas banderas rojas y amarillas en forma de semicírculo encima y debajo de la figura identificaban a su dueño como el vicepresidente nacional de los Bandidos MC.

—Los Rock Machine estaban en las últimas, pero parece que han experimentado una especie de renacimiento ya que, recientemente, se ha visto a algunos de sus miembros llevando insignias que los identifican como Bandidos provisionales.

—¿Provisionales? —pregunté.

—A los Rock Machine se les ha garantizado una situación de, digamos, elementos satélite, mientras los Bandidos deciden si merece la pena considerar su incorporación a la banda.

—Puedo entender las ventajas que esa situación reportaría a los Rock Machine, pero ¿qué ganan con ello los Bandidos? —pregunté.

—Durante años, los Bandidos se conformaron con las ventas locales de narcóticos y metanfetamina, además de sacarse unos cuantos miles de pavos con la prostitución. La organización nacional dirigía una tripulación bastante indefinida. Ahora el poder ha cambiado y la nueva dirección sabe reconocer las ventajas derivadas de la expansión y un férreo control sobre las distintas ramas que componen la organización.

»Echad un vistazo al tío del fondo. —Roy señaló la bandera inferior que lucía en la cazadora uno de los motoristas que estaban en segundo plano—. Quebec ha sido cambiado por Canadá. Es un indicativo claro de la dirección que quieren tomar los Bandidos. Pero tal vez no sea tan sencillo.

Una nueva diapositiva. Una formación de motocicletas en una autovía de dos carriles.

—Esta foto fue tomada en Albuquerque, Nuevo México, hace pocas semanas. Los Bandidos se dirigían a una carrera organizada por la rama de Oklahoma. Cuando la policía obligó a detenerse a algunos de esos chicos por diversas infracciones de tráfico, el presidente internacional del club estaba entre ellos, de modo que los investigadores aprovecharon la ocasión para interrogarlo acerca de las nuevas caras del grupo. El tío admitió que los Bandidos estaban estudiando a algunos clubes potenciales en todo el mundo, pero se negó a responder cuando le preguntaron por su relación con los Rock Machine.

»Resultó que el acuerdo aún no es un hecho. El presidente acababa de llegar de una reunión celebrada por la Coalición Nacional de Motociclistas, donde los Bandidos y los Ángeles del Infierno intentaron llegar a un acuerdo acerca de los Machine. A los Ángeles no les gusta nada la campaña de expansión de los Bandidos y ofrecieron suspender un proyecto de formar una nueva rama en Nuevo México si los Bandidos abandonaban las negociaciones con el club de Quebec.

—¿O sea, que los Rock Machine realmente están merodeando por las calles?

Coleta.

—Sí. Pero si son eliminados, la presencia de los Bandidos podría alterar el equilibrio aquí.

El tono de voz de Roy era sombrío.

—Los Rock Machine son relativamente nuevos en este escenario, *n'est-ce pas?* —preguntó el investigador de aspecto juvenil.

—Han estado presentes desde 1977 —dijo Roy—. Pero añadieron MC a su nombre en 1997. Antes de eso sólo se consideraban un club de motoristas convencional. Fue una pequeña sorpresa en sus tarjetas de Navidad aquel año.

—¿Tarjetas de Navidad?

Pensé que se trataba de una broma.

—Sí. La tradición significa mucho para estos tíos. No se hablaba de otra cosa en la sala de visitas de la prisión.

Kuricek.

Risas.

—Las tarjetas permiten que los miembros se mantengan en contacto —explicó Roy—. El lado negativo es que también engordan los archivos de inteligencia de las bandas rivales.

Roy mostró en la pantalla un plano de Montreal.

—Actualmente, los Rock Machine están en guerra con los Ángeles del Infierno por el control del tráfico de drogas en la provincia. Y estamos hablando de mucha pasta. Según el procurador general, el mercado ilegal de drogas de Canadá reporta a las bandas del crimen organizado entre siete mil y diez mil millones de dólares al año. Y Quebec representa un buen pedazo de ese pastel.

Señaló dos áreas de la ciudad.

—El terreno en disputa incluye las zonas norte y este de Montreal y partes de la ciudad de Quebec. Desde 1994 se han producido cientos de atentados con bombas e incendios provocados, y nada menos que ciento catorce asesinatos.

—¿Contando a Marcotte, los mellizos Vaillancourt y la niña Toussaint? —pregunté.

—Es verdad. Ciento dieciocho. Y al menos una veintena de desaparecidos o presuntamente muertos.

—¿Cuántos de esos guerreros gilipollas siguen en las trincheras?

Kuricek.

—En la formación inicial hay aproximadamente doscientos sesenta y cinco Ángeles del Infierno y unos cincuenta Rock Machine.

—¿Eso es todo? —pregunté. Estaba asombrada de que tan pocos pudiesen provocar semejantes estragos.

—No olvides a los que calientan banquillo.

Kuricek se echó hacia atrás y el asiento acolchado de su sillón produjo un suave silbido.

—Ambos bandos disponen de clubes menores que se unen a sus filas. Y son esos perdedores los que se encargan de hacer el trabajo sucio para las organizaciones —dijo Roy.

—¿El trabajo sucio?

A mí todo me parecía sucio.

—Distribución y venta de drogas, cobro de deudas, compra de armas y explosivos, intimidación, asesinatos. Estos clubes de poca monta son la escoria de los motoristas proscritos y harían cualquier cosa para demostrarles a sus amos que tienen un par de cojones. Por esa razón resulta tan difícil atrapar a un miembro de las bandas principales. Esos cabrones son escurridizos como anguilas y siempre operan a una distancia prudencial.

—Entonces, si los detienes, esos cabrones pagan la fianza y utilizan a sus monos amaestrados para aterrorizar o matar a tus testigos.

Kuricek.

Tuve una imagen nítida de la carne destrozada de los hermanos Vaillancourt.

—¿Los Idólatras se han unido a los Rock Machine?

—*C'est ça.*

—¿Y los Serpientes a los Ángeles del Infierno?

—*C'est ça.*

—¿Quiénes son los otros?

—Veamos. La Pandilla Camorrista, los Guasones, los Chiflados, los Malvados, los Jinetes de la Muerte...

En ese momento, Martin Quickwater apareció en el vano de la puerta. Llevaba un traje azul marino y una camisa blanca y parecía más un abogado especializado en impuestos que un investigador del crimen organizado. Saludó a Roy con un leve movimiento de cabeza y luego su mirada recorrió la sala. Al verme, sus ojos se entrecerraron pero no dijo nada.

—*Ah, bon.* Monsieur Quickwater podrá darnos la perspectiva del FBI.

Pero no sería así. Quickwater tenía noticias urgentes. El número de víctimas estaba a punto de aumentar.

7

Al día siguiente, a primera hora, me encontraba en el cuartel general de los Serpientes en St-Basile-le-Grand. El edificio era la única construcción en una hectárea de terreno totalmente rodeado por una valla electrificada. En el borde superior de la barrera había numerosas cámaras de vigilancia y poderosos focos iluminaban el perímetro.

Las grandes puertas situadas en el extremo de la carretera que comunicaba con la autopista funcionaban eléctricamente y estaban controladas desde el interior de la casa. Cuando llegamos permanecieron abiertas y nadie nos interrogó a través del sistema de intercomunicación. Aunque podía ver una cámara que nos enfocaba, sabía que nadie vigilaba. La orden de registro ya había sido presentada y coches sin distintivos, coches patrulla, vehículos de transporte de la oficina del forense y la camioneta de la escena del crimen estaban aparcados a un costado del camino.

Quickwater atravesó las puertas y detuvo el coche al final de la hilera. Mientras apagaba el motor desvió ligeramente la mirada hacia mí, pero no dijo nada. Le devolví la gentileza, cogí mi mochila y salí del coche.

En la parte trasera, la zona era boscosa; delante, el campo abierto se extendía desde la casa hasta la autopista. El camino de grava por el que habíamos entrado dividía el claro de la parte delantera e iba a morir en un anillo de asfalto que rodeaba el edificio. Conos de cemento de un metro de altura flanqueaban la cinta de asfalto, colocados para impedir que se aparcase a menos de cinco metros de las paredes. Esa disposición me recordó a Irlanda del Norte a principios de la década de los setenta. Al igual que los habitantes de Belfast, los motoristas de Quebec se tomaban muy en serio la amenaza de los coches bomba. Un Ford Explorer negro estaba aparcado en el borde del asfalto.

La luz del sol moteaba el horizonte, tiñendo de amarillo y rosa el púrpura desteñido del amanecer. Una hora antes, cuando Quickwater había pasado a recogerme, el cielo estaba negro como mi humor. No quería venir a este lugar. No quería tratar con el señor Personalidad. Y, sobre todo, no quería desenterrar a más motoristas muertos.

Lo que Quickwater nos había explicado el día anterior había colocado un enorme peso sobre mis hombros. Mientras escuchaba su exposición comprendí que lo que iba a ser una implicación periférica por mi parte, asumida sólo para permitirme trabajar en el caso de Emily Anne, se convertiría ahora en una tarea más importante, y el pensamiento de todo lo que tendría que hacer me estaba aplastando como a una colilla bajo la suela de un zapato. Tuve que recordarme a mí misma que una niña de nueve años yacía en el depósito de cadáveres y que su desolada familia nunca volvería a ser la misma. Yo estaba allí por ellos.

El tirador de los Serpientes que había hecho volar en pedazos a los hermanos Vaillancourt estaba dispuesto a hacer un trato. Enfrentado a su tercer arresto y a la acusación de asesinato en primer grado, había ofrecido revelar la localización de dos cadáveres. La corona había contestado con asesinato en segundo grado. *Voilà*. Amanecer en St-Basile.

Mientras avanzábamos por el camino, el amanecer dio paso al día. Aunque podía ver el vapor de mi aliento, sabía que el día se calentaría con el sol.

La grava crujía bajo nuestros pasos y, aquí y allá, una pequeña piedra se aflojaba, se deslizaba a través del terreno desigual y rodaba hacia una zanja lateral. Los pájaros cantaban y alborotaban en las copas de los árboles, anunciando el malestar provocado por nuestra llegada.

Que os jodan —pensé—. Mi mañana comenzó antes que la vuestra.

No seas infantil, Brennan. Estás molesta porque Quickwater es un capullo. Ignóralo. Haz tu trabajo.

Y en ese momento él abrió la boca.

—Debo encontrar a mi nuevo compañero. Acaba de ser cedido a Carcajou.

Aunque Quickwater no mencionó ningún nombre, sentí compasión por el desafortunado policía. Respiré profundamente, me acomodé la mochila a la espalda y eché un vistazo a mi alrededor mientras seguía sus pasos.

Una cosa estaba clara: los Serpientes jamás ganarían el premio al Jardinero del Año. El frente de la propiedad era un buen ejemplo de aquello que los conservacionistas de la naturaleza en el Congreso de Estados Unidos habían luchado por proteger. La franja de terreno que se extendía hasta la autopista era un mar de vegetación muerta que cubría el lodo marrón rojizo de la primavera. El bosque enmarañado en el fondo de la propiedad había sido dejado al albedrío decorador de sus habitantes cuadrúpedos.

Sin embargo, cuando cruzamos el asfalto y entramos en el patio que rodeaba la casa, el plan de diseño era evidente. El recinto estaba inspirado en las mejores prisiones de Estados Unidos, disponía de todos los elementos esenciales, incluyendo muros de ladrillo de cuatro metros de altura coronados con cámaras de vigilancia, sensores de movimiento y poderosos reflectores. El piso estaba cubierto con cemento de pared a pared, con aros de baloncesto, una barbacoa de gas y una caseta para perros con una cadena sujeta a la alambrada que recorría todo el perímetro. Las puertas originales del patio habían sido reemplazadas por otras de acero y la entrada del garaje había sido reforzada con planchas de acero soldadas.

Durante el viaje hacia la casa, la única vez que Quickwater se dignó dirigirme la palabra fue para contarme la historia básica de la propiedad. La casa había sido construida por un neoyorquino que había amasado su fortuna transportando alcohol en los días de la Ley Volstead. A mediados de la década de los ochenta, los Serpientes la compraron a los herederos del contrabandista, invirtieron cuatrocientos mil dólares en las innovaciones, y colocaron su logotipo. Además del sistema de seguridad en el perímetro, los muchachos habían instalado cristales antibalas en todas las ventanas de la primera planta y planchas de acero en todas las puertas.

Pero esta mañana nada de eso tenía importancia. Al igual que las puertas de entrada al camino particular, la puerta de la casa estaba abierta de par en par. Quickwater entró, y yo detrás de él.

Mi primera reacción fue de sorpresa ante el extraordinario

equipamiento. Si estos tíos necesitaban contratar a un abogado o depositar una fianza, no tenían más que celebrar una subasta. Sólo el equipo electrónico les hubiese reportado un montón de pasta.

La casa estaba construida en múltiples niveles, con una escalera de metal que se elevaba en su centro. Cruzamos un vestíbulo con baldosas blancas y negras y comenzamos a subir. A mi izquierda alcancé a ver una sala de juegos con mesas de billar y una larga barra. En la pared de detrás de la colección de bebidas, una serpiente enroscada con el cráneo despellejado, colmillos y ojos saltones, sonreía en un letrero de neón. En el extremo de la barra, una fila de monitores de vídeo proporcionaba dieciséis vistas de la propiedad en pequeñas pantallas en blanco y negro. En la habitación también había un gran aparato de televisión y un sistema de sonido que parecía un panel de control de la NASA. Un patrullero del Departamento de Policía de St-Basile hizo un gesto con la cabeza a modo de saludo cuando pasamos a su lado.

En el segundo nivel había un gimnasio con al menos media docena de piezas de equipamiento Nautilus. Delante de una pared espejada situada a la izquierda había dos bancos de pesas y una amplia variedad de barras de discos. Los Serpientes cuidaban su imagen corporal.

En el tercer nivel cruzamos una sala de estar al estilo motorista bilioso de final de milenio. La alfombra era de felpa color rojo oscuro y trataba de armonizar con el dorado de las paredes y el azul del tapizado de los sillones y los gigantescos sofás. Las mesas eran de metal y cristal ahumado, y sobre ellas había un variado surtido de esculturas de serpientes. Numerosas serpientes de metal, madera, cerámica y piedra también se alineaban en los antepechos de las ventanas y surgían de la parte superior del televisor más grande que había visto en mi vida.

Las paredes estaban decoradas con pósters, ampliaciones de fotografías tomadas en carreras y fiestas. En todas las instantáneas, los miembros de la banda exhibían sus músculos húmedos de sudor, montaban sus motos o sostenían botes y botellas de cerveza. La mayoría parecía proceder de un punto en la curva del cociente intelectual que desciende suavemente.

Avanzamos a través de cinco habitaciones, un cuarto de baño de mármol negro con un profundo jacuzzi y un plato de ducha acristalado del tamaño de una pista de squash, y finalmente llegamos a la cocina. A mi derecha había un teléfono mural, con una pizarra que mostraba varios números, ordenados según el código alfabético, y el nombre de un abogado local.

A mi izquierda había otra escalera.

—¿Qué hay allí? —pregunté a Quickwater.

No contestó.

En el otro extremo de la habitación había un segundo policía de St-Basile.

—Es otra sala recreativa —dijo en inglés—. Con una terraza exterior y una piscina para diez personas.

Había dos hombres sentados a una mesa de madera enmarcada por un pequeño mirador; uno con aspecto desaliñado, el otro perfectamente vestido y peinado.

Miré a Quickwater. Asintió. El corazón me dio un vuelco.

Luc Claudel era el anónimo desafortunado nuevo compañero de Quickwater. Genial. Ahora tendría que trabajar con Beavis y Butt-Head (7).

Claudel estaba hablando y golpeaba ligeramente un documento que supuse que era la orden de registro.

Su interlocutor no parecía muy contento de haberse levantado de la cama esa mañana. Tenía ojos negros y penetrantes, una nariz ganchuda que torcía abruptamente a la izquierda justo debajo de la parte carnosa, y más pelo sobre el labio superior que una morsa macho. Miraba con el ceño fruncido sus pies desnudos mientras abría y cerraba las manos que colgaban entre sus rodillas.

Quickwater señaló con la cabeza en dirección a la morsa.

—El Neanderthal es Sylvain Bilodeau. Luc le está explicando que hemos venido a hacer algunos trabajos de jardinería.

Bilodeau miró a Quickwater, después a mí, con ojos de pocos amigos, y luego volvió a concentrarse en abrir y cerrar los puños. Una serpiente tricolor se enroscaba en toda la extensión de su brazo y parecía moverse cuando los músculos se tensaban y relajaban. Sospechaba que la metáfora de Quickwater había sido una injusticia para con nuestros primos del Paleolítico.

Claudel dijo dos o tres palabras más y dejó de hablar. Bilo-

(7) Famosos personajes de dibujos animados que se caracterizan por su lenguaje soez y su conducta censurable. *(N. del t.)*

deau volvió a clavar la mirada en sus pies descalzos. Aunque medía poco más de metro sesenta, parecía el modelo de un póster de un anuncio de esteroides. Durante un momento no dijo nada.

—Esto es una mierda, tío —exclamó finalmente—. No puedes presentarte aquí y empezar a hacer agujeros en el jodido jardín.

Su francés estaba tan impregnado de jerga rural que me perdí la mitad de lo que había dicho, pero comprendí perfectamente su significado.

Claudel se levantó y miró a Bilodeau fijamente.

—Eso es exactamente lo que este papel dice que podemos hacer. Y, como ya te he explicado, tienes dos alternativas. Puedes mostrar tu educación y quedarte sentado aquí como un buen chico o podemos llevarte esposado a la ciudad y conseguirte alojamiento gratis por tiempo indefinido. Tú eliges, Nariz.

Claudel pronunció el apodo con tono burlón. Un buen apodo, pensé.

—¿Qué coño se supone que debo hacer?

—Les asegurarás a tus amigos que sería bueno para su salud que no aparecieran hoy por aquí. Aparte de eso, tu día será muy tranquilo. No harás absolutamente nada. Y el agente Berringer se quedará contigo para comprobar que así sea.

—Yo sólo trabajo aquí. ¿Por qué coño tenían que presentarse esta mañana?

Claudel le dio unas suaves palmadas en el hombro.

—La vida es saber escoger el momento oportuno, Nariz.

Bilodeau se sacudió la mano de Claudel y se acercó a la ventana.

—Cabrón hijo de puta.

Claudel alzó ambas manos en un gesto de «qué puedo hacer».

—Tal vez tú tienes problemas más graves que nosotros, Nariz. Imagino que los hermanos no se sentirán muy felices cuando sepan que duermes cuando estás de guardia.

Bilodeau comenzó a pasearse por la habitación como si fuese un animal enjaulado. Luego se detuvo en el mostrador y lo golpeó con ambos puños.

—Mierda.

Tenía los músculos del cuello hinchados por la furia y

una vena latía como un diminuto riachuelo en el centro de su frente.

Un momento después se volvió, nos miró uno a uno, y luego fijó sus ojos en mí con una expresión de intensidad a lo Charles Manson. Abrió uno de sus puños y señaló en mi dirección con un dedo tembloroso.

—Será mejor que ese cabrón renegado hijo de puta que los acompaña la acierte a la primera. —Su voz temblaba de furia—. Porque es un muerto que camina.

El cabrón renegado en cuestión había estado esperando a unos cien metros de distancia en el asiento trasero de un Jeep sin distintivos. Como parte de su arreglo había accedido a llevarnos al sitio donde estaban enterrados los cuerpos. Sin embargo, nada lo persuadiría a salir del coche hasta que estuviésemos lejos de la casa. Permanecería en el coche o no habría arreglo.

Abandonamos la casa y nos dirigimos directamente al Jeep. Ocupé el asiento del acompañante y Claudel subió a la parte trasera, mientras Quickwater continuaba por el camino para reunirse con los miembros del equipo de recuperación. En el interior del Jeep, el humo de cigarrillo era tan denso que me costaba respirar.

Nuestro informante era un hombre de mediana edad, con ojos verde apio y una coleta pelirroja. Con su piel blanca, el pelo liso y sus pálidos ojos de reptil, parecía una criatura que hubiese evolucionado en las aguas de una cueva subterránea. Serpiente era una afiliación muy apropiada. Al igual que Bilodeau, era de baja estatura. A diferencia de Bilodeau, no estaba interesado en una prolongada estancia en el club de la banda.

Claudel fue quien habló primero.

—Te conviene que esto salga bien, Rinaldi, o tus camaradas ya pueden empezar a organizar tu funeral. Parece que tu nivel de aprobación ha caído a plomo entre tus amigos.

Rinaldi se llenó los pulmones de humo, lo retuvo durante unos segundos, y luego lo expulsó por la nariz. Los bordes de los orificios palidecieron al abrirse por el esfuerzo.

—¿Quién es esta tía? —La voz sonaba extraña, como si la estuviese deformando para ocultar su identidad.

—La doctora Brennan se encargará de desenterrar tu tesoro, Rana. Y tú le prestarás toda la ayuda que necesite, ¿verdad?

—¡Puf!

Rinaldi expulsó el aire a través de los labios. Al igual que había sucedido con la nariz, los bordes palidecieron con el movimiento.

—Y serás tan obediente como un fiambre en la morgue, ¿verdad?

—Empecemos de una puta vez.

—Cuando he mencionado la morgue no ha sido una comparación casual, Rana. El símil tendrá mucho sentido si esto resulta ser una de tus jugarretas.

—No me estoy inventando nada de esta jodida historia. Allí hay dos tíos comiendo mierda desde hace bastante tiempo. Pongamos en marcha este jodido espectáculo.

—Adelante —convino Claudel. Rinaldi alzó uno de sus huesudos dedos, haciendo resonar las esposas que unían sus muñecas.

—Hay que rodear la casa y buscar un camino de tierra a la derecha.

—Eso suena como un sincero comienzo, Rana.

Rana. Otro apodo muy apropiado, pensé al oír la voz extraña y parecida al croar de un batracio.

Claudel bajó del coche y alzó ambos pulgares en dirección a Quickwater, que se encontraba a un par de metros de la camioneta donde viajaba el equipo encargado de delimitar la escena del crimen. Me volví y sorprendí a Rinaldi mirándome como si intentase leer mi código genético. Cuando nuestras miradas se encontraron, él la sostuvo, negándose a apartar los ojos. Yo hice lo mismo.

—¿Tiene algún problema conmigo, señor Rinaldi? —pregunté.

—Un trabajo extraño para una tía —dijo sin dejar de mirarme fijamente a los ojos.

—Soy una tía extraña. Una vez oriné en la piscina de Sonny Barger.

Yo ni siquiera sabía si el antiguo jefe de los Ángeles del Infierno tenía una piscina, pero sonaba bien. Además, la referencia a Barger probablemente no le dijese nada a Rana.

Pasaron varios segundos y luego Rana sonrió, sacudió ligeramente la cabeza y apagó el cigarrillo en el pequeño cenicero que había entre los dos asientos delanteros. Cuando las esposas se deslizaron hacia atrás alcancé a ver dos relámpagos en forma de flecha tatuados en el antebrazo y encima las palabras «Jodidos Elegidos».

Claudel volvió al Jeep y Quickwater se unió a nosotros, sentándose al volante sin decir nada. Mientras rodeábamos la casa y nos adentrábamos en el bosque, Rinaldi miraba en silencio a través de la ventanilla, sin duda preocupado por sus propios demonios.

El camino señalado por Rinaldi no era más que dos huellas en el terreno, y los coches y la camioneta de recuperación de cadáveres que nos seguían se movían lentamente a través del barro y la espesa vegetación. En un momento dado, Quickwater y Claudel se vieron obligados a bajar del Jeep para quitar un árbol que había caído en medio del camino. Mientras arrastraban las ramas podridas, un par de ardillas huyeron velozmente.

Quickwater regresó sudoroso y con las perneras de los pantalones cubiertas de barro. Claudel seguía teniendo un aspecto impecable y se movía como si llevase un esmoquin. Sospechaba que Claudel tendría ese mismo aspecto cuando se paseaba en ropa interior, pero dudaba de que alguna vez lo hiciera.

Claudel aflojó su corbata un milímetro y dio unos golpecitos en la ventanilla de Rinaldi. Abrí la puerta de mi lado, pero Rana estaba encendiendo otro cigarrillo.

Claudel volvió a golpear el cristal con los nudillos y Rana abrió la puerta. Una nube de humo escapó del interior del vehículo.

—Apaga eso antes de que necesitemos mascarillas para poder respirar. ¿Las células de tu memoria siguen funcionando, Rana? ¿Reconoces el terreno? —preguntó Claudel.

—Están aquí. Si sólo cerrara la jodida boca y dejara que me orientara...

Rinaldi bajó del Jeep y echó un vistazo a su alrededor. Quickwater me obsequió con otra de sus duras miradas mientras nuestro informante realizaba un barrido visual de la zona. Lo ignoré y me dediqué a hacer mi propia inspección.

Alguna vez, aquel lugar había sido utilizado como vertedero. Había latas y recipientes de plástico, botellas de cerveza y vino, un viejo colchón y un somier oxidado. El terreno aparecía marcado con las delicadas huellas de los ciervos, rodeando, cruzando y desapareciendo entre los árboles.

—Me estoy impacientando, Rana —dijo Claudel—. Contaría hasta tres, como hago con los niños, pero estoy seguro de que te perderías con las matemáticas.

—¿Quiere cerrar de una vez la jodida…?

—Tranquilo —advirtió Claudel.

—Hace años que no piso este lugar. Había un cobertizo, tío. Si puedo encontrar el puto cobertizo, podré llevarlos hasta los cadáveres.

Rana comenzó a entrar y salir del bosque, como si fuese un sabueso que ha olido a una liebre. Con cada movimiento parecía menos seguro, y yo empezaba a compartir sus dudas.

Había participado en muchas expediciones guiadas por informantes y en muchos casos el viaje es una pérdida de tiempo. Las pistas de los detenidos suelen ser muy poco fiables, ya sea porque el informante miente o bien simplemente porque le ha fallado la memoria. LaManche y yo fuimos dos veces en busca de una fosa séptica que, según nos habían dicho, era la tumba de la víctima de un asesinato. Dos safaris, ninguna fosa. El soplón regresó a la prisión y los contribuyentes pagaron la factura.

Finalmente, Rinaldi volvió al Jeep.

—Es más adelante.

—¿Cuánto más adelante?

—¿Qué soy yo, un jodido geógrafo? Mire, reconoceré el lugar cuando lo vea. Había un cobertizo de madera.

—Te estás repitiendo, Rana.

Claudel miró su reloj.

—*Sacré bleu!* Si dejases de tocarme los huevos y condujeras camino arriba, encontrarías a tus fiambres.

—Será mejor que no te equivoques, Rana. O te encontrarás cubierto de mierda hasta las pestañas.

Los hombres subieron a los coches y la procesión continuó lentamente su camino. Habíamos recorrido apenas una decena de metros cuando Rinaldi alzó ambas manos. Luego aferró el respaldo de mi asiento y se inclinó hacia adelante para mirar a través del parabrisas.

—Alto.

Quickwater frenó.

—Allí. Allí está.

Rinaldi señaló las paredes sin techo de una pequeña estructura de madera. La mayor parte del cobertizo se había derrumbado y varios fragmentos del techo y tablas podridas estaban esparcidos sobre la hierba.

Todo el mundo bajó de los coches. Rinaldi dio un giro de trescientos sesenta grados, dudó un instante y luego se dirigió decididamente hacia el bosque en un ángulo de cuarenta grados con respecto al cobertizo.

Claudel y yo lo seguimos, abriéndonos paso a través de las enredaderas y plantas trepadoras del año anterior y apartando ramas a las que les faltaban varias semanas para florecer. Ahora el sol estaba alto en el horizonte y los árboles arrojaban largas sombras que formaban un dibujo de tela de araña sobre la tierra mojada.

Cuando nos reunimos con Rinaldi estaba en el borde de un claro, con las manos colgando delante del cuerpo y los hombros hacia adelante, como un chimpancé a punto de hacer una demostración. La expresión de su rostro no era tranquilizadora.

—Tío, este lugar ha cambiado un huevo. No recordaba que hubiese tantos jodidos árboles. Solíamos venir aquí a encender hogueras y emborracharnos.

—No tengo ningún interés en saber cómo pasabais los veranos tus amigos y tú, Rana. Se te está acabando el tiempo. Pasarás veinticinco años en el trullo y todos leeremos cómo te encontraron en las duchas con un trozo de tubería en el culo.

Nunca había oído una descripción tan florida en boca de Claudel.

Rinaldi apretó los músculos de la mandíbula pero no dijo nada. Aunque aquella mañana había helado, sólo llevaba una camiseta y tejanos. Los brazos eran delgados y fibrosos y tenía la piel de gallina.

Se volvió y echó a andar hacia el centro del claro. Hacia la derecha, el terreno ascendía suavemente hasta un pequeño arroyo. Rinaldi llegó a la orilla atravesando un grupo de pinos, miró en ambas direcciones y continuó corriente arriba. Quickwater, Claudel y yo lo seguimos. Después de recorrer unos veinte metros, Rinaldi se detuvo y agitó los escuálidos brazos abarcando una amplia franja de terreno baldío. Se extendía entre el arroyo y un montículo de piedras, y estaba sembrado de ramas, recipientes de plástico, latas y los desechos habituales que arrastran las crecidas estacionales.

—Allí están las jodidas tumbas.

Miré su rostro. La expresión se había recompuesto, reemplazando la incertidumbre por la arrogante insolencia.

—Si eso es todo lo que tienes para ofrecernos, Rana, ese trozo de tubería lleva tu nombre grabado en él.

Otra vez Claudel.

—No me vaciles, tío. Han pasado más de diez años. Si esta tía conoce su oficio, podrá encontrarlos.

Mientras inspeccionaba el área que Rinaldi nos había indicado, la presión aumentaba en mi pecho. Más de diez años de crecidas estacionales. No habría un solo elemento indicador. Ninguna depresión. Ninguna actividad de los insectos. Absolutamente ningún rastro de vegetación modificada. Nada de estratigrafía. Ninguna pista en un hueco subterráneo.

Claudel me interrogó con la mirada. A mis espaldas, la corriente de agua burbujeaba ociosamente. Por encima de mi cabeza, un cuervo graznó y otro le respondió.

—Si están allí, los encontraré —dije con más seguridad de la que realmente sentía.

El diálogo de los cuervos sonó como una carcajada.

8

Hacia el mediodía habíamos limpiado de vegetación y desechos una área de aproximadamente cuarenta y cinco metros cuadrados, basándonos en los vagos recuerdos que tenía Rana de la ubicación de las tumbas. Resultó que nunca había visto realmente los cuerpos, pero tenía «información fidedigna». Según la misma, las víctimas habían sido invitadas a una fiesta campestre, llevadas al bosque y asesinadas de un disparo en la cabeza. Magnífico.

Yo había marcado una cuadrícula de búsqueda, y a continuación había colocado estacas de plástico anaranjadas a intervalos de un metro y medio. Puesto que raramente los cuerpos se entierran a una profundidad superior al metro ochenta, había solicitado una unidad provista de un radar de penetración terrestre con una antena de 500 MHz, una frecuencia altamente efectiva a esas profundidades. Había llegado en menos de una hora.

Trabajando junto con el operador del radar, excavé un hoyo de prueba fuera del área de búsqueda para evaluar la densidad, el contenido de humedad, los cambios en los estratos y otras condiciones del suelo. Habíamos vuelto a llenar el hoyo, enterrando un trozo de metal. Luego el operador había escaneado el hoyo para obtener los datos de control.

Estaba acabando de sintonizar su equipo cuando Rana bajó del Jeep y se aproximó a mí, seguido de cerca por su guardián. Era una de las numerosas incursiones que había hecho desde que llegamos a ese lugar y la mañana libre de francotiradores parecía haber mitigado su ansiedad.

—¿Qué coño es eso? —preguntó, señalando un juego de artilugios que parecían salidos de *Regreso al futuro*. En ese momento, Claudel se reunió con nosotros.

—Rana, creo que podrías beneficiarte de algunos adjetivos nuevos. Tal vez conseguir uno de esos calendarios que te enseñan una palabra nueva cada día.

—Que te jodan.

En cierto sentido, yo sabía apreciar los expletivos en inglés. Eran como sonidos del hogar en tierra extranjera.

Miré a Rana para ver si sólo se estaba haciendo el gracioso, pero en sus ojos verde claro se reflejaba un auténtico interés. De acuerdo. Allí donde pasaría Rana sus próximos años no tendría demasiadas experiencias que ampliasen su horizonte científico.

—Es un sistema GPR. —Casi podía oír el ruido de sus neuronas—. Radar de penetración terrestre.

Señalé un terminal que estaba conectado al encendedor eléctrico de un todoterreno.

—Ésa es la máquina GPR. Evalúa las señales que envía una antena y produce un modelo en esa pantalla.

Señalé una estructura parecida a un trineo con una manija superior y un cable largo y grueso conectado a la caja del GPR.

—Ésa es la antena.

—Parece una cortadora de césped.

—Sí. —Me pregunté qué sabría Rana de cuidar el césped—. Cuando un operador barre el terreno con la antena, ésta transmite una señal penetrante y luego envía los datos a la máquina GPR. El radar evalúa la fuerza y el tiempo de rebote de la señal.

Parecía seguir atentamente las explicaciones. Y, aunque fingía desinterés, Claudel también me escuchaba.

—Si hay algo en la tierra, la señal se distorsiona. Su potencia se ve afectada por el tamaño de la perturbación subterránea y por las propiedades eléctricas de sus límites superiores e inferiores. La profundidad del objeto determina cuánto tiempo tarda la señal en bajar y volver a subir.

—¿O sea que este chisme puede decirle dónde hay un fiambre?

—No un cuerpo específicamente. Pero sí puede decirme que existe una perturbación subterránea y eso me proporcionará información acerca de su tamaño y localización.

Rana parecía no entender una sola palabra.

—Cuando cavas un agujero en la tierra y pones algo en él, ese lugar nunca será como antes. El relleno puede tener menos densidad, una mezcla diferente o propiedades eléctricas diferentes de las que hay en la matriz circundante.

Así era. Pero yo dudaba de que ése fuese el caso aquí. Diez años de filtraciones pueden borrar las diferencias del suelo.

—Y el objeto que está enterrado, ya sea un cable, un artefacto que no ha explosionado o un cuerpo humano, no enviará la misma señal que el suelo que lo rodea.

—Polvo al polvo. ¿Y qué pasa si el cadáver se ha filtrado en el agua potable que beberemos mañana?

Buena pregunta, Rana.

—La descomposición de la carne puede alterar la composición química y las propiedades eléctricas de la tierra, de modo que incluso pueden aparecer huesos y cadáveres putrefactos.

Pueden.

En ese momento, el operador del radar me hizo una señal para indicarme que estaba preparado.

—Quickwater, ¿quiere tirar del trineo? —grité.

—Yo lo haré —se ofreció Claudel.

—De acuerdo. Consiga a uno de los tíos de Identificación y dígale que lo siga para controlar el cable. No es complicado. Comience donde el operador ha instalado la antena, justo en el borde del claro. Cuando supere la línea de estacas situada más al norte, presione dos veces el botón del mando a distancia. Está en el mango. La señal establecerá los límites de ese recorrido transversal. Arrastre el trineo aproximadamente a una velocidad de dos tercios del paso normal, manteniendo el barrido lo más recto posible. Cada vez que pase junto a una estaca este-oeste, pulse el botón una vez. Cuando llegue al extremo más alejado vuelva a pulsar dos veces la señal para indicar el final del recorrido transversal. Entonces arrastraremos ese chisme nuevamente al punto de partida y comenzaremos un segundo barrido.

—¿Por qué no podemos ir simplemente hacia adelante y hacia atrás?

—Porque las huellas de las secciones transversales adyacentes no pueden compararse si se realizan desde direcciones opuestas. Cubriremos toda el área de norte a sur, eso significa treinta barridos, luego repetiremos el proceso en sentido este-oeste.

Claudel asintió.

—Yo me quedaré junto al operador y controlaré la pantalla. Si advertimos alguna perturbación, lo avisaré, y su compañero puede colocar una estaca para señalar el lugar exacto.

Una hora más tarde, la búsqueda había concluido y todo el mundo se encontraba alrededor de la camioneta, desenvolviendo bocadillos y destapando refrescos. Doce estacas azules delimitaban tres cuadrados dentro de la cuadrícula de inspección.

Los resultados eran mejores de lo que yo había esperado. Las lecturas de la tercera y decimotercera secciones transversales norte-sur mostraron perturbaciones con extensiones y anchuras aproximadamente iguales. Pero lo que me llamó la atención fue el perfil que mostraba el undécimo barrido. Había pedido una salida impresa y la examiné mientras comía mi bocadillo de salchichón y queso.

La impresión mostraba una cuadrícula. Las líneas horizontales indicaban la profundidad, basada en nuestra calibración con el hoyo de control, con la superficie del terreno en la parte superior. Las líneas verticales eran punteadas y correspondían a las señales enviadas por Claudel cuando superaba cada una de las estacas que delimitaban la cuadrícula.

El dibujo que aparecía justo debajo de la superficie era ondulado aunque de líneas planas. Pero superpuesto sobre la cuadrícula 11 Norte aparecían una serie de curvas en forma de campana, cada una dentro de la siguiente, como las costillas en un esqueleto. El perfil indicaba una perturbación en la intersección de la línea 11 Sur con la línea 4 Este-Oeste. Se encontraba a una profundidad aproximada de un metro y medio.

Luego examiné los perfiles obtenidos durante los barridos realizados en sentido este-oeste. La comparación entre las secciones perpendiculares me permitió calcular la forma y el tamaño de la perturbación. Lo que vi hizo que se me acelerase el corazón.

La anomalía medía aproximadamente un metro ochenta y tenía unos noventa centímetros de ancho. El tamaño de una tumba.

A la profundidad de una tumba.

—¿Esto funcionará?

No había oído a Claudel que se acercaba.

—Ahora lo comprobaremos.

—¿Ahora?

—Sí.

Acabé mi coca-cola *light* y subí al Jeep. La camioneta se movió pesadamente detrás de nosotros mientras Quickwater se dirigía hacia las coordenadas 11 Norte, 4 Este. Habíamos decidido que yo cavaría en ese lugar mientras Claudel y Quickwater investigaban las otras dos alteraciones. Después de que yo hubiese colocado una simple cuadrícula alrededor de cada sección del terreno, ellos quitarían la tierra en finas capas, examinando cada palada.

Había dado instrucciones a los investigadores de Carcajou sobre la forma de observar las diferencias en el color y la textura de la tierra. Si descubrían cualquier alteración, me avisarían de inmediato. Cada uno de nosotros contaba con la ayuda de personal perteneciente a la Sección de Identificación Judicial, o SIJ, y fotógrafos de ese departamento tomarían fotografías y filmarían toda la operación.

Y eso fue exactamente lo que hicimos.

Claudel supervisaba mientras su equipo trabajaba en la perturbación observada en la sección 13 Norte, 5 Este, aproximadamente a un metro de la mía. De vez en cuando alzaba la vista y lo veía junto a sus hombres, acompañando con expresivos gestos sus instrucciones o preguntando algo acerca de la tierra que estaban excavando. Aún no se había quitado su chaqueta deportiva.

Después de media hora de trabajo, una pala chocó con algo en el foso de Claudel. Mi cabeza se alzó como un muelle y sentí que se me tensaban los músculos del estómago. La hoja metálica había golpeado algo duro y firme.

Mientras Claudel observaba atentamente, los técnicos y yo revelamos su contorno. El objeto estaba oxidado y cubierto de suciedad, pero su forma era inconfundible. El miembro de la SIJ del equipo de Claudel fue el primero en gritar:

—*Tabernac! C'est un Weber* (8).

—Eh, monsieur Claudel, ¿está planeando hacer una barbacoa? ¿Asar unas hamburguesas, traer las tumbonas y tal vez invitar a algunas chicas?

(8) Conocida marca de una típica barbacoa para asar carne al aire libre. (*N. del t.*)

—Jean-Guy, dile a Luc que hay una manera más fácil de hacerlo. Todas esas cosas las tienen en Wall-Mart.

—Sí. —Claudel nunca sonreía—. Sois tan graciosos que tal vez necesitemos un saco para cadáveres porque me moriré de risa. Ahora seguid cavando. Aún tenemos que sacar esa cosa y asegurarnos de que debajo no hay ninguna sorpresa.

Claudel dejó la cuadrícula a sus compañeros de equipo y se reunió conmigo en la 11 Norte, 4 Este. Yo reanudé mi trabajo en el extremo norte mientras Claudel permanecía junto a mi ayudante de la SIJ en la parte sur. Hacia las dos de la tarde habíamos excavado aproximadamente noventa centímetros y no habíamos encontrado nada en el foso o en la pantalla que indicase que me estaba aproximando a una sepultura.

Entonces vi la bota.

Estaba apoyada de lado, con el tacón proyectado ligeramente hacia arriba. Me serví de la pala para apartar la tierra, ampliando el área a su alrededor. Mi ayudante me echó un vistazo y luego continuó rascando la tierra en el otro extremo del foso. Claudel nos observaba sin hacer comentarios.

Pocos minutos más tarde encontré al otro miembro del par. Puñado tras tedioso puñado quité la tierra hasta que el par quedó completamente expuesto. El cuero estaba húmedo y muy descolorido, los ojalillos doblados y oxidados, pero ambas botas estaban razonablemente intactas.

Cuando el calzado quedó a la vista, tomé notas de su nivel y posición, y el fotógrafo filmó el hallazgo. Mientras separaba cada bota y la colocaba en una bolsa de plástico era obvio que ninguna de las dos contenía huesos de la pierna o el pie.

No era una buena señal.

El cielo era azul y el sol calentaba con fuerza. De vez en cuando, una suave brisa agitaba las ramas por encima de mi cabeza, haciendo que chocasen levemente entre ellas. A mi derecha, el arroyo discurría entre rocas abandonadas por glaciares hacía mucho tiempo.

Una gota de sudor se deslizó por mi nuca desde el nacimiento del pelo. Me quité la sudadera por la cabeza y la arrojé sobre las agujas de pino que bordeaban el foso. No estaba segura de si mis glándulas habían sido estimuladas debido al calor de la primavera o a la tensión que sentía.

Siempre me sentía así durante las exhumaciones. La curiosidad. La anticipación. El miedo al fracaso. ¿Qué yace debajo de la siguiente capa de tierra? ¿Y si no hay nada? ¿Qué pasa si hay algo pero no consigo extraerlo sin dañarlo?

Sentía un intenso deseo de coger una pala y cavar directamente en el agujero. Pero la explotación a cielo abierto no era la respuesta. A pesar de que se trataba de un proceso agotador, sabía que era imprescindible aplicar la técnica apropiada. La máxima recuperación de huesos, artefactos y detalles contextuales sería sumamente importante en un caso como éste, de modo que continué trabajando con mucho cuidado, aflojando la tierra y luego trasladándola a los cubos para examinarla. Por el rabillo del ojo alcanzaba a ver al técnico de la SIJ que realizaba los mismos movimientos, mientras Claudel permanecía a su lado en silencio. En algún momento se había quitado la chaqueta.

Vimos las partículas blancas al mismo tiempo. Claudel estaba a punto de abrir la boca cuando exclamé:

—Hol... a.

Me miró con las cejas levantadas y asentí.

—Parece cal. Habitualmente eso significa que hay alguien en casa.

Las partículas dieron paso a una capa de lodo blanco y pringoso, luego encontramos el primer cráneo. Yacía boca arriba, como si las cuencas llenas de tierra hubiesen girado para echar un último vistazo al cielo. Los fotógrafos transmitieron a gritos la noticia y el resto de ellos dejaron lo que estaban haciendo y se congregaron alrededor del foso.

Mientras el sol se desplazaba lentamente hacia el horizonte, dos esqueletos quedaron a la vista. Yacían sobre sus costados, uno en posición fetal, el otro con los brazos y las piernas doblados violentamente hacia atrás. La carne había desaparecido de los cráneos y los huesos de las pelvis y las piernas y aparecían teñidos del mismo color té oscuro que presentaba la tierra que los rodeaba.

Los huesos de pies y tobillos estaban encajados en calcetines podridos, los torsos cubiertos con jirones de tela descompuesta. La ropa que envolvía los brazos colgaba de los huesos como una especie de parodia de un espantapájaros. Las muñecas estaban unidas con alambre y vi cremalleras y grandes hebillas de metal anidadas entre las vértebras.

Hacia las cinco y media mi equipo había expuesto completamente los restos. Además de las botas, la bolsa de plástico contenía una colección de cartuchos oxidados y dientes aislados recuperados durante la inspección. Los fotógrafos estaban tomando instantáneas y filmando sus vídeos cuando Rana le dijo a su guardián que quería hacer otra visita.

—*Allô. Bonjour* —dijo, haciendo un gesto como si se quitara un sombrero en dirección a los dos esqueletos que yacían en el foso. Luego se volvió hacia mí—. O quizá debería decir *día de huesos* (9) para usted, señora.

Ignoré el juego de palabras bilingüe.

—Mierda. ¿Por qué camisas y calcetines y nada más?

No estaba de humor para darle una clase en ese momento.

—Así es —dijo con una risa tonta mientras miraba el interior del foso—. Los obligaron a caminar descalzos y llevar las botas en la mano. ¿Pero dónde coño están los pantalones?

—Cenizas a las cenizas, ¿recuerdas? —le dije bruscamente.

—Yo mejor diría mierda a la mierda.

Su voz sonaba tensa por la excitación, como si se hubiese tragado la cola de una serpiente de cascabel.

Su insensibilidad me resultaba irritante. La muerte duele. Es tan simple como eso. Duele a los que mueren, duele a los que los aman y duele a aquellos que los encuentran.

—De hecho, es exactamente al revés —dije con rabia contenida—. La mierda es la que sobrevive durante más tiempo. Las fibras naturales, como el algodón de los tejanos, se descomponen mucho antes que las fibras sintéticas. Tus amigos preferían el poliéster.

—Joder, están horribles. ¿Había algo más con ellos? —preguntó, echando otro vistazo a la tumba. Sus ojos brillaban como los de una rata sobre un cadáver—. No fue una buena decisión asistir a esa fiesta, ¿verdad? —se mofó.

Sí, pensé. Una decisión mortal.

Comencé a limpiar la hoja de la pala, aprovechando la actividad física para calmarme. A nuestros pies había dos cadáveres y ese pequeño roedor se lo estaba pasando en grande.

Me volví para comprobar si los fotógrafos habían acabado su trabajo y vi que Quickwater caminaba en mi dirección.

Genial. Alégrame el día, pensé, esperando que estuviese

(9)   En el original hay un juego de palabras bilingüe intraducible entre *bonjour*, «buen día», y *bone* («hueso» en inglés) y *jour* («día» en francés), cuya traducción literal sería «día de huesos» o «día óseo». Lamentablemente, en español este juego se pierde. *(N. del t.)*

buscando a otra persona. No era así. Observé cómo se aproximaba con el mismo entusiasmo que hubiese sentido por la congelación.

Quickwater me dirigió una de sus famosas miradas con el rostro rígido como el granito. Olía a sudor masculino y pino y me di cuenta de que había trabajado duramente durante toda la tarde. Mientras otros habían hecho pequeños descansos para comprobar los progresos en la sepultura principal, Quickwater había continuado con su tarea. Tal vez sólo quería mantener cierta distancia entre nosotros. Por mi parte no había ningún problema.

—Hay algo que debe ver.

Había una tranquilidad en él que me resultaba insoportable. Esperé a que me diese alguna otra explicación, pero Quickwater giró sobre sus talones y regresó al lugar adonde había estado trabajando, absolutamente seguro de que yo lo seguiría.

Capullo arrogante, pensé.

Ahora las sombras de los árboles eran mucho más alargadas y la temperatura descendía rápidamente. Miré mi reloj. Eran casi las seis. El bocadillo de salchichón y queso era prehistórico.

Será mejor que merezca la pena, pensé.

Atravesé el claro en dirección a las coordenadas 3 Norte, 9 Este, el sitio de la perturbación al que habían sido asignados Quickwater y su equipo. Me asombró comprobar que habían excavado toda la cuadrícula que yo había marcado.

El objeto de la preocupación de Quickwater se encontraba a un metro de profundidad y, siguiendo mis instrucciones, nadie lo había movido. El equipo había excavado el resto del cuadrado hasta una profundidad de dos metros.

—¿Es eso?

Quickwater asintió.

—¿Nada más?

Su expresión no se alteró.

Miré a mi alrededor. No cabía duda de que todo el equipo había hecho un excelente trabajo. La pantalla aún descansaba en su soporte, flanqueada por conos de tierra húmeda. Era como si hubiesen cribado toda la tierra de la provincia. Mis ojos volvieron a posarse en el pedestal de tierra y en su macabro contenido.

Ese descubrimiento no tenía ningún sentido.

9

Cerré los ojos y escuché las vacas que mugían suavemente en la distancia. En alguna parte, la vida era tranquila, rutinaria y tenía sentido.

Cuando abrí los párpados, los huesos aún seguían allí pero apenas tenían sentido. La oscuridad caía rápidamente, hurtando los detalles del paisaje, como un lento fundido en una vieja película. No acabaríamos la recuperación de los cuerpos ese día, de modo que las respuestas tendrían que esperar.

No me arriesgaría a destruir las evidencias dando traspiés en la oscuridad. Las sepulturas habían estado aquí durante bastante tiempo y podían seguir así unas horas más. Sacaríamos los restos que estuviesen expuestos de las tumbas y eso sería todo. El lugar quedaría protegido y volveríamos al trabajo al día siguiente a primera hora.

Quickwater seguía observándome. Miré a mi alrededor pero no vi a Claudel.

—Necesito hablar con su compañero —dije, girándome para regresar a mi lugar de excavación.

Quickwater levantó un dedo. Luego sacó un teléfono móvil del interior de la chaqueta, marcó un número y me lo dio. Claudel contestó casi al instante.

—¿Dónde está? —pregunté.

—Detrás de un álamo. ¿Tendría que haber solicitado un pase para el lavabo?

Una pregunta estúpida, Brennan.

—Su compañero pensó que dos esqueletos no eran suficientes, de modo que ha descubierto otro para nosotros.

—*Sacré bleu!*

—Bueno, no se trata exactamente de un esqueleto. Por lo que alcanzo a ver, el soltero número tres consiste en un cráneo y dos huesos largos.

—¿Dónde está el resto?

—Una pregunta muy perspicaz, detective Claudel. Eso también me confunde a mí.

—¿Qué quiere hacer?

—Sacaremos todos los huesos y luego cerraremos este lugar hasta mañana. La policía de St-Basile tendrá que sellar la excavación y destinar a un hombre para que vigile cada una de las sepulturas. No debería resultar difícil proteger este lugar, ya que cuenta con más medidas de seguridad que Los Álamos.

—La idea no les gustará nada a los polis de aquí.

—Sí, bueno, tampoco era lo que yo había planeado para hacer esta semana.

Llevó menos de una hora meter los huesos en las bolsas y despacharlos al depósito de cadáveres. La cuadrícula y otras evidencias físicas fueron etiquetadas y enviadas al laboratorio criminal. Luego cubrí los fosos con grandes hojas de plástico y los dejé al cuidado del Departamento de Policía de St-Basile.

Como era previsible, Quickwater y yo regresamos a la ciudad en silencio. Al llegar a mi apartamento intenté hablar con Ryan, pero nadie contestó al teléfono.

—¿Por qué, Andy, por qué? —susurré, como si él pudiese oírme—. Por favor, que todo esto no sea verdad.

Mi final de jornada consistió en un baño, una pizza y a la cama temprano.

El amanecer nos encontró a todos reunidos nuevamente en el parque de recreo de los Serpientes. El arroyo seguía burbujeando, los pájaros continuaban protestando y, nuevamente, pude ver cómo mi aliento formaba pequeñas nubes de vapor en el frío aire de la mañana. Sólo dos cosas eran diferentes.

Claudel había decidido quedarse en la ciudad para seguir otras pistas.

Durante la noche, la noticia del hallazgo de los cadáveres se había filtrado a los medios de comunicación y una fuerza invasora nos recibió al llegar al lugar de los hechos. Coches y furgonetas se alineaban en la autopista y los periodistas nos asaltaron en inglés y francés. Los ignoramos, pasamos a través de micrófonos y cámaras, nos identificamos ante el oficial de guardia y nos deslizamos a través de las puertas que daban acceso a la propiedad.

Volví a destapar los fosos y reanudé el trabajo donde lo había dejado el día anterior, comenzando por la sepultura doble. Cavé hasta una profundidad de dos metros pero sólo encontré algunos huesos de la mano y otro par de botas.

Repetí la operación en la sepultura de Quickwater, cada vez más confundida a medida que avanzaba. Aparte del cráneo y los huesos de las piernas, la tumba era completamente estéril. No había restos de ropa y tampoco de joyas. No había llaves ni documentos de identidad de plástico. No había rastros de pelo o tejidos blandos. La inspección adicional con el GPR no mostró ninguna otra alteración subterránea en el área despejada.

Había otro detalle extraño. Mientras que la tumba donde estaban los dos esqueletos había contenido un rico yacimiento de restos de insectos, la que se encontraba en 3 Norte, 9 Este, no contenía ninguna larva fosilizada y tampoco vainas de crisálidas. No tenía ninguna explicación para esta diferencia.

Hacia las cinco de la tarde habíamos rellenado los fosos y cargado mi equipo en la camioneta de la escena del crimen. Estaba cansada, sucia y confundida, y la peste a muerte impregnaba mi pelo y mi ropa. Sólo quería llegar a casa y quedarme una hora metida en agua caliente y jabonosa.

Cuando Quickwater salió a través de las puertas, un equipo de televisión rodeó el Jeep impidiéndonos el paso. Redujimos la velocidad hasta detener el vehículo y un hombre de mediana edad con el pelo cubierto de laca y una dentadura perfecta se colocó de mi lado y golpeó la ventanilla. Detrás de él, un cámara me enfocaba directamente a la cara.

No estaba de humor para la diplomacia, de modo que bajé el cristal de la ventanilla, me asomé y les dije en términos muy gráficos que dejasen el camino libre. La luz de la cámara se encendió y el periodista comenzó a acribillarme a preguntas. Les hice varias sugerencias relativas a los lugares donde podían guardar su equipo de filmación y los sitios que ambos podrían disfrutar. Luego, poniendo los ojos en blanco, volví a meter la cabeza dentro del coche y pulsé el botón que elevaba el cristal. Quickwater aceleró y nos alejamos. Me volví para ver al periodista en medio de la carretera, con el micrófono aún aferrado entre las manos y una expresión de sorpresa dibujada en el rostro.

Me apoyé en el asiento y cerré los ojos, sabiendo que no habría ninguna conversación entre Quickwater y yo. Me daba igual. Las preguntas seguían dando vueltas en mi cabeza, girando y formando remolinos como las aguas de un arroyo crecido.

¿Quién era esa tercera víctima? ¿Cómo había muerto? Esperaba encontrar esas respuestas en el laboratorio.

¿Cuándo se había producido la muerte? ¿Cómo había ido a parar una parte de su cadáver a una sepultura clandestina en la propiedad de los Serpientes? Esperaba que esos interrogantes fuesen desvelados por los Serpientes.

Más desconcertante aún era la pregunta acerca de las partes del cuerpo que faltaban. ¿Dónde estaba el resto del esqueleto? Mientras retiraba los huesos y los metía en las bolsas de plástico para trasladarlos, los había examinado con cuidado en busca de lesiones producidas por animales. Osos, lobos, coyotes y otros depredadores se darían un festín con los cadáveres humanos si tuviesen oportunidad de hacerlo. Y lo mismo puede aplicarse a la familia canina o felina.

No vi ninguna señal que indicase que los carroñeros se hubiesen llevado las partes que faltaban. No había articulaciones o troncos mordidos, tampoco heridas perforantes ni marcas de dientes. Tampoco había advertido ninguna marca de sierra o cuchillo que pudiese sugerir que el cuerpo había sido desmembrado.

Entonces, ¿dónde está el resto del cadáver?

Había planeado la noche del miércoles como una repetición ligeramente modificada de la que había tenido el martes. Baño. Microondas. Pat Conroy. Excepto por la primera parte, no fue así.

Acababa de secarme y ponerme un camisón de franela verde cuando sonó el teléfono. *Birdie* me siguió a la sala de estar.

—*Mon Dieu*, tu rostro comienza a ser más conocido que el mío.

No era en absoluto lo que necesitaba oír en ese momento. Después de más de veinte años trabajando en teatro y televisión, Isabelle era una de las artistas más queridas de Quebec. Allí donde iba la reconocían inmediatamente.

—Aparecí en las noticias de las seis —supuse.

—Una actuación digna de un Oscar, llena de ira y ardiendo con la pasión de…

—¿Estuvo muy mal?

—Tu pelo tenía buen aspecto.

—¿Me identificaron?

—*Mais oui, docteur Brennan.*

Maldita sea.

Me senté en el sofá, y *Birdie* se instaló en mi regazo, previendo una larga conversación.

—¿Habían suprimido algo de la cinta?

—Nada. Tempe, soy muy buena leyendo los labios. ¿Dónde aprendiste todas esas palabras?

Lancé un gruñido, recordando algunas de mis sugerencias más coloridas acerca de los lugares de destino de micrófonos y cámaras.

—Pero ésa no es la razón de mi llamada. Quiero que vengas a cenar el sábado. He invitado a algunos amigos y creo que necesitas un poco de terapia social, alejarte de esos horribles motoristas y del tema Ryan.

El tema Ryan.

—Isabelle, no creo que sea una buena compañía en este momento. Yo…

—Tempe, no estoy dispuesta a aceptar un no por respuesta. Y quiero que te pongas perlas y perfume y un vestido muy elegante. Eso mejorará tu apariencia general.

—Isabelle. Dime que no estás organizando otra cita a ciegas.

Durante un momento sólo me llegó silencio desde el otro extremo de la línea. Luego:

—Tempe, la clase de trabajo que haces te convierte en una persona muy suspicaz. Ya te lo he dicho. Sólo un pequeño grupo de amigos. Además, tengo una sorpresa para ti.

Oh, no.

—¿Qué es?

—Si te lo digo, dejará de ser una sorpresa.

—Dímelo de todos modos.

—*Bon.* Quiero que conozcas a alguien. Y sé que a él le encantará conocerte. Bueno, en realidad ya os conocéis, aunque no formalmente. Este hombre no está interesado en iniciar una relación romántica. Confía en mí.

Durante los últimos dos años había conocido a muchos de

los amigos de Isabelle, la mayoría de los cuales estaban relacionados con el arte. Algunos eran aburridos, otros encantadores. Muchos eran homosexuales. Todos eran únicos en uno u otro sentido. Isabelle tenía razón. Una noche de frivolidad me vendría bien.

—De acuerdo. ¿Qué quieres que lleve?

—Nada. Sólo debes ponerte los zapatos de baile y estar en mi casa a las siete.

Después de quitarme la toalla de la cabeza y peinarme con el cepillo metí un plato de marisco en el microondas. Estaba programando el tiempo cuando sonó el timbre.

Ryan, deseé súbitamente, mientras me dirigía a la puerta. Todo había sido un error. Pero si no lo era, ¿realmente quería verlo? ¿Quería saber dónde había estado, qué había dicho?

Decididamente, sí.

El examen de conciencia resultó innecesario, ya que el monitor de seguridad mostró la figura de Jean Bertrand, no la de su compañero, en el vestíbulo exterior. Pulsé el botón que abría la puerta del edificio y luego fui al dormitorio a ponerme una bata y un par de calcetines de lana. Cuando Bertrand entró en el apartamento dudó un momento, como si tratase de tranquilizarse. Después extendió la mano. Estaba fría.

—Hola, Tempe. Lamento sorprenderte de esta manera.

Aparentemente, sorprenderme estaba de moda esos días. Asentí ligeramente.

Tenía el rostro demacrado y ojeroso. Aunque normalmente vestía de un modo impecable, esta noche llevaba tejanos gastados y una cazadora de ante arrugada. Comenzó a hablar nuevamente pero lo interrumpí, invitándolo a pasar a la sala de estar. Eligió el sofá y yo me acomodé en un sillón frente a él.

Bertrand me estudió y en su rostro era evidente la tensión provocada por sentimientos que yo no alcanzaba a discernir. En la cocina, el microondas inundaba de calor mi esturión blanco, zanahorias y arroz con curry.

Ésta es tu fiesta, pensé, negándome a romper el silencio.

—Se trata de Ryan.

—Sí.

—Recibí tus llamadas, pero en ese momento no podía hablar de eso.

—¿Qué es «eso» exactamente?

—Ryan está en libertad bajo fianza, pero lo han acusado de...

—Conozco los cargos contra él.

—No te enfades conmigo. No sabía cuál era tu papel en todo esto.

—Por el amor de Dios, Bertrand, ¿cuántos años hace que me conoces?

—¡Hace mucho más tiempo que conozco a Ryan! —exclamó—. Evidentemente, no soy muy bueno para juzgar a los demás.

—Ninguno de los dos parece destacar en ese aspecto.

Detestaba mostrarme tan fría, pero el hecho de que Bertrand no me hubiese llamado me había dolido mucho. Cuando había necesitado una información que era muy importante para mí, su reacción había sido la de rechazarme como se hace con un borracho en la calle.

—Mira, no sé qué puedo decirte. La cosa está que arde. He oído que cuando hayan acabado con Ryan ni siquiera podrá vender periódicos.

—¿Tan malo es?

Mis dedos apretaban con fuerza el borde de un cojín.

—Tienen suficientes pruebas para encerrarlo y tirar la llave al agua.

—¿Qué es lo que tienen?

—Cuando registraron su apartamento encontraron suficiente metanfetamina como para freír un país del Tercer Mundo y parkas robadas por un valor superior a diez mil dólares.

—¿Parkas?

—Sí. Esos abrigos esquimales de piel con capucha que la gente se muere por tener.

—¿Y?

Estaba apretando el cojín con tanta fuerza que me dolía la muñeca.

—Y testigos, vídeos, billetes marcados y un rastro de pestilencia que llevaba hasta el centro del montón de estiércol.

La voz de Bertrand delataba su estado de ánimo. Inspiró profundamente.

—Hay más. Un montón más de mierda. Pero no puedo hablar de ello. Por favor, debes comprenderlo, Tempe. Mira, siento haberte dejado colgada. Me llevó un tiempo reponerme de esto. No quería creerlo, pero...

Se interrumpió, temiendo confiar en su propia voz.

—Supongo que el tío nunca consiguió dejar su pasado atrás.

Cuando Ryan estudiaba en el instituto había tenido problemas con el alcohol y las drogas, y finalmente había abandonado sus estudios por una vida en los márgenes de la legalidad. Un camello había estado a punto de matarlo y el chico rebelde decidió invertir el curso de su vida, se convirtió en policía y ascendió hasta el grado de teniente-detective. Ya conocía la historia. Pero aun así...

—Me enteré de que alguien había delatado a Ryan y pensé que podrías haber sido tú. Pero ahora eso no tiene ninguna importancia. El muy cabrón está de mierda hasta las orejas y se merece lo que le caiga encima.

Ambos permanecimos en silencio durante varios minutos. Podía sentir la penetrante mirada de Bertrand, pero me negaba a sostenerla o a abrir la boca. El microondas soltó un pitido y luego se apagó. Silencio. Finalmente, hice mi pregunta.

—¿Realmente crees que él lo hizo?

Me ardían las mejillas y tenía una hoguera debajo del esternón.

—Durante los últimos días no he hecho otra cosa que buscar pistas que demostrasen que él no lo había hecho. Cualquier cosa. Alguien. Todo lo que quería era encontrar un mínimo atisbo de duda.

Cuando alzó el pulgar y el índice vi que le temblaba la mano.

—Pero no encontré nada, Tempe. —Se pasó la mano por la cara—. Aunque eso ya no importa.

—Sí que importa. Es lo único que importa.

—Al principio pensé que era imposible. Andrew Ryan, no. Luego tuve acceso a la acusación contra él.

Volvió a respirar profundamente.

—Mira, Tempe, lo siento. Me siento tan mal por todo este jodido asunto que ya no estoy seguro de quién soy o adónde va el mundo. Y tampoco estoy seguro de si merece la pena el precio del billete.

Cuando alcé la vista, el rostro de Bertrand mostraba un profundo dolor y supe exactamente lo que sentía. Estaba tratando de no despreciar a su compañero por haber sucumbido a la codicia, al tiempo que lo odiaba por el frío e infinito vacío que esa traición había creado.

Bertrand prometió avisarme si tenía alguna noticia del caso. Cuando se marchó, arrojé la comida al cubo de la basura, me metí en la cama y lloré hasta quedarme dormida.

10

El jueves me puse un traje chaqueta azul y conduje hasta Nuestra Señora de los Ángeles. La mañana era ventosa y el sol aparecía a intervalos entre las densas nubes que ocultaban el cielo.

Aparqué y me abrí paso a través de la colección habitual de curiosos, periodistas y policías. No había señales de Charbonneau, Claudel o Quickwater.

La mayoría de los deudos que subían solemnemente la escalinata eran negros. Los blancos llegaban en parejas o grupos, cada uno seguido de al menos un niño. Probablemente se trataba de los compañeros de clase de Emily Anne y sus familias.

Junto a la entrada de la iglesia, una ráfaga de viento hizo volar el sombrero de la cabeza de una anciana que se encontraba a mi derecha. Una mano deformada se alzó rápidamente hacia la cabeza mientras la otra impedía que la falda se arremolinase alrededor de sus piernas. Corrí unos metros, cogí el sombrero contra la pared de la iglesia y se lo entregué a la mujer. Ella lo apretó contra su pecho huesudo y sonrió débilmente. Su arrugado rostro color café me recordó a las muñecas de manzanas silvestres que hacían las mujeres de las Smoky Mountains.

—¿Era amiga de Emily Anne? —preguntó la anciana con voz quejumbrosa.

—Sí, señora.

No quería explicarle cuál era mi relación con la niña.

—Era mi nieta.

—Lamento mucho su pérdida.

—Tengo veintidós nietos, pero Emily Anne era algo especial. Esa cría lo hacía todo. Escribía sus cartas, bailaba, nadaba, patinaba sobre hielo. Creo que esa niña era incluso más inteligente que su madre.

—Era una niña hermosa.

—Tal vez por eso el Señor se la ha llevado con él.

Miré a la abuela de Emily Anne cuando entró en la iglesia, recordando esas mismas palabras que alguien me había dicho hacía mucho tiempo. Un dolor indescriptible me atenazó el pecho y me preparé para lo que me esperaba.

En el interior de la iglesia hacía frío y el aire olía a incienso y cera y brillo para madera. La luz del día se filtraba a través de los vitrales y lo bañaba todo de tonos pasteles. La congregación estaba reunida en la parte delantera, con algunos asistentes en la parte del medio. Me deslicé en una de las últimas filas, enlacé las manos y traté de concentrarme en el presente. Sentía un escozor en la piel y tenía las palmas de las manos húmedas. Eché una mirada a mi alrededor justo cuando el organista terminaba un réquiem y comenzaba a interpretar otro.

Debajo del altar había un pequeño ataúd blanco, cubierto de flores y flanqueado por altos y pesados candelabros en cada extremo. Unos globos se alzaban desde las asas del ataúd atados con finos cordeles. Las esferas de vivos colores parecían fuera de lugar en ese escenario.

En los bancos delanteros pude ver dos cabezas pequeñas y una figura alta en medio de ambas. La señora Toussaint estaba inclinada hacia adelante y apretaba un pañuelo blanco contra sus labios. Mientras la observaba, sus hombros se estremecieron y una mano pequeña se alzó y le acarició suavemente el brazo.

El dolor dormido dentro de mí despertó súbitamente y me encontré otra vez en la iglesia parroquial de St. Barnabas. El padre Morrison ocupaba el púlpito y mi hermano pequeño yacía en su pequeño ataúd.

Los sollozos de mi madre eran terribles y yo intentaba consolarla. Ella no advirtió el roce de mi mano, simplemente alzó a la pequeña Harriet, la apretó contra su pecho y lloró, apoyada en su cabeza. Sintiéndome absolutamente impotente, vi cómo las lágrimas de mi madre humedecían el pelo rubio y sedoso de mi hermana.

Si me hubiesen dado una caja de lápices de colores y me hubiesen pedido que dibujase mi mundo a los seis años, hubiera elegido un único color. El negro.

Yo no había podido salvar a Kevin, no había sido capaz de detener la leucemia que devastó su pequeño cuerpo. Él era mi tesoro más preciado, mi hermano de Navidad y lo adoraba. Había rezado hasta el cansancio, pero no pude hacer nada para impedir su muerte. O para que mi madre sonriera. Había comenzado a preguntarme si yo era mala, porque mis plegarias no surtían ningún efecto.

Habían pasado casi cuarenta años y el dolor por la muerte de Kevin aún persistía. El espectáculo y los sonidos de un funeral nunca dejaban de reabrir esa herida, permitiendo que el dolor enterrado se filtrase hasta alcanzar mi pensamiento consciente.

Aparté la mirada de la familia Toussaint y examiné a la gente que se había congregado en la iglesia. Charbonneau se había ocultado en la sombra de un confesonario, pero no reconocí a nadie más.

En ese momento entró el sacerdote y se persignó. Parecía joven, atlético y nervioso. Más como un tenista que se prepara para un partido que un sacerdote que está a punto de comenzar un oficio fúnebre. Nos pusimos en pie.

Mientras repetía los movimientos aprendidos, sentía la piel caliente y mi corazón latía más de prisa de lo normal. Intenté concentrarme en la ceremonia, pero mi mente se resistía. Las imágenes inundaban mi cerebro, llevándome de regreso a aquel momento de mi infancia.

Una mujer enorme ocupó el púlpito que se alzaba a la derecha del altar. Su piel era de color caoba y llevaba el pelo en pequeñas trenzas atadas en la parte superior de la cabeza. Las mejillas de la mujer brillaban mientras cantaba *Gracia maravillosa*. La recordaba de una fotografía en el periódico.

Luego el sacerdote habló de la inocencia de los niños. Los familiares de Emily Anne alabaron su carácter alegre y su amor por la familia. Uno de sus tíos mencionó su pasión por los gofres. Su maestra describió a una estudiante avanzada y leyó el ensayo que había conseguido el premio. Una de sus compañeras de clase recitó un poema.

Más himnos. Comuniones. Los fieles formaron una fila y luego regresaron a sus asientos. Sollozos sofocados. Incienso. La bendición del pequeño ataúd. El débil llanto de la señora Toussaint.

Por último, el sacerdote se volvió y pidió a las hermanas de

Emily Anne y a sus compañeros de clase que se uniesen a él y luego se sentó en los escalones que llevaban al altar. Se produjo un momento de absoluto silencio, seguido de órdenes susurradas y suaves codazos de padres y madres. Uno a uno, los niños surgieron de los bancos y se dirigieron tímidamente hacia el altar.

Las palabras del sacerdote no fueron nada originales. Emily Anne está en el cielo con Dios. Se ha reunido con su padre. Un día su madre y sus hermanas se reunirán con ella, como todos los presentes.

Pero lo que hizo a continuación el joven sacerdote sí fue original. Les dijo a los niños que Emily Anne era feliz y que deberíamos festejar con ella. Hizo una señal a los monaguillos, quienes desaparecieron en la sacristía y regresaron con un montón de globos.

—Estos globos están hinchados con helio —explicó el sacerdote—. Eso les permite volar. Quiero que cada uno de vosotros coja uno y todos saldremos fuera con Emily Anne. Diremos una plegaria de despedida y luego soltaremos los globos para que asciendan al cielo. Emily Anne los verá y sabrá que la amamos.

Luego miró las pequeñas caras solemnes.

—¿Creéis que es una buena idea?

Todas las cabezas asintieron.

El sacerdote se levantó, separó los finos cordeles, colocó un globo en cada pequeña mano y condujo a los niños al pie de los escalones. El organista comenzó a tocar el *Ave María* de Schubert.

Los portadores del féretro se adelantaron, levantaron el pequeño ataúd, y la procesión se dirigió a la puerta, vaciando los bancos en el proceso. Me uní a la fila.

Los presentes siguieron al féretro fuera de la iglesia y formaron un círculo a su alrededor, con los niños dentro y los adultos formando un anillo exterior. La señora Toussaint permanecía detrás de sus hijas, sostenida por la enorme cantante.

Me detuve en la escalinata. La capa nubosa se había abierto y había dejado un cielo azul surcado de pequeñas nubes blancas. Mientras contemplaba cómo los globos se elevaban hacia ellas sentí una tristeza más profunda que cualquier otra cosa que hubiese sentido en mi vida.

Permanecí un momento en lo alto de la escalinata y luego

bajé lentamente con las mejillas bañadas en lágrimas y reafirmando el juramento que había hecho el día en que había muerto Emily Anne.

Encontraría a esos carniceros y me encargaría de que los encerrasen donde nunca pudiesen volver a matar a ningún niño. No podía devolverle a su hija pero le daría ese pequeño consuelo a la madre.

Dejando a Emily Anne en compañía de quienes la amaban, subí a mi coche y me dirigí hacia Parthenais con la intención de perderme en mi trabajo.

En el laboratorio, los investigadores de Carcajou ya tenían nombres para los esqueletos encontrados en St-Basile. Félix Martineau, veintisiete años, y Robert Gately, treinta y nueve, viajaban con los Tarántulas, una banda de motoristas hoy extinguida pero muy activa en Montreal en los años setenta y ochenta. Gately era miembro de pleno derecho de la banda, mientras que Martineau era un candidato a formar parte de la misma.

En la tarde del 24 de agosto de 1987, los dos habían abandonado el apartamento de Gately en la rue Hochelaga para asistir a una fiesta. La novia de Gately no conocía el nombre ni la dirección del anfitrión. Ninguno de los dos volvió a ser visto.

Pasé el día examinando los huesos de la sepultura doble, separándolos por individuo y determinando su edad, sexo, raza y altura. La forma del cráneo y de la pelvis confirmó que ambas víctimas eran hombres. Las diferencias en edad y altura contribuyeron a que el trabajo de individualización resultase considerablemente más sencillo que lo había sido en el caso de los hermanos Vaillancourt.

Tan pronto como hube terminado con los cráneos, entregué los maxilares a Marc Bergeron para su análisis odontológico. Imaginé que su trabajo tampoco sería muy complicado, ya que ambos hombres presentaban obvias reparaciones dentales.

La víctima más alta presentaba una fractura de clavícula bien soldada. El viernes por la mañana estaba fotografiando la lesión cuando Bergeron entró en mi laboratorio. El dentista era uno de los hombres de aspecto más extraño que yo había conocido, con el pelo alborotado y canoso y una figura papaíto piernas largas. Era imposible calcular su edad, y en el laboratorio nadie parecía saberla.

Bergeron esperó a que yo tomase la foto y luego confirmó las identificaciones como positivas.

—¿Cómo has conseguido sus fichas tan rápido?

—Dos dentistas muy cooperadores. Y, afortunadamente para mí, los muertos tenían una obligación con la salud oral. Al menos así era en el caso de Gately. Mala dentadura, numerosas reparaciones. Martineau era menos complicado, pero presentaba algunas peculiaridades que hicieron que su caso fuese coser y cantar. El motorista violento y pendenciero andaba por ahí con cuatro dientes de leche en la boca. Algo muy raro en alguien de su edad.

Apagué las luces de la mesa de exposición.

—¿Has comenzado a trabajar con la tercera víctima? —preguntó Bergeron.

—Aún no, pero puedo acabar esto más tarde. ¿Le echamos un vistazo?

Había querido examinar esos huesos toda la mañana y Bergeron me había proporcionado una buena excusa para hacerlo.

—Claro.

Volví a colocar la clavícula junto al esqueleto que estaba a la izquierda de mi mesa de trabajo.

—¿Quién es quién? —pregunté, señalando los huesos.

Bergeron se dirigió hacia su bandeja y comprobó los números en cada hueso occipital, luego los que figuraban en las pequeñas fichas que yo había colocado junto a los esqueletos y acomodó los cráneos de forma correcta. Después alzó un brazo huesudo encima de la víctima con la clavícula rota.

—Monsieur Martineau.

Luego se volvió hacia el caballero situado a su derecha.

—Y mister Gately (10).

—¿Gately era anglófono?

—Lo supongo, ya que su dentista no hablaba una palabra de francés.

—No hay muchos de ellos entre *les motards*.

—Ninguno, que yo sepa —convino Bergeron.

(10)   Se ha optado por mantener el tratamiento en inglés para respetar la diferencia que se establece con el tratamiento de *monsieur* en francés. *(N. del t.)*

—¿Te encargarás de comunicarles las buenas noticias a Quickwater y Claudel?

—Ya los he llamado.

Fui hasta las estanterías y cogí la caja que contenía los restos de la tercera víctima encontrada en St-Basile. Puesto que los restos estaban totalmente cubiertos de tierra y desperdicios, coloqué una criba en la pila, volqué los restos en ella y los puse bajo el chorro de agua caliente.

Los huesos largos quedaron limpios rápidamente, de modo que los coloqué en el escurridero y comencé a quitar la suciedad que cubría el cráneo. Su peso me indicó que el interior no estaba hueco. Cuando conseguí limpiar los rasgos faciales, puse el cráneo boca abajo y dejé que el agua cayera sobre la base. Luego regresé a mi escritorio para rellenar una ficha de identificación.

Cuando regresé a la pila, Bergeron sostenía el cráneo entre las manos, colocándolo boca arriba y luego haciéndolo girar para examinarlo lateralmente. Estudió sus rasgos durante varios minutos y luego exclamó:

—¡Cielo santo!

Cuando me entregó el cráneo, repetí sus movimientos y luego imité su exclamación:

—¡Cielo santo!

11

Con sólo mirarlo supe que me había equivocado. La frente y el occipucio suaves y parejos, los delgados pómulos y los pequeños procesos mastoideos me revelaron que la víctima número tres era claramente una mujer.

Cogí los calibradores y procedí a medir uno de los huesos que había dejado en el escurridero. La cabeza del fémur es una estructura parecida a una pelota que encaja en una cavidad de la pelvis para formar la articulación de la cadera. Ésta tenía un diámetro de sólo treinta y nueve milímetros, coincidiendo perfectamente con la escala femenina.

Y la víctima había sido una persona joven. Podía ver una línea dentada que cruzaba la parte superior de la pelota, que indicaba que la fusión de la cápsula de crecimiento aún no se había completado en el momento de la muerte.

Regresé al cráneo. Una serie de líneas onduladas separaban todos los huesos. Lo hice girar para examinar la base. Justo delante del foramen magnum, el orificio a través del cual la médula espinal sale del cerebro, había una abertura entre los huesos esfenoides y occipital.

Le mostré a Bergeron la sutura abierta.

Hizo un comentario pero no alcancé a oírlo. Mi atención se había vuelto hacia una irregularidad presente en el parietal derecho. Deslicé los dedos suavemente sobre esa zona. Sí, allí había algo.

Sostuve el cráneo debajo del grifo, procurando no causar ningún daño, y quité la tierra con un cepillo de dientes de cerda suave. Bergeron observaba mientras se aclaraba el contorno del defecto en el hueso. Sólo me llevó un momento.

Lo que había visto era un pequeño orificio redondo, situado ligeramente por encima y detrás de la abertura de la oreja. Calculé que su diámetro era de aproximadamente un centímetro.

—¿Una herida de bala? —sugirió Bergeron.

—Tal vez. No. No lo creo.

Aunque el tamaño coincidía con el de un proyectil de pequeño calibre, la perforación no parecía el orificio de entrada de una bala. El borde era liso y redondeado, como el agujero de un donut.

—¿Entonces qué es?

—No estoy segura. Quizá algún tipo de defecto congénito. Tal vez un absceso. Tendré más datos cuando haya vaciado el cráneo y pueda examinar la superficie endocraneal. También necesitaré rayos X para ver qué pasa dentro del hueso.

Bergeron echó un vistazo a su reloj.

—Avísame cuando hayas terminado para sacar unas placas radiográficas de esta pieza. No veo ninguna restauración a simple vista, pero quizá descubra algo con los rayos X. El colmillo derecho está alineado de una forma extraña que me resultará muy útil, pero preferiría disponer del maxilar inferior.

—Trabajaré más duro la próxima vez —dije.

—No es necesario —contestó, echándose a reír.

Cuando Bergeron se marchó, coloqué el cráneo boca abajo en un anillo de goma y ajusté el flujo del chorro de agua para que bañase suavemente el foramen magnum. Luego volví a tomar fotografías de Gately y Martineau, concentrándome en los rasgos esqueléticos relevantes para su identificación. También tomé numerosas fotografías de los orificios de bala en las nucas de ambos hombres.

De vez en cuando volvía a la pila y examinaba el cráneo de la mujer desconocida, volcando la tierra a medida que el agua la aflojaba. Justo antes del mediodía, mientras escurría parte del sedimento, algo se desprendió dentro del cráneo y golpeó contra la pared ósea. Coloqué nuevamente el cráneo sobre el anillo de goma y deslicé los dedos en su interior.

El objeto parecía largo y fino al tacto. Traté de extraerlo, pero esa cosa tenía una especie de cola que hacía que siguiera atascada en el lodo. Apenas capaz de resistir la curiosidad, ajusté la salida del agua del grifo y regresé al informe Gately.

Hacia la una, el objeto flotaba libremente en el agua, pero su remolque seguía firmemente sujeto. Impaciente, dejé que la pila se llenase, sumergí el cráneo y bajé a la cafetería.

Cuando regresé de mi frugal almuerzo, el agua había desprendido el resto del barro duro y pude vaciar el contenido del cráneo sin dificultad. Contuve el aliento, introduje los dedos a través de la base y, con mucha delicadeza, extraje el extraño objeto de su interior.

El artefacto tenía menos de diez centímetros de largo y consistía en un tubo provisto de una válvula en uno de sus extremos. Lo limpié cuidadosamente y luego lo dejé en una bandeja de acero. Consciente de su importancia, pero insegura en cuanto a qué era aquel objeto, me lavé las manos y fui a buscar a uno de los patólogos.

Según el organigrama de trabajo, LaManche se encontraba asistiendo a una reunión del comité sobre mortalidad infantil. Marcel Morin estaba en su despacho.

Alzó la vista cuando llamé a la puerta.

—¿Tienes un minuto?

—Naturalmente.

Su francés era cálido y lírico, y reflejaba su Haití natal. Entré en el despacho y coloqué la bandeja delante de Morin.

—Ah. Un implante quirúrgico.

Sus cejas se alzaron detrás de las gafas sin montura. Estaban encaneciendo, igual que el pelo muy corto que retrocedía sobre su cuero cabelludo.

—Eso pensé. ¿Puedes decirme algo más sobre él?

Alzó ambas manos.

—No mucho. Parece un circuito ventricular, pero no soy neurocirujano. Tal vez deberías hablar con Carolyn Russell. Suele asesorarnos en cuestiones de neurología.

Abrió su agenda, buscó un número, lo apuntó en un papel y me lo dio.

—Está en el INM.

Le agradecí la información, regresé a mi despacho y marqué el número del Instituto Neurológico de Montreal. La doctora Russell estaba en una reunión, de modo que le dejé un mensaje. Acababa de colgar el auricular cuando sonó el teléfono. Era Claudel.

—¿Ha hablado con Bergeron? —preguntó.

—Acaba de marcharse.

—De modo que dos saltaron de la lista de personas desaparecidas a la lista de muertos.

Esperé a que continuase hablando pero no lo hizo.

—¿Y?

Claudel hizo una breve pausa.

—Hemos empezado a hacer algunas llamadas —dijo—, pero nadie sabe nada. No es de extrañar, considerando que ha pasado más de una década y estas personas no son geográficamente estables. Aunque tampoco hubieran abierto la boca si hubiésemos sacado a sus abuelas de ese agujero.

—¿Qué hay de Rinaldi?

—Rana mantiene su versión del asunto. Sabía lo que sabía por el boca a boca. Según los rumores que corrían en aquellos días por el club de campo de los Serpientes, Gately y Martineau fueron a una fiesta y caminaron directamente hacia su propio funeral.

—En calcetines.

—Exacto. Estos tíos tienen tendencia a desnudarse. Pero Rana no estaba presente cuando se produjeron los hechos. Probablemente fuese su noche libre para acciones de caridad. ¿Qué se sabe del tercer tío?

—El tercer tío es una chica.

—Una chica.

—Sí. ¿Qué sabe Rana acerca de ella?

—Nada. Pero Rana no revelaría nada a menos que pudiera obtener algún beneficio de ello. ¿Qué puede decirme de esa chica?

—Era una mujer blanca, de edad comprendida entre los quince y los veinte años.

—¿Tan joven?

—Sí.

Podía oír el ruido de fondo del tráfico y supuse que Claudel estaba hablando desde la calle.

—Conseguiré una lista de adolescentes desaparecidas. ¿Qué época?

—Retroceda diez años.

—¿Por qué diez años?

—Yo diría que la víctima lleva muerta al menos dos años, pero con los restos que hemos podido recuperar no puedo precisar un límite superior. Tengo el presentimiento de que se trata de un segundo enterramiento.

—¿Y eso qué significa?

—Creo que fue enterrada en otro sitio, luego la sacaron de allí y la trasladaron al lugar donde la encontramos.

—¿Por qué?

—Otra pregunta muy perspicaz, detective Claudel.

Le hablé del implante quirúrgico.

—¿Y eso qué significa?

—Cuando lo descubra, se lo haré saber.

Un momento después de colgar el auricular, el teléfono comenzó a sonar nuevamente. Carolyn Russell podía verme a las tres. Miré el reloj. Si los dioses del aparcamiento me eran favorables, podría conseguirlo.

Apunté el número del caso en la tapa de un recipiente de plástico para guardar muestras y lo cerré herméticamente con el implante dentro. Me detuve sólo un momento para decirle a Bergeron que podía disponer del cráneo de la chica, corrí hacia mi coche y atravesé las calles de la ciudad a toda velocidad.

El hospital Royal Victoria fue construido a finales del siglo XIX. Era un complejo de piedra gris que se extendía en el corazón de Montreal, dominando el campus de la Universidad McGill como un castillo medieval en una colina de la Toscana.

En el extremo de Peel se encuentra el Allan Memorial Institute, tristemente famoso por los experimentos con drogas realizados allí por la CIA a finales de la década de los cincuenta. El Instituto Neurológico de Montreal está ubicado al este del Royal Victoria, al otro lado de la rue Université. Los departamentos de Enseñanza e Investigación de la Universidad McGill, el INM, el Hospital Neurológico y el nuevo Instituto de Investigación de Tumores Cerebrales se alzan en los terrenos adyacentes al estadio de fútbol, un tributo de ladrillo y argamasa a las prioridades de la universidad moderna.

El Neuro, como se conoce al hospital y al instituto de investigación, data de los años treinta, y fue una idea de Wilder Penfield. Aunque era un científico y un neurocirujano brillante, el doctor Penfield no había sido precisamente un visionario en cuestiones de control de tráfico. El aparcamiento era una pesadilla.

Siguiendo las indicaciones de la doctora Russell, entré en los terrenos del Royal Victoria, aflojé diez dólares y comencé a recorrer la zona de aparcamiento. Ya llevaba dos recorridos completos cuando avisté unas luces de freno. Un Audi dejó un espacio libre, y un segundo más tarde estaba ocupado por mi viejo cacharro, evitando de este modo la necesidad de sintonizar el 88.5 de la FM para saber el estado del aparcamiento. Mi reloj marcaba las dos cincuenta.

Llegué a la oficina de Russell sudando y jadeando por la carrera a través de la avenue des Pins y mi travesía por los pasillos del hospital. Había comenzado a lloviznar y el flequillo se me había pegado a la frente. Cuando la doctora alzó la vista, una expresión de duda cruzó su rostro.

Me presenté y ella se puso en pie y extendió la mano. Tenía el pelo gris, corto y peinado hacia un lado. Unas profundas arrugas surcaban su rostro, pero su apretón de manos era fuerte como el de un hombre. Mis cálculos le daban más de sesenta años.

—Lamento llegar tarde. Tuve algunos problemas para encontrarla.

Era una declaración exageradamente modesta.

—Sí, este edificio puede confundir a la gente. Por favor, tome asiento —dijo en inglés, señalando una silla que había frente al escritorio.

—No sabía que este lugar fuese tan grande —dije al tiempo que me sentaba.

—Oh, sí. El INM desarrolla una amplia variedad de actividades.

—Sé que el instituto es famoso en todo el mundo por sus investigaciones sobre la epilepsia.

Me quité la chaqueta.

—Sí, en nuestro hospital se realizan más intervenciones quirúrgicas de epilepsia que en cualquier otro centro del mundo. La técnica quirúrgica de resección cortical se practicó por primera vez en este hospital. Los estudios para cartografiar la función cerebral comenzaron aquí con pacientes epilépticos hace más de sesenta años. Fue ese trabajo el que allanó el camino para los estudios cerebrales MRI y PET que se realizan en la actualidad.

—Estoy familiarizada con las imágenes por resonancia magnética, pero ¿qué es PET?

—Significa Tomografía por Emisión de Positrón. Al igual que el MRI, se trata de una técnica empleada para obtener imágenes de la estructura y fisiología del cerebro. Nuestro Centro de Imágenes Cerebrales McConnell está considerado como una de las instalaciones más importantes del mundo.

—¿Qué otro tipo de investigaciones realizan aquí?

—El INM ha producido una enorme cantidad de trabajos que han abierto nuevos horizontes en muchos terrenos. El desarrollo de la electroencefalografía, el concepto de epilepsias locales y generalizadas, nuevos métodos en el campo de la cirugía estereostática, contribuciones a la bioquímica de la postglandina en el sistema nervioso, localización de la musculatura esquelética distrófica. Podría seguir hablando durante horas.

Estaba segura de que podía hacerlo. Era obvio que la doctora Russell se sentía orgullosa del centro que la empleaba. Sonreí aunque sólo había entendido una parte de las actividades que había enumerado.

Ella se apoyó en su sillón y se echó a reír.

—Estoy segura de que no ha venido a oír una conferencia sobre el Neuro.

—No, pero es fascinante. Ojalá dispusiera de más tiempo. Pero sé que está muy ocupada y no quiero interrumpir su trabajo más de lo estrictamente necesario.

Saqué el recipiente de plástico de mi bolso y se lo di. La doctora Russell lo miró, luego quitó la tapa y colocó el pequeño implante en una hoja de papel sobre el secante que había en su escritorio.

—Es una pieza antigua —dijo, haciendo girar el implante con ayuda de un lápiz—. Creo que hace años que ya no fabrican este modelo.

—¿Qué es?

—Es un circuito ventrículo-peritoneal. Se implantaban para tratar la hidrocefalia.

—¿Hidrocefalia?

Conocía el término, pero me había sorprendido que ella lo dijese. ¿Qué otras desgracias averiguaría acerca de esa pobre chica?

—Se la conoce comúnmente como «agua en el cerebro», pero no es exacto, aunque se trata de una traducción literal del griego, ya que *hidro* significa agua, y *cefalia*, cabeza. El líquido cerebroespinal se produce constantemente en unos espacios del cerebro llamados ventrículos. En circunstancias normales, este líquido circula a través de los cuatro ventrículos y fluye sobre la superficie del cerebro y por la médula espinal. Finalmente, este fluido es absorbido por el torrente sanguíneo y tanto la presión como la cantidad de líquido en los ventrículos permanecen dentro de límites aceptables.

»Pero si el drenaje es bloqueado por alguna razón, el líquido se acumulará, haciendo que los ventrículos se inflamen y presionen los tejidos que los rodean.

—O sea, que la hidrocefalia se refiere a un desequilibrio entre la cantidad de líquido cerebroespinal producido y la velocidad a la que fluye de los ventrículos —dije.

—Exacto.

—Y, cuando el líquido cerebroespinal se acumula, provoca un aumento del tamaño de los ventrículos y un incremento de la presión intracraneal.

—Así es. La hidrocefalia puede ser adquirida o congénita, lo cual no significa hereditaria. El término simplemente significa que la anomalía está presente en el momento del nacimiento.

—Encontré este chisme en un cráneo de tamaño normal. ¿La hidrocefalia no aumenta el tamaño de la cabeza?

—Sólo en los niños y sólo si no reciben tratamiento. Como sabe, con niños mayores y adultos los huesos del cráneo ya están formados.

—¿Cuál es la causa?

—Existen numerosas razones para un inadecuado drenaje del líquido cerebroespinal. Los niños prematuros están en el grupo de riesgo. Y muchos bebés que tienen espina bífida sufren hidrocefalia.

—¿La espina bífida implica una anomalía en el tubo neural?

—Sí. El problema se produce durante las primeras cuatro semanas de gestación, a menudo antes de que la madre sepa que está embarazada. El tubo neural del embrión, que se desarrolla en el cerebro, la médula espinal y la columna vertebral no acaban de formarse normalmente, lo cual provoca diversos grados de daño permanente.

—¿Es muy común?

—Muy común. Se calcula que la espina bífida afecta a uno de cada mil niños en Estados Unidos, y aproximadamente a uno de cada setecientos cincuenta en Canadá.

—No he recuperado ninguna vértebra, de modo que no tengo forma de saber si esa chica padecía de espina bífida.

Russell asintió, luego continuó con su explicación.

—Existen muchas otras causas de hidrocefalia aparte de la

espina bífida. —Las fue enumerando con los dedos—. Puede ser consecuencia de una hemorragia cerebral. La inflamación y los residuos resultantes de una infección del cerebro, como es el caso de la meningitis, pueden bloquear los conductos de drenaje del líquido cerebroespinal. Los tumores también pueden provocar una compresión e inflamación de los tejidos cerebrales y ocasionar un pobre drenaje. Y ciertos tipos de quiste también. La hidrocefalia también puede ser una afección familiar.

—¿Puede heredarse?

—Sí. Aunque sólo en casos muy raros.

—¿Dónde interviene este circuito que encontré en el cráneo?

—No existe ningún método para prevenir la hidrocefalia y tampoco para curarla. Durante los últimos cuarenta años, el tratamiento más eficaz ha sido la inserción quirúrgica de un implante de este tipo. El que usted encontró está un poco anticuado, aunque es realmente característico de este tratamiento.

»La mayoría de estos circuitos son sólo tubos flexibles que se colocan dentro de los ventrículos para desviar el flujo de líquido cerebroespinal. Consisten en un sistema de tubos provistos de una válvula que controla la velocidad de drenaje e impiden que el líquido vuelva a entrar en los ventrículos. Los primeros modelos desviaban el líquido acumulado hacia una vena en el cuello y luego lo enviaban hacia el atrio derecho del corazón. Reciben el nombre de ventrículos atriales, o circuitos VA. Algunos de estos circuitos VA aún se utilizan, pero presentan algunos problemas, incluyendo infecciones, y, aunque en casos muy raros, fallos cardíacos debido al bloqueo de los vasos sanguíneos dentro de los pulmones producido por partículas de coágulos de sangre desprendidos del extremo del catéter del circuito. La mayoría de estos circuitos desaguan actualmente en la cavidad peritoneal. Se los llama circuitos CP.

Señaló el artilugio que yo había extraído del cráneo.

—Éste es un circuito CP. En el paciente vivo podría haber sentido la parte inferior del tubo debajo de la piel que cubre las costillas. Esa parte del dispositivo ha desaparecido.

Esperé a que continuase la explicación.

—La cavidad peritoneal es grande y habitualmente puede hacerse cargo de cualquier cantidad de líquido liberado por el circuito. Otra ventaja de desaguar en el abdomen es que las contracciones rítmicas de los órganos intestinales hacen girar la punta del circuito. Ese movimiento impide que quede bloqueado o frenado por un tejido cicatrizado.

—¿Cuándo se implantan?

—Tan pronto como se ha diagnosticado la hidrocefalia. En el abdomen de un neonato se puede implantar un tubo de hasta noventa centímetros. A medida que el niño crece, el tubo se desenrolla para acomodarse a la creciente longitud del torso.

—Encontré un pequeño orificio en el cráneo, cerca de la unión parieto-temporal.

—Es un orificio producido por un pequeño taladro. Se practica durante la intervención quirúrgica para insertar el extremo superior del circuito dentro del cerebro. Habitualmente, estos orificios se practican detrás del nacimiento del pelo, ya sea en la parte superior de la cabeza, detrás de la oreja, o en la nuca.

Los ojos de Russell se desviaron hacia el reloj metálico que tenía en el escritorio y luego volvió a mirarme. Yo estaba ansiosa por saber qué dificultades podía provocar la hidrocefalia, pero sabía que el tiempo de la doctora Russell era limitado. Esa investigación tendría que hacerla sola.

Recogí mi chaqueta y ella devolvió el circuito de plástico a su recipiente, doblando el papel y permitiendo que el artilugio se deslizara suavemente. Nos levantamos al mismo tiempo y le agradecí su ayuda.

—¿Tiene alguna idea de quién puede ser esa chica? —preguntó.

—Aún no.

—¿Quiere que le envíe algunas publicaciones sobre hidrocefalia? Existen algunos problemas asociados a la enfermedad que podrían resultarle muy útiles.

—Sí, me encantaría. Muchas gracias.

12

Abandoné las instalaciones del Neuro y fui directamente al cuartel general de Carcajou para asistir a la segunda de las sesiones de revisión de casos que coordinaba Roy. La reunión ya había comenzado, de modo que me instalé en una de las últimas filas mientras mi cerebro continuaba procesando la información que me había proporcionado la doctora Russell. Nuestra conversación había planteado tantas preguntas como las que había contestado.

¿Cómo había afectado la hidrocefalia a mi chica desconocida? ¿Había sido una chica enfermiza? ¿Incapacitada? ¿Retrasada? ¿Cómo había acabado una adolescente con esa enfermedad enterrada junto al cuartel general de una banda de motoristas proscritos? ¿Se trataba de una participante voluntaria o de otra víctima inocente como Emily Anne Toussaint?

Esta vez, Roy utilizaba diapositivas y una profusa lista llenaba la pantalla. Hice un esfuerzo para concentrarme en su explicación.

—Los clubes de motoristas proscritos se caracterizan por una serie de elementos comunes. La mayoría de ellos están organizados según el modelo establecido por los Ángeles del Infierno. Luego volveremos a examinar esa estructura con más detalle.

Señaló el segundo ítem.

—Todos los clubes son muy selectivos en cuanto al reclutamiento de sus miembros, y se exige que los «candidatos» o «aprendices» demuestren que son merecedores de su distintivo.

Continuó con la lista.

—Los colores, o distintivos de la banda o el club, constituyen la posesión más valiosa de los miembros. Sin embargo, no todos llevan distintivos. A aquellos individuos que le resultan útiles a la banda se les permite interactuar como asociados sin unirse formalmente.

»El objetivo básico de una banda de motoristas de esta calaña es la actividad criminal. Cada club posee reglas que toleran la violencia con el fin de fomentar los intereses del club y de sus miembros. Las tareas de inteligencia son intensivas e incluyen el control de las otras bandas y de las fuerzas del orden.

Roy señaló el último ítem que componía la lista.

—El cuartel general, que a menudo cuenta con fuertes medidas de seguridad y sofisticados equipamientos, es el lugar de encuentro para desarrollar las actividades del club.

Pensé en la casa de los Serpientes en St-Basile y me pregunté qué actividades podrían haber incluido entre sus participantes a una cría de dieciséis años con hidrocefalia.

Roy quitó la transparencia y colocó otra, en esta ocasión de un árbol titulado «Estructura política de un OMC: Nacional». Roy explicó la jerarquía comenzando por el nivel inferior.

—El elemento básico de la estructura de una OMC es la rama local. Un club de motoristas proscritos independiente se convierte en parte de una organización mayor, como los Ángeles del Infierno, sólo después de que una rama local haya sido aprobada mediante el voto de sus miembros nacionales. Esto implica un largo proceso que podemos analizar más tarde si tenemos tiempo.

»Cada rama opera en un área local específica y conserva cierto grado de autonomía, pero debe regirse según las reglas fijadas por la organización. Estas reglas, ya sea en forma de constitución o bien de reglamento interno, definen los derechos y obligaciones de los miembros y la banda.

Roy deslizó una nueva transparencia en el proyector. Este cuadro llevaba por título «Estructura política de un OMC: Rama local».

—Cada rama local posee su propio cuerpo de control, o ejecutivo, elegido por sus miembros. En su conformación típica incluye un presidente, un vicepresidente, un secretario-tesorero y un oficial de orden. Éstos son los tíos responsables del mantenimiento del orden dentro del grupo y de la paz fuera del mismo.

—Supongo que ninguno de nuestros cabrones locales formará parte de la lista de candidatos al Nobel este año.

Kuricek parecía estar en forma.

Roy hizo un gesto para acallar las risas.

—También cuentan con un capitán de carretera electo que se responsabiliza de los viajes y las carreras. Luego están los miembros ordinarios...

—Y realmente quiere decir fétido (11).

Kuricek frunció la nariz.

—... que pueden opinar en cuestiones que afecten al grupo, pero es el presidente quien toma las decisiones finales. Algunos de los clubes más grandes e importantes cuentan con un oficial de seguridad cuya tarea consiste en mantener actualizada la información relativa a bandas rivales, periodistas, abogados, jueces, funcionarios públicos, testigos y, naturalmente, a sus seguros servidores.

Roy hizo un gesto que abarcaba toda la sala.

—¿Qué clase de información?

—Personal, financiera, miembros de la familia, novias, novios, números de teléfono, fechas de nacimiento, direcciones, descripciones de vehículos, matrículas, lugares de trabajo, hábitos cotidianos; nómbralo y seguro que estos tíos lo tienen. Sus colecciones de fotografías hacen que el material de la National Portrait Gallery parezca escaso. Si hay una futura víctima, su dossier puede incluir sugerencias acerca de los lugares más aptos para matarla.

—*Merde!*

—*Esti!*

Roy desplazó el puntero de izquierda a derecha a través de tres casillas situadas inmediatamente por encima de la última línea del diagrama.

—En la parte inferior de la jerarquía de las ramas locales se encuentran los candidatos, los merodeadores y las mujeres.

Roy señaló la casilla titulada «Miembro en período de prueba».

—El «candidato» o «aprendiz» debe ser propuesto por un miembro de pleno derecho. Ese tío se encarga de hacer todo el

---

(11) *Rank and file* significa «miembros ordinarios», entre otras acepciones, mientras que *rank* significa «fétido», «maloliente». El juego de palabras, nuevamente, resulta intraducible. *(N. del t.)*

trabajo sucio en el cuartel general y también durante los viajes. Los candidatos no pueden votar y tampoco pueden asistir a la iglesia.

—¿Iglesia?

Hoy el investigador de la coleta llevaba una calavera plateada colgando de la oreja.

—La reunión semanal obligatoria de la rama local.

—¿Cuánto tiempo lleva entrar en una banda?

—El período medio oscila entre los seis meses y el año. Se puede reconocer a los candidatos porque sólo llevan la parte inferior del distintivo de la banda.

—Que indica la ubicación de la rama local.

Coleta.

—*C'est ça*. En los manuales que os entregué durante la pasada reunión hay varias páginas dedicadas al distintivo de la banda. Algunos son verdaderas maravillas artísticas.

El puntero de Roy se trasladó lateralmente hacia la casilla titulada «Asociados».

—Un merodeador también tiene que estar avalado por un miembro de pleno derecho. Algunos pasan a la categoría de candidato, otros jamás lo consiguen. Los merodeadores hacen toda clase de trabajos menores y actúan como estructura de apoyo de la banda en la comunidad. Están excluidos de todos los negocios que realiza el club.

De la casilla situada en el extremo derecho y titulada «Asociados femeninos» partían otras dos.

—Las mujeres se encuentran en el nivel más bajo de la jerarquía y se incluyen en una de dos categorías. Las viejas son las esposas, ya sean legítimas o concubinas, y no pueden acercarse a otros miembros de la banda salvo por invitación. Las «mamás» u «ovejas» son otro cantar. ¿Cómo lo diría? —Alzó las cejas y los hombros—. Se mezclan libremente.

—Señoritas muy cariñosas.

Kuricek.

—Mucho. Las mamás son piezas no vedadas para cualquier miembro que lleve el distintivo de la banda. Mientras que las viejas disfrutan de cierto grado de protección, ya que estas bandas de motoristas son básicamente machistas y chauvinistas. Las mujeres son compradas, vendidas y cambiadas como simples baratijas.

—La idea que tiene un motorista de la liberación de la mujer consiste en quitarle las esposas cuando se ha cansado de ella.

Kuricek.

—No es un mal ejemplo. No cabe duda de que dentro de las bandas se usa a las mujeres y se abusa de ellas.

Roy.

—¿Cómo se las usa? —pregunté.

—Aparte del aspecto sexual, está lo que podríamos llamar participación en las ganancias. Hacen que las mujeres se dediquen a las danzas exóticas, la prostitución y el tráfico de drogas en la calle, y luego ellos recogen la pasta. Una prostituta de Halifax declaró que debía entregarle el cuarenta por ciento de sus ganancias a su chulo, un miembro de los Ángeles del Infierno.

—¿Cómo encuentran a estas mujeres? —pregunté. Sentía un nudo en el estómago.

—De la forma habitual. Las recogen en bares, viajando en autostop... Suelen ser chicas que se han escapado de casa.

—¿Quieres subir a mi Harley, guapa?

Kuricek.

Recordé el cráneo y el circuito que tenía alojado en su interior.

—Sorprendentemente, nunca hay escasez de mujeres —continuó Roy—. Pero no me malinterpretéis. Mientras que muchas de ellas son engañadas y algunas son retenidas contra su voluntad, un buen número de esas damas aceptan encantadas ese estilo de vida. Tíos machos, drogas, alcohol, armas, sexo día y noche. Es un viaje salvaje y ellas lo comparten alegremente.

»Las mujeres también resultan útiles en términos no estrictamente sexuales o económicos. A menudo son ellas las que llevan ocultas las drogas o las armas, y son muy buenas para desembarazarse de ellas cuando hay una redada. Algunas son excelentes espías. Entran a trabajar en agencias del gobierno, la compañía telefónica, oficinas públicas, cualquier lugar donde puedan conseguir información valiosa para sus fines. Algunas de ellas tienen armas o propiedades registradas a su nombre, ya sea porque su media naranja no puede hacerlo o bien para proteger sus bienes e impedir que el gobierno pueda confiscarlos.

Roy miró su reloj.

—Y con esto creo que podemos dejarlo por hoy. Algunos

miembros del CUM se han incorporado al equipo, de modo que tal vez celebremos una sesión más.

CUM. Comunidad Urbana de la Policía de Montreal. Me pregunté por qué no habría asistido Claudel a la reunión de hoy.

—Si es así, apuntaré la fecha en el tablón de anuncios.

Mientras conducía de regreso al laboratorio, mis pensamientos volvieron a la adolescente de St-Basile y a la explicación de la doctora Russell. ¿Acaso esa pobre criatura había sido una víctima de esta locura desatada por los motoristas? Había algo en ella que resonaba en mi interior y traté de unir nuevamente todas las piezas de información que tenía de la muchacha.

Había muerto siendo una adolescente, ya no era una niña pero tampoco una mujer. Sus huesos no revelaban la forma en que había muerto, pero sí desvelaban algo de la forma en que había vivido. La hidrocefalia podría contribuir a su identificación.

El orificio producido por la diminuta mecha del taladro del neurocirujano, bien cicatrizado, sugería que hacía tiempo que se había colocado el implante. ¿Odiaba ella ese chisme? ¿Yacía en su cama por la noche y se palpaba el tubo que discurría por debajo de su piel? ¿Padecía algún otro problema físico? ¿Sus compañeros la atormentaban? ¿Era una buena estudiante? ¿Había abandonado sus estudios? ¿Podríamos encontrar antecedentes médicos asociados a una chica desaparecida que nos ayudasen a identificar ese cráneo?

A diferencia de lo que sucedía con muchos de mis muertos anónimos, no tenía ningún dato que pudiese decirme quién era. La Chica. Así era como había llegado a pensar en ella. La Chica del foso de los Serpientes.

¿Y por qué estaba enterrada en el cuartel general de los motoristas? ¿Estaba su muerte relacionada con los asesinatos de Gately y Martineau, o se trataba simplemente de otra víctima en la patética tradición de la violencia que ejercían los motoristas contra las mujeres? ¿Su vida se había visto truncada por una razón deliberada o simplemente se encontraba en el lugar equivocado en el momento equivocado, como la pequeña Emily Anne Toussaint?

Mientras me desplazaba lentamente a través del tráfico de la hora punta, volví a experimentar dolor e ira. Dolor por una vida parcialmente vivida; ira por la insensibilidad de aquellos que se la habían arrebatado.

Y pensé en Andrew Ryan, con sus ojos azul cielo y su ardiente intensidad. Incluso su olor solía hacerme feliz. ¿Cómo pude pasar por alto su otro lado, su doble vida? ¿Era posible que fuese verdad? Mi cerebro me decía que sí. Bertrand me había jurado que era verdad. ¿Entonces por qué mi corazón se negaba a aceptarlo?

Mis pensamientos describían círculos completamente inútiles. Me dolía la cabeza y sentía que me palpitaba el ojo izquierdo.

Giré en dirección a Parthenais y detuve el coche en un lugar libre. Me recosté en el asiento y pedí un tiempo muerto. Necesitaba un respiro.

Llamaría a Claudel y le contaría lo que había averiguado, luego no habría más huesos ni pensamientos de Ryan durante todo un fin de semana. No me dedicaría a ninguna actividad más seria que no fuese leer. El manual del motorista de Roy. Leería, saldría a comprar y asistiría a la fiesta de Isabelle. Pero el lunes haría un segundo juramento. Continuaría mi búsqueda de los asesinos de Emily Anne y también encontraría un nombre para la Chica del foso de los Serpientes.

13

Cuando llegué a casa eran más de las siete.

En el laboratorio había dejado los huesos y el circuito a buen recaudo y luego había llamado a Claudel para pasarle la información que me había dado la doctora Russell. Decidimos que yo investigaría todos los casos de los últimos diez años que incluyeran el hallazgo parcial de esqueletos. Él, por su parte, continuaría con su lista de chicas desaparecidas. Si a última hora del lunes ninguno de los dos había encontrado una pista fiable, entraríamos el caso en el CPIC. Si tampoco daba resultado, lo enviaremos al sur al sistema NCIC.

Eso sonaba como un plan.

Después de cambiarme de ropa y de tener una breve charla con *Birdie*, fui andando hasta McKay, subí al gimnasio en la última planta y estuve quemando calorías durante una hora. Después compré un pollo asado, verduras y frutas.

Una vez en el apartamento, metí un recipiente con judías verdes en el microondas, corté el pollo por la mitad y guardé una en la nevera para el almuerzo del sábado. Luego busqué mi botella de salsa para barbacoa Piggy Park de Maurice.

Montreal es un auténtico deleite para el paladar, sede de muchos de los mejores restaurantes del mundo. Chinos, alemanes, tailandeses, mexicanos, libaneses... Todos los grupos étnicos están representados. La ciudad no tiene parangón cuando se trata de un almuerzo de comida rápida o de una cena elegante. No obstante, uno de sus fallos se encuentra en el arte de la barbacoa.

En Quebec, lo que pasa por ser salsa para barbacoa es un jugo marrón, tan insípido e inodoro como el monóxido de carbono. Un investigador diligente puede encontrar la variedad tejana a base de tomate, pero la mezcla de vinagre y mostaza de la región oriental de las Carolinas es una exquisitez que me veo obligada a importar. Mis amigos de Montreal se muestran escépticos al ver esa poción dorada, pero una vez la prueban quedan enganchados.

Vertí un poco de salsa de Maurice en un pequeño recipiente, lo llevé todo a la sala de estar y cené delante del televisor. Hacia las nueve de la noche, el fin de semana aún continuaba sin novedad. Hasta ese momento, la decisión más difícil que había tomado estaba relacionada con la lealtad deportiva. Aunque los Cubs jugaban con los Braves, me decidí por los partidos de desempate de la NBA y disfruté de una clara victoria, 102-87, de los Charlotte Hornets frente a los New York Knicks.

Bird estaba indeciso, se sentía atraído por el olor a pollo pero atemorizado por mis exclamaciones y movimientos ante el televisor. Pasó la velada en el otro extremo de la habitación, con la barbilla apoyada sobre las patas y los ojos muy abiertos cada vez que yo gritaba. A las once me siguió al dormitorio, donde dio dos vueltas antes de acomodarse detrás de mis rodillas. A los pocos minutos ambos estábamos profundamente dormidos.

Me despertó el insistente sonido del timbre de la puerta. El zumbido, sería más correcto decir. Cuando alguien llama al timbre para entrar en mi edificio, éste suena como si fuese un gorrión con hipo.

La luz que se filtraba por la ventana era gris y el despertador marcaba las ocho y cuarto. *Bird* ya no dormía acurrucado junto a mis piernas. Aparté el edredón y me puse una bata.

Cuando bajé al vestíbulo me recibió un enorme ojo verde. Me llevé las manos al pecho y di un involuntario paso atrás, apartándome del monitor de seguridad.

Chirrrrrrrrrrup.

El ojo se apartó y fue reemplazado por la cara de mi sobrino. Hacía muecas delante de la cámara, moviendo la cabeza de un lado a otro y estirándose la boca con los dedos.

Pulsé el botón para abrirle la puerta. *Birdie* se frotó contra mis piernas y luego me miró con sus grandes ojos amarillos.

—No me preguntes, *Bird*.

Kit rodeó la esquina del corredor con un bolso de lona en una mano, una bolsa de papel marrón en la otra y una mochila colgando de cada hombro. Llevaba un sombrero multicolor que tenía aspecto de ser grande incluso en Guatemala.

—Tía T —exclamó con su estridente entonación tejana.

—Shhhh. —Me llevé un dedo a los labios—. Es sábado por la mañana.

Retrocedí y mantuve la puerta abierta de par en par. Cuando pasó por mi lado pude percibir un olor mezcla de humo de leña y moho y algo parecido a setas o musgo.

Dejó caer sus cosas y me abrazó con fuerza. Cuando me soltó y se quitó el sombrero, su pelo era como el de Eduardo Manostijeras.

—Estás muy guapa, tía.

—Mira quién habla —dije, sujetándome algunos mechones de pelo detrás de las orejas.

Me tendió la bolsa de papel.

—Un pequeño regalo de los ríos de Vermont. —Reparó en Birdie—. Hola, Bird. ¿Cómo está mi compañero?

El gato salió disparado de regreso al dormitorio.

Eché un vistazo al corredor vacío.

—¿Howard está contigo?

—No. Decidió continuar hacia el sur.

—Oh.

Al cerrar la puerta sentí una punzada de temor.

—Sí, señor. Necesitaba volver al juego del petróleo. Pero yo me quedaré unos días, si a ti te parece bien.

—Por supuesto, Kit. Me parece fantástico.

¿Unos días? Eché un vistazo a su equipaje y recordé la última visita que me había hecho mi madre. Mi hermana Harry había venido para asistir a un curso de cinco días y se había quedado varias semanas.

—Estoy hecho polvo. ¿Te parece bien que me duche y duerma un par de horas? Levantamos el campamento antes de que el sol comenzara incluso a pensar en salir.

—Puedes dormir todo el tiempo que quieras. Luego me gustaría que me hablaras del viaje.

Y toma un baño, pensé.

Busqué toallas limpias y lo acompañé a la habitación de invitados. Luego me puse unos tejanos y un suéter y fui a la esquina a comprar la Gazette. Cuando regresé, las toallas estaban mojadas en el suelo del baño y la puerta del dormitorio estaba cerrada.

Fui a la cocina y abrí el regalo de Kit. Indudablemente, pescado. Lo envolví con un plástico fino y lo metí en el congelador a la espera de nuevas instrucciones. Luego preparé café y me instalé a leer el periódico en la mesa del comedor.

En ese momento, el fin de semana se fue a la porra.

El número de víctimas asciende a 120: identificados los cadáveres de otros dos motoristas

La noticia venía en la tercera página de la primera sección. Yo había esperado cierta cobertura de los hechos. Lo que no esperaba en absoluto era la fotografía. La imagen era granulada; estaba tomada a distancia con un poderoso teleobjetivo, pero el sujeto era perfectamente reconocible.

Yo aparecía arrodillada junto a una tumba con un cráneo en la mano. Como era habitual, el pie de foto me identificaba como «… una antropóloga forense estadounidense que trabaja para el Laboratorio de Ciencias Jurídicas y Medicina Legal».

La fotografía estaba tan pobremente enfocada que dudaba de si había sido tomada en el club de los Serpientes o si se trataba de una vieja foto de archivo tomada en otro sitio. Mi aspecto y equipo apenas varían de una excavación a otra y en el recuadro no había nada que permitiese identificar un lugar específico.

El artículo estaba acompañado de otras tres fotografías: las habituales instantáneas de las caras de las víctimas y una vista de la entrada al cuartel general de los Serpientes. Describía la exhumación de Gately y Martineau y relataba la historia de su desaparición. Había un breve resumen de la guerra que mantenían las bandas y una explicación del número de víctimas revisado.

De acuerdo. Todos esos hechos podrían haber sido informados a través de canales oficiales. Pero lo que me dejó boquiabierta fue lo que veía a continuación.

El texto continuaba relatando el hallazgo de una desconcertante tercera víctima, y describía con precisión los restos parciales encontrados en la otra sepultura. El artículo concluía afirmando que, hasta el momento, la identidad de la joven seguía siendo un misterio.

¿Cómo demonios habían conseguido esa información?

110

Me invadió una oleada de furia. No me gusta nada la atención de los medios de comunicación y me siento especialmente intranquila cuando amenaza con poner en peligro alguno de mis casos. ¿Quién podría haber filtrado esa información?

Respiré profundamente y fui a calentar nuevamente el café.

Muy bien, alguien se había encargado de filtrar la información. ¿Y qué?

Que eso no debería pasar.

Pulsé el botón de calentamiento rápido del microondas.

Verdad. ¿Pero comprometería el desarrollo del caso?

Pensé en ello.

Sonó un pitido y saqué la taza del interior del microondas.

No. De hecho, el artículo podría hacer salir a la luz alguna pista importante. Alguien podría aparecer con un nombre.

De modo que no había daños. Pero ¿se había tomado una decisión oficial para dar esa información? Probablemente, no, o yo me hubiese enterado.

Alguien había hablado con la prensa y eso era algo absolutamente inaceptable. ¿Quién conocía la existencia de los huesos de la chica? ¿Quickwater? ¿Claudel? ¿Algún miembro del Departamento de Identificación? ¿Un técnico del laboratorio? ¿La doctora Russell?

No vas a averiguarlo este fin de semana.

Verdad otra vez.

Tratando de postergar la cuestión hasta el lunes, volví a concentrarme en la lectura, la compra. Y la fiesta de Isabelle.

Kit.

Oh.

Fui hasta el teléfono y marqué el número de Isabelle.

—*Bonjour.*

—Isabelle, soy yo.

—Tempe, ni siquiera pienses en cancelar tu asistencia a la fiesta.

Como música de fondo podía oír *La consagración de la primavera* y deduje que estaba cocinando. Isabelle siempre cocina mientras escucha a Stravinski.

—Bueno, es que ha surgido algo...

—Lo único que podría excusar tu asistencia esta noche sería la caída fatal de un 747. El tuyo.

—Esta mañana llegó mi sobrino y se quedará conmigo un tiempo.

—*Oui?*

—No me parece que sea correcto dejarlo solo el primer día.

—Naturalmente que no. Esta noche lo traerás contigo a la fiesta.

—Tiene diecinueve años.

—*Extraordinaire*. Creo que una vez tuve esa edad. Creo que fue en la década de los sesenta. Tuve que atravesar los sesenta para llegar a los setenta. Recuerdo haber tomado LSD y usado una ropa espantosa. Te veré a ti y a ese jovencito a las siete y media.

Me mostré de acuerdo y colgué.

Muy bien. Ahora debía convencer a mi sobrino para que pasara la noche del sábado comiendo costillas de cordero y caracoles con un grupo de vejestorios.

Pero resultó no ser un problema. Kit apareció a las tres y cuarto, desgreñado y muerto de hambre. Dio buena cuenta de los restos del pollo y me preguntó si podía lavar un poco de ropa. Cuando le mencioné la cena accedió de inmediato.

Tomé nota mentalmente de que debía llamar a Harry. La jovialidad de Kit no era lo que yo esperaba basándome en los años adolescentes de mi hija Katy. Pero Kit era un extraño en la ciudad y probablemente no tenía ningún otro sitio adonde ir.

Dediqué el resto del día a terminar una carta de recomendación para uno de mis estudiantes, limpiar y acomodar mi dormitorio y explicar a mi sobrino algunas cuestiones relacionadas con detergentes y telas. A las seis aproximadamente fui a Le Faubourg a comprar una botella de vino y un pequeño ramo de flores.

Isabelle vive en Île-des-Sœurs, una pequeña lengua de tierra en el río San Lorenzo propiedad de una congregación de monjas durante generaciones, pero recientemente colonizada por una orden de yupies. Una comunidad de «uso mixto», los condominios, casas particulares y apartamentos de lujo de la isla están armónicamente integrados con los clubes de tenis, los embarcaderos, los carriles para las bicicletas y los cuidados espacios verdes. La isla está comunicada con la orilla sur a través del Champlain Bridge y con Montreal por dos puentes más pequeños.

El apartamento de Isabelle se encuentra en el piso superior

de un complejo de dos edificios en el extremo norte de la isla. Después del fracaso de su tercer matrimonio, Isabelle firmó los papeles del divorcio, vendió su casa con todo su contenido y se marchó a empezar de nuevo a Île-des-Sœurs. Las únicas posesiones que se llevó con ella fueron sus amados discos compactos y sus álbumes de fotografías.

Para la decoración, Isabelle había elegido un tema de safari que hiciera juego con su nueva perspectiva de «¡me importa una mierda!». El decorador había combinado tejidos naturales, que parecían haber sido aprobados por la Fundación Mundial de la Vida Salvaje, con pieles sintéticas de tigre y leopardo. En las paredes colgaban pinturas con motivos animales y una colección de tallas africanas cubrían el tablero de cristal de una mesilla de café cuyas patas parecían las de un elefante. La enorme cama de la suite principal estaba cubierta por un mosquitero auténtico.

Kit estaba fascinado, o al menos lo parecía. Mientras Isabelle improvisaba una visita guiada por las diferentes estancias, mi sobrino no dejaba de preguntarle acerca del origen de cada una de sus posesiones. Yo no estaba segura de la profundidad de su interés, pero me agradaba su agudeza social.

A mí me fascinaban las vistas, no la decoración. Uno de los invitados aún no había llegado, de modo que, una vez que a Kit y a mí nos sirvieron sendas bebidas y nos presentaron al resto de los invitados, salí al balcón para disfrutar del espectáculo.

Una fina llovizna caía sobre la ciudad y al otro lado del río la línea del horizonte urbano centelleaba en todos los colores imaginables. La montaña se alzaba sobre los edificios en Centre-ville, enorme y oscura. Podía ver las luces de la cruz en una de sus laderas.

Oí el timbre y luego Isabelle me llamó. Eché un último vistazo al paisaje nocturno y regresé al salón.

El último invitado acababa de llegar y le estaba dando la gabardina húmeda a Isabelle. Cuando vi su rostro me quedé absolutamente sorprendida.

14

—*Vous!*

No fue una de mis entradas más memorables. Fulminé a Isabelle con una mirada de «ya verás más tarde», que ella ignoró.

—*Oui*. ¿Estás sorprendida, Tempe? —sonrió, encantada—. Te dije que os habíais conocido de un modo informal. Ahora os presentaré oficialmente.

El periodista extendió la mano. En esta ocasión no llevaba micrófono y su expresión era amistosa, no de extraordinaria sorpresa como yo recordaba la última vez que lo había visto fuera del cuartel general de los Serpientes.

—Tempe. Éste es Lyle Crease. Estoy segura de que lo has visto muchas veces en televisión.

Ahora su rostro me resultó familiar. Era un periodista de investigación que trabajaba para la CTV.

—Y, Lyle, sé que no hay necesidad de que te diga el nombre de la doctora Brennan. Nosotros la llamamos Tempe. Eso es con la «e» larga al final. La gente suele tener problemas de pronunciación.

Cuando permití que Crease me cogiese la mano, se inclinó y me besó primero en la mejilla derecha, luego en la izquierda, a la manera tradicional de Quebec. Retrocedí y murmuré algo que esperé que interpretase como frío pero cortés.

Isabelle presentó a Crease al resto de los invitados, y él estrechó las manos de los hombres y besó a las mujeres. Luego Isabelle alzó su copa en dirección a Kit.

—Creo que esta noche, en honor a este atractivo joven tejano, todos deberíamos practicar nuestro inglés.

Las copas se alzaron al unísono mientras todos aprobaban

alegremente la propuesta. Kit parecía enormemente aliviado.

—¿Puedo ayudarte con la cena? —le pregunté en un inglés gélido, ansiosa por llevar a Isabelle a algún lugar adonde pudiese decirle cuatro cosas.

—No, no. Todo está preparado. Por favor, venid todos a la mesa. Hay pequeñas tarjetas junto a cada uno de los platos.

Mierda.

Isabelle se retiró a la cocina mientras el resto de nosotros se reunía para averiguar qué lugar le había correspondido en la mesa. Tal como había sospechado, yo estaba junto a Crease. Kit se sentaba a mi derecha.

Éramos siete en total. Un actor mayor se sentó a la derecha de Kit. Lo había visto en otra ocasión aunque no podía recordar su nombre, y no lo había oído cuando hicieron las presentaciones. A los otros dos invitados no los conocía. Resultó ser una pareja, ella era anticuaria y él productor de cine.

Estuvimos charlando animadamente mientras Isabelle se encargaba de traer los platos de la cocina. El actor acababa de interpretar el papel de Polonio en una producción francesa de *Hamlet* en el Théâtre du Rideau Vert. Crease nos habló de su último trabajo. La historia se refería a un *hacker* de dieciséis años que se había colado en la red informática del ejército de Estados Unidos y luego llamó a la RCMP para que lo detuvieran.

—El chico quería reconocimiento —dijo el actor.

—Podría haberlo intentado con el fútbol —sugirió mi sobrino.

No está mal, Kit.

—¿Y vosotros dos en qué habéis estado metidos? —preguntó Isabelle a la pareja mientras recorría la mesa sirviendo vino.

Cuando llegó a la copa de Kit se detuvo y me miró. Asentí con la cabeza. Qué diablos. Estaba legalmente en Quebec y yo conducía el coche. Kit aceptó entusiasmado que le llenase la copa.

El productor se llamaba Claude-Henri Brault. Acababa de regresar de un rodaje de tres meses en Irlanda. Su esposa, Marie-Claire, llevaba una tienda en el Montreal Antiguo y había pasado algún tiempo comprando antigüedades en la Provenza. Habló acerca del reino de Arlés, la dinastía angevina y al menos una docena de Luises, describiendo cómo cada uno de ellos había cambiado el rostro de la industria del mueble. Entre bocado y bocado de ternera miraba de reojo a Lyle Crease. El pelo y la dentadura eran impecables; las arrugas, tan marcadas como yo las recordaba. La única imperfección que descubrí fue un rastro de caspa en el cuello.

Y Lyle era un buen oyente. Mantenía la mirada fija en Marie-Claire, asintiendo de vez en cuando como si la estética del diseño de telas y muebles fuese lo único importante en ese momento.

Cuando Marie-Claire hizo una pausa para respirar, Isabelle aprovechó para intervenir, reorientando la conversación como si fuese un controlador aéreo con varios vuelos en la pantalla. Aunque no podía menos que admirar su habilidad, no me gustó nada la dirección que eligió.

—Tempe ha estado trabajando en esos horribles asesinatos cometidos por las bandas. ¿Puedes contarnos algo acerca de ellos?

—¿Los motoristas? —preguntó Claude-Henri.

—Sí.

Quería fulminar a Isabelle con la mirada, pero decidí que sería una descortesía por mi parte. También quería estrangularla, pero pensé que eso sería aún más descortés.

—¿Tuvo algo que ver en el descubrimiento de esos restos que pude leer hoy en el periódico?

—Sí. Pero como Isabelle sabe —sonreí fríamente en su dirección—, no puedo…

—¿Qué estás haciendo con motoristas, tía Tempe?

El interés de Kit se había desvanecido durante la lección sobre diseño de muebles, pero este nuevo tema había suscitado nuevamente su atención.

—Tú sabes que trabajo para el laboratorio de medicina legal de la provincia.

Kit asintió.

—La semana pasada, el director me pidió que me encargase de algunos casos de asesinato.

No dije nada de mi papel en la Operación Carcajou.

—¿Cuántos?

—Varios.

—¿Más que los Bee Gees? —insistió.

—Cinco.

—¿Cinco personas liquidadas en una semana?

Kit abrió unos ojos como platos. El resto de los comensales estaban en silencio.

—A dos de ellos los mataron en 1987. Recuperamos sus cuerpos esta semana.

—Ésa es la noticia que venía en el periódico —dijo Claude-Henri, señalándome con el tenedor—. *C'est ça*. La persona de la fotografía era usted.

—¿Quiénes eran los otros? —insistió Kit.

Ahora tenía ganas de estrangular a mi sobrino.

—Dos murieron como consecuencia de una explosión. Uno de ellos era una niña que murió accidentalmente durante un tiroteo en la calle.

—*Mon Dieu* —exclamó Marie-Claire, olvidando por un momento su compromiso con el inglés.

Busqué mi copa llena de Perrier, deseando desesperadamente haberle prestado atención para poder desviar el tema y preguntarle sobre el uso del barniz en el Renacimiento.

—¿Incluye a la chica cuyos huesos fueron encontrados en St-Basile-le-Grand?

Me volví al oír la pregunta de Crease. Aunque el tono de su voz sonaba informal, en sus ojos había un brillo que no había detectado antes. Si esperaba oír una historia, no sería yo quien se la proporcionara.

—No.

—¿Ya ha sido identificada?

Bebió un poco de vino.

—No.

—¿De quién están hablando? —preguntó Kit.

—Cerca de la tumba de dos de los motoristas también encontramos otros huesos. Se trata de una mujer joven, pero no sabemos quién es o si tenía algún tipo de relación con los Serpientes. Es posible que la hayan enterrado antes de que la banda comprase esa propiedad.

—¿Es eso lo que usted cree?

Crease.

—No lo sé.

—¿Quiénes son los Serpientes?

Yo estaba reestructurando a toda prisa mi opinión acerca de las habilidades sociales de mi sobrino.

—Son una banda títere de los Ángeles del Infierno.

—¡Imposible!

—Sí, es posible. Y ellos y sus hermanos de armas son responsables de casi ciento veinte muertes en esta provincia en los últimos cinco años. Sólo Dios sabe cuántos más han desaparecido.

—¿Los motoristas se están matando entre ellos?

—Sí. Es una lucha de poder por el control del tráfico de drogas.

—¿Por qué no dejar simplemente que lo hagan? —preguntó el actor—. Se lo podría considerar como una forma de autorregulación sociopática.

—Porque en esa lucha salen malparados inocentes como Emily Anne Toussaint, que sólo tenía ocho años.

—¿Y tal vez esa otra chica?

—Tal vez, Kit.

—¿Cree que será capaz de demostrarlo?

Crease.

—No lo sé. Claude-Henri, por favor, háblenos de su película.

Mientras el productor nos explicaba detalles del rodaje, Crease alzó la botella de Chardonnay y la acercó a mi copa vacía. Negué con la cabeza pero él insistió. Cuando apoyé la mano sobre el borde de la copa, él se echó a reír, levantó mi mano y llenó la copa.

Furiosa, me solté de su mano y me apoyé en el respaldo de la silla. No soporto a la gente que obliga a beber a quienes no quieren hacerlo.

La voz de mi sobrino me llevó nuevamente a la conversación. Isabelle había dirigido su atención sobre Kit.

—Sí, fui con mi padre. Trabaja en el negocio del petróleo. Viajamos desde Texas en una vieja Winnebago. Fue idea de mi padre. Quería que fortaleciéramos nuestros vínculos.

»Primero vinimos a Montreal para devolverle el gato a mi tía, luego nos dirigimos al este y entramos en Vermont por la Derby Line. Mi padre había planeado este viaje mejor que la invasión de Normandía. Por eso recuerdo todos los nombres.

»En cualquier caso, acampamos cerca de una ciudad llamada Westmore y fuimos a pescar salmones al río Willoughby. Los salmones viven en agua dulce y cuando remontan el río en primavera es genial. Supongo que los verdaderos pescadores lo consideran una especie de lugar sagrado.

»Luego nos dirigimos hacia el sur en dirección a Manchester y pescamos en el Battenkill y mi padre compró un montón de chismes en la fábrica de Orvis. Cañas de pescar, cañas de mosca y otras cosas. Después me dejó en la casa de mi tía cazamotoristas y continuó hacia Texas.

Alzó su copa hacia mí y todos lo imitaron.

—Es un poco extraño —continuó Kit—. Porque mi padre me compró una moto el año pasado.

Me sentí consternada pero no sorprendida. Howard era el segundo esposo de mi hermana, un petrolero del oeste de Texas con más dinero que juicio, y un defecto en la doble hélice que lo incapacitaba para la monogamia. Se habían divorciado cuando Kit tenía seis años. Howard enfocaba la paternidad cubriendo a su hijo de juguetes y dinero. A los tres años fueron ponis y coches de juguete eléctricos. A los dieciocho había cambiado a veleros y luego a un Porsche.

—¿Qué clase de moto? —preguntó Isabelle.

—Es una Harley-Davidson. A papá le encantan las Harley. La mía es una Road King Classic y él tiene una Ultra Classic Electra Glide. Ambas son modelos Evolution. Pero el verdadero amor de papá es su vieja cabeza de alcornoque. Es un modelo que sólo se fabricó entre 1936 y 1947.

—¿Qué significan esos términos? —preguntó Isabelle.

—Son apodos que se refieren al diseño del cabezal del motor. El motor Evolution V2 se fabricó por primera vez a principios de la década de los ochenta. Originalmente se lo llamó *Zopenco*, pero ese nombre nunca cuajó. La mayoría los llama *Evo*. Muchas de las motos que se ven hoy en día son *Peces martillo*, fabricadas entre 1966 y 1984. Desde 1948 hasta 1965 eran *Cabezas de cacerola*, antes de eso *Cabezas planas*, que aparecieron en 1929. Resulta fácil identificar la época de su fabricación por el diseño del cabezal del motor.

El interés de Kit por los motoristas no era nada comparado con su pasión por las motos.

—¿Sabían ustedes que todas las Harley modernas descienden de la Silent Gray Fellow, la primera moto que salió de la cadena de montaje en Milwaukee a finales del siglo XIX. La Silent Gray Fellow tenía un motor de sesenta centímetros cúbicos y un cilindro capaz de desarrollar tres caballos de fuerza de potencia. Sin alzaválvulas hidráulico ni encendido eléctrico ni motor de dos cilindros en V.

Kit sacudió la cabeza con un gesto de incredulidad.

—Un motor moderno de dos cilindros desplaza una potencia ascendente de doscientos veinte centímetros cúbicos. Incluso una vieja FLH de 1971, con ciento ochenta centímetros cúbicos, tiene una relación de compresión en el motor de ochenta punto cinco a uno. Y actualmente están funcionando a nueve a uno. Sí, hemos recorrido un largo camino, pero hoy cada máquina en la carretera puede seguir su linaje hasta aquella vieja Silent Gray Fellow.

—¿No existen otros fabricantes de motos? —preguntó el actor.

—Sí, señor —dijo Kit y en su voz se advirtió un matiz de desprecio—. Hay Yamahas, Suzukis, Kawasakis y Hondas rodando por las carreteras. Pero son sólo medios de transporte. Los británicos fabricaron algunas motos muy buenas, Norton, Triumph, BSA, pero ya han cerrado el negocio. Las BMW alemanas son máquinas impresionantes, pero para mí la Harley es la única atracción de la ciudad.

—¿Son motos muy caras? —preguntó Claude-Henri.

Kit se encogió de hombros.

—Harley no fabrica motos baratas. Su equipamiento es sofisticado.

Mientras mi sobrino hablaba, yo lo escuchaba atentamente. Kit mostraba la misma reverencia y el mismo respeto por las motocicletas que Marie-Claire por el mobiliario antiguo. Tal vez su visita había sido muy oportuna. Podría ayudarme a comprender este mundo extraño en el que me estaba metiendo.

Cuando nos despedimos de Isabelle y pulsamos el botón de llamada del ascensor era casi medianoche. Yo estaba más que preparada para meterme en la cama, pero Kit seguía entusiasmado con el tema, hablando de motores y criticando a los invitados y los acontecimientos de esa noche. Tal vez era el vino, quizá su juventud. Envidiaba su resistencia y su entusiasmo.

Había dejado de llover, pero el viento soplaba desde el río con fuertes ráfagas, doblaba ramas y arbustos, y formaba remolinos con las hojas a través del cuidado césped que rodeaba los edificios. Cuando Kit se ofreció para traer el coche, examiné detenidamente su estado físico y luego le di las llaves y esperé dentro del vestíbulo.

Apareció en menos de un minuto, salió del coche y dio la vuelta para ocupar el asiento del acompañante. Cuando me instalé detrás del volante, Kit dejó un sobre marrón sobre mi regazo.

—¿Qué es esto?

—Un sobre.

—Eso ya lo veo. ¿De dónde ha salido?

—Estaba sujeto debajo del limpiaparabrisas. Debes de tener un admirador.

Miré el sobre. Era uno de esos modelos acolchados, grapado en uno de los extremos, con una lengüeta adhesiva para abrirlo con facilidad. Mi nombre estaba escrito en el lateral con un rotulador rojo.

Mientras contemplaba las letras, una alarma comenzó a sonar en las profundidades de mi cerebro. ¿Quién sabía que yo estaría en la isla esa noche? ¿Quién podía haber reconocido mi coche? ¿Nos habían seguido? ¿Vigilado?

Palpé con mucho cuidado el contenido del sobre. Podía notar algo duro en su interior.

—¡Y bien!

La voz de Kit me sobresaltó. Cuando me volví, su rostro parecía extrañamente pálido, las facciones oscuras y distorsionadas bajo la mortecina luz amarilla que se filtraba a través de las puertas del vestíbulo.

—Maldita sea, Kit, esto podría ser... —me interrumpí porque no estaba segura del destino de mis pensamientos.

—¿Podría ser qué? —Kit se inclinó hacia un costado y pasó el brazo por encima del respaldo de mi asiento—. Venga, ábrelo —dijo—. Apuesto a que es una broma. Uno de esos polis amigos tuyos probablemente vio el coche y dejó algo para asustarte.

Era una posibilidad. Cualquiera del oficio podía haber reconocido la matrícula. Y yo había sido el blanco de muchas bromas en el pasado.

—Venga. —Kit encendió la luz interior del coche—. Tal vez sean entradas para la Expo.

Abrí la lengüeta y busqué en el interior del sobre. Mis dedos se cerraron alrededor de un pequeño frasco de cristal.

Cuando extraje el recipiente y lo coloqué delante de la luz, sentí que la bilis me ascendía hacia la garganta. Las contracciones rítmicas debajo de la lengua me confirmaron que estaba a punto de vomitar. Apenas oí a Kit mientras buscaba la manecilla para abrir la puerta.

—Mierda, tía Tempe. ¿A quién has jodido?

15

El ojo descansaba en el fondo del pequeño recipiente, con la pupila hacia arriba y restos de carne flotando en el líquido opaco. El órgano estaba descolorido y parcialmente desintegrado y uno de sus lados parecía tener una herida dentada. Aunque estaba cerrado herméticamente, el pequeño frasco desprendía un olor que me resultaba familiar. Había un papel pegado a la base.

Kit arrancó la nota.

—*On te surveille*. —El francés sonaba extraño con su acento tejano—. ¿Qué significa, tía Tempe?

—Te estamos vigilando.

Devolví el recipiente y la nota al interior del sobre con manos temblorosas y lo dejé en el suelo del asiento trasero. El olor a formaldehído era insoportable. Sabía que el olor estaba en mi mente, pero eso no me servía para atenuar la sensación de náusea. Tratando de controlar el reflejo del vómito, me sequé las palmas de las manos en los pantalones y puse el coche en marcha.

—¿Crees que se trata de una broma? —preguntó Kit cuando giramos en el bulevar Île-des-Sœurs.

—No lo sé.

Mi voz sonaba extrañamente aguda.

Kit advirtió mi estado de ánimo y no insistió.

Una vez en casa, envolví el frasco en varias bolsas de plástico y lo guardé en un recipiente hermético de Tupperware. Luego vacié el cajón de las verduras del refrigerador y lo guardé allí.

Kit me observaba en silencio con una expresión de perplejidad dibujada en el rostro.

—Lo llevaré al laboratorio el lunes —le expliqué.

—Es realmente un ojo, ¿verdad?

—Sí.

—¿Crees que es una broma?

Repitió su pregunta anterior.

—Probablemente.

No creía que fuese así, pero no quería alarmarlo.

—Tengo la sensación de que no debería preguntarlo, pero, si es una broma, ¿por qué vas a llevarlo al laboratorio?

—Tal vez eso les meta el miedo en el cuerpo a esos jodidos bromistas —dije, tratando de mostrarme indiferente, y luego lo abracé—. Ahora me voy a la cama. Mañana ya encontraremos algo divertido para hacer juntos.

—Muy bien. ¿Te molesta si escucho un poco de música?

—Estás en tu casa.

Cuando Kit cerró la puerta de su dormitorio, comprobé las cerraduras de las puertas y de las ventanas y también que el sistema de seguridad estuviese activado. Resistí la tentación de buscar ladrones debajo de la cama y dentro del armario.

La elección musical de Kit era Black Sabbath. La música sonó hasta las dos y cuarto.

Yo permanecí despierta en la cama oyendo el ritmo del heavy metal, preguntándome si se lo podía considerar como música, preguntándome cuántas llamadas recibiría de mis vecinos, y preguntándome también quién tendría la imperiosa necesidad de enviarme un mensaje como para acompañarlo de un ojo humano.

Aunque había estado veinte minutos bajo el chorro de la ducha, el olor del formaldehído seguía incrustado en mi cerebro. Me dormí intranquila y con la carne de gallina.

A la mañana siguiente dormí hasta tarde. Cuando desperté, cansada aún por haberme despertado repetidamente durante la noche, mis pensamientos volvieron una vez más a esa cosa horrible que guardaba en la nevera. ¿Quién? ¿Por qué? ¿Tenía relación con mi trabajo? ¿Había un sicópata en el vecindario? ¿Quién me estaba vigilando?

Dejé todas esas preguntas en un segundo plano, dispuesta a volver sobre ellas el lunes a primera hora. Mientras tanto redoblaría la vigilancia. Comprobé el panel de la alarma, luego los botones de llamada directa en los teléfonos y la caja de seguridad para asegurarme de que todos estuviesen conectados con el 911.

El sol brillaba con fuerza, eran las diez de la mañana y el termómetro del patio marcaba 5 °C. Sería un día canadiense muy caluroso.

Conocía el ritmo de vida de los adolescentes, de modo que no esperaba ver a Kit antes del mediodía. Cogí mi ropa de deporte y me fui al gimnasio. Caminé con más precaución de la habitual, aún sometida a cierta tensión, con los ojos alerta ante cualquier cosa o cualquier persona que me resultara sospechosa.

Después del ejercicio físico compré unas roscas de pan y crema de queso, y unos cuantos dulces para poner encima del queso. También me dejé llevar por un impulso y compré una planta. Desde la llegada de Kit, *Birdie* me había abandonado, así que atraería nuevamente su afecto seduciéndolo con un calamento o hierba gatera.

Pero ni las roscas de pan con queso ni la hierba gatera resultaron demasiado efectivas. Mi sobrino apareció a la una y cuarto, y el gato lánguidamente detrás.

—No pronuncies ninguna frase que incluya las palabras «madrugador» o «amanecer» —dijo Kit.

—¿Rosca?

—Aceptable.

—¿Crema de queso, salmón ahumado, limón, cebollas, alcaparras?

—Elimina las alcaparras.

Birdie le echó un vistazo a la hierba gatera pero no dijo nada.

Mientras Kit comía, expuse las opciones.

—Ahí fuera hace un día maravilloso. Sugiero actividades al aire libre.

—De acuerdo.

—Podemos ir al jardín botánico, caminar un rato por la montaña, o si lo prefieres puedo conseguir un par de bicicletas y visitar el puerto viejo o pedalear junto al canal Lachine.

—¿Permiten usar patines?

—¿Patines?

—Sí. ¿Podemos alquilar patines en línea y hacer el recorrido que sugerías para las bicicletas?

—Creo que sí.

Oh, Señor.

—Apuesto a que eres muy buena patinando. Harry lo hace de maravilla.

—Humm. ¿Por qué llamas Harry a tu madre?

Siempre había sentido curiosidad por esa costumbre de Kit. Desde que había comenzado a hablar, siempre había llamado a su madre por su nombre.

—No lo sé. Pero debes reconocer que ella no es exactamente la madre de *La casa de la pradera*.

—Pero lo has hecho desde que tenías dos años.

—Entonces tampoco era muy hogareña, que digamos. No cambies de tema. ¿Estás preparada para una sesión de patinaje?

—Por supuesto.

—Eres fantástica, tía Tempe. Dame unos minutos para ducharme y nos pondremos en camino.

Fue un día casi perfecto. Yo comencé de un modo bastante tambaleante pero rápidamente cogí el ritmo y, muy pronto, me deslizaba como si hubiese nacido con los patines puestos. La experiencia me trajo recuerdos de patinaje en las aceras de la ciudad cuando era pequeña y de las numerosas ocasiones en las que estuve a punto de chocar con los transeúntes o que invadí el carril de los coches. El sol había sacado de sus casas a un montón de gente que ahora ocupaban el camino montados en sus patines, bicicletas o monopatines. Aunque tenía algunas dificultades a la hora de girar, aprendí a maniobrar lo bastante bien como para no chocar contra nadie. La única habilidad que no pude dominar fue la de frenar de golpe. Cuando era una cría, no se habían inventado los frenos de arrastre para patines.

A media tarde me deslizaba con la misma suavidad que el Black Magic I en la Copa América. O como mierda a través del culo de un pato, según la curiosa expresión de Kit. Sin embargo, yo insistí en llevar suficiente protección como para defender una portería de hockey.

Pasaban de las cinco cuando devolvimos los patines y las protecciones y decidimos hacerle una visita a Chez Singapur para degustar una buena comida asiática. Luego alquilamos *La pantera rosa* y *El nuevo caso del inspector Clouseau* y nos reímos a carcajadas mientras Clouseau demostraba cómo uno podía ser, a la vez, parte de la solución y parte del problema. Las películas fueron una elección de Kit. Dijo que la inmersión en el francés lo ayudaría a aclimatarse en Montreal.

Cuando ya estaba acostada en la cama, cansada y dolorida y atiborrada de palomitas, volví a acordarme del ojo. Comencé a dar vueltas, tratando de no imaginarme ese objeto en mi nevera y al miserable que lo había dejado en mi coche.

El lunes seguía haciendo calor, pero la ciudad estaba cubierta por un denso manto de nubarrones negros. Se mantenían a baja altura, e impedían que la niebla abandonase el nivel del suelo y obligaban a los conductores a circular con los faros encendidos.

Al llegar al laboratorio llevé el frasco al Departamento de Biología y pedí un análisis. No expliqué la procedencia del espécimen y tampoco me lo preguntaron. La muestra recibió un número no registrado y la técnica del laboratorio me dijo que me llamaría cuando tuviese los resultados.

Tenía una sospecha con respecto al origen del ojo y esperaba estar equivocada. Las implicaciones eran demasiado espantosas. Conservé la nota y esperé el resultado de los análisis.

La reunión de la mañana fue relativamente breve. El propietario de un concesionario Volvo fue encontrado colgado en su garaje con una nota de suicidio sujeta en el pecho. Un pequeño avión se había estrellado cerca de St-Hubert. Una mujer había sido empujada a la vía desde el andén del metro en la estación Vendôme.

Nada para mí.

Volví a mi despacho y conecté el terminal. Utilizando *antropología*, *esqueleto*, *desconocido*, *hembra* y *parcial* a modo de elementos descriptivos, busqué en la base de datos aquellos casos que incluyeran esqueletos parciales de mujeres sin identificar. El ordenador me suministró veintiséis números del Laboratorio de Medicina Legal correspondientes a los últimos diez años.

Con esa lista como referencia solicité todos los casos que carecieran de cráneo. Eso incluía los restos recibidos desde que yo había estado en el LML. No constaban inventarios óseos completos anteriores a esa fecha. Los casos que incluían esqueletos simplemente los designaban como parciales o totales. Activé los casos registrados como parciales.

A continuación, utilizando la lista de esqueletos incompletos analizados durante mi ejercicio del cargo de antropóloga forense, pedí los casos en los que faltasen los fémures.

Nada. Los datos habían sido introducidos como cráneo presente o ausente, restos poscraneales presentes o ausentes, pero no habían sido registrados huesos específicos. Tendría que recurrir a los archivos actuales.

Sin perder un minuto, recorrí el pasillo hacia el Departamento de Archivos. Una mujer delgada con tejanos negros y una blusa de tela rústica ocupaba el escritorio de la entrada. Era casi monocromática, con el pelo descolorido, la piel muy pálida y los ojos del color del agua sucia del fregadero. Las únicas notas de color eran unas líneas rojas en las sienes y una zona pecosa sobre la nariz. No fui capaz de contar todos los pendientes que llevaba en las orejas. Nunca había visto a aquella mujer.

—*Bonjour. Je m'appelle Tempe Brennan.*

Extendí la mano para presentarme.

Ella asintió ligeramente con la cabeza pero no extendió la mano y tampoco me dijo su nombre.

—¿Es nueva aquí?

—Soy empleada temporal.

—Lo siento, pero creo que no nos conocemos.

—Me llamo Jocelyn Dion.

Se encogió de hombros.

De acuerdo. Bajé la mano.

—Jocelyn, ésta es una lista de archivos que necesito revisar.

Le entregué la salida impresa y le indiqué los números destacados. Cuando extendió el brazo para coger el papel vi que se le marcaban los músculos a través de la fina tela de la blusa. Jocelyn pasaba bastante tiempo en el gimnasio.

—Me doy cuenta de que son bastantes, ¿pero podría averiguar dónde se encuentran los archivos y hacérmelos llegar lo antes posible?

—No hay ningún problema.

—Necesito toda la información de cada uno de ellos, no sólo el informe antropológico.

Algo cruzó fugazmente su rostro, un atisbo de cambio en sus facciones que desapareció al instante.

—¿Dónde los quiere? —preguntó, mirando la lista.

Le di el número de mi oficina y me marché. Cuando me encontraba en el corredor recordé que no había mencionado las fotografías. Al regresar vi que la cabeza de Jocelyn estaba inclinada sobre la lista que acababa de dejarle. Sus labios se movían mientras un dedo con la uña pintada revisaba ambos lados del papel.

Cuando le mencioné las fotografías, se sobresaltó al oír mi voz.

—Estoy en ello —dijo, deslizándose de su sillón.

Una mujer extraña, pensé mientras regresaba a mi despacho a trabajar en los casos Gately y Martineau.

Jocelyn apareció con los dossiers una hora más tarde, y yo me pasé las tres siguientes examinándolos. En total había encontrado a seis mujeres sin cabeza. Sólo dos de ellas carecían de fémures y ninguna era lo bastante joven como para ser la chica del foso.

De los años anteriores a mi llegada a Montreal aún permanecían sin identificar siete esqueletos femeninos sin cráneo. Dos eran muy jóvenes, pero la descripción de sus restos era muy vaga, y sin un inventario óseo preciso resultaba imposible saber qué huesos habían sido recuperados. Ninguno de los archivos contenía fotografías.

Regresé al ordenador y comprobé los datos del caso más antiguo. Los huesos se habían conservado durante cinco años, se habían vuelto a fotografiar y luego habían sido entregados para su inhumación o destrucción.

Pero el archivo no incluía ninguna fotografía. Eso era extraño.

Pregunté por el lugar donde habían sido recuperados los restos. Los huesos habían llegado desde Salluit, un pueblo situado a unos dos mil kilómetros al norte, en el extremo de la península Ungava.

Introduje el número LML más reciente y busqué el lugar de recuperación de restos.

Ste-Julie. Mi pulso se aceleró. Ese lugar se encontraba a menos de veinte kilómetros de St-Basile-le-Grand.

Volví al archivo. Tampoco había fotos.

Comprobé la disposición y no encontré ningún dato que indicase que el caso había sido aclarado.

¿Podía ser que tuviese tanta suerte?

Cuando comencé a trabajar en el LML, heredé toda una colección de casos de esqueletos. Aunque me había quitado de encima algunos de ellos, gran parte de ese material seguía en mi cuarto trastero.

Abrí la puerta con una llave y arrastré una silla hasta el extremo de la pequeña habitación. Un montón de cajas de cartón marrón cubrían ambas paredes, ordenadas cronológicamente con la numeración del LML. Busqué en la sección que contenía los códigos más antiguos.

El caso se encontraba en la estantería superior. Subí a la silla, cogí la caja y la llevé a mi mesa de trabajo. Levanté la tapa después de haber soplado la capa de polvo que la cubría.

A la izquierda había un pequeño montón de vértebras y costillas; a la derecha, varios huesos largos. Aunque la mayoría de las superficies articuladas habían sido mordisqueadas por animales, no cabía duda de que los fémures estaban allí.

Maldita sea.

Vacié todo el material sobre la mesa y lo revisé buscando alguna incongruencia, pero nada parecía fuera de lugar. Desalentada, lo metí todo nuevamente en la caja y la devolví a su sitio en la estantería. Después de lavarme las manos, crucé a mi despacho con idea de comer un bocadillo de atún y un yogur cremoso.

Hice girar el sillón y apoyé los pies en el reborde de la ventana mientras le quitaba la tapa al yogur. En la Universidad de Charlotte, uno de mis colegas tenía una pegatina en la puerta que decía: «La vida es incierta. Come primero el postre.» Siempre lo había considerado un buen consejo.

Mientras contemplaba el río, me terminé el yogur y dejé vagar mis pensamientos. A veces mi mente trabaja mejor de ese modo, mezclando asociaciones libremente en lugar de agruparlas en el centro de mi conciencia.

El cráneo y los fémures que habíamos encontrado en St-Basile no eran las partes desaparecidas de un cuerpo que había sido recuperado con anterioridad. Eso estaba claro. Al menos, no de un cuerpo recuperado en Quebec.

De acuerdo.

A menos que Claudel apareciera con un nombre, el paso siguiente sería el CPIC.

Bastante simple.

Si eso fallaba, recurriríamos al NCIC. No había nada que sugiriese que esa chica fuese canadiense. Podría haber viajado hacia el norte desde Estados Unidos.

La terapeuta de Ally McBeal tenía razón. Necesitaba una canción para los momentos en los que me sentía estresada.

Viajando por la carretera, tratando de aligerar la carga.
Tengo un mundo de problemas en la cabeza...

Tal vez.

Espera, vas muy de prisa.
Tienes que hacer que la mañana dure...

Mientras cogía el bocadillo, una imagen del grotesco regalo del sábado por la noche pasó como un relámpago por mi mente. Sentí frío y se me puso la piel de gallina otra vez.

Olvídalo. Podría ser el ojo de un cerdo. Tu fotografía estaba en el periódico y cualquier imbécil pudo haber dejado el sobre en el coche para gastarte una broma. Si ahí afuera hay alguien vigilando, se trata de alguien que está como una regadera.

Soy una mujer, miradme...

Definitivamente, no.

Es un hermoso día en el vecindario...

Mierda.

Plan de trabajo. Acabar los informes de Gately y Martineau, y también los correspondientes a los mellizos Vaillancourt. Hablar con Claudel. Basándome en su informe, CPIC, luego NCIC.

La vida está bajo control. Éste es mi trabajo. No hay ninguna razón para sentirse estresada.

Ese pensamiento había comenzado a materializarse cuando sonó el teléfono y destruyó la calma que tanto me había costado conseguir.

16

—Tengo una llamada del señor Crease —dijo una voz de mujer—. No cuelgue, por favor.

Antes de que pudiera interrumpirla, Crease estaba en el otro extremo de la línea.

—Espero que no le moleste que la llame al trabajo.

Me molestaba, pero me mordí la lengua.

—Sólo quería decirle que lo pasé muy bien el sábado por la noche y que esperaba volver a verla.

Original.

—¿Está libre para cenar alguna noche de esta semana?

—Lo siento, pero ahora no es posible. Estoy abrumada de trabajo.

Podría estar libre hasta finales del próximo milenio y aun así no cenaría con Lyle Crease. Ese hombre era demasiado remilgado para mi gusto.

—¿La semana que viene?

—No, creo que no.

—Entiendo. ¿Puedo tener a su sobrino como premio de consolación?

—¿Qué?

—Kit. Es un muchacho fabuloso.

¿Fabuloso?

—Un amigo tiene una tienda de motos. Ha reunido alrededor de cinco mil objetos relacionados con Harley-Davidson. Creo que a Kit le resultaría interesante.

Lo último que deseaba en la vida era un sobrino joven e impresionable bajo la influencia de un pelota de los medios de comunicación.

—Estoy segura de que sí.

—¿Entonces le parece bien si lo llamo?

—Naturalmente.

Tan bien como la disentería.

Cinco minutos después de haber colgado, Quickwater se presentó en mi despacho. Me obsequió con una de sus habituales miradas pétreas y luego dejó una carpeta sobre el escritorio.

Realmente necesitaba encontrar una canción.

—¿Qué es?

—Formularios.

—¿Para que yo los rellene?

Quickwater se preparaba para ignorar mi pregunta cuando su compañero se unió a la fiesta.

—Debo suponer que eso significa que tenéis las manos vacías.

—Como la tumba de Al Capone —replicó Claudel—. Ni una pista.

Señaló la carpeta que Quickwater había dejado encima de mi escritorio.

—Si rellena esos papeles, podré tener acceso al CPIC mientras Martin trabaja con el NCIC. Bergeron está trabajando con las muestras dentales.

CPIC es el acrónimo del Centro de Información de la Policía Canadiense, mientras que el de NCIC corresponde al Centro Nacional de Información Criminal a cargo del FBI. Cada uno de ellos es una base de datos electrónica nacional que suministra acceso instantáneo a cualquier información vital para los organismos encargados de hacer cumplir la ley. Aunque yo había utilizado la base de datos del CPIC en algunas ocasiones, estaba mucho más familiarizada con el sistema estadounidense.

El NCIC comenzó a funcionar en 1967 con datos sobre vehículos, matrículas, armas y propiedades robados, y sobre personas buscadas y fugitivos. A lo largo de los años se le añadieron más archivos y las diez bases de datos originales se ampliaron a diecisiete, incluyendo el índice de identificación interestatal, los archivos de protección de testigos del Servicio Secreto de Estados Unidos, el archivo de los fugitivos extranjeros, el archivo de terroristas / bandas violentas y archivos con información acerca de personas desaparecidas o no identificadas.

El ordenador central del NCIC se encuentra en Clarksburg, Virginia Occidental, con terminales conectados con los departamentos de policía y las oficinas del sheriff en Estados Unidos, Canadá, Puerto Rico y las islas Vírgenes. Sólo puede acceder a él personal acreditado de la policía y los cuerpos de seguridad. Y no hay duda de que acceden a él. Durante el primer año de su entrada en funcionamiento, el NCIC registró dos millones de consultas. Actualmente maneja esa cantidad diariamente.

El archivo de personas desaparecidas del NCIC, creado en 1975, se utiliza para localizar a individuos que no están «buscados», pero cuyo paradero se desconoce. Se puede incluir a jóvenes desaparecidos y también a personas discapacitadas o en peligro. También forman parte de este grupo las víctimas de secuestro y aquellas personas que han desaparecido después de un desastre. Un formulario es rellenado por uno de los padres o guardián, médico, dentista y oculista de la persona desaparecida y es introducido en el archivo por un departamento local.

En 1983 se añadió el archivo de personas no identificadas con el fin de proporcionar un medio de cruzar la información de los restos recuperados con los archivos de las personas desaparecidas. Está permitido introducir en el sistema información concerniente a partes de cuerpos y cuerpos no identificados, personas vivas y víctimas de catástrofes.

Éste era el paquete que Quickwater había dejado sobre mi escritorio.

—Si rellena el formulario del NCIC, podremos trabajar con ambas redes. Se trata básicamente de los mismos datos, sólo son diferentes sus sistemas de codificación. ¿Cuánto tiempo cree que necesitará?

—Una hora.

Con sólo tres huesos no era mucho lo que tenía que decir.

Tan pronto como se hubieron marchado comencé a trabajar en el formulario, comprobando periódicamente los códigos en la guía de entrada a la base de datos.

Verifiqué la casilla para EUD, para personas muertas no identificadas.

Puse una «R» en las casillas 1, 9 y 10 del diagrama correspondiente a las partes del cuerpo, indicando que se habían recuperado una cabeza y los fémures derecho e izquierdo reducidos a sus partes esenciales. Incluí una «N» en las demás casillas para indicar «no recuperado».

Marqué «M» para mujer, «B» para blanca y anoté la altura aproximada. Dejé en blanco los espacios correspondientes al año de nacimiento estimado y là fecha de fallecimiento estimada.

En la sección de descripción personal, puse CIRCUITO CERV, por «circuito cerebroventricular», y verifiqué ese ítem en el formulario complementario. Eso era todo. No había fracturas, deformidades, tatuajes, lunares o cicatrices.

Puesto que no disponía de prendas de vestir, joyas, gafas, huellas dactilares, tipo de sangre o información relativa a la causa de la muerte, el resto del documento quedó en blanco. Sólo podía añadir unos pocos comentarios acerca del lugar donde había sido hallado el cuerpo.

Estaba completando las secciones correspondientes a nombre de la agencia y número de caso cuando Quickwater volvió a presentarse en el despacho. Le entregué el formulario. Lo cogió, asintió y se marchó sin abrir la boca.

¿Qué le pasaba a ese tío?

Una imagen apareció fugazmente en mi cabeza y desapareció con la misma rapidez. Un ojo hinchado en un frasco de mermelada.

¿Quickwater?

Imposible. Sin embargo, decidí no mencionar el incidente a Claudel y a su compañero de Carcajou. Podría haberle preguntado a Ryan, recurrir a él en busca de consejo, pero Ryan se había marchado y yo estaba sola.

Completé los informes de Gately y Martineau y los llevé a la oficina de la secretaria. Cuando regresé, Claudel estaba sentado en mi despacho y tenía en la mano una salida impresa de ordenador.

—Estaba en lo cierto en cuanto a la edad, aunque no en lo referente a la fecha de su muerte. Diez años no era suficiente.

Esperé a que continuase.

—Su nombre era Savannah Claire Osprey.

En francés sonó Osprí, con el acento en la segunda sílaba. Sin embargo, el nombre me indujo a pensar que la chica era probablemente sureña, o al menos que había nacido en el sur. No son muchas las personas fuera del sureste de Estados Unidos que llaman Savannah a sus hijas. Me instalé en mi sillón, aliviada pero curiosa.

—¿Nacida en...?

—Shallotte, Carolina del Norte. ¿No es ésa su ciudad natal?

—Yo soy de Charlotte.

Los canadienses tienen dificultades con Charlotte, Charlottesville y los dos Charleston. Y también muchos estadounidenses. Yo había decidido no dar más explicaciones. Pero Shallotte era una pequeña localidad costera cuya intervención en esta confusión era muy extraña.

Claudel leyó el papel que tenía en las manos.

—Se informó de su desaparición en mayo de 1984, dos semanas después de su decimosexto cumpleaños.

—Un cambio realmente rápido —dije mientras digería la información.

—*Oui*.

Esperé, pero Claudel no dijo nada más. Traté de que el fastidio no se advirtiese en el tono de voz.

—Monsieur Claudel, cualquier información que usted tenga en su poder me ayudará a confirmar esta identificación.

Una pausa. Luego:

—El circuito y las piezas dentales son originales, de modo que el ordenador escupió el nombre en cuestión de segundos. Llamé al Departamento de Policía de Shallotte y hablé con la oficial que llevó el caso. Según ella, la madre denunció la desaparición y luego dejó que se enfriara. Al principio se produjo el habitual alboroto en los medios de comunicación y después el caso perdió interés. La investigación continuó durante varios meses, pero no descubrieron nada.

—¿Era una chica conflictiva?

Una pausa más larga aún.

—No hay antecedentes de drogas o problemas de conducta. La hidrocefalia le provocaba algunas dificultades con el aprendizaje y afectaba su visión, pero no sufría ningún retraso mental. Asistía a un instituto normal y era una buena estudiante. Nunca se la consideró como una fugitiva potencial.

»Pero la chica era ingresada con frecuencia en el hospital debido a problemas con ese chisme que le habían colocado. Aparentemente, el aparato se obstruía y los médicos tenían que intervenir para reparar la avería. Estos episodios estaban precedidos de períodos de apatía, jaquecas y, en ocasiones, confusión mental. Una de las teorías del caso es que sufrió un episodio de desorientación y se marchó.

—¿Se marchó de dónde, del planeta? ¿Cuál es la otra teoría?

—El padre.

Claudel abrió una pequeña libreta.

—Dwayne Allen Osprey. Un verdadero encanto con una lista de antecedentes más larga que la línea férrea del Transiberiano. En aquella época, la rutina de Dwayne consistía en ponerse hasta las cejas de Jim Beam y moler a palos a su familia. Según la declaración original de la madre, de la que posteriormente se retractó, a su esposo nunca le había gustado Savannah y las cosas empeoraron cuando la chica se hizo mayor. No podía evitar golpearla contra las paredes. Parece que para Dwayne su hija era una gran decepción. La llamaba *cabeza de agua*.

—¿Creen que mató a su propia hija?

—Es una posibilidad. El alcohol y la ira no forman un buen cóctel. La teoría es que las cosas se salieron de madre, él la mató y luego ocultó el cadáver.

—¿Y cómo acabó en Quebec?

—Una pregunta muy aguda, doctora Brennan.

Luego se puso en pie y estiró los puños de la camisa más blanca y mejor planchada que yo había visto en varias décadas. Le lancé una mirada de «muérete, capullo», pero ya se había marchado.

Suspiré y me recosté en el respaldo del sillón.

Puede apostar su bonito culo a que es una pregunta muy aguda, monsieur Claudel.

Y voy a encontrar la respuesta.

17

Me llené los pulmones de aire. Como de costumbre, Claudel me había puesto furiosa.

Cuando me sentí más relajada, eché un vistazo al reloj. Las cuatro cuarenta. Era tarde, pero si me daba prisa quizá pudiese encontrarla.

Busqué en la agenda y llamé al cuartel general del SBI en Raleigh. Kate Brophy levantó el auricular después del primer timbrazo.

—Hola, Kate. Soy Tempe.

—Hola, muchacha, ¿has regresado a Dixie (12)?

—No, estoy en Montreal.

—¿Cuándo piensas traer tu huesudo culo al sur para que podamos tomar unas copas?

—Mis días de alcohol han terminado, Kate.

—Oh, lo siento. Lo sé.

Kate y yo nos habíamos conocido en una época en la que yo me dedicaba a beber como una novata universitaria durante las vacaciones de primavera. Sólo que no tenía dieciocho años y no estaba en la playa. Entonces era esposa y madre, tenía más de treinta años y ejercía como profesora universitaria con agotadoras responsabilidades de investigación y enseñanza.

Nunca supe exactamente en qué momento me uní a las filas de los hermanos y hermanas de la negación, pero en algún punto del camino me convertí en una campeona de la racionalización. Una copa de Merlot en casa al volver de la facultad.

---

(12) *Dixieland*, expresión popular con la que se designa a los Estados del sur de Estados Unidos. *(N. del t.)*

Una cerveza después de clase. Una fiesta el fin de semana. No necesitaba la bebida. Nunca bebía sola. Nunca faltaba a mi trabajo. No era un problema.

Pero entonces la copa se convirtió en una botella y las parrandas nocturnas no requerían compañía. Eso es lo que te seduce de Baco. No hay que pagar entrada. No hay consumición mínima. Antes de que te hayas dado cuenta estás tirada en la cama una maravillosa y soleada tarde de domingo mientras tu hija juega al fútbol y los otros padres animan al equipo.

Ese espectáculo había bajado definitivamente el telón y no tenía ninguna intención de volver a levantarlo.

—Es curioso que hayas llamado —dijo Kate—. Estaba hablando con uno de nuestros investigadores acerca de aquellos motoristas que encolaste en los años ochenta.

Recordaba aquellos casos. Dos tíos habían cometido el error de traficar con drogas de un alijo reclamado por los Ángeles del Infierno. Los trozos de sus cuerpos fueron encontrados metidos en bolsas de plástico y me pidieron que separase al camello A del camello B.

Aquella temprana incursión en la práctica forense había sido un catalizador para mí. Hasta entonces había trabajado con esqueletos exhumados en excavaciones arqueológicas, examinando huesos para identificar vestigios de enfermedades y calcular las expectativas de vida en los tiempos prehistóricos. Fascinante, pero mínimamente pertinente a los acontecimientos del presente.

Cuando comencé a trabajar como consultora del examinador médico de Carolina del Norte experimenté una excitación que no sentía en mi trabajo anterior. Los motoristas de Kate, como los casos que siguieron, exigían una urgencia que no tenían las muertes de hace miles de años. Podía dar un nombre a los cadáveres anónimos. Podía proporcionar un caso cerrado a los familiares de las víctimas. Podía contribuir a los esfuerzos de las fuerzas de la ley para reducir los índices de criminalidad en las calles de Norteamérica, y a identificar y llevar a juicio a los culpables. Había cambiado mi objetivo profesional, abandonado la bebida en mi vida personal y nunca había vuelto la vista atrás en ninguno de ambos frentes.

—¿Cómo fue que acabaste en la sesión de revisión de casos de Tulio? —pregunté.

—Llevé a un par de mis analistas hasta Quantico para una

sesión de formación del VICAP. Y, ya que estaba allí, decidí quedarme para ver qué había de nuevo.

—¿Qué fue?

—Aparte del hecho de que tus motoristas se están eliminando con mayor celeridad que la mayoría de los clubes sociales, parece la misma historia de siempre.

—Creo que hace años que no he trabajado en un caso de motoristas en Carolina. ¿Quién está en casa actualmente?

—Aún tenemos a tres de los cuatro grandes.

—Ángeles del Infierno, Proscritos y Paganos.

—Sí, señora. Los Bandidos todavía no han aparecido en el horizonte. Y las cosas han estado en calma durante un tiempo, pero nunca se sabe. El ambiente podría calentarse el próximo mes cuando los Ángeles celebren su carrera en Myrtle Beach.

—Por aquí las cosas están bastante agitadas, pero no te llamo por eso.

—¿Oh?

—¿Has oído hablar alguna vez de una jovencita llamada Savannah Claire Osprey?

Se produjo un largo silencio. A través de los cientos de kilómetros, la conexión telefónica sonaba como el océano en una caracola.

—¿Se trata de una broma?

—Por supuesto que no.

Oí claramente el profundo suspiro de Kate.

—La desaparición de la chica Osprey fue uno de los primeros casos en los que trabajé para el departamento. Ocurrió hace años. Savannah Osprey era una chica de dieciséis años con un montón de problemas médicos. No formaba parte de ninguna pandilla violenta, no tomaba drogas. Una tarde se marchó de su casa y nadie volvió a verla. Al menos, ésa fue la historia.

—¿No crees que se escapara de casa?

—La policía local sospechó de su padre, pero nadie pudo encontrar ninguna prueba que lo incriminase.

—¿Crees que estuvo implicado en su desaparición?

—Es posible. Era una cría tímida, llevaba gafas muy gruesas, raramente salía de casa, no tenía novio. Y todo el mundo sabía que su viejo la utilizaba como saco de boxeo. —Su voz estaba teñida de desprecio—. A ese tío tendrían que haberlo encerrado. De hecho lo hicieron, pero un tiempo más tarde. Creo que lo acusaron de tráfico de drogas. Murió unos cinco años después de que su hija hubo desaparecido.

Las siguientes palabras de Kate fueron como un puñetazo en el pecho.

—Él era un tío tan mierda y ella una cría tan indefensa que ese caso realmente me preocupó. He conservado sus huesos durante todos estos años.

—¿Qué has dicho?

Aferré el auricular del teléfono con todas mis fuerzas y contuve el aliento.

—Los padres nunca lo aceptaron, pero sé que son suyos. Aún los tengo guardados en la oficina del examinador médico. El doctor me llama de vez en cuando pero yo siempre le pido que no se deshaga de ellos.

—¿Encontraron sus restos?

—Nueve meses después de que Savannah hubo desaparecido, cerca de Myrtle Beach se encontraron numerosos huesos pertenecientes a una mujer. Ese hallazgo volvió a poner en el candelero a Dwayne Osprey. Aunque nunca fue lo que alguien llamaría un trabajador estable, en la época de la desaparición de Savannah se dedicaba a hacer entregas para una compañía local que elaboraba quesadilla.

Estaba tan conmocionada que tuve que hacer un esfuerzo para articular la pregunta.

—¿Pero consiguieron un resultado positivo del análisis de los restos?

—No. Se habían perdido muchas piezas y el material recuperado estaba muy deteriorado. Y, naturalmente, en aquellos días no se practicaba la prueba del ADN. ¿Por qué me preguntas sobre Savannah Osprey?

—¿Recuperaron el cráneo?

—No. Y ése fue el problema principal. La víctima había sido arrojada al bosque, y luego cubierta con una lámina de hojalata acanalada. Los animales arrancaron partes del cuerpo y las diseminaron por todo el lugar. El cráneo y la mandíbula nunca se encontraron y supusimos que los animales los habían arrastrado lejos de allí. Los huesos que quedaron bajo la hojalata estaban intactos pero no resultaron de mucha utilidad, y el resto del esqueleto estaba tan terriblemente mordido que, salvo el género de la víctima, no había mucho que decir. Un patólogo se encargó de elaborar el informe antropológico. En sus conclu-

140

siones decía que no quedaba nada que pudiese indicar la edad, altura o raza de la víctima.

Un patólogo no hubiese tenido conocimientos acerca del envejecimiento microscópico ni hubiese sabido cómo calcular la altura a partir de los fémures parciales. No había sido un buen trabajo, doctor.

—¿Por qué crees que se trata de Savannah? —pregunté.

—Cerca de los huesos encontramos un pequeño amuleto de plata. Era una especie de pájaro. Aunque ella lo negó, por la reacción de la madre me di cuenta de que había reconocido aquel objeto. Más tarde hice una pequeña investigación. El amuleto era una reproducción exacta de una águila osífraga.

Esperé.

—El águila osífraga también es conocida como aleto (13).

Le hablé del cráneo y los fémures que habíamos encontrado en Montreal.

—Mierda.

—¿La madre aún vive por ahí?

—Todo es posible desde la clonación de esa oveja. Lo averiguaré.

—¿Aún tienes el archivo?

—Puedes apostarlo.

—¿Radiografías de cuando estaba viva?

—A montones.

Tomé una decisión repentina.

—Consigue esos huesos, Kate. Estoy en camino.

Patineau autorizó el viaje y reservé un billete en el vuelo de la mañana siguiente a Raleigh. Aquella noche, Kit y yo cenamos bastante tarde y evitamos mencionar el paquete que había en el vestíbulo de la entrada que yo había traído del laboratorio y pensaba llevar conmigo. Kit estaba deseando visitar al amigo de Crease al día siguiente y mi ausencia no suponía ningún problema para él.

El avión estaba lleno con el habitual surtido de estudiantes, hombres de negocios y golfistas de fin de semana. Miré a través de la pequeña ventanilla mientras las azafatas servían café

(13)   Aleto, halieto o águila americana es *osprey* en inglés, o sea, el apellido de la víctima. *(N. del t.)*

y refrescos, deseando que ese vuelo me llevase a mí también a un campo de golf —Pinehurst, Marsh Harbor, Oyster Bay— en lugar del tétrico análisis de los huesos de una adolescente.

Mis ojos se posaron en la bolsa de deporte que había debajo del asiento delantero. Su aspecto era completamente inofensivo, pero me pregunté qué pensarían mis compañeros de vuelo si conocieran qué había en su interior. Había realizado tantos viajes desde el aeropuerto de Dorval que los operadores de la máquina de rayos X ya no se molestaban en pedirme explicaciones. Me pregunté cómo sería en Raleigh.

Fuera, el sol de la mañana comenzaba a teñir las nubes de un rosa brillante. Cuando llegamos a cielo abierto alcancé a ver un diminuto avión que volaba paralelo al nuestro.

Sí, eso era, pensé. Así era como veía a esa chica a mis pies. Aunque ahora tenía un nombre, en mi mente seguía siendo un fantasma lóbrego sobre un paisaje informe. Esperaba que este viaje cambiase esa imagen y me permitiese hacer una identificación definitiva.

18

Kate se reunió conmigo en el aeropuerto Raleigh-Durham y fuimos en su coche directamente al laboratorio del SBI. Ella ya se había encargado de que llevasen los restos desde la oficina del examinador médico en Chapel Hill y había reservado una sala para que pudiésemos trabajar sin interrupciones. Si era necesario tomar muestras de ADN para su análisis, todas las partes estaban de acuerdo en que este arreglo era el más eficaz.

Me puse los guantes y desenvolví mi paquete mientras Kate sacaba el suyo de un armario cerrado con llave. Colocó una gran caja blanca sobre la mesa y se apartó. Podía sentir en el pecho la conocida tensión mientras quitaba el cordel y separaba las solapas de cartón.

Dispuse los huesos uno a uno, colocándolos según su correcta posición anatómica. Costillas. Vértebras. Pelvis. Huesos largos...

El patólogo había acertado en su evaluación del daño animal. Los carroñeros habían arrancado tanto material que sólo en los huesos más pequeños quedaba algún resto de borde, cresta o articulación. Las sínfisis púbicas y las crestas ilíacas habían desaparecido y sólo habían sobrevivido unos pocos fragmentos de las clavículas. Pero había algo que era obvio: faltaban ambos fémures.

Añadí los huesos que había traído de St-Basile a los que estaban dispuestos sobre la mesa. Aunque no completaban el esqueleto, tampoco duplicaban ningún elemento.

Kate fue la primera en hablar.

—Parece que coincide en cuanto a tamaño y desarrollo muscular. Debió de ser muy poquita cosa.

—Tomé un fémur como referencia y calculé una altura aproximada de metro sesenta. Veamos qué puede decirnos tu tibia. —Señalé dos marcas en la diáfisis—. Hay una fórmula regresiva que permite el uso de este segmento solamente.

Tomé la medida y luego realicé la comprobación. El margen de error era grande pero incluía el cálculo que había hecho previamente con el fémur. Cuando le mostré la cifra, Kate fue al mostrador lateral y buscó en un archivo que era más grueso que el listín telefónico de Manhattan.

—Aquí está. Savannah medía un metro y cincuenta y siete centímetros.

Continuó pasando las páginas y luego extrajo un sobre de cinco por siete centímetros y de su interior sacó varias fotografías. Mientras estudiaba una de las imágenes continuó hablando.

—Fue todo tan triste. La mayoría de los compañeros de clase de Savannah no tenían idea de quién era ella. Y Shallotte no es un lugar tan grande. Los chicos que sí reconocieron su nombre o su foto no pudieron decirnos nada acerca de ella. Era una de esas personas a las que nadie recuerda. Nacida en 1968. Muerta en 1984.

Kate alzó una de las fotografías.

—La cría tuvo una vida realmente difícil. Una familia miserable. Ningún amigo. En cualquier caso, se puede decir que no era muy grande.

Miré la fotografía y sentí una punzada de compasión.

La muchacha estaba sentada sobre una manta, con uno de sus delgados brazos apretado contra el pecho, el otro extendido con la palma abierta para alejar al fotógrafo. Llevaba un bañador que dejaba al descubierto una piel tan blanca que parecía azul. Había tratado de ocultar el rostro pero el disparo de la cámara la había sorprendido mirando hacia arriba, con sus enormes ojos detrás de los gruesos cristales de las gafas. En la distancia se alcanzaba a divisar la orilla del mar con las olas que llegaban a la playa.

Mientras contemplaba el pequeño rostro macilento, el dolor se agudizó en mi pecho. ¿Qué pudo haber provocado un ataque contra alguien tan frágil? ¿Acaso un desconocido la forzó a punta de cuchillo para luego estrangularla y dejarla a merced de los perros? ¿Cuándo supo que iba a morir? ¿Gritó aterrorizada sabiendo que nadie la oiría? ¿Había muerto en su casa, para luego ser trasladada y arrojada en el bosque? ¿Mientras sus ojos se cerraban por última vez sintió terror o resignación u odio o aturdimiento, o simplemente perplejidad? ¿Había sentido dolor?

—... compara los rasgos craneales.

Kate estaba sacando un juego de radiografías de un gran sobre marrón y las colocaba sobre un visor luminoso que había en la pared.

—Ésta es una serie de radiografías craneales tomadas sólo cuatro meses antes de que Savannah desapareciera.

Saqué mis radiografías de la bolsa de deporte y las coloqué junto a las que habían tomado en el hospital. Comenzando con las vistas faciales, procedí a comparar la forma de los senos frontales. Con variaciones que van desde pequeños y simples hasta grandes y provistos de numerosas cámaras, estos espacios huecos situados encima de las órbitas son tan exclusivos de un individuo como sus huellas dactilares.

Los senos frontales de Savannah se elevaban hacia la frente como la cresta de una cacatúa, y su forma en las radiografías tomadas en el hospital coincidía exactamente con la que aparecía en el cráneo de mi radiografía. Y el orificio quirúrgico provocado por la fina mecha del taladro era claramente visible en cada placa; la forma y la posición, idénticas en las radiografías tomadas antes y después de muerta.

No había ninguna duda de que el cráneo desenterrado en St-Basile pertenecía a Savannah Claire Osprey. ¿Pero podíamos relacionar el cráneo y los fémures con el esqueleto parcial encontrado cerca de Myrtle Beach?

Antes de abandonar Montreal había extraído una astilla de hueso de la diáfisis de uno de los fémures y un molar del maxilar superior del cráneo, pensando que si podía encontrarse a alguno de sus familiares, o podían recuperarse muestras de sangre o tejidos de la víctima tomados antes de morir, la secuencia de ADN podría confirmar la identidad sospechada. Aunque ahora las pruebas dentales y radiográficas hacían que las pruebas de ADN fuesen innecesarias para identificar los huesos hallados en Montreal, yo tenía otro objetivo en mente.

Con ayuda de una sierra para huesos corté un trozo de aproximadamente tres centímetros de la tibia y el peroné que Kate había conservado durante todos estos años. Ella me observaba en silencio mientras la hoja circular cortaba el hueso seco, y originaba una cascada de diminutas partículas blancas.

—No es probable que encontremos muestras en el hospital después de todo este tiempo.

—No —convine—. Pero suele suceder.

Era verdad. Cálculos biliares. Frotis de cuello de útero. Manchas de sangre. Se ha podido encontrar ADN en toda clase de extraños lugares.

—¿Qué pasa si no coinciden?

—Si comparamos el orden de los huesos encontrados en Myrtle Beach con el correspondiente a los descubiertos en St-Basile-le-Grand, al menos sabremos si todos los restos proceden del mismo individuo. Si es así, habremos identificado esencialmente los huesos de Myrtle Beach porque disponemos de una identificación positiva del cráneo encontrado en Montreal. Pero me gustaría contar con una prueba de ADN.

—¿Y si no hay ADN?

—Ya he conseguido platinas microscópicas con las muestras de uno de los fémures encontrados en St-Basile. Cuando regrese haré lo mismo con estas muestras, luego examinaré todo el material bajo el microscopio.

—¿Qué conseguirás con ello?

—La edad, en primer lugar. Veré si ese dato es consistente entre los dos juegos de restos. También buscaré detalles en la microestructura que pudieran ser de utilidad.

Era casi la una cuando terminamos de clasificar y numerar las cuatro muestras y Kate hubo completado el papeleo necesario para enviármelas. Decidimos comer algo antes de abordar el caso. Frente a unas hamburguesas con queso y patatas fritas en el Wendy's local, Kate me contó lo que se sabía de las últimas horas de Savannah Osprey.

—Según el testimonio de sus padres, Savannah había tenido una semana marcada por la rutina. Su estado de salud era bueno y esperaba con interés un acto que se iba a celebrar en el instituto, aunque no recordaban de qué se trataba. El día de su desaparición pasó las primeras horas de la tarde estudiando para un examen de matemáticas, pero no parecía sentirse particularmente ansiosa por esa prueba. Aproximadamente a las tres dijo que necesitaba algo de la farmacia y salió de casa. Nunca volvieron a verla.

»Al menos, ésa fue la versión del padre —concluyó Kate.

—¿Él estaba en casa aquel día?

146

—Hasta las tres y media aproximadamente, cuando recogió un encargo en Wilmington, y luego se marchó a Myrtle Beach. La hora de partida fue confirmada por su jefe. Se retrasó en la entrega, pero culpó al tráfico de la demora.

—¿Pudieron registrar la casa o la camioneta?

—No. No teníamos nada contra él, de modo que nunca pudimos conseguir una orden de registro.

—¿Y qué me dices de la madre?

—Brenda. Ella es otra buena pieza.

Kate dio un bocado a su hamburguesa y luego se limpió la boca con una servilleta de papel.

—Aquel día, Brenda estaba trabajando. Creo que limpiaba las habitaciones de un motel. Según su declaración, a las cinco de la tarde regresó a su casa y no encontró a nadie. No empezó a preocuparse hasta que oscureció y Savannah no apareció ni llamó por teléfono. Hacia la medianoche estaba histérica y denunció la desaparición de su hija.

Se sirvió un poco de coca-cola en el vaso.

—Brenda cooperó con las autoridades durante un par de días, luego cambió completamente de actitud y decidió que su hija se había marchado con unos amigos. Desde aquel momento fue como hablar con la pared. Fue el Departamento de Policía de Shallotte el que se puso en contacto con nosotros y, finalmente, consiguió el informe del NCIC de los médicos y el dentista de Savannah. Ése es normalmente el trabajo del padre o el tutor.

—¿Por qué el cambio de opinión de la madre?

—Probablemente, Dwayne la amenazó.

—¿Qué le ocurrió a él?

—Aproximadamente cinco años después de que Savannah hubo desaparecido, Dwayne pareció haber desarrollado un vivo interés por las montañas. Subió en su camioneta y condujo hasta Chimney Rock para celebrar el 4 de julio acampando y bebiendo con sus colegas. En su segunda noche en aquel lugar fue al pueblo a comprar cerveza, se salió de la carretera y chocó contra un árbol. Salió despedido y el coche le pasó por encima. Tengo entendido que, cuando lo encontraron, el diámetro de la cabeza de Dwayne era mayor que el de la rueda de recambio.

Kate reunió los restos de su almuerzo, los colocó en la bandeja y se apartó de la mesa.

—Podríamos decir que la investigación murió junto con Dwayne —dijo mientras deslizaba el contenido de la bandeja en un recipiente para la basura.

Salimos del restaurante a un pequeño patio donde un anciano negro con una gorra de los Yankees nos saludó con el clásico «Hey». Estaba regando las flores con una manguera de jardín y el aroma a tierra húmeda y petunias se mezclaba con el olor a grasa cocida.

El sol de la tarde arrancaba destellos del cemento y me calentaba la cabeza y los hombros mientras atravesábamos el aparcamiento hacia el coche de Kate. Cuando estuvimos instaladas en su interior, pregunté:

—¿Crees que él lo hizo?

Kate permaneció un momento en silencio antes de responder.

—No lo sé, Tempe. Algunas cosas no tienen sentido.

Esperé mientras Kate ponía en orden sus pensamientos.

—Dwayne Osprey tenía problemas con la bebida y era malo como una víbora, pero el hecho de que viviese en Shallotte significaba que a otro pueblo lo habían privado de su idiota legítimo. Quiero decir que ese tío era estúpido. Nunca pensé que fuese capaz de matar a su hija, transportar el cadáver a otra ciudad y luego borrar completamente sus huellas. No tenía neuronas para hacer eso. Además, aquella semana sucedieron muchas cosas.

—¿Por ejemplo?

—Todos los años, hacia mediados de mayo, en Myrtle Beach se organiza una gran concentración de motoristas. Se trata de una reunión obligatoria para las ramas de los Ángeles del Infierno del sur del país, y muchos miembros de los Paganos también suelen estar presentes. Aquella semana, Myrtle Beach estaba lleno de motoristas, desde proscritos hasta Rubbie (14).

—¿Rubbie?

No podía referirse al sentido que le dan en Montreal a la palabra, donde ese término significa «borracho» en la jerga popular.

—«Motoristas urbanos ricos.» En cualquier caso, así fue como me impliqué en el caso. Mi jefe pensó que tal vez hubiese una conexión con las bandas de motoristas.

(14) *Rich Urban Bikers* o «Motoristas urbanos ricos». *(N. del t.)*

—¿Y la había?

—Nunca encontramos nada.

—¿Qué piensas?

—Diablos, Tempe, no lo sé. Shallotte se encuentra en la autopista 17, en el camino hacia Myrtle Beach, y en esa zona hay docenas de moteles y establecimientos de comida rápida. Con todo el tráfico que se dirigía hacia y desde Carolina del Sur aquella semana, Savannah pudo haberse tropezado con algún sicópata que hubiese salido de la autopista para comerse un bocadillo de pollo.

—¿Pero por qué asesinarla?

Me di cuenta de que era una pregunta estúpida en cuanto salió de mi boca.

—A la gente le disparan por conducir demasiado cerca, por vestir de rojo en un lugar frecuentado por una banda cuyo color es el azul, por comprar productos del proveedor equivocado. Tal vez alguien la mató simplemente porque llevaba gafas.

O por ningún motivo, como a Emily Anne Toussaint.

Cuando regresamos al laboratorio del SBI desplegamos nuestros respectivos dossiers y comenzamos a examinar los documentos. Antecedentes médicos. Fichas dentales. Archivos telefónicos. Antecedentes penales. Transcripciones de entrevistas. Informes de inspecciones en el vecindario. Notas manuscritas fijadas en postes telefónicos y otros lugares.

Los investigadores del SBI y de Shallotte habían seguido todas las pistas. Incluso los vecinos habían contribuido en la búsqueda. Las partidas de voluntarios buscaron en estanques, ríos y bosques. En vano. Savannah Osprey había abandonado su casa y se la había tragado la tierra.

Nueve meses después de su desaparición se encontraron unos restos humanos en Myrtle Beach. El forense del condado de Horry, sospechando que podía existir alguna relación con el caso Osprey, se puso en contacto con las autoridades de Carolina del Norte y envió los huesos a Chapel Hill. El informe del examinador médico observaba consistencia, pero concluía que no era posible hacer una identificación positiva del esqueleto hallado. Oficialmente, nunca se encontró ningún rastro de Savannah.

La última anotación en el archivo databa del 10 de julio de

1989. Después de la muerte de Dwayne Osprey, su esposa había sido interrogada nuevamente. Brenda mantuvo la versión de que su hija se había escapado de casa.

Cuando acabamos de repasar el archivo pasaban de las siete. Me ardían los ojos y la espalda se quejaba después de permanecer varias horas inclinada sobre letras pequeñas y escritura apenas legible. Me sentía cansada, desalentada y había perdido el vuelo. Y no había averiguado prácticamente nada. Un suspiro de Kate me confirmó que ella se sentía igual.

—¿Y ahora qué? —pregunté.

—Ahora buscaremos un lugar para alojarte, disfrutaremos de una agradable cena y pensaremos el siguiente paso.

Parecía un plan.

Reservé una habitación en el Red Roof Inn en la I-40 y un billete para el vuelo de la mañana. Luego traté de comunicarme con Kit pero no obtuve respuesta. Sorprendida, dejé un mensaje y el número de mi teléfono móvil. Cuando hube terminado, Kate y yo guardamos nuestros respectivos juegos de huesos y nos dirigimos a su oficina por Garner Road.

La estructura que albergaba al SBI se alzaba en abierto contraste con su ultramoderno laboratorio criminal. Mientras este último es un edificio alto de cemento, todo esterilidad y eficiencia, el cuartel general es una construcción de sólo dos plantas, un discreto edificio de ladrillo rojo con un acabado de color crema. Rodeado por unos terrenos perfectamente cuidados y con un camino de acceso flanqueado por robles majestuosos, el complejo se integra mejor con la diminuta tienda de antigüedades a la que mira que con el megalito que se alza camino abajo.

Aparcamos en la avenida principal, retiramos nuestros paquetes y nos dirigimos hacia el edificio. A la derecha había un seto circular con parterres de caléndulas y pensamientos. Del centro del jardín emergían tres postes como si fuesen los mástiles de un aparejador cuadrado. Pude oír el aleteo de la tela y el tintineo del metal cuando un oficial uniformado arriaba la última bandera. Estaba iluminado desde el fondo por un gajo de sol que se ocultaba detrás del techo del Centro de Formación de la Patrulla de Autopistas.

Atravesamos la puerta acristalada donde se leía «Departamento de Justicia de Carolina del Norte, Agencia Estatal de Investigaciones», pasamos el control de seguridad y subimos a la segunda planta. Dejamos nuevamente los huesos en lugar seguro, esta vez en un armario con llave en la pequeña oficina de Kate.

—¿Qué te gustaría comer?

—Carne —dije sin dudarlo—. Carne roja veteada con auténtica grasa.

—En el almuerzo comimos hamburguesas con queso.

—Es verdad. Pero acabo de leer una teoría acerca de la evolución de los neanderthales a seres humanos modernos. Aparentemente, la clave de esa transición fue el incremento de grasa en la dieta. Tal vez un par de buenas costillas nos ayude en nuestros procesos mentales.

—Me has convencido.

La carne resultó ser una buena idea. O quizá fue sólo el descanso de la impresión borrosa en los documentos fotocopiados. Para cuando llegó el postre nos habíamos centrado en la cuestión fundamental.

Los huesos encontrados en Montreal sin duda pertenecían a Savannah. En cuanto a los huesos hallados aquí, el jurado aún no había regresado a la sala. ¿Había viajado una chica de dieciséis años enfermiza, con problemas de visión y una personalidad introvertida, dos mil kilómetros al norte de su casa hasta llegar a otro país para luego morir allí? ¿O acaso algunos de los huesos, aunque no todos, pertenecientes a la chica muerta fueron llevados desde las Carolinas hasta Montreal y enterrados allí?

Si la muerte se había producido en Montreal, los huesos encontrados en Myrtle Beach no pertenecían a Savannah.

Aunque Kate no creía en esta teoría, sí admitía que era posible.

Si los huesos encontrados en Myrtle Beach eran los de Savannah, parte del esqueleto había sido trasladado de lugar.

Yo había estudiado las fotos tomadas en la escena del hallazgo y no había encontrado nada extraño. La descomposición parecía consistente con un período de nueve meses, y un intervalo posmórtem que coincidía con la fecha de la desaparición de Savannah. A diferencia del foso en el cuartel general de los Serpientes, este lugar no ofrecía ningún indicio de una segunda sepultura.

Este supuesto presentaba varias posibilidades.

Savannah murió en Myrtle Beach.

Savannah murió en otro lugar y luego su cuerpo fue llevado a Myrtle Beach.

El cuerpo de Savannah fue desmembrado, algunas partes fueron llevadas o abandonadas en Myrtle Beach, luego el cráneo y los fémures fueron trasladados a Canadá.

Pero si el cuerpo había sido deliberadamente separado, ¿por qué no había señales de cortes en ninguno de los huesos?

La pregunta clave seguía sin respuesta: ¿qué ocurrió con Savannah, ya sea entera o en parte, viva o muerta, para acabar en Quebec?

—¿Crees que reabrirán el caso? —le pregunté a Kate mientras esperábamos la cuenta.

—Lo dudo. Todo el mundo estaba convencido de que Dwayne lo había hecho. La investigación se había atascado mucho antes de su accidente de tráfico, pero su muerte realmente le dio carpetazo.

Le di al camarero mi tarjeta Visa, ignorando las protestas de Kate.

—¿Ahora qué?

—Te diré lo que pienso —dijo—. En primer lugar, no me gustó nada lo que hiciste con la cuenta.

Sí, sí. La insté a que continuase haciendo un gesto con la mano.

—El cráneo de Savannah fue encontrado en la propiedad de una banda de motoristas en Quebec.

Enumeró los puntos alzando los dedos.

—Los Serpientes son un club títere de los Ángeles del Infierno, ¿correcto?

Asentí.

—La semana en que Savannah desapareció, los Ángeles del Infierno se reunían junto a la autopista que comunica con el pueblo natal de la chica.

Un tercer dedo se unió a los otros dos.

—Su esqueleto apareció en el State Park de Myrtle Beach, a tiro de piedra del lugar donde se celebraba la fiesta.

Sus ojos se encontraron con los míos.

—Creo que valdría la pena echar un vistazo.

—Pero tú ya lo hiciste.

—Entonces ignorábamos la conexión con Quebec.

—¿Qué es lo que propones?

—Los primeros años de la década de los ochenta fueron

muy agitados para los motoristas de las Carolinas. Sacaré mis archivos de las bandas y veremos qué encontramos.

—¿Se remontan a aquella época?

—La recopilación de información histórica es una de mis obligaciones. Las actuaciones con base legal a menudo son importantes en las investigaciones RICO, especialmente los viejos homicidios.

Kate se refería a la Ley de Organizaciones Corruptas e Influidas por el Fraude Organizado aprobada por Nixon en 1970. Esa ley se aplicaba con frecuencia para el procesamiento del crimen organizado.

—Asimismo, los miembros de las bandas a menudo cambian de rama y resulta muy útil saber quién estaba en qué lugar en qué momento cuando buscas testigos. Tengo toneladas de información, que incluye fotografías y vídeos.

—Tengo toda la noche —dije, extendiendo las manos.

—Echemos un vistazo a los motoristas.

Y eso fue exactamente lo que hicimos hasta que mi teléfono móvil sonó a las 5.23 de la madrugada. La llamada era de Montreal.

19

Les Appartements du Soleil eran cualquier otra cosa menos soleados, a diferencia de lo que sugería su nombre. Sin embargo, si hubiesen bautizado el lugar según sus atributos reales, hubiese sido una pésima operación comercial. El edificio era oscuro y carecía de atractivo, las ventanas estaban empañadas por la mugre y la pintura estaba descascarada por décadas de descuidado mantenimiento. Los diminutos balcones que sobresalían de cada una de sus tres plantas estaban cubiertos con tablas de chilla turquesa y llenos de barbacoas oxidadas y muebles de jardín baratos, contenedores de basura de plástico y diversas clases de equipamientos deportivos. Uno o dos de ellos tenían macetas, con plantas marchitas de estaciones pasadas.

Pero nadie podía quejarse del sistema de calefacción. El día en que me marché a Carolina del Norte, la primavera finalmente había llegado a Quebec y tocamos tierra con un informe meteorológico que señalaba una temperatura de 20 °C. Ahora la temperatura había subido, pero los radiadores del Soleil funcionaban impertérritos, elevando la temperatura interior por encima de los 26 °C. El calor y el olor a putrefacción se mezclaban y hacían que a uno se le revolviese el estómago e intentase contener la respiración.

Desde donde me encontraba podía ver cada una de las habitaciones que conformaban el pequeño y sórdido apartamento. La cocina se abría a mi izquierda, la sala de estar a mi derecha, el dormitorio y el baño delante de mí. Parecía como si los inquilinos del piso hubiesen celebrado una subasta pero la suciedad y la peste hubiesen desalentado incluso al más ardiente cazador de saldos.

154

Todas las superficies elevadas estaban llenas de herramientas, revistas, libros de bolsillo, botellas y aparatos eléctricos rotos, y el suelo estaba atestado de equipo de acampada, recambios de coches y motos, neumáticos, cajas de cartón, *sticks* de hockey y bolsas de plástico sujetas con grapas metálicas. Una pirámide de latas de cerveza se alzaba casi hasta el techo en un extremo de la sala de estar, con pósters desteñidos y combados en las paredes a ambos lados. El póster de la derecha anunciaba un concierto de Grateful Dead, el 17 de julio de 1983. Debajo, un puño del Poder Blanco defendía la pureza aria.

En la parte superior izquierda de la pared, un póster titulado *Le Hot Rod* mostraba un pene con gafas Ray-Ban y un cigarrillo humeante colocado entre ellas y su compañero genital. La imagen inferior mostraba un falo erecto y las palabras «*Astro-Cock*» en grandes letras sobre la parte superior. El órgano estaba rodeado por los signos del zodíaco con un mensaje de sabiduría debajo de cada uno. Pasé de consultar mi signo.

Hasta donde me alcanzaba la vista, las únicas piezas de mobiliario aptas para su uso práctico eran una mesa de formica y una única silla en la cocina, una cama doble en el dormitorio y un sillón en la sala de estar. En ese momento, un cuerpo ocupaba el sillón, la cabeza era una masa roja y deformada sobre un torso y unos miembros ennegrecidos. Encajados en la carne observé un cráneo y huesos faciales destrozados, parte de la nariz con una sombra de bigote y un ojo completo. La mandíbula colgaba intacta y mostraba una lengua púrpura y dientes podridos manchados de marrón.

Alguien había recogido restos de huesos y cerebro y los había metido en una bolsa hermética. El saco de plástico descansaba en el regazo del hombre, como si lo hubiesen puesto a cargo de la vigilancia de su propio cerebro. Una larga tira de piel colgaba a un costado del sillón, suave y brillante como el vientre de un percherón.

El muerto estaba sentado delante de un pequeño televisor, donde una percha de alambre reemplazaba la antena rota. Uno de sus retorcidos extremos se proyectaba hacia su cabeza, como el dedo de un testigo ocular señalando su descubrimiento. Nadie se había molestado en apagar el aparato y podía oír un programa donde el presentador hablaba con un grupo de mujeres cuyas madres les habían robado a sus amantes. Me pregunté qué pensarían los contertulios de su espeluznante televidente.

Un miembro del Departamento de Identificación espolvoreaba la habitación en busca de huellas dactilares, mientras que otro hacía lo mismo en la cocina. Un tercero, provisto de una pequeña cámara filmadora, barría lentamente cada una de las habitaciones, accionando el zoom para grabar primeros planos de los montones de porquería que llenaban el apartamento. Antes de que yo llegase, había tomado docenas de instantáneas de la víctima y sus indescriptibles alrededores.

LaManche había estado en el lugar y se había marchado. Puesto que el cuerpo no estaba muy quemado y el grado de descomposición era sólo moderado, mi presencia no era realmente necesaria, pero eso no había estado tan claro en las primeras etapas. Los informes iniciales describían un incendio y un cadáver, de modo que me llamaron y se hicieron los arreglos para el transporte hasta el lugar de los hechos. Para cuando se hizo una evaluación exacta de la escena del crimen, yo volaba desde Raleigh y lo más sencillo era continuar con el plan original. Quickwater me había recogido en el aeropuerto y me había traído aquí.

Les Appartements du Soleil se encontraban al sureste de Centre-ville, en una pequeña calle que discurría al este desde la rue Charlevoix. El barrio, conocido como Pointe-St-Charles, estaba en la isla de Montreal, de modo que el asesinato caía en la jurisdicción del CUM.

Michel Charbonneau estaba al otro lado de la habitación, con el rostro enrojecido y el pelo erizado. No llevaba chaqueta, el sudor mojaba el cuello de la camisa y la corbata colgaba por debajo del botón superior abierto. Aun aflojada, era demasiado corta. Sacó un pañuelo del bolsillo y se enjugó la frente.

En una ocasión, Charbonneau me contó que, cuando era adolescente, había trabajado en los campos petrolíferos de Texas. Aunque amaba la vida de los vaqueros, el calor acabó por derrotarle y regresó a su casa en Chicoutimi, poniendo rumbo finalmente a Montreal, donde ingresó en el cuerpo de policía local.

En ese momento, Quickwater salió de la cocina. La víctima tenía conexiones con las bandas de motoristas, de modo que Carcajou también intervendría en la investigación.

El comisario se reunió con Charbonneau, y ambos observaron el trabajo de un equipo que examinaba las manchas de sangre en un rincón detrás de la víctima. Ronald Gilbert sostenía una regla gris y blanca en forma de «L» contra la pared mientras un hombre más joven tomaba fotografías y grababa con una cámara de vídeo. Repitieron las fotografías con una cuerda de plomada, luego Gilbert cogió un calibrador a cursor y tomó una serie de medidas. Introdujo los datos en un ordenador portátil y luego volvió a la línea de plomada y la regla. Más metros de cinta de vídeo. Más fotografías. Más medidas. Había sangre por todas partes, que salpicaba el techo y las paredes y manchaba los objetos apilados contra los zócalos. Daba la impresión de que ambos hombres llevaban mucho tiempo haciendo ese trabajo.

Respiré profundamente y me acerqué a los detectives.

—*Bonjour. Comment ça va?*

—Eh, doctor. ¿Cómo van las cosas?

El inglés de Charbonneau era una extraña mezcla de quebequés y jerga tejana, la mayor parte de esta última completamente anticuada.

—*Bonjour, monsieur Quickwater.*

Quickwater se giró ligeramente, con expresión de sentirse molesto por tener que reconocer mi presencia en aquel lugar, luego volvió a concentrar su atención en el equipo que examinaba las manchas de sangre. Estaban filmando una guitarra acústica colocada encima de una jaula para pájaros oxidada. Detrás de la jaula vi una gorra deportiva estrujada contra la pared, con las letras «...*cock*» visibles en el centro de una mancha de color vino. Pensé en los pósters y me pregunté qué lascivo mensaje machista ocultaba ese coágulo de sangre.

—¿Dónde está Claudel? —le pregunté a Charbonneau.

—Verificando los datos de un sospechoso, pero estará aquí en un momento. Estos tíos son la hostia, ¿verdad? —La voz de Charbonneau estaba llena de desprecio—. Tienen las mismas virtudes morales que los escarabajos peloteros.

—¿Este hecho está positivamente relacionado con las bandas de motoristas?

—Sí. El tío que está ahí tirado con un aspecto lamentable es Yves Desjardins, nombre de guerra *Cherokee*. Era un Depredador.

—¿Dónde encaja esa banda?

—Los Depredadores son otro de los clubes títere de los Ángeles del Infierno.

—Como los Serpientes.

—Exacto.

—¿O sea que se trata de un golpe de los Rock Machine?

—Probablemente. Aunque tengo entendido que el amigo Cherokee llevaba varios años inactivo. Tenía el hígado hecho polvo. No. Cáncer de colon. Eso era. No me extraña, considerando la mierda que suelen comer estos tíos.

—¿Qué había hecho para enfadar a la oposición?

—Cherokee dirigía una especie de negocio de venta de recambios. —Cuando Charbonneau hizo un amplio gesto señalando el lugar noté una mancha oscura en su axila—. Pero, aparentemente, los dientes de engranaje y los carburadores no le dejaban mucha pasta. Encontramos cerca de dos kilos de coca escondidos en el cajón de la ropa interior del gran hombre. Sin duda era un lugar muy seguro, ya que da la impresión de que este tío nunca se cambiaba los calzoncillos. En cualquier caso, eso fue lo que probablemente inspiró la visita sorpresa. ¿Pero quién sabe? Tal vez se trató de una represalia por el asunto Marcotte.

—Araña.

Charbonneau asintió.

—¿Había señales de que forzaran la puerta?

—En el dormitorio hay una ventana rota, pero no entraron por allí.

—¿No?

—La mayor parte de los fragmentos está en el callejón. Parece que el cristal fue roto desde el interior.

—¿Y quién lo rompió?

Alzó las palmas de las manos en un gesto de ignorancia.

—¿Cómo entró entonces el asesino?

—Desjardins debió de dejarlos entrar.

—¿Por qué haría eso?

—Cherokee era taimado como un pit bull y ligeramente menos amistoso. Pero había conseguido sobrevivir a las estadísticas y probablemente comenzaba a sentirse inmortal.

—Excepto por el cáncer.

—Así es. Permítame mostrarle una cosa.

Charbonneau se acercó al cuerpo de Cherokee y yo lo seguí. Junto al cadáver, el olor era más penetrante, una mezcla nauseabunda de lana chamuscada, gasolina, excrementos y carne putrefacta. Sacó el pañuelo y lo mantuvo apretado contra la nariz.

—Eche un vistazo a los tatuajes.

La voz sonó amortiguada por el pañuelo.

La mano derecha de Cherokee descansaba sobre su regazo, la izquierda colgaba formando un ángulo extraño sobre el brazo del sillón, con los dedos señalando la alfombra. A pesar de la gruesa capa de hollín, en su muñeca derecha había un racimo de calaveras claramente visible. En total había quince, dispuestas en forma de pirámide como las misteriosas ofrendas encontradas en las cuevas de Europa. Pero estos trofeos mostraban una diferencia que nuestros antepasados neanderthales no habían hecho. Trece de las calaveras tenían los ojos negros, dos los tenían rojos.

—Son como muescas en una arma. —Charbonneau se quitó el pañuelo de la boca el tiempo necesario para respirar—. El negro significa que mató hombres, mientras que el rojo significa que se cargó a mujeres.

—Bastante estúpido por su parte anunciarse de ese modo.

—Sí, pero nuestro amigo era de la vieja escuela. Hoy estos tíos escuchan más a sus abogados.

Por la cantidad de sangre coagulada y el desprendimiento de la piel calculé que el pobre diablo llevaba muerto un par de días.

—¿Cómo lo encontraron?

—Lo de siempre. Un vecino que se quejó por la peste que salía de este apartamento. Es asombroso que alguien pudiese notar algo en este estercolero.

Eché otro vistazo al cadáver. Aparte de la dentadura podrida y el bigote, resultaba imposible decir cuál había sido el aspecto de aquel hombre. Lo que quedaba de su cabeza descansaba contra el respaldo del sillón, una gran mancha oscura tiñendo el tapizado a su alrededor. Podía ver perfectamente los perdigones de escopeta en la carne de lo que había sido su cara.

—¿Le gustan los efectos especiales?

Charbonneau señaló la pequeña alfombra trenzada debajo de los pies de la víctima. Estaba muy chamuscada, al igual que la parte inferior del sillón. El propio Cherokee estaba ennegrecido por los efectos del humo y su mano izquierda colgante, los bajos del tejano y las botas estaban chamuscados. Pero, aparte de eso, había escasos daños causados por el fuego.

Los asesinos habían encendido un pequeño fuego delante del sillón y el persistente olor a gasolina sugería que se había usado un catalizador. Las llamas probablemente habían envuelto el cuerpo pero luego, al faltarles combustible, se extinguieron. Para entonces, los asesinos hacía tiempo que se habían largado.

Charbonneau volvió a quitarse el pañuelo de la boca.

—La típica mierda de los motoristas. Acribillar al tío y luego quemar el cuerpo. Sólo que a este equipo debió de fallarles el plan.

—¿Por qué les abriría la puerta si estaba traficando con coca en el territorio de otro tío?

—Tal vez su colon se le subió al cerebro. Quizá iba ciego de drogas. Tal vez sufría de alteraciones de la realidad. Diablos, ¿quién puede saber lo que piensa esta gente? O si piensan.

—¿Podrían haber sido miembros de su propia banda?

—Hay precedentes.

En ese momento llegó Claudel y Charbonneau se excusó para ir a reunirse con sus colegas. Aunque sentía curiosidad acerca del sospechoso al que había estado interrogando, no quería cargar con un equipo Claudel-Quickwater, de modo que me trasladé al otro extremo de la habitación y reanudé la observación de los analistas que estudiaban las gotas de sangre salpicadas en la escena del crimen. Ya habían acabado con la pared oeste y ahora rodeaban el rincón hacia el norte de la habitación.

Aunque me había colocado en una posición lo más alejada posible del cadáver, el olor en la habitación se estaba volviendo insoportable. Y Charbonneau tenía razón. El cadáver no era el único elemento en el nauseabundo cóctel de moho, aceite lubricante, cerveza rancia, sudor y años de pésima cocina. Resultaba difícil imaginar cómo alguien había podido vivir en un ambiente pútrido como ése.

Eché un vistazo al reloj. Las dos y cuarto. Mientras comenzaba a pensar en la posibilidad de pedir un taxi, me volví hacia la ventana que había a mi espalda.

Cherokee vivía en el primer piso y el balcón se alzaba a menos de dos metros de la acera. A través del cristal mugriento podía ver la armada habitual de coches patrulla, camionetas y coches sin distintivos oficiales. Grupos de vecinos observaban desde los porches de las casas próximas. Los coches y los minibuses de la prensa contribuían a la confusión en la pequeña calle.

El vehículo del depósito de cadáveres apareció en la estrecha calzada mientras yo contemplaba el espectáculo y dos empleados bajaron, abrieron las puertas traseras y sacaron una camilla metálica. Colocaron las pequeñas ruedas en su lugar y empujaron la camilla hasta la entrada del edificio, pasando entre manchas de barro rojizo y charcos de agua estancada. Una película aceitosa brillaba en la superficie. Muy agradable. El patio delantero del edificio *du soleil*.

Segundos después, el equipo de transporte llamaba a la puerta. Claudel les franqueó la entrada y luego volvió a reunirse con el grupo. Hice un esfuerzo de voluntad y me dirigí hacia los detectives. Claudel no interrumpió su relato del interrogatorio al principal sospechoso.

—¿Creéis que esa pared es un asco? —Claudel señaló el rincón noroeste donde el equipo de recuperación aún tomaba medidas y filmaba las manchas de sangre—. El tío lleva una chaqueta que parece que la haya usado en un matadero. Naturalmente, la pequeña cucaracha no tiene suficiente cerebro ni para arrancarle las alas a una mariposa.

—¿Por qué conservó la chaqueta? —preguntó Charbonneau.

—Probablemente fue demasiado estúpido para deshacerse de ella. Y pensó que nunca lo relacionaríamos con el caso. Pero, por si acaso, se había tomado su tiempo para limpiarla y esconderla debajo de la cama.

—¿Lo vieron aquí el lunes por la noche?

—Justo después de medianoche.

—Eso coincide con la hora estimada de la muerte según LaManche. ¿Cuál es su historia?

—Tiene algunos problemas de memoria. Parece que George le da a la botella.

—¿Alguna relación con la víctima?

—George ha sido un merodeador de los Idólatras durante años. Lo dejan conducir y traficar con un poco de hierba, de modo que se cree un gran personaje. Pero se encuentra tan bajo en la jerarquía de la banda que necesita un tubo para poder respirar.

Uno de los tíos encargados del transporte del cuerpo llamó a Claudel y el detective les indicó que podían proceder a levantar el cadáver. Uno de ellos sacó una gran bolsa de plástico y la colocó encima de la camilla, mientras que el otro colocaba una bolsa de papel marrón en la mano izquierda de Cherokee.

Mientras observaba a Claudel me di cuenta de cuán fuera de lugar parecía en aquel apestoso apartamento. En su frente no había una sola gota de sudor, llevaba el pelo perfectamente peinado y las rayas de los pantalones parecían cuchillas de afeitar. Un lunar de Armani en medio de una pesadilla.

—Tal vez consideró que este golpe era su gran oportunidad para moverse hacia arriba —dijo Charbonneau.

—Indudablemente. Pero ahora George Dorsey no se moverá durante mucho tiempo —dijo Claudel.

—¿Tenemos pruebas suficientes para detenerlo? —preguntó Quickwater.

—Si tuviese que hacerlo, lo detendría como sospechoso de haber escupido en la acera. Mis fuentes me dicen que Dorsey hizo correr la voz de que buscaba trabajo y de que estaba dispuesto a hacer cualquier cosa. Lo teníamos fichado por otro delito, de modo que cogí su foto y comencé a mostrarla. Un testigo dijo haber visto a Dorsey aquí cuando se cargaron a este tío, y cuando fui a verlo para charlar del asunto encontré la ropa de Dorsey cubierta de sangre. ¿A ti te suena sucio todo esto?

En ese momento, la radio de Claudel comenzó a producir descargas estáticas, de modo que se acercó a la puerta, escuchó lo que le decían, habló en la bocina y luego hizo un gesto hacia Quickwater. Los dos hombres intercambiaron unas pocas palabras, después Quickwater se volvió hacia Charbonneau, me señaló a mí y luego a la puerta. Cuando Charbonneau alzó ambos pulgares, Quickwater saludó con la mano y se marchó. Claudel volvió a unirse a nosotros.

Genial. Me habían ignorado como si fuese la hermana pequeña de alguien.

Hay dos emociones que me perturban: sentirme atrapada y sentirme inútil. En ese momento estaba experimentando ambas y eso me inquietaba.

Y había algo de la escena del crimen que me molestaba. Sabía que me encontraba fuera de mi ambiente, pero seguía recordando las diapositivas que había visto en el cuartel general de Carcajou. Y lo que veía en ese momento no encajaba.

Qué diablos. Yo no había pedido ir a ese lugar.

—¿Esto no es un poco diferente de su método habitual de eliminar a la gente?

Claudel se volvió hacia mí con su habitual expresión de frialdad en el rostro.

—¿Perdón?

—¿La escopeta no está fuera del modus operandi de las bandas? ¿Y el incendio chapucero?

Charbonneau alzó una ceja y se encogió de hombros. Claudel no dijo nada.

—Esto parece un trabajo de aficionados —insistí, decidida a contribuir con mi punto de vista—. En todos los casos que he examinado, los golpes parecían muy certeros.

—Estas cosas suelen suceder —dijo Charbonneau—. Tal vez al asesino lo interrumpieron.

—Me refiero precisamente a eso. ¿Acaso los motoristas no investigan a sus víctimas y eligen lugares donde saben que no serán interrumpidos?

—Con un motorista muerto, que actuaba por libre en el tráfico de drogas, no necesitamos buscar en el registro de miembros de la Iglesia Unitaria para encontrar al culpable.

El tono de voz de Claudel era de indiferencia.

—Tampoco deberíamos cerrar a cal y canto nuestros cerebros después de que la primera teoría haya entrado en ellos —dije con deliberada mordacidad.

Claudel me miró con una expresión que intentaba transmitir una paciencia puesta a prueba infinitamente.

—Señorita Brennan, usted puede ser muy buena desenterrando cadáveres y midiendo huesos, pero esas habilidades no tienen nada que hacer en esta investigación de homicidio.

—Resulta muy difícil encontrar a un asesino si se ignora la identidad del asesinado, monsieur Claudel. ¿Se encargará usted de recomponer su rostro?

Tenía el rostro encendido de ira.

—Eso no supondrá ningún problema. Las huellas dactilares deberían bastar.

Yo sabía eso, pero la arrogancia de Claudel estaba sacando lo peor de mí.

Charbonneau cruzó los brazos y soltó un profundo suspiro.

Claudel miró su reloj y alcancé a divisar el brillo de un gemelo de oro. Luego el brazo volvió a colgar al costado de su cuerpo.

—El sargento-detective Charbonneau y yo la llevaremos.

Su voz indicaba claramente que por el momento no tenía intención de seguir discutiendo el caso.

—Gracias.

Cruzamos la habitación y eché un último vistazo al sillón donde Yves *Cherokee* Desjardins había muerto. Ahora estaba vacío, pero una sombra rojiza señalaba el lugar donde había estado apoyada la cabeza. Oscuros arroyuelos se curvaban desde cada lóbulo, como las garras de un animal que codicia su presa.

Claudel mantuvo la puerta abierta y salí al corredor, aferrando mis bolsas con tanta fuerza que las uñas se me clavaban en las palmas de las manos. Furiosa aún por la actitud de superioridad exhibida por Claudel, no pude resistir un último sarcasmo al pasar por su lado.

—Como usted bien sabe, monsieur Claudel, soy el enlace del laboratorio con Carcajou. Tiene la obligación profesional de compartir información e ideas conmigo, le guste o no, y no espero menos de usted.

Dicho lo cual, me alejé por el corredor y descendí la escalera hasta la calle.

20

Aunque el coche se desplazaba bajo un sol brillante, mis pensamientos eran sombríos. Cuando me había presentado voluntaria para colaborar con la unidad Carcajou lo hice para ayudar a resolver el tiroteo en el que había muerto Emily Anne, no para unirme al «club del asesinato del día». Iba sentada en la parte trasera del vehículo y mi mente viajaba entre Yves *Cherokee* Desjardins y Savannah Claire Osprey, dos víctimas tan diferentes como Charlie Manson y Sugarplum Fairy (15).

Pero Savannah no había bailado con Ariel o Puck (16) y no podía apartar de mi cabeza la imagen de aquella chica de piernas como palillos y con un bañador demasiado grande para ella. No podía dejar de preguntarme acerca de la red ponzoñosa a la que había sido atraída.

También me sentía inquieta por la horrible escena que habíamos dejado atrás. Aunque el dúo dinámico instalado en los asientos delanteros estaban convencidos de que el asesinato de Cherokee era un golpe asestado por una banda, había algo en la escena del crimen que parecía fuera de lugar. No era asunto mío, pero la inquietud persistía, perforándome el cerebro.

Savannah y Cherokee. Cherokee y Savannah. Y Ronald y Donald Vaillancourt, Robert Gately y Félix Martineau. Y Emily Anne Toussaint, la pequeña que bailaba y patinaba y le encantaban los gofres. Todas estas vidas parecían no guardar ningu-

---

(15)   Personaje (una hada) perteneciente a un popular cuento titulado *The Night Before Christmas*. *(N. del t.)*
(16)   Personajes de la famosa obra de Shakespeare *El sueño de una noche de verano*. *(N. del t.)*

na relación, y su único vínculo era el que tuvieron después de su muerte, creado por archivos de homicidio.

Nadie hablaba. De vez en cuando la radio escupía datos por sus distintos canales, diligente en su atención a las cuestiones policiales.

En el túnel Ville-Marie nos encontramos atrapados brevemente por la riada de tráfico que salía en dirección a Berri. Observé el flujo de coches que se dirigían hacia la ciudad vieja y experimenté una oleada de melancolía. ¿Por qué me encontraba allí con el Señor Arrogante y su compañero, una caja con los huesos de una chica muerta a mis pies y visiones de motoristas mutilados en mi cabeza? ¿Por qué no estaba viajando en dirección a place Jacques Cartier, pensando en cenar, bailar o tomar unas copas con un amante?

Pero no podía disfrutar del placer de la bebida.

Y no tenía ningún amante.

Ryan.

Apártalo, Brennan. Esa línea de pensamiento te llevará de la melancolía a la depresión. La verdad es que elegiste esta vida. Podrías haber limitado los análisis óseos a las excavaciones arqueológicas y tus comentarios profesionales a libros de texto o aulas donde tú hablas y ellos escuchan. Tú lo pediste y te lo dieron, así que deja de lamentarte y haz tu trabajo.

Cuando Charbonneau se detuvo ante el edificio de la SQ, le agradecí secamente el viaje, cerré la puerta con fuerza y me dirigí hacia la entrada principal. Antes de que llegase al extremo de la valla de hierro forjado, mi móvil comenzó a sonar, de modo que dejé la bolsa de deporte en la acera y saqué el teléfono de mi maletín.

—¿Tía Tempe?

—Hola, Kit.

Me sentí aliviada y a la vez molesta al oír su voz. Aunque lo había llamado varias veces desde que me marché a Raleigh, Kit nunca había cogido el teléfono.

—¿Recibiste mis mensajes?

—Sí. No coincidimos. Estuve fuera y cuando regresé a casa me metí directamente en la cama. Supuse que no querías que te llamase tan tarde.

Esperé.

—Estaba con Lyle.

—¿Durante dos días?

—Es un tío genial.

—¿Genial?

—Fuimos a la tienda de motos de su amigo. No exageraba un pelo. Tienen más mierda que la fábrica Harley. Oh, lo siento.

—Humm.

Dejé el maletín junto a la bolsa de deporte y giré el hombro para apartar un mechón de pelo. Desde una caravana aparcada frente a Parthenais salía una estridente música hip-hop. El conductor estaba sentado de lado, con un brazo alrededor del volante y el otro golpeando el respaldo del asiento al ritmo de la música.

—Estaré en casa a las seis —le dije a Kit—. Dime qué te gustaría comer y me encargaré de llevarlo para cenar.

—Por eso te llamo. Lyle dijo que me llevaría al estudio de televisión para ver cómo hacían el programa de esta noche.

Un hombre salió de un edificio de apartamentos situado al otro lado de la calle y bajó lentamente la escalinata con un cigarrillo colgando de los labios. Llevaba el pelo como si su cabeza hubiese estado muy cerca de una explosión. Una parte se amontonaba en pequeños remolinos, algunos mechones formaban nudos pegados al cuero cabelludo. Llevaba una cazadora tejana sin mangas que mostraba unos brazos tan cubiertos de tatuajes que, desde donde yo me encontraba, parecían azules.

El hombre dio una profunda calada al cigarrillo mientras barría la calle con la mirada. Sus ojos se posaron en mí y luego se entrecerraron, como los de un terrier que ha avistado una rata. Dos espesas columnas de humo escaparon de su nariz, luego arrojó la colilla, cruzó la acera y se metió en la caravana junto al amante de la música. Cuando la pareja se alejó, sentí un escalofrío, a pesar del cálido sol de la tarde.

—¿... alguna vez en persona?

—¿Qué?

—Las noticias. ¿Has estado alguna vez en la cadena cuando hacen el programa?

—Sí. Es muy interesante.

—Si no te importa, me gustaría ir.

—Claro. Parece divertido. De todos modos, estoy agotada.

—¿Has podido averiguar quién era?

El cambio de tema me dejó descolocada.

—La chica. ¿Resultó ser quien tú pensabas que era?

—Sí.

—Eso es estupendo. ¿Puedo decírselo a Lyle?

—Aún no es oficial. Será mejor esperar a que el forense comunique el nombre.

—No hay ningún problema. Bien, te veré más tarde.

—De acuerdo.

—¿Estás segura?

—Kit, no pasa nada. Me han abandonado hombres más duros que tú.

—Oh. Pégame donde más me duele.

—Adiós.

Lyle Crease. ¿Acaso el muy cabrón pensaba usar a mi sobrino para sonsacarle información que no podía obtener directamente de mí?

Una vez en mi despacho dejé los restos de Savannah en mi armario de pruebas y entregué una muestra de huesos a Denis, el técnico en histología. Denis utilizaría un micrótomo para cortar rebanadas de menos de cien micrones de grosor, luego las teñiría y las montaría en las platinas para su análisis microscópico.

Llevé el otro juego de muestras a la sección de ADN. Mientras estaba allí pregunté por el ojo y sentí que una oleada de tensión se movía lentamente por la parte posterior de la cabeza y comencé a frotarme la nuca.

—¿Jaqueca? —preguntó el técnico cuando regresó.

—Un poco.

Los resultados aún no estaban listos.

Luego fui a ver a LaManche. No me interrumpió mientras le hablaba de mi reunión con Kate, y le enseñé fotografías y copias de los archivos del hospital.

Cuando terminé mi exposición, se quitó las gafas y se dio un suave masaje sobre dos óvalos rojos que se habían formado en el caballete de la nariz. Luego se apoyó en el respaldo del sillón, con el rostro exento de las emociones que normalmente suscita la muerte.

—Llamaré a la oficina del forense.

—Gracias.

—¿Ha hablado de esto con la gente de Carcajou?

—Se lo mencioné a Quickwater, pero en este momento todo

el mundo está trabajando en el asesinato de *Cherokee* Desjardins.

Era una mentira piadosa o, en cualquier caso, una distorsión de la realidad. Cuando le hablé de ello en el coche, Quickwater apenas si me prestó atención.

—Mañana hablaré con Roy —añadí.

—¿Esa agente de Carolina del Norte cree que la chica fue asesinada por miembros de una banda de motoristas?

—Kate Brophy. Ella cree que es una posibilidad.

—¿Tiene constancia de que exista algún vínculo entre las bandas de Quebec y Myrtle Beach?

—No.

LaManche inspiró profundamente.

—Ha pasado ya mucho tiempo desde 1984.

Sentada delante de mi jefe, escuchando su preciso francés y viéndolo con la luz de fondo que llegaba desde el río San Lorenzo, no pude menos que admitir que la teoría de Carolina sonaba extraña incluso para mí. Aquello que en Raleigh me había parecido tan lógico, ahora era como un sueño recordado en el que no podía separar la fantasía de la realidad.

—Tuvimos que interrumpir el trabajo cuando recibí la llamada sobre el cadáver de Cherokee en el incendio, pero la agente Brophy me facilitó gran cantidad de material de los archivos del SBI, incluyendo fotografías viejas. Mañana llevaré todo ese material a Carcajou y veremos qué conseguimos.

LaManche volvió a ponerse las gafas.

—Es posible que el esqueleto encontrado en Carolina no guarde ninguna relación con el caso.

—Lo sé.

—¿Cuándo tendrán los resultados de las pruebas de ADN?

Evité el impulso de poner los ojos en blanco, pero estoy segura de que la frustración era evidente en el tono de mi voz.

—Están liados con el caso de los mellizos destrozados por la bomba y no pueden darme una fecha concreta. —Recordé la expresión del técnico cuando echó un vistazo a los restos de Savannah—. Y, como usted ha dicho, no se trata exactamente de una muerte reciente.

LaManche asintió.

—Pero es una muerte no aclarada y los restos fueron encontrados en Quebec, de modo que lo trataremos como un homicidio. Con un poco la suerte, la SQ hará lo mismo —indicó.

En ese momento sonó el teléfono. Recogí mis papeles mientras él hablaba. Cuando colgó el auricular, dije:

—El caso Cherokee no encaja con el modelo reciente, pero quién sabe por qué mata la gente.

LaManche me contestó mientras anotaba algo en un pequeño bloc amarillo, con la mente aún en la conversación telefónica. O quizá pensó que yo le estaba hablando de otra cosa.

—En algunas ocasiones, monsieur Claudel puede ser un hombre brusco, pero al final lo hará bien.

¿Qué diablos significaba eso?

Antes de que pudiese preguntarle, el teléfono volvió a sonar. LaManche levantó el auricular, escuchó un momento y luego lo apoyó contra el pecho.

—¿Había algo más de lo que quería hablarme?

Una forma amable de decirme que podía retirarme.

Estaba tan preocupada por el comentario de LaManche sobre Claudel que estuve a punto de chocar con Jocelyn, la empleada temporal, cuando abandonaba el despacho de mi jefe para regresar al mío. Llevaba pendientes de cuentas adornando las orejas y ahora los mechones de pelo eran del color de las violetas africanas.

Mientras girábamos una alrededor de la otra reacomodando nuestros papeles, volvió a impresionarme la extremada blancura de su piel. Bajo la fría luz de los fluorescentes, los párpados inferiores parecían azules, la piel era tan pálida como la parte interna de una peladura de limón. Se me ocurrió que quizá Jocelyn fuese albina.

Por alguna razón me sentí obligada a hablar con ella.

—¿Cómo lo llevas, Jocelyn?

Me miró con una expresión que no fui capaz de interpretar.

—Espero que no encuentres demasiado agobiante el trabajo en el laboratorio.

—Puedo hacer el trabajo.

—Sí, por supuesto que puedes. Sólo quiero decir que a veces resulta difícil ser la chica nueva en el barrio.

Cuando abrió la boca para responder, una secretaria salió de una de las oficinas. Jocelyn se alejó rápidamente por el corredor.

¡Santo Dios!, pensé. Esta chica podría asistir a algún curso de amabilidad. Tal vez podría conseguir una oferta de dos por el precio de uno para ella y Quickwater.

Dediqué el resto de la tarde a limpiar mi escritorio de notas de llamadas telefónicas. Las que correspondían a los medios de comunicación fueron a parar a la papelera. Las correspondientes a agencias de seguridad en general fueron debidamente contestadas.

Examiné un pedido de Pelletier, el más veterano de los patólogos que trabajaban en el laboratorio. El dueño de una casa en Outremont había encontrado unos huesos cuando cavaba un foso en el sótano. Los restos eran viejos y muy frágiles, pero Pelletier no estaba seguro de si eran humanos.

Nada urgente.

Con el escritorio razonablemente despejado, me marché a casa y pasé otra velada encantadora en la ciudad francesa más antigua en Norteamérica.

Pizza. Baño. Béisbol.

Birdie resistió hasta la octava entrada y luego se hizo un ovillo en la cama de la habitación de invitados. Cuando apagué el televisor a las once y cuarto, estiró las patas y se instaló en el sillón de mi dormitorio.

Me dormí casi instantáneamente y soñé con cosas que no tenían ningún sentido. Kit me saludaba desde un velero, Andrew Ryan estaba a su lado. Isabelle servía la cena. Un *Cherokee* Desjardins descabezado arrancaba trozos de carne y los metía en una bolsa de plástico.

Cuando llegó Kit, subí a la superficie pero me sentía demasiado débil para llamarlo. Aún estaba dando vueltas en la cocina cuando volví a hundirme en el olvido.

A la mañana siguiente estaba examinando los huesos que me había enviado Pelletier cuando Denis entró en el laboratorio.

—*C'est la vedette!*

¿La estrella?

Oh, no.

Abrió un ejemplar de *Le Journal de Montreal* y me enseñó una foto mía tomada en el cuartel general de los Serpientes. Estaba acompañada de una breve historia sobre la recuperación de los restos de Gately y Martineau, e identificaba el misterioso tercer esqueleto como perteneciente a la adolescente de dieciséis años Savannah Claire Osprey, según el forense, una estadounidense que había desaparecido en 1984. El pie de foto me describía como miembro de la unidad Carcajou.

—*C'est une promotion ou une réduction?*

Sonreí, preguntándome si Quickwater y Claudel considerarían ese error como una promoción o una degradación de rango, y luego reanudé mi trabajo clasificando los huesos. Hasta ese momento había separado dos banquetes a base de costillas de cordero, un trozo de hueso de res y más pollo asado del que tenía intención de contar.

Hacia las diez había acabado con los huesos y había escrito un detallado informe especificando que los restos no eran humanos.

Llevé el informe a secretaría, luego regresé a mi oficina y llamé al cuartel general de Carcajou. Jacques Roy se encontraba en una reunión y no estaría libre hasta última hora de la tarde. Dejé mi nombre y mi número de teléfono. Intenté comunicarme con Claudel, dejé el mismo mensaje. Charbonneau. Mismo nombre, mismo número. Por favor, llámeme. Pensé en recurrir a los buscapersonas, pero decidí que la situación no era tan urgente.

Frustrada, hice girar el sillín y contemplé el río.

No había podido examinar la microestructura de los huesos encontrados en Myrtle Beach porque las platinas aún no estaban listas. Sólo Dios sabía cuándo dispondría de los resultados de las pruebas de ADN, o si realmente había algo allí que pudiese someterse a la secuencia genética.

Pensé en llamar a Kate Brophy, pero no quería presionarla. Además, ella estaba tan interesada como yo en el caso Osprey. Más que yo, si cabe. Si descubría algo, me lo haría saber.

¿Y ahora qué?

LaManche estaba en el sótano practicando la autopsia de Cherokee. Podía bajar y, tal vez, aliviar mis dudas acerca de su muerte.

Paso.

No me entusiasmaba la perspectiva de examinar a otro motorista extendido sobre una camilla de acero.

Decidí organizar el material que Kate me había dado. Me había marchado tan de prisa que no había podido examinarlo. Habíamos hecho una rápida selección, metido todo dentro de mi maletín, firmado los papeles necesarios y salido disparadas hacia el aeropuerto para no perder mi vuelo.

Vacié el contenido de la caja sobre el escritorio y reuní las fotografías a mi izquierda y las carpetas a mi derecha. Cogí un sobre marrón, dejé caer varias instantáneas de cinco por siete sobre el papel secante y miré el reverso de una de ellas. Allí constaba fecha, lugar, suceso, nombre y varios números de referencia.

Hice girar la foto y miré la cara de Martin *Deluxe* Deluccio, inmortalizado el 23 de julio de 1992 durante una excursión a Wilmington, Carolina del Norte.

Los ojos del sujeto estaban ocultos detrás de unas gafas de sol con cristales del tamaño de monedas de veinticinco centavos y un pañuelo de vivos colores le cubría la cabeza. Su cazadora tejana sin mangas lucía la calavera sonriente y los pistones cruzados del club de motoristas de los Proscritos. El distintivo inferior identificaba a su dueño como miembro de la rama de Lexington.

La carne del motorista parecía hinchada, la mandíbula laxa y, debajo de la cazadora, se advertía un abdomen prominente. La cámara lo había sorprendido montado sobre un enorme cerdo, con una lata de cerveza en la mano izquierda y una expresión vacía en el rostro. Deluxe parecía la clase de tío que necesita instrucciones para usar el papel higiénico.

Estaba examinando otras fotos cuando sonó el teléfono. Dejé a Eli *Robin* Hood junto a Deluxe y levanté el auricular, esperando que fuese Roy.

No era él.

Una voz áspera preguntó por mí, omitiendo la «e» larga final de mi nombre de pila, pero pronunciando correctamente el apellido. El hombre era extranjero y obviamente anglófono. Contesté en inglés.

—Soy la doctora Brennan.

Hubo una larga pausa durante la cual alcancé a oír diferentes ruidos y lo que sonaba como un sistema de megafonía.

—Soy la doctora Brennan —repetí.

Oí que alguien carraspeaba, luego una respiración. Finalmente una voz dijo:

—Soy George Dorsey.

—¿Sí?

Mi mente inició una búsqueda minuciosa pero no encontró nada.

—¿Es usted quien desenterró a esos fiambres?

El sonido se apagó ligeramente como si hubiese ahuecado la mano alrededor de la bocina.

—Sí.

Allá vamos.

—Vi su nombre en el per...

—Señor Dorsey, si dispone usted de información acerca de esos individuos debería hablar con alguno de los oficiales que investigan el caso.

Dejemos que Quickwater o Claudel traten con el desfile circense provocado por la noticia aparecida en el periódico.

—¿No pertenece usted a Carcajou?

—No en el sentido que usted cree. El oficial que investiga...

—Ese cabrón tiene la cabeza tan lejos del culo que necesitaría un sonar para encontrarla.

Ese comentario llamó mi atención.

—¿Ha hablado con el comisario Quickwater?

—No puedo hablar con nadie mientras ese gilipollas de Claudel me esté tocando los huevos.

—¿Perdón?

—Ese lameculos está buscando un ascenso, por eso estoy aquí comiendo mierda.

Durante un momento ninguno de los dos dijo nada. Era como si la llamada viniese de una batisfera.

—Probablemente está reuniendo información para la CNN.

Me estaba impacientando, pero no quería correr el riesgo de perder una información que podía ser útil para el caso.

—¿Está llamando por los esqueletos desenterrados en St-Basile?

Oí toses, luego:

—Mierda, no.

Fue entonces cuando mi mente dio con el nombre.

George Dorsey era el sospechoso que Claudel había encerrado.

—¿Han presentado cargos en su contra, señor Dorsey?

—Joder, no.

—¿Por qué lo han detenido?

—Cuando fueron a buscarme llevaba seis ampollas de metanfetamina.

—¿Por qué me llama?

—Porque ninguno de esos otros cabrones quiere escucharme. Yo no me cargué a Cherokee. Fue una chapuza.

Sentí que se me aceleraba el pulso.

—¿A qué se refiere?

—No es así como los hermanos se encargan de resolver los problemas.

—¿Está diciendo que el asesinato de Cherokee no está relacionado con las bandas?

—¡Bingo!

—¿Entonces quién lo mató?

—Mueva su culo hasta aquí y se lo contaré todo.

No dije nada. La respiración de Dorsey retumbaba en medio del silencio.

—Pero ésta no será una carretera de una sola dirección.

—No tengo ninguna razón para confiar en usted.

—Y usted tampoco es mi candidata para la Mujer del Año, pero ninguno de esos cabrones me escuchará. Han organizado el día D de los putos gilipollas de la policía y me han aparcado en la jodida Omaha Beach.

—Estoy impresionada por sus conocimientos históricos, señor Dorsey, ¿pero por qué debería creerlo?

—¿Tiene alguna pista mejor?

Dejé que la pregunta flotase en el aire. Aunque era un perdedor, George Dorsey tenía una baza a su favor. Y hoy nadie parecía dispuesto a hablar conmigo.

Miré el reloj. Las once y veinte.

—Estaré ahí en una hora.

21

La Comunidad Urbana de Montreal, debido a sus propósitos de preservar la ley y el orden, está dividida en cuatro secciones, cada una de ellas con un centro de operaciones que alberga divisiones de intervención, análisis e investigación, y un centro de detención. Los sospechosos arrestados por asesinato o agresión sexual quedan detenidos bajo custodia en un edificio próximo a la plaza Versalles, en el extremo oriental de la ciudad. Todos los demás detenidos aguardan la comparecencia en juicio en una de las cuatro cárceles seccionales. Acusado de posesión de metanfetamina, Dorsey fue trasladado a la sección correspondiente, Op South.

El cuartel general de Op South se encuentra en la rue Guy con el bulevar René Lévesque, en los suburbios de Centre-ville. Se trata de un barrio de la ciudad donde se habla fundamentalmente inglés y francés, pero también chino mandarín, estonio, árabe y griego. Es separatista y federalista. Es el hogar de ricos y de gente que no tiene un centavo, de estudiantes y corredores de Bolsa, de inmigrantes y del *pure laine* o pura lana quebequés.

El Op South es iglesias y bares, tiendas y sex-shops, casas bajas y edificios de apartamentos sin ascensor. Los asesinatos de Emily Anne Toussaint e Yves *Cherokee* Desjardins se habían producido dentro de estos límites.

Cuando giré en Guy para entrar en el aparcamiento, pasé junto a un numeroso grupo de personas que portaban pancartas y llevaban insignias en la ropa. Se extendían a lo largo de la acera desde el edificio contiguo, obreros que se manifestaban reclamando mejoras salariales. Buena suerte, pensé. Tal vez fuese la inestabilidad política, quizá la economía canadiense en general, pero la provincia de Quebec se encontraba en aprietos financieros. Los presupuestos estaban siendo recortados, y los servicios reducidos. Yo no había tenido un aumento de sueldo en siete años.

Entré en el edificio y me dirigí al mostrador que había a la derecha.

—He venido a ver a George Dorsey —le dije a la oficial de guardia. Ella dejó el pastel que estaba comiendo y me miró con expresión aburrida.

—¿Está usted en la lista?

—Temperance Brennan. El detenido pidió verme.

La mujer se frotó las manos regordetas, quitó unas migajas y luego tecleó algo en el ordenador. La luz de la pantalla se reflejó en sus gafas cuando se inclinó para leer el monitor. El texto se desenrolló en cada uno de los cristales, quedó congelado y luego ella volvió a hablar sin alzar la vista.

—¿Carcajou?

Ralph Nader no podría haber sonado más dudoso.

—Hum.

Le Journal así lo creía.

—¿Tiene algún documento de identidad?

Levantó la vista y le mostré mi pase de seguridad para el edificio de la SQ.

—¿No lleva placa?

—Esto era más práctico.

—Tendrá que firmar y dejar sus cosas aquí.

Pasó las páginas de un libro mayor, apuntó algo, luego me pasó el bolígrafo. Anoté la hora y mi nombre. Luego deslicé la correa del bolso de mi hombro y se lo entregué a través del mostrador.

—Sólo será un momento.

La señorita Pastelillo metió el bolso en una taquilla metálica, levantó el auricular del teléfono y habló con alguien. Diez minutos más tarde una llave giró en la cerradura de una puerta de metal verde que había a mi izquierda, luego se abrió y un guardia me indicó que podía pasar. Era un hombre esquelético y el uniforme colgaba de sus huesos como de una percha.

El guardia número dos me registró con un detector de metales manual y luego me indicó que lo siguiera. Las llaves tintineaban en su cinturón mientras girábamos a la derecha y enfilábamos un corredor iluminado con fluorescentes y vigilado con cámaras instaladas en el techo y las paredes. Delante de mí pude ver una gran celda de detención con una ventana que daba al corredor donde yo me encontraba y barrotes verdes en el otro lado. En su interior, media docena de hombres holgazaneaban en bancos de madera, estaban sentados o dormidos en el suelo o se aferraban a los barrotes de la celda como si fuesen primates cautivos.

Más allá de la fuente de agua había otra puerta de metal verde con las palabras «*Bloc Cellulaire*» en grandes letras blancas a la derecha y otro mostrador al lado. Un guardia estaba colocando un paquete en un cubículo marcado con las letras «XYZ». Imaginé que el señor Xavier estaba llegando. No volvería a ver su cinturón, cordones, joyas, gafas u otras pertenencias personales hasta que firmaran su salida de prisión.

—Su hombre está aquí —dijo el guardia, señalando con la barbilla una puerta con el letrero «*Entrevue avocat*», la puerta que usaban los abogados. Sabía que Dorsey cruzaría una puerta idéntica con las palabras «*Entrevue détenu*», destinada a los presos.

Le agradecí sus servicios y entré en una pequeña habitación que no había sido diseñada para elevar la moral del preso y tampoco de su visitante. Las paredes estaban pintadas de amarillo con el borde verde; los únicos muebles eran un mostrador de vinilo rojo, un banco de madera fijado al suelo y un teléfono de pared.

George Dorsey estaba sentado al otro lado de una gran ventana rectangular, con los hombros hacia adelante y las manos colgando entre las rodillas.

—Pulse el botón cuando haya terminado —dijo el guardia.

Luego cerró la puerta y me dejó sola.

Dorsey no se movió, pero sus ojos no se apartaron de mí cuando me acerqué al mostrador y levanté el auricular del teléfono.

Recordé fugazmente un cuadro que tenía mi abuela. Jesucristo, la cabeza rodeada de espino, la frente cubierta de sangre. Allí donde iba, su mirada me seguía. Miraba, los ojos estaban abiertos. Parpadeaba, los ojos estaban cerrados. Aquel cuadro era tan inquietante que evité entrar en el dormitorio de mi abuela durante toda mi infancia. Dorsey tenía los mismos ojos.

Me senté en el banco de madera temblando por dentro y crucé las manos sobre el mostrador. El hombre que tenía delante de mí era delgado y fibroso, con la nariz abultada y los labios muy finos. Una gran cicatriz nacía en su sien izquierda, atravesaba la mejilla y desaparecía en un círculo alrededor de la boca. Llevaba la cabeza rapada, la única señal de pelo era un rayo oscuro en la barbilla que acababa justo por encima del final de la cicatriz.

Esperé a que cogiese el auricular y rompiera el silencio. Fuera de nuestra pequeña habitación se oían voces y el sonido metálico de acero contra acero. A pesar de la intensidad de su mirada, parecía que hacía bastante tiempo que Dorsey no pegaba ojo.

Después de varios minutos, Dorsey sonrió. Los labios desaparecieron y unos dientes amarillos y pequeños ocuparon su lugar. Pero en sus ojos no había una pizca de alegría. Con un movimiento brusco, cogió el auricular y se lo apoyó en la oreja.

—Señora, tiene huevos al venir aquí.

Me encogí de hombros.

—¿Tiene un cigarrillo?

—No fumo.

Retrajo ambos pies, flexionó los dedos y movió una pierna arriba y abajo, apoyándola sobre la parte delantera del pie. Luego se quedó callado un momento.

—No tuve nada que ver con ese asunto en Pointe-St-Charles —dijo finalmente.

—Eso es lo que usted dice.

Tuve una imagen de la horrible escena en Les Appartements du Soleil.

—Ese cabrón de Claudel está tratando de cortarme la polla. Cree que si me aprieta las tuercas confesaré el asesinato de Cherokee.

El movimiento de la pierna se intensificó.

—El sargento-detective Claudel sólo está haciendo su trabajo.

—El sargento-detective Claudel no podría tirarse un pedo y hacerlo bien.

Había momentos en los que estaba de acuerdo con esa afirmación.

—¿Conocía a *Cherokee* Desjardins?

—Había oído hablar de él.

Pasó un dedo por una muesca que había en el mostrador.

—¿Sabía que estaba traficando?

Ahora Dorsey se encogió de hombros.

Esperé.

—Tal vez la mierda fuese para uso personal. Ya sabe, una medicina. Había oído decir que tenía problemas de salud.

Pasó el dedo por el pelo que cubría su barbilla y luego continuó con la muesca en el mostrador.

—Alguien lo vio en el edificio de Desjardins aproximadamente a la hora en que lo mataron. Y encontraron una chaqueta manchada de sangre en su apartamento.

—Esa chaqueta no es mía.

—Y los guantes no eran de O. J. (17).

—¿Quién sería tan imbécil de conservar algún recuerdo después de haberse cargado a alguien?

Eso era verdad.

—¿Cuál era el motivo de su presencia en el vecindario?

—Eso es cosa mía.

Me miró fijamente y apoyó los codos en el mostrador. El corazón me dio un pequeño vuelco pero no retrocedí.

—Y no tuvo nada que ver con la muerte de Cherokee.

Advertí cierta tensión alrededor de los ojos y me pregunté qué argumento estaba elaborando para mi consumo.

Más silencio.

—¿Sabe quién lo mató, George?

Error.

—¡Ohhh! —Curvó los dedos y apoyó la barbilla en la palma de la mano—. ¿Y puedo llamarla Tempe?

—Ésta no es una visita social. Usted me pidió que viniese.

Dorsey se giró hacia un lado y estiró una pierna hacia la pared. Una mano jugaba con el cable del teléfono mientras golpeaba el zócalo con un botín sin cordones. Al otro lado de la puerta, una voz masculina le gritó a alguien llamado Marc. Esperé. Finalmente:

—Mire. Ya se lo he dicho, ese golpe parece sacado de «Amateur Hour» (18). Lo único que faltaba era Ted Mack.

(17) La autora se refiere al famoso caso del asesinato de la esposa de la ex estrella de fútbol americano y pésimo actor O. J. Simpson. La principal prueba inculpatoria contra Simpson era un par de guantes manchados de sangre que aparecieron en su casa. O. J. siempre negó que le pertenecieran y, finalmente, el jurado lo declaró inocente a pesar de la abrumadora cantidad de evidencias en su contra. *(N. del t.)*

(18) Popular programa de televisión donde participantes no profesionales demuestran sus habilidades o la falta de ellas. El presentador es Ted Mack. *(N. del t.)*

Dorsey volvió a mirarme fijamente, tratando de que yo bajase la vista. Luego su mirada se apartó y abrió y cerró los dedos varias veces. Vi que las letras F. T. W. cambiaban de forma en sus nudillos.

—¿Y?

—Ese espectáculo no era de cuatro estrellas, eso es todo lo que le diré por ahora.

—Entonces no puedo ayudarlo. Ya hemos determinado que fue una acción chapucera.

Dorsey se inclinó nuevamente hacia adelante, estirando los brazos sobre el mostrador.

—Es posible que su chico Claudel piense que no soy más que un jodido Idólatra de los cojones, pero se equivoca en una cosa. No soy estúpido. Y ellos tampoco lo son.

No creí necesario señalar que había enumerado dos cosas en las que Claudel parecía estar equivocado.

—Sin embargo, lo ha detenido por este asesinato.

Dorsey se acercó tanto al cristal que nos separaba que pude ver los puntos negros que tenía en la nariz.

—Eso es una jodida mentira. Yo no maté a Cherokee.

Miré la cara que estaba a escasos centímetros de la mía y, por un instante, la máscara desapareció. En esa fracción de segundo, vi claramente miedo e inseguridad. Y algo más en esos ojos oscuros y amargos. Vi sinceridad.

Luego los párpados se entrecerraron y regresó la pose de tío duro.

—Voy a ir directamente al grano. A usted no le gusta la forma en que mis amigos y yo hacemos negocios. Me parece justo. A mí no me gusta su mierda virtuosa. Pero métase esto en la cabeza. Sigan machacándome y quien se haya cargado a Cherokee seguirá jodiendo gente.

—¿Es todo lo que puede decirme, señor Dorsey?

Sus ojos me taladraron y casi pude oler su odio.

—Podría tener alguna información adicional —dijo, examinándose las uñas con fingida indiferencia.

—¿Acerca de qué?

—No le diré nada. Pero Cherokee no es el único fiambre que ha aparecido últimamente en los periódicos.

Mi mente se aceleró. ¿Estaba hablando de *Araña* Marcotte? ¿Conocía acaso la identidad de los asesinos de Emily Anne Toussaint?

Antes de que pudiese preguntarle, Dorsey volvió a apoyarse contra el respaldo de su silla y una expresión divertida le curvaba la comisura de los labios.

—¿Hay algo divertido que quisiera compartir conmigo?

Dorsey se pasó la mano por el mentón y la perilla se le enredó entre los dedos. Cambió el auricular de oreja.

—Dígale a ese lameculos que me deje en paz.

Me levanté para marcharme, pero sus siguientes palabras me dejaron paralizada.

—Trabaje conmigo y le daré a la chica.

—¿Qué chica? —pregunté, haciendo un esfuerzo para que mi voz sonase tranquila.

—Esa pollita que usted desenterró.

Lo miré fijamente. La ira hacía que el corazón me golpease contra las costillas.

—Dígame lo que sabe —le dije.

—¿Es un trato?

Aunque los pequeños dientes de rata eran claramente visibles, los ojos eran oscuros como el noveno círculo de Dante.

—Está mintiendo.

Alzó las cejas y la palma de su mano libre.

—Pero la verdad es la piedra angular de mi vida.

—Puede ir a venderla a otra parte, Dorsey.

Temblando de furia, colgué el auricular con fuerza, me di la vuelta y pulsé el botón. No alcancé a oír el último comentario burlón de Dorsey, pero vi su rostro cuando pasé junto al guardia. Sus labios estaban blancos.

Estaría en contacto.

El viaje de regreso me llevó casi una hora. Un accidente de circulación había cerrado todos los carriles de la 720 en dirección este salvo uno, y el tráfico en el túnel de Ville-Marie formaba una cola de varios kilómetros. Para cuando me di cuenta de la situación, dar la vuelta no era una opción viable, y sólo podía continuar avanzando a paso de tortuga igual que el resto de frustrados conductores. El túnel de hormigón bloqueaba la recepción de la señal de radio, de modo que no había entretenimiento. Dorsey tenía la palabra en mi cabeza.

Se había mostrado nervioso como agua fría sobre una plancha caliente, ¿pero podía ese hombre ser inocente?

Recordé sus ojos y en ese momento cayó el velo.

Metí primera, avancé unos centímetros, volví a dejar la palanca en punto muerto.

¿Acaso Claudel estaba siguiendo una pista equivocada?

No sería la primera vez.

Una ambulancia pasó a toda velocidad por el arcén de la derecha, con la luz roja rebotando contra las paredes del túnel.

¿Qué diría Claudel cuando se enterase de que había estado en la cárcel?

Era una pregunta fácil.

Me dediqué a tamborilear con los dedos en el volante.

¿Sabía algo realmente Dorsey acerca de Savannah Osprey?

Avancé un par de metros.

¿Era sólo otro preso desesperado tratando de conseguir un trato para salvar su culo?

No hubo respuesta.

Vi la cara de Dorsey, un estudio en desprecio machista y conducta antisocial.

Ese hombre era repulsivo. Sin embargo, durante aquel nanosegundo, estaba segura de haber visto la verdad. ¿Podía creer en él? ¿Necesitaba creer en él? ¿Si podía suministrar información verificable acerca de Savannah Osprey a cambio de que la policía realizara una investigación más amplia sobre el asesinato de Cherokee, qué podíamos perder? ¿Pero podíamos hacer algo así? Evidentemente, no a través de Claudel.

Después de cuarenta minutos llegué a la altura del accidente. Un coche estaba volcado, otro se encontraba contra la pared del túnel y con los faros orientados hacia la dirección contraria. El pavimento brillaba por los cristales destrozados, los coches de la policía y los vehículos de rescate habían rodeado el lugar de la colisión como un tren de carga. Mientras observaba a los trabajadores que colocaban las garras de la vida sobre el coche volcado me pregunté si sus ocupantes se dirigían al mismo lugar que yo.

Finalmente pude salir del atasco, recorrí el resto del túnel a buena velocidad, tomé la salida de Lorimier y recorrí las últimas manzanas hasta llegar al laboratorio. Cuando salí del ascensor en la duodécima planta, supe al instante que pasaba algo.

En el escritorio no había nadie y el teléfono sonaba con insistencia. Conté las llamadas mientras cruzaba el vestíbulo. Cinco. Una pausa, luego volvió a comenzar.

Inserté mi pase de seguridad y las puertas vidriera se abrieron. La recepcionista se encontraba junto al lavabo de mujeres, con los ojos enrojecidos, un pañuelo de papel hecho un bollo en la mano. Una secretaria la consolaba con un brazo sobre los hombros.

En el corredor había corrillos de gente, voces atenuadas, rostros tensos. Toda la escena recordaba a la sala de espera de cirugía.

Tuve otro *flash-back*.

Hacía quince años. Había dejado a Katy al cuidado de mi hermana mientras hacía unos recados. Al doblar la esquina de mi calle, el mismo miedo que te pone los pelos de punta, la misma descarga de adrenalina.

Pequeños fragmentos de memoria. Harry y los vecinos en la entrada del edificio. Un grupo sin ninguna relación. No se conocían entre ellos. El rostro de mi hermana, el rímel corriendo por sus mejillas pálidas. Las manos apretadas.

¿Dónde estaba Katy?

Regateo.

Querido Dios. Katy, no. Cualquier cosa, pero mi hija no.

Las miradas compasivas de los vecinos cuando bajaba del coche.

McDuff se había escapado de casa y un Buick lo había atropellado. El perro estaba muerto. Alivio, luego pena. Triste, pero podía asumirlo. Mi perro había muerto, pero mi hija no.

Sentí el mismo pánico al ver a mis colegas.

¿Qué había ocurrido aquí?

A través del segundo juego de puertas vidriera vi a Marcel Morin que hablaba con Jean Pelletier. Introduje el pase de seguridad en la ranura y corrí por el pasillo.

Al oír mis pasos dejaron de hablar y se volvieron para mirarme.

—¿Qué pasa? —pregunté.

—El doctor LaManche. —Los ojos de Morin brillaban por la emoción contenida—. Sufrió un colapso mientras practicaba la autopsia de *Cherokee* Desjardins.

—¿Cuándo?

—Estaba trabajando solo a la hora del almuerzo. Cuando

Lisa regresó lo encontró en el suelo. Estaba inconsciente y respiraba con dificultad.

—¿Es grave?

Pelletier hizo un ruido extraño con la garganta.

Morin sacudió la cabeza.

—Ahora está en manos de Dios.

22

Lo primero que hice el viernes fue llamar al hospital. LaManche se había estabilizado, pero seguía en la sala de cuidados intensivos y no se permitían las visitas. La enfermera rehusó darme más información acerca de su estado.

Con una profunda sensación de impotencia, le envié un ramo de flores, luego me duché y me vestí.

La puerta de la habitación de Kit estaba cerrada. No había vuelto a hablar con él desde el miércoles y no estaba segura de si la noche anterior había dormido en casa. Al llegar había encontrado una nota en la puerta de la nevera. Estaría fuera hasta tarde. No debía esperarlo levantada.

No lo hice.

Mientras preparaba café me recordé a mí misma que debía llamar a Harry. Aunque mi sobrino tenía diecinueve años y había superado la edad de la vigilancia activa, quería aclarar cuánta libertad debía darle. Y durante cuánto tiempo.

Kit iba extendiendo lentamente su presencia en la casa. La nevera estaba llena de pizzas y bocadillos de pita congelados, frankfurts, frascos de judías cocidas y latas de refrescos. Galletas de queso, donuts, patatas fritas, cereales y aros de chocolate se alineaban en la mesa.

En la sala de estar, mi televisor se había convertido en una Play-Station Sony y los cables se cruzaban en el suelo como espaguetis enredados. Los discos compactos estaban apilados contra el zócalo y diseminados sobre el piso de la chimenea. Una pila de tejanos arrugados, calcetines y calzoncillos cubría uno de los sillones, un sombrero Stetson colgaba del brazo de otro. En el vestíbulo, dos pares de botas camperas yacían en el mismo lugar donde habían sido arrojadas.

Por el aspecto del apartamento, cualquiera hubiese dicho que estaba viviendo con Garth Brooks.

Añadí una nota propia a la de Kit, comunicándole que estaría de regreso a las cinco y solicitando contar con el placer de su compañía durante la cena. Luego me fui a trabajar.

La atmósfera en el laboratorio era tan sombría como el día anterior. Durante la reunión de la mañana, Morin anunció que había hablado con la esposa de LaManche. Su marido seguía en coma, pero sus constantes vitales eran estables. Los médicos atribuían su estado a un choque cardiogénico. Ella llamaría si se producía algún cambio. Los casos del día fueron discutidos rápidamente y sin los comentarios humorísticos habituales.

Un árbol había caído sobre un hombre en Dollard-des-Ormeaux y lo había aplastado. Una pareja había sido encontrada muerta en la cama en su casa de Pointe-aux-Trembles, víctimas aparentemente de un asesinato-suicidio. El cuerpo de una mujer había sido arrastrado hasta la orilla del río cerca de Rivière-des-Prairies.

Nada para la antropóloga. Perfecto. Eso me dejaría las manos libres para examinar el material que me había dejado Kate Brophy. Si Jacques Roy estaba disponible, iría al cuartel general de Carcajou y le pediría su opinión.

Cuando acabó la reunión, cogí mi jarra y fui a servirme un poco más de café. Ronald Gilbert estaba en el mostrador hablando con uno de los nuevos técnicos incorporados a su sección. Aunque no conocía el nombre del joven, lo reconocí de la escena del crimen en el apartamento de Cherokee. Había ayudado a Gilbert en el análisis de las salpicaduras de sangre.

Mientras esperaba mi turno en la máquina de café alcancé a oír fragmentos de la conversación y me di cuenta de que estaban hablando del caso Cherokee. Agucé el oído.

—No, gracias a Dios. No todos los casos son tan complicados. En tu primera salida has dado con un caso difícil.

—La suerte del principiante, supongo.

—Me gustaría hablar con LaManche personalmente antes de redactar el informe, pero creo que no será posible.

—¿Cómo se encuentra?

Gilbert se encogió de hombros, revolvió su café y luego arrojó a la basura la pequeña varilla de plástico marrón.

Cuando se marcharon pensé en el apartamento de Cherokee

y volví a experimentar la misma sensación de inquietud. Ninguno de los otros creía que fuese un asesinato atípico. ¿Por qué entonces mis sospechas? ¿Qué era lo que parecía no encajar? No tenía respuestas a mis preguntas.

Llené mi taza, añadí un poco de nata y regresé a mi oficina, donde bebí el café a pequeños sorbos mientras reflexionaba, con los pies apoyados en el borde de la ventana, los ojos fijos en una barcaza que navegaba lentamente río arriba.

¿Qué era lo que no encajaba en la escena del crimen de Cherokee? ¿No habían forzado la entrada? De modo que la víctima se había mostrado confiada. ¿Y qué? Suele suceder. ¿El fuego chapucero? Probablemente, Charbonneau tenía razón. Algo falló y el asesino huyó precipitadamente del lugar de los hechos. Incluso los mejores planes pueden fracasar debido a una mala ejecución. Recuerden el caso Watergate.

Bebí otro poco de café.

¿A qué se refería Gilbert con lo de un caso difícil?

Bebí un poco más.

¿Qué era eso tan complicado?

Más café.

¿Qué era lo que tenía que hablar con LaManche?

Preguntar no hace daño.

Recuerden Watergate.

Encontré a Gilbert delante de la pantalla de su ordenador. Cuando golpeé ligeramente la puerta, él giró en su sillón y me miró por encima de sus gafas con montura metálica. Su cabeza, mejillas y mentón estaban cubiertos de pelo castaño ensortijado, lo que le confería el aspecto de un héroe de la mitología griega.

—¿Tienes un minuto?

—Todos los que quieras.

Me indicó que entrase y acercó un sillón junto al suyo.

—Se trata del caso de *Cherokee* Desjardins.

—Sí. Te vi en el apartamento. ¿Por qué trabajas en este caso?

—Bueno, no trabajo exactamente en este caso. Estaba allí porque los informes iniciales describían un cuerpo quemado. Pero resultó que la víctima no estaba en mal estado.

—¿No estaba en mal estado? Si parecía una naturaleza muerta en tejido cerebral.

—Bueno, sí. De hecho, es precisamente de eso de lo que quería hablarte. Pensaba preguntarle al doctor LaManche pero, naturalmente, en este momento no es posible.

Parecía confuso.

—Los investigadores que trabajan en el caso Cherokee están convencidos de que se trata de la acción de una banda. —Dudé un instante, sin saber muy bien cómo traducir mis reservas en palabras—. No puedo afirmarlo con certeza, pero había algo en la escena del crimen que parecía fuera de lugar.

—¿Fuera de lugar?

Le expliqué mi trabajo en Carcajou y lo que había visto durante la sesión informativa.

—Reconozco que soy una novata, pero quizá sea precisamente por eso. Tal vez veo las cosas con otros ojos.

—¿Y qué te dicen tus ojos?

—Que el asesinato de Cherokee fue una chapuza.

—¿Algo más?

—Que la víctima era muy descuidada. Aparentemente, Cherokee abrió la puerta a su asesino. ¿Parece razonable que haga eso un ex miembro de una banda de motoristas que actúa como camello por libre en territorio de la banda?

No mencioné a Dorsey y tampoco sus afirmaciones de inocencia. Pensé que sería mejor que dijese lo menos posible acerca de mi visita a la cárcel.

Gilbert se me quedó mirando un momento y luego sonrió.

—Claudel piensa que eres un verdadero grano en el culo y que interfieres en la investigación.

—Yo también tengo un alto concepto de él.

Echó la cabeza hacia atrás y soltó una carcajada, luego su semblante se puso serio.

—¿Qué sabes acerca del análisis de las salpicaduras de sangre?

—No mucho —admití.

—¿Preparada para un cursillo intensivo?

Asentí.

—Muy bien. Allá vamos.

Se reclinó en el sillón y fijó la vista en el techo, sin duda tratando de decidir dónde comenzar y cómo condensar años de formación en una breve disertación. Podía imaginarlo haciendo exactamente lo mismo para hablar ante un jurado.

—Una gota de sangre que cae libremente es esférica debido

a los efectos de la gravedad y de la tensión superficial. Piensa, por ejemplo, cuando te pinchas un dedo. La sangre surge hacia un costado hasta que la gota es capaz de liberarse y caer. Parece sencillo, ¿verdad?

—Sí.

—Pues no lo es. En ese momento están actuando toda clase de fuerzas opuestas. La gravedad y el creciente peso de la sangre están «tirando» de la gota hacia abajo. Al mismo tiempo, la tensión superficial de la sangre está intentando reducir la superficie expuesta de la gota y la está «empujando» hacia arriba.

Dibujó comillas en el aire para cada verbo.

—Sólo cuando las fuerzas que «tiran» de la gota exceden a las fuerzas que «empujan» de ella, la gota se liberará y caerá. Al principio su forma es alargada, pero cuando cae la gota se aplana debido a la resistencia que ejerce el aire. Las fuerzas de atracción de la tensión superficial dentro de la gota hacen que ésta asuma una forma con la menor cantidad posible de área superficial. Por lo tanto, las gotas de sangre tienen forma de esfera y no de lágrima, como habitualmente se las dibuja. Y la forma es una de las características que consideramos durante el análisis del dibujo de la salpicadura.

»Una salpicadura de sangre se produce como consecuencia de una fuerza que golpea la sangre estática. Podría ser en un charco en la acera o dentro de la cabeza de una víctima. Cuando recibe el golpe, la sangre se descompone en gotas, llamadas salpicaduras o rociadas, que viajan por el aire como esferas.

Asentí.

—Cuando estas esferas chocan contra una superficie, dejan tipos de huellas fáciles de predecir. La interpretación del dibujo de las manchas de sangre se ocupa del examen de las manchas producidas por gotas de sangre que no son típicas. Las manchas y rastros han sido alterados de alguna manera, habitualmente como consecuencia de una actividad violenta.

»El objetivo de la interpretación del dibujo de las manchas de sangre es trabajar hacia atrás desde la escena de un crimen y reconstruir los hechos que tuvieron lugar. ¿Qué ocurrió? ¿En qué secuencia? ¿Quién estaba allí? ¿Qué arma utilizaron? ¿Qué objetos fueron cambiados de lugar? Para responder a estas preguntas nos concentramos en aquello que ha alterado las gotas de sangre presentes en la escena del crimen.

»Y es un proceso muy complejo. —Comenzó a enumerar

con ayuda de los dedos—. Por ejemplo, debemos tener en cuenta las propiedades del objetivo. La sangre actuará de un modo diferente cuando golpea una superficie lisa o una superficie con textura.

Tic.

—Forma. Puesto que la relación entre el ancho y el largo de la mancha refleja con precisión su ángulo de impacto, independientemente de la superficie donde haya golpeado, estudiamos cuidadosamente la forma de las manchas.

Tic.

—Tamaño de la salpicadura. Las fuerzas más pequeñas o de movimiento más lento producen dibujos sanguíneos más grandes, mientras que las fuerzas mayores o de movimiento más rápido producen dibujos más pequeños.

Se detuvo con el pulgar unido al dedo anular.

—¿Me sigues?

—Sí.

—Estamos hablando de un dibujo formado por una salpicadura producida por un impacto de velocidad alta, media o baja, si bien estos términos son relativos.

—Dame algunos ejemplos.

—Haré algo mejor que eso. Ven conmigo.

Me condujo por el corredor hasta una nevera de acero inoxidable y sacó una botella de litro que llevaba la etiqueta «*Sang du boeuf*».

—Sangre de vaca —explicó.

Lo seguí por un estrecho corredor lateral hasta una puerta sin letrero alguno que daba a una habitación sin ventanas y donde la mayoría de las superficies estaban cubiertas con grandes hojas de papel blanco.

La pequeña habitación parecía el escenario de una matanza. La sangre formaba un charco junto al zócalo, salpicaba las paredes y goteaba desde lugares de diferentes tamaños a la altura de la rodilla en el extremo más alejado. Sobre cada una de las manchas había anotaciones a lápiz.

—Ésta es nuestra sala de experimentación con salpicaduras de sangre —dijo Gilbert, dejando la botella en el suelo—. Observa.

Quitó la tapa de la botella, introdujo una varilla de madera en la sangre y luego dejó que gotease sobre el papel que había extendido a sus pies.

—Los dibujos o modelos producidos por impactos de baja velocidad están asociados a gotas que caen pasivamente sobre una superficie. La sangre que gotea, por ejemplo. El tamaño del dibujo característico tiene un diámetro superior a los tres milímetros. En estas situaciones, la sangre se mueve lentamente, desde la atracción gravitacional normal hasta un metro cincuenta por segundo.

Estudié las pequeñas manchas redondas que Gilbert había creado.

—El dibujo formado por el impacto de la sangre a velocidad media es consecuencia de actividades tales como golpes, heridas traumáticas con objetos romos o apuñalamientos. La sangre se mueve más rápidamente, con una velocidad de fuerza que oscila entre un metro cincuenta y ocho metros por segundo.

Mientras decía esto vertió un poco de sangre en el interior de un plato, me indicó que me apartase y lanzó la varilla dentro. La sangre salpicó la pared. Gilbert me hizo señas de que me acercase y señaló varias de las manchas. Eran más pequeñas que las que se habían formado a sus pies.

—¿Ves estos dibujos? La extensión del tamaño de la salpicadura provocada por el impacto a velocidad media es típicamente menor, y oscila entre uno y cuatro milímetros de diámetro.

Dejó la varilla.

—Pero las manchas no son tan finas como en el caso de los dibujos producidos por impactos a alta velocidad. Ven a ver esto.

Nos acercamos a la pared más alejada, donde señaló una zona que parecía haber sido pintada con un aerógrafo.

—La salpicadura provocada por un impacto a alta velocidad significa una velocidad de fuerza superior a cien metros por segundo y es consecuencia de disparos de escopeta, explosiones y accidentes mecánicos. Es más parecido a una llovizna, con manchas individuales que no superan el milímetro de diámetro.

»Pero no me malinterpretes. No todas las manchas encajan exactamente en estas categorías. La sangre que es salpicada, arrojada o proyectada puede complicar mucho un cuadro.

—¿De qué modo?

—De hecho, éstas son formas de manchas de baja a media velocidad, pero difieren de las que acabo de describir. Por ejemplo, la sangre salpicada es consecuencia del hecho de pisar sangre que ya ha formado un charco. Esto deja dibujos largos y estrechos alrededor de la mancha central, con muy pocas manchas presentes.

»La sangre proyectada es el resultado de alguien que corre sobre un charco de sangre, cae dentro de él o lo golpea. O de una arteria seccionada o de golpear una cabeza contra el suelo. Nuevamente se producen dibujos alargados y espinosos que surgen de una mancha central. Pero, en este caso, los bordes de la mancha central también están distorsionados.

»La sangre que brota como consecuencia del impacto de una arma de fuego deja otro dibujo. Deja que te lo enseñe.

Recogió la varilla de madera, la introdujo en la botella y la hizo girar describiendo un arco. La sangre voló desde el extremo y salpicó la pared de la derecha. Me acerqué y examiné la mancha.

—Las gotas arrojadas son más pequeñas que aquellas que forman una rociada típica de impacto a baja velocidad, y cuanto mayor sea la fuerza, más pequeñas son las gotas. Asimismo, puesto que la sangre es lanzada desde un objeto en movimiento, el dibujo resultante presenta rastros rectos o ligeramente curvos, y las gotas son bastante uniformes.

—¿De modo que puedes determinar la naturaleza de un ataque basándote en el tamaño y la forma de la salpicadura?

—Sí. Y en la mayoría de los casos podemos determinar exactamente dónde se produjo la agresión. Regresemos a mi oficina y te enseñaré otra cosa.

Cuando estuvimos nuevamente delante de la pantalla de su ordenador, Gilbert colocó las manos en el teclado e introdujo una orden.

—Nos viste grabando un vídeo de las manchas de sangre que había en el apartamento de la víctima, ¿verdad?

—Sí.

—Utilizamos una cámara de vídeo normal, pero también puedes usar un modelo digital. Grabamos cada área salpicada de sangre usando una regla y una cuerda de plomada.

—¿Por qué una cuerda de plomada?

—El programa la utiliza para determinar la dirección vertical de la mancha.

Gilbert pulsó una tecla y en el monitor apareció un racimo de formas elípticas marrones.

—Las imágenes en la cinta de vídeo son introducidas en el ordenador y pueden reproducirse en la pantalla. Las estructuras individuales son recogidas y grabadas en el disco duro en forma de un mapa de bits. Luego un programa muestra la imagen de cada mancha para que podamos tomar medidas. Las medidas se utilizan para calcular dos ángulos: el ángulo de dirección y el ángulo de impacto.

Gilbert pulsó más teclas y apareció un contorno blanco de forma ovalada sobrepuesto a la mancha que había en el centro de la pantalla. Gilbert la señaló.

—La dirección del eje principal de la elipse con respecto a la plomada define el ángulo de dirección, o gamma, de una mancha. El ángulo puede variar entre cero y trescientos sesenta grados.

»El ángulo de impacto, o alfa, puede variar de cero a noventa grados. Eso se calcula a partir de la forma de la elipse.

—¿Por qué es eso?

—Recuerda, cuando una gota de sangre viaja por el espacio es esférica. Pero cuando choca se aplana y deja un rastro. Eso es porque la parte inferior de la gota se está deslizando a través de la superficie.

Hizo un gesto de barrido con la mano.

—Al principio, cuando la gota golpea contra el objeto, el rastro es pequeño y luego se agranda, con el punto más amplio en el centro o parte más grande de la gota. Luego el rastro se estrecha y finalmente se convierte en un hilo. ¿Ves éste aquí?

Señaló un óvalo alargado con un pequeño punto en uno de los extremos. Se parecía a muchos que yo había visto en la habitación de pruebas.

—Parece un signo de admiración.

—Así es exactamente como lo llamamos. A veces un pequeño punto de sangre se separa de la gota original y salta hasta la cabeza del rastro. De modo que, si observamos una salpicadura de sangre desde arriba, se parece a un signo de admiración o a un renacuajo, dependiendo de si el extremo más alejado es simplemente una prolongación o una pequeña porción completamente separada. En cualquier caso, la dirección del trayecto está clara.

—La línea de puntos señala la dirección que llevaba la gota.

—Exacto. El programa produce un archivo que contiene los valores de los ángulos para cada una de las manchas analizadas. Es a partir de esos datos que se calcula el punto de origen. Y puedes creerme, usar el ordenador es mucho más rápido que el antiguo método del cordel.

—Retrocede.

—Lo siento. Con el método del cordel, uno de los extremos de éste se fija a la superficie en la posición de la mancha, luego se extiende en la dirección estimada del movimiento. Este método se repite con numerosas manchas de sangre en la escena de un crimen. El resultado es un modelo de cordeles que se extienden desde la sangre salpicada hasta la fuente de la sangre. La base del bateador es el punto donde convergen todos los cordeles. Es un procedimiento que exige mucho tiempo y deja un amplio margen para el error. En lugar de tener que hacerlo de forma manual, el ordenador traza cordeles virtuales computadorizados a partir de los datos obtenidos.

Sus dedos pulsaron más teclas y en la pantalla apareció una nueva imagen. Las coordenadas X e Y bajaban desde la parte izquierda y atravesaban la parte inferior de la pantalla. Una docena de líneas formaban un dibujo en forma de X, cruzándose en un arco geométrico.

—Ésta es una vista a vuelo de pájaro de un juego de cordeles virtuales basada en doce salpicaduras. Es muy difícil conseguir esta perspectiva con cordeles reales, aunque es la más útil.

Pulsó otra tecla y una nueva imagen apareció ante nuestros ojos. Ahora las líneas bajaban juntas desde la parte superior izquierda hasta la parte inferior derecha, convergían en un punto a dos tercios de distancia de la parte inferior de la pantalla, y luego se extendían ligeramente, como los tallos de un ramo de flores secas.

—El programa también puede producir una vista lateral, que resulta necesaria para calcular la altura de la fuente de sangre. Combinando ambas vistas, tienes una idea bastante precisa del punto de convergencia y, por lo tanto, de la posición de la víctima.

Gilbert se apoyó en el respaldo del sillón y me miró.

—¿Qué es lo que quieres saber acerca de la escena del crimen de Cherokee?

—Cualquier cosa que puedas decirme.

Durante los cuarenta minutos siguientes escuché y observé, interrumpiendo sólo para aclarar algún concepto. Gilbert fue muy paciente y preciso mientras me conducía a través del baño de sangre en el apartamento de Cherokee.

Sus palabras no hicieron más que aumentar mi convicción de que Claudel nos estaba llevando en una dirección peligrosamente equivocada.

23

La pantalla estaba llena de cientos de puntos diminutos, como la llovizna de aerógrafo en la sala de pruebas de Gilbert. Repartidos entre ellos había pequeños trozos de carne y hueso.

—Estás mirando una sección de la pared norte, justo detrás del sillón de la víctima. Eso es una salpicadura delantera.

—¿Salpicadura delantera?

—De los perdigones que salieron de la cabeza de Cherokee. La sangre de una herida de entrada se llama salpicadura trasera. Echa un vistazo a esto.

Gilbert pulsó una tecla y una nueva imagen llenó la pantalla. Era una rociada similar de sangre en aerosol, aunque menos densa, y sin los grandes terrones de tejido.

—Eso es del televisor. Cuando los perdigones impactaron en Cherokee, la sangre voló hacia atrás.

—¿Le dispararon cuando estaba en el sillón?

—Sí.

Luego la imagen fue reemplazada por una vista del sillón donde había sido encontrado el cuerpo. Las líneas corrían diagonalmente desde la pared y el televisor y se cruzaban en un punto sobre el sillón a la altura de la cabeza.

—Pero el disparo con la escopeta sólo fue el adorno del pastel. Si Cherokee aún no había muerto, poco le faltaba. Mira esto.

Más teclas. Otra imagen, ésta con manchas más grandes y mayor variación en cuanto a su tamaño.

—Ésa es una salpicadura a velocidad media. Se encontraba en la parte noroeste del apartamento.

—Pero...

—Espera.

Otra imagen. Ésta mostraba manchas ligeramente más grandes que aquellas de la imagen anterior, pero de un tamaño aproximadamente uniforme. Su forma variaba de redonda a ovalada.

Cuando Gilbert alejó la visión en zoom vi que la mayor parte de esta salpicadura se distribuía en una larga línea curva, con algunas gotas a ambos lados del arco.

—Ésa es del techo.

—¿El techo?

—Es lo que llamamos un dibujo lanzado. Se produce cuando la sangre es arrojada desde un objeto en movimiento, como mi varilla. Cuando menea una arma, el agresor acaba el golpe de forma abrupta, luego invierte la dirección para propinar el siguiente golpe. La mayor parte de la sangre se desprende del golpe de revés, al menos si cuenta con la fuerza suficiente, pero parte de ella puede desprenderse también como consecuencia del golpe descendente.

Señaló algunas gotas en el centro del dibujo.

—Estas salpicaduras se deben al golpe de revés.

Indicó varias gotas a lo largo del borde del arco.

—Y este rastro de sangre es producto del golpe descendente.

Me llevó un momento digerir esa información.

—¿Me estás diciendo que Cherokee fue golpeado antes de que le dispararan?

—Este rastro de sangre es uno de los cinco que fuimos capaces de identificar. En general, suponiendo que la herida traumática es la única fuente de sangre, o al menos la primera, el número de rastros es igual al número de golpes más dos.

—¿Por qué más dos?

—Con el primer golpe no habría habido sangre. Con el segundo golpe, la sangre es recogida por el arma y lanzada cuando el agresor realiza el movimiento hacia atrás para propinar el tercer golpe.

—Correcto.

—Esta salpicadura de velocidad media se encontró en la parte inferior de las paredes y en la porquería que estaba apilada en el rincón.

Pulsó otras teclas y aparecieron más líneas, que en este caso convergían en un punto situado a menos de sesenta centímetros por encima del nivel del suelo.

—Mi opinión es que fue golpeado cerca de la esquina de la

habitación, cayó al suelo y allí lo golpearon repetidamente. Después lo colocaron en el sillón y le dispararon.

—¿Con qué lo golpearon?

Gilbert frunció los labios.

—Pfff. No es mi campo.

—¿Por qué golpearle y después dispararle?

—Definitivamente, no es mi campo.

—Si lo arrastraron, ¿no habría dejado un rastro?

—Tal vez el agresor se encargó de limpiarlo. Además, había tanta sangre por todas partes y tanta gente en la escena del crimen que el suelo estaba hecho un asco.

—Y el pequeño incendio puede haber disimulado parte del rastro.

—Al menos en la alfombra. Podemos utilizar Luminol para examinarla, pero eso no cambiará lo que me dicen estas manchas de sangre.

Yo estaba pensando en ello cuando Gilbert continuó.

Hay algo más.

—¿Más?

Pulsó una tecla. Nuevamente una llovizna de sangre a alta velocidad llenó la pantalla. Pero una parte de la nube había desaparecido, como un patrón con un dibujo recortado.

—Es otra fotografía de la pared que está detrás de la cabeza de la víctima.

—Parece como si alguien la hubiese recortado.

—Lo llamamos un dibujo vacío. Se produce cuando un objeto bloquea el camino de la sangre y luego es quitado.

—¿Qué objeto?

—No lo sé.

—¿Quién lo quitó?

—No lo sé.

Mientras regresaba a mi oficina, las palabras de Dorsey le ponían voz a las imágenes de Gilbert.

«"Amateur Hour." Quien se haya cargado a Cherokee seguirá jodiendo gente.»

Descolgué el teléfono y marqué un número. Una secretaria me dijo que Jacques Roy se había marchado a Val-d'Or y no estaría localizable hasta el lunes. Impaciente, pregunté por Claudel. Ni él ni su compañero de Carcajou estaban en el edificio. Pensé en los buscapersonas, pero decidí que la situación no era tan urgente y dejé mensajes para todos.

El teléfono sonó un instante después de haber colgado.

—¿Debería enviarte la cesta de frutas más grande del mundo?

—Hola, Harry.

Como de costumbre, la voz de mi hermana sonaba como si acabase de realizar una actividad que le había exigido un intenso ejercicio físico.

—¿Por qué te falta el aliento?

—Aikido.

No pregunté.

—¿Acaso mi niño te está llevando nuevamente hacia el consuelo de la bebida?

—Kit está bien, Harry.

—¿Siempre estás tan animada los viernes?

—Acabo de oír algo que me ha dejado intranquila. ¿Qué sucede?

—Supongo que sabes que Kit y Howard han vuelto a hacerlo.

—Oh.

Yo lo sospechaba, pero no había querido presionar a mi sobrino.

—Es otra vez el carrito de golf.

Recordaba perfectamente aquel episodio. Cuando Kit tenía quince años había robado un carrito de la tienda de golf en el club de campo del que Howard era socio. El carrito fue encontrado a la mañana siguiente, parcialmente sumergido en una trampa de agua del hoyo quince, con una botella de tequila casi vacía en el compartimento trasero. Papá se puso como una moto y el hijo desapareció de los lugares que solía frecuentar. Una semana más tarde, Kit apareció en Charlotte. El último tramo del viaje en autostop no había salido según lo previsto y le debía noventa y seis dólares a un taxista. Katy y Kit congeniaron de inmediato y mi sobrino se quedó todo el verano.

—¿Por qué fue la pelea esta vez?

—No estoy segura, pero incluyó algunos utensilios de pesca. ¿Se está portando bien?

—En realidad, no lo veo mucho. Creo que ha hecho amigos aquí.

—Ya conoces a Kit. Bueno, si permitieses que ese vaquero se quedara un poco más en tu casa te lo agradecería. Creo que su padre y él necesitan algo de tiempo y distancia.

—¿Howard no vive cerca de Austin?

—Sí.

—¿Y Kit no vive en Houston contigo?

Para mí era suficiente distancia.

—Verás, ése es el problema, Tempe. Llevo planeando este viaje a México desde hace mucho tiempo y se supone que me marcho mañana. Si lo cancelo, pierdo la paga y señal, y Antonio se sentirá muy decepcionado. Naturalmente, haré lo que tú decidas.

—Uh.

Me pregunté si Antonio sería la razón del aikido. Tratándose de Harry, un nuevo hombre habitualmente significaba un nuevo interés.

—No me gustaría dejar a Kit solo en mi casa durante una semana sin nadie que lo vigilara, y en este momento no puedo mandarlo con su padre. Y mientras esté contigo, si tú dices que no representa ningún problema...

Dejó la frase en el aire.

—Sabes que me encanta tener a Kit en casa.

Pero no necesariamente esta semana, pensé.

—Tempe, si esto significa el más mínimo inconveniente para ti, me lo dices y yo cancelo este viaje más rápido que...

—Sólo quiero saber cuánto control materno se espera de mí.

—¿Control materno?

Parecía completamente perdida.

—¿Guía? ¿Consejos? ¿Es un trabajo solitario pero alguien tiene que hacerlo?

—Pon los pies en la tierra, Tempe. Kit tiene diecinueve años. Puedes hacer de madre con él hasta que las ranas críen pelo, pero ese chico ha nacido con hormigas en el culo y nadie podrá cambiarlo. Yo sólo necesito que venga a casa todos los días, comprobar que está sano y que no lo buscan las autoridades. Y que no usa mi casa como un centro de convenciones para borrachos menores de edad. Kit no ha nacido en la familia Partridge (19), ya sabes.

(19) Los Partridge eran una familia musical que tuvo bastante éxito en la década de los setenta. Llegaron a interpretar una popular comedia de situación a la manera de «Con ocho basta» y series similares cuya acción giraba en torno a las vicisitudes cotidianas de una familia. Sus miembros eran blancos y cada uno tocaba un instrumento. *(N. del t.)*

La familia Partridge no se me había pasado por la cabeza.

—Pero eso no significa que no debas atarle corto. Asegúrate de que tiene sus cosas ordenadas y lava los platos de vez en cuando.

Tuve una imagen del montón de ropa que se apilaba en mi sala de estar.

—De hecho, voy a llamarlo para asegurarme de que entiende que tu casa no es un puerto de entrada para cualquier basura que quiera llevar.

—¿Cuánto tiempo estarás en México?

—Diez días.

—¿Qué pasa si quiere regresar a Houston antes de que tú hayas vuelto?

—No hay problema. Howie le ha dado alrededor de cien mil tarjetas de crédito. Sólo hazle comprender que un regreso prematuro significa Austin, no Houston, y no dejes que se deprima. Eres muy buena para eso, hermana mayor. Y sabes que Kit te adora.

Harry *la pelota*.

—Tendré en cuenta lo que has dicho cuando Kit empeñe la vajilla de plata de la abuela. Que tengas un buen viaje. Y deja un número donde pueda encontrarte.

Estaba colgando el auricular cuando Claudel apareció en el vano de la puerta, con el rostro tan tenso que los huesos parecían sobresalir del tejido. Lo observé mientras cruzaba la habitación y se sentaba en la silla que había al otro lado del escritorio.

Genial.

—*Bonjour, monsieur Claudel*.

No esperaba su saludo. No lo obtuve.

—Hizo una visita no autorizada a la cárcel.

—¿Le habló el señor Dorsey de la conversación que mantuvimos? —le pregunté con aire inocente.

—Usted interrogó a mi detenido.

—¿Es de su propiedad?

—Usted no pertenece a Homicidios, ni siquiera es detective. —Claudel estaba haciendo un enorme esfuerzo para mantener la voz tranquila—. No tiene ningún derecho a meter las narices en mi caso.

—Dorsey me llamó.

—Tendría que haberlo remitido a mí.

—Me llamó porque pensaba que usted no lo escucharía.

—Dorsey simplemente la está utilizando para que interfiera en mi investigación.

—¿Por qué no es capaz de considerar siquiera la posibilidad de que esté siguiendo una pista falsa, Claudel?

—Usted está fuera de su terreno y yo no tengo que explicarle nada.

—El arresto de Dorsey se sostiene sobre una acusación muy débil.

—Pero es mi arresto, señora, no el suyo.

—Usted está convencido de que Cherokee fue asesinado por motoristas —dije sin alterarme—. Y yo estoy asignada temporalmente a la Operación Carcajou.

—Estoy haciendo todo lo que puedo para cambiar eso —contestó Claudel, haciendo visibles esfuerzos por contener su ira.

—Vaya.

Sentí que la sangre subía a mis mejillas.

—No pienso discutirlo, señorita Brennan. Manténgase alejada de mi investigación.

—¡No recibo órdenes de usted!

—Eso ya lo veremos.

—En una ocasión trabajamos juntos y con excelentes resultados.

—Eso no la convierte en una detective y tampoco la autoriza a actuar directamente en un caso que me ha sido asignado a mí.

—No puede sobrestimar cuánto me menosprecia, monsieur Claudel.

Se levantó de la silla, hundió la barbilla y suspiró profundamente. Cuando volvió a hablar, su voz era calma.

—Es inútil que sigamos hablando de este tema.

Estuve de acuerdo.

Se alejó hacia la puerta con la espalda tan recta como la de un jinete en una exhibición ecuestre. Antes de marcharse se volvió, alzó la barbilla y habló con voz contenida.

—Hay otra cosa que debería decirle, señorita Brennan.

Esperé.

—Esta mañana, George Dorsey fue acusado de asesinato en primer grado.

Aunque sus palabras eran hielo puro, pude sentir la ola de

calor que se expandía por la habitación. Luego Claudel desapareció.

Respiré profundamente y el aire demoró varias etapas en llegar a los pulmones. Después extendí los dedos de ambas manos, me senté y observé a los niños que jugaban en el patio del colegio doce pisos más abajo.

Estaba furiosa por Dorsey. Me sentía frustrada por la obstinada negativa de Claudel a atender mis razones. Estaba mortificada porque ese hombre hubiese tomado medidas para anular mi participación en Carcajou.

Estaba furiosa con Claudel, pero estaba igualmente furiosa conmigo misma. Detestaba perder la calma, pero parecía incapaz de controlarme cuando discutía con Claudel. No obstante, era algo más que eso.

Aunque odiara tener que admitirlo, Claudel aún me intimidaba. Y yo todavía buscaba su aprobación. Aunque pensaba que en el pasado había ganado puntos, era evidente que ese hombre seguía mirándome con inocultable desdén. Y eso importaba. Y eso me irritaba. Además, yo sabía que había sido un error no haberle informado al menos de mi entrevista con Dorsey. Los equipos a cargo de una investigación exigen que toda la información sea volcada en el fondo común, y con toda razón. Yo había decidido no informarle porque sabía que Claudel no me incluiría en el equipo. Sólo que él era uno de los principales investigadores en el caso Cherokee. Y, con mis acciones, le había proporcionado una arma para que la utilizara en mi contra.

—A la mierda con él.

Aparté la vista del balón de fútbol que corría por el patio y examiné el contenido de mi despacho. Artículos para archivar. Formularios que necesitaban mi firma para la destrucción de restos. Mensajes telefónicos. Un maletín lleno de información acerca de las bandas de motoristas.

Mi inspección ocular se detuvo en una pila de fotocopias que había en un armario del rincón. Perfecto. Las había estado postergando durante meses. Decidí tomar distancia de mi actual atolladero de huesos, motoristas y detectives arrogantes actualizando mi base de datos sobre casos antiguos.

Y eso fue precisamente lo que hice hasta la hora de marcharme del despacho.

De camino a casa hice una parada en la tienda de la rue Papineau y compré los ingredientes para preparar salsa putanesca. Me pregunté si a Kit le gustarían las anchoas, pero las compré de todos modos. Decidí que haría lo mismo que hacía con Katy cuando le preparaba algún plato extranjero. No se lo diría.

Los planes gastronómicos para esa noche fueron un fiasco. Cuando llegué al apartamento, sólo *Birdie* salió a recibirme. Las botas y las pilas de ropa habían desaparecido y un arreglo floral del tamaño de Rhode Island cubría la mesa del comedor. Encontré una nota en la puerta de la nevera.

Mi sobrino lo sentía mucho, mucho. Había hecho planes que no podía cambiar. Rostro triste. Me prometía pasar conmigo todo el sábado. Rostro sonriente.

Arrojé las bolsas de la compra sobre la mesa de la cocina, subí a mi dormitorio y pateé las pantuflas.

Mierda. ¿Qué clase de vida es ésta? Otro viernes con el gato y el televisor.

Tal vez a Claudel le apeteciera cenar conmigo. Eso completaría mi día.

Me quité la ropa de trabajo, la lancé sobre una silla y me puse unos tejanos y una camiseta.

Es culpa tuya, Brennan. No eres exactamente la Señorita Compatibilidad.

Busqué en el suelo del armario mis zapatillas y me rompí una uña.

No recordaba cuándo me había sentido tan baja de moral. Y tan sola.

La idea surgió sin previo aviso.

Llama a Ryan.

No.

Fui a la cocina y comencé a vaciar las bolsas con el rostro de Ryan llenando mi cabeza.

Llama.

Eso es el pasado.

Recordé un lugar justo debajo de su clavícula izquierda, una cavidad muscular que acunaba perfectamente mi mejilla. Un lugar tan seguro. Tan tranquilo. Tan protegido.

Llámalo.

Ya lo hice.

Habla con él.

No quiero oír excusas inaceptables. O mentiras.

Tal vez sea inocente.

Jean Bertrand dijo que las pruebas son abrumadoras.

Mi determinación se resquebrajó con las latas de tomate, pero acabé de vaciar las bolsas, hice un bollo con ellas, las guardé debajo del fregadero y llené de comida el plato de *Birdie*. Luego fui al teléfono de la sala de estar.

Cuando vi la luz, el estómago me dio un pequeño salto mortal.

Pulsé el botón.

Isabelle.

El aterrizaje fue igual que el de una gimnasta después de un salto con pértiga nulo.

El contestador me dijo que había otras dos llamadas que no habían sido borradas.

Pulsé nuevamente el botón, esperando que Kit las hubiese escuchado y luego hubiese olvidado borrarlas.

La primera era de Harry, que quería hablar con su hijo.

El segundo mensaje también era para Kit. Mientras lo escuchaba se me erizaron los pelos de la nuca y el aliento se heló en mi garganta.

24

Después de haber tratado de descodificar sin éxito el confuso mensaje para Kit de una persona llamada Predicador sobre una reunión, llegué a la conclusión de que probablemente se trataba de un asunto relacionado con las Harley, y no precisamente aquellas cuyos dueños pertenecían a un club de motoristas de las afueras de la ciudad. Pensé en esperarlo levantada; luego decidí que no lo haría.

Impulsivamente marqué el número de Ryan. Me respondió el contestador. Con mi desaliento completo, me fui a la cama.

Dormí a intervalos, mis pensamientos eran como pequeños trozos de cristal en un caleidoscopio, que se congelaban para formar imágenes claras y se separaban luego en dibujos sin sentido. La mayor parte de las imágenes incluían a mi sobrino.

Kit conduciendo su camioneta a través de un túnel de árboles. Kit con los brazos cubiertos de flores. Kit montado en una Harley, con Savannah Osprey en el asiento trasero y motoristas a ambos lados.

En un momento dado, oí el pitido del sistema de seguridad. Más tarde, alguien que vomitaba; luego, el sonido del váter.

Entre cameos protagonizados por mi sobrino, mi inconsciente presentaba sugerencias de canciones. Se repetía la melodía de *Lord of the Dance*. La música era como pulgas en la alfombra: una vez instaladas, resultaba imposible deshacerse de ellas.

«Baila, baila, allí donde estés...»

Cuando desperté, una pálida luz grisácea iluminaba los bordes de la persiana. Me puse una almohada sobre la cabeza, apoyé un brazo sobre ella y encogí las rodillas hasta tocarme el pecho.

«Soy el amo del baile, dijo él...»

A las ocho me di por vencida. ¿Por qué estar molesta?, razoné. Lo que molesta no es levantarse temprano. Lo que fastidia es tener que hacerlo. Yo no tenía que hacerlo, sino que elegía levantarme temprano.

Aparté el edredón y me puse la misma ropa que había llevado durante mi velada del viernes en compañía de *Birdie*. Un *brennanismo*: cuando dudes de lo que te tiene reservado el día, que tu vestimenta sea informal.

Mientras la cafetera se encargaba de mi infusión de Kona al cien por cien, eché un vistazo a través de la ventana. La lluvia caía sin intermitencia, haciendo brillar los troncos y las ramas, empapando los arbustos y las hojas, formando pequeños charcos en las depresiones de los ladrillos del patio. Sólo los brotes de azafrán parecían felices.

¿A quién pretendía engañar? Ésa era una mañana para dormir.

Bien, pero no estás durmiendo. De modo que haz otra cosa.

Me puse una gabardina sobre los hombros y corrí hasta la esquina a buscar un ejemplar de la *Gazette*. Cuando regresé, *Birdie* estaba hecho un ovillo en una silla del comedor, preparado para nuestro ritual de los sábados.

Me serví una generosa ración de cereales, les añadí leche y coloqué el bol junto al periódico. Luego busqué mi taza de café y me dispuse a una larga sesión de lectura. *Birdie* me observaba, seguro de que los restos de los cereales con leche serían suyos.

Una comisión de derechos humanos de Naciones Unidas había criticado a Canadá debido al trato que daba a los aborígenes.

«Baila, baila...»

El Partido de la Igualdad celebraba su décimo aniversario.

¿Qué había que celebrar?, me pregunté. No habían conseguido un solo escaño en la Asamblea Nacional en las últimas elecciones. El Partido de la Igualdad había nacido como consecuencia de una crisis con la lengua, pero la cuestión había permanecido relativamente tranquila durante la pasada década, y el partido se mantenía gracias a la respiración asistida. Necesitaban con urgencia otro estallido lingüístico.

El canal Lachine sería sometido a una multimillonaria operación de restauración. Era una buena noticia.

Mientras volvía a llenar la taza y le daba a *Birdie* su ración de leche recordé el lugar donde Kit y yo habíamos patinado el domingo anterior. El carril de los patinadores discurría junto al canal, un curso de agua de quince kilómetros de largo saturado de toxinas y residuos industriales. Pero no siempre había sido una cloaca.

El canal, construido en 1821 para evitar los rápidos del Lachine y permitir que los barcos tuvieran un acceso directo desde Europa a los Grandes Lagos, formó parte en una época de la economía de la ciudad. Pero esa situación cambió cuando, en 1959, se inauguró el canal del San Lorenzo. La boca del canal y numerosas depresiones fueron rellenadas con tierra procedente de la construcción del metro hasta que, finalmente, quedó cerrado a la navegación. Los vecindarios instalados en las inmediaciones del canal quedaron abandonados y, salvo por la creación del carril para bicicletas, el canal fue ignorado, contaminado por un siglo de vertidos industriales.

Ahora había un plan destinado a revitalizar la deprimida zona suroccidental de la ciudad. Igual que sucediera con el parque Mont-Royal, diseñado por Frederick Law Olmsted hace ciento veinticinco años, el canal sería el elemento central del renacimiento de todo ese sector.

Tal vez sea el momento de comprar un nuevo apartamento.

Volví a la mesa y abrí el periódico en otra sección.

La RCMP tenía que pellizcar más de veintiún millones de dólares de su presupuesto para cubrir los aumentos salariales. El gobierno federal sólo aportaría una parte del dinero.

Pensé en los obreros que se manifestaban en la rue Guy.

Bonne chance.

Los Expos habían perdido frente a los Mets por 10-3.

¡Oh! Tal vez Piazza valiese los noventa y un millones de dólares que la Gran Manzana había desembolsado por él.

La noticia sobre los nuevos cargos de Dorsey aparecía en la página cinco, junto a una historia de un delito cometido por Internet. Decía que había sido acusado del crimen el viernes por la tarde y que luego había sido trasladado desde Op South hasta la prisión provincial en Rivière-des-Prairies.

A las diez llamé al hospital. Madame LaManche me dijo que el estado de su esposo era estable, pero aún se prohibía que recibiera visitas. Rechazó amablemente mi ofrecimiento de ayuda en cualquier cosa que pudiera necesitar. Parecía agotada y esperé que sus hijas estuviesen allí para apoyarla.

Estuve ordenando ropa y separé las sábanas para llevarlas a la lavandería. Luego me cambié de ropa, me puse pantalones cortos de baloncesto, una camiseta y zapatillas de deporte. Fui caminando hasta McKay y Ste-Catherine y cogí el ascensor hasta el gimnasio del último piso.

Estuve veinte minutos en la cinta andadora y acabé con otros diez en las espalderas. Luego levanté pesas durante media hora y me marché. Mi rutina habitual. Entrar. Ejercicio. Salir. Por eso me gusta el gimnasio Stones. No hay aparatos de alta tecnología. No hay entrenadores personales.

Cuando salí a la calle había dejado de llover y la capa de nubes comenzaba a disiparse. Un prometedor parche azul había aparecido sobre la montaña.

Llegué a casa y encontré el mismo silencio que había dejado. *Birdie* estaba durmiendo sus cereales con leche, mi sobrino estaba durmiendo algo que yo no quería contemplar.

«Baila, baila...»

Comprobé el contestador, pero la luz estaba apagada. No había respuesta de Ryan. Como había sucedido con todas las llamadas a su número, su contestador parecía muerto.

De acuerdo, Ryan. Mensaje recibido alto y claro.

Me duché y me cambié, y luego me dispuse a trabajar en la mesa del comedor. Clasifiqué todo el material que Kate me había prestado. Fotografías a la izquierda, documentos a la derecha. Nuevamente comencé por las fotos.

Eché un vistazo a Martin *Deluxe* Deluccio y Eli *Robin* Hood, luego a una docena de miembros de la misma especie, con barba completa, con bigote, con perilla y con barba de tres días. Pasé al siguiente sobre.

Numerosas fotografías en color cayeron sobre la mesa. En la mayoría de ellas, el enfoque era borroso, los sujetos mal encuadrados, como si cada una hubiese sido tomada de prisa y furtivamente. Las examiné una a una.

Los escenarios eran previsibles. Aparcamientos. Piscinas de motel. Lugares donde se preparaban barbacoas. Sin embargo, su misma condición de fotos tomadas por un aficionado hacía que estos escenarios resultaran más urgentes, y les concedía una vitalidad de la que carecían las fotografías en la vigilancia policial.

Al pasar de una foto a otra, advertí hechos accidentales captados por turistas, viajantes, motoristas casuales. Cada una relataba un encuentro azaroso, una intersección no premeditada de lo ordinario y lo oscuro. Momentos Kodak de fascinación y terror. Corazón acelerado, palmas húmedas, buscando la cámara antes de que la esposa y los niños regresaran del lavabo.

Cogí una y la estudié detenidamente. Una estación de servicio Esso. Seis hombres en Harley con manillares recortados, a sólo diez metros del objetivo y, sin embargo, a un universo de distancia. Podía sentir el terror de quien disparaba la cámara, su sensación de seducción-repulsión por el aura de los motoristas proscritos.

Durante la hora siguiente revisé el contenido de todos los sobres. Desde Sturgis, Dakota del Sur, hasta Daytona Beach, Florida, ya fuesen tomadas por la policía o un ciudadano anónimo, los hechos y participantes eran tediosamente similares. Carreras. Campamentos. Reuniones. Bares. A la una ya había tenido suficiente.

Era hora de hablar con Kit.

Me preparé para la conversación y llamé a la puerta de la habitación de invitados.

Nada.

Llamé con más fuerza.

—¿Kit?

—Sí.

—Es más de la una. Me gustaría hablar contigo.

—Mmmmmm.

—¿Estás levantado?

—Hum... Hum.

—No vuelvas a dormirte.

—Dame cinco minutos.

—¿Desayuno o almuerzo?

—Sí.

Tomando eso como una respuesta afirmativa a la segunda opción, que era mi preferencia, preparé bocadillos de jamón y queso y añadí un poco de eneldo. Mientras apartaba el material de Kate para hacer espacio en la mesa, oí que se abría la puerta del dormitorio y luego actividad en el baño.

Cuando mi sobrino apareció finalmente en el comedor estuve a punto de perder mi determinación. Tenía los ojos enrojecidos y la cara del color de la harina de avena cocida. El pelo era como el de Jim Carrey.

—Buenos días, tía T.

Cuando alzó las manos y se frotó la cara alcancé a ver el borde de un tatuaje que asomaba por el borde de la camiseta.

—Es la tarde.

—Lo siento. Me acosté un poco tarde.

—Ya. ¿Un bocadillo de jamón?

—Sí, claro. ¿Tienes coca-cola? —preguntó con voz pastosa.

—Baja en calorías.

—Está bien.

Busqué un par de latas y me reuní con él junto a la mesa. Observaba el bocadillo como si fuese una cucaracha aplastada.

—Te sentirás mejor si comes un poco —dije.

—Sólo necesito terminar de despertarme. Estoy bien.

Su aspecto era tan bueno como el de una víctima de la viruela. Podía ver finas líneas rojas en el blanco de los ojos y oler el humo que se había adherido a su pelo.

—Eh, Kit, soy yo. He estado allí.

Había estado y sabía por lo que estaba pasando. Podía recordar la sensación de la resaca arrastrándose por el torrente sanguíneo, revolviéndome el estómago y latiendo en los vasos dilatados del cerebro. La boca seca. Las manos temblorosas. La sensación de que alguien había vertido plomo derretido en el espacio debajo del esternón. Kit se frotó los ojos, luego extendió la mano y acarició a *Birdie* en la cabeza. Sabía que le hubiese gustado estar en otra parte.

—La comida te ayudará.

—Estoy bien.

—Prueba el bocadillo.

Alzó la mirada y me sonrió. Pero tan pronto como relajó los músculos, las comisuras de los labios se arquearon hacia abajo, incapaces de mantener el esfuerzo sin un deseo consciente. Mordió un trozo del tamaño de un guisante.

—Humm.

Abrió la lata de coca-cola, echó la cabeza hacia atrás y bebió con avidez.

Era evidente que no quería viajar en la dirección que yo había tomado. Bueno, tampoco yo. Tal vez no había ningún tema de discusión. Kit tenía diecinueve años. Había pasado una noche de mucha marcha. Y ahora tenía resaca. Todos habíamos pasado por ello.

Entonces recordé el mensaje que habían dejado en el contestador. Y el nuevo tatuaje.

Había temas de los que hablar y era necesario que los discutiésemos.

Yo sabía que cualquier cosa que le dijese no supondría mayor diferencia. Probablemente ninguna. Era joven. Invulnerable. Y había nacido con «hormigas en el culo», como había dicho su madre. Pero merecía que le diese una oportunidad.

—¿Quién es el Predicador? —pregunté.

Me miró mientras hacía girar la lata sobre la mesa.

—Un tío que conocí.

—¿Que conociste dónde?

—En la tienda Harley. Cuando fui con Lyle.

—¿Qué clase de tío?

Se encogió de hombros.

—Nadie especial. Sólo un tío.

—Te dejó un mensaje en el contestador.

—¿Oh?

—Tendrás que escucharlo. Me siento incapaz de traducirlo.

—Sí. El Predicador está medio chiflado.

Era una descripción generosa.

—¿Cómo es eso?

—No lo sé. Simplemente anda por ahí. Pero conduce una Harley del 64 que es realmente soberbia. —Bebió otro trago largo de la lata—. Siento que anoche te quedaras levantada por mi culpa. ¿Encontraste mi nota?

Kit buscaba un nuevo tema de conversación.

—Sí. ¿Qué era ese asunto tan importante?

—Un combate de boxeo —dijo sin expresión alguna. Su rostro tenía la consistencia de la masa de pan. Y casi el mismo color.

—¿Sigues el boxeo?

—En realidad, no. Pero esos tíos sí, de modo que fui con ellos.

—¿Qué tíos?

—Esos tíos que conocí.

—En la tienda Harley...

Se encogió de hombros.

—¿Y el tatuaje?

—Es guapo, ¿eh?

Se levantó la manga. Un escorpión tocado con una especie de casco extendía sus patas a través de su bíceps izquierdo.

—¿Qué se supone que significa?

—No significa nada. Sólo es una chorrada.

Estuve de acuerdo.

—Tu madre me matará.

—Harry tiene un tatuaje en la nalga izquierda.

Pronunció la palabra nalga con una inflexión británica.

«Soy el amo del baile, dijo él...»

Durante algunos minutos, ninguno de los dos dijo nada. Acabé mi bocadillo mientras Kit mordisqueaba el suyo, quitando un gramo cada vez y tragándolo con un poco de coca-cola.

—¿Quieres otra? —preguntó, echando la silla hacia atrás y alzando la lata vacía.

—No, gracias.

Cuando regresó a la mesa reanudé el interrogatorio.

—¿Cuánto bebiste anoche?

—Demasiado. —Se rascó la cabeza con ambas manos y el pelo pasó de Jim Carrey a March Simpson—. Pero sólo cerveza, tía T. Nada fuerte. Y aquí tengo edad legal.

—¿Sólo cerveza?

Bajó las manos y me miró, asegurándose de haber entendido lo que yo quería decir.

—Si hay algo de lo que puedes estar segura con este chico es de su rechazo a las sustancias químicas. Puede que este cuerpo no sea gran cosa, pero lo mantengo como una zona libre de drogas.

—Estoy contenta de saberlo. —Lo estaba—. ¿Qué me dices del Predicador y su rebaño?

—Eh. Vive y deja vivir.

—No siempre funciona de ese modo, Kit.

Adelante. Pregunta.

—¿Esos tíos son motoristas?

—Por supuesto. Por eso es como Disneylandia para mí. Todos llevan Harley.

Inténtalo otra vez.

—¿Están afiliados a algún club?

—Tía T, no les hice demasiadas preguntas. Si te refieres a si llevan insignias, la respuesta es no. ¿Se juntan con tíos que las llevan? Sí, probablemente. Pero no pienso vender mi velero y fichar por los Ángeles del Infierno, si es eso lo que te preocupa.

—Kit, los motoristas que están fuera de la ley no trazan líneas entre los paletos y aquellos que buscan una tarjeta de miembro de la banda. Si ellos te perciben como una amenaza, por mínima que sea, o sólo como un ligero inconveniente, te aplastarán. Y no quiero que eso te ocurra.

—¿Parezco un idiota?

—Pareces un chico de diecinueve años de Houston que está fascinado con las Harley-Davidson y tiene una idea romántica de ¡*Salvaje!* (20).

—¿Qué?

—¿La película de Stanley Kramer?

Una expresión vaga.

—¿Marlon Brando?

—He oído hablar de Brando.

—No tiene importancia.

—Sólo me siento libre. Me lo paso bien.

—También se lo pasa bien un perro que asoma la cabeza por la ventanilla de un coche. Hasta que se deja los sesos en un poste de alumbrado.

—No son tan malos.

—Esa clase de motoristas son unos cabrones de mucho cuidado, y no sólo son tan malos, son peores.

—Algunas de las cosas que ellos dicen tienen sentido. En cualquier caso, yo sé lo que me hago.

—No, no lo sabes. En las últimas dos semanas he aprendido más cosas de esos tíos de las que me hubiera gustado, y ninguna de ellas es buena. Seguro que les regalan juguetes a los niños una vez al año, pero los motoristas proscritos son matones que desprecian la ley y tienen una predisposición enfermiza por la violencia.

—¿Qué es lo que hacen que sea tan malo?

—Son imprudentes y traicioneros y abusan de los más débiles.

—¿Pero qué hacen? ¿Provocan abortos con perchas de alambre? ¿Violan monjas? ¿Asesinan a los viejos en las hamburgueserías?

—Para empezar, venden drogas.

—También lo hace Eli Lilly.

—Ponen bombas que matan a mujeres y niños. Encierran

---

(20)   Película que cuenta la historia de una banda de motoristas que aterroriza a un pequeño pueblo rural de Estados Unidos. Rodada en 1954, sus principales papeles están interpretados por Marlon Brando, Mary Murphy y Lee Marvin. El director es Laslo Benedek y no Stanley Kramer, como sugiere la autora, ya que Kramer fue el encargado de la producción. *(N. del t.)*

tíos en el maletero, les llevan a lugares apartados y les vuelan la cabeza. Cortan a sus rivales con sierras, meten sus pedazos en bolsas de plástico y las arrojan al río desde el muelle.

—¡Dios santo! Sólo hemos tomado unas cervezas.

—No perteneces a ese mundo.

—¡Fui a un jodido combate de boxeo!

Sus ojos verdes se clavaron en los míos. Luego un párpado comenzó a temblar y se frotó el ojo con la mano, bajó la barbilla y se masajeó las sienes. Me imaginé que la sangre estaba haciendo horas extraordinarias detrás de sus cuencas.

—Te quiero como si fueses mi hijo, Kit. Lo sabes.

Aunque rehuyó mi mirada, advertí la incomodidad en la curva de su espalda.

—Confío en ti. También lo sabes —continué—. Pero quiero que sepas qué clase de gente es ésa. Ellos se aprovecharán de tu pasión por las Harley, se ganarán tu confianza, luego te pedirán que les hagas un pequeño favor que será parte de alguna transacción ilegal, sólo que tú no lo sabrás.

Luego ambos permanecimos en silencio. Fuera, los gorriones revoloteaban sobre unas campanillas con semillas que había colgado en el patio. Finalmente, sin levantar la cabeza, Kit dijo:

—¿Y tú en qué te estás metiendo, tía Tempe?

—¿Cómo dices?

—Últimamente tengo la impresión de que tienes la cabeza en otra parte.

No tenía idea de adónde quería ir a parar.

—Hola desde la letrina. Bien venida.

—¿De qué estás hablando?

—Es como si jugaras conmigo a esconder el guisante debajo de las cáscaras de nuez. Me dejas ver esto. Ocultas aquello.

—¿Qué es lo que estoy ocultando?

Ahora me miraba fijamente, con el blanco de los ojos como agua sanguinolenta.

—Seguí la conversación durante la cena la semana pasada. Vi el ojo. Vi tu pequeño y misterioso paquete, te observé cuando lo abrías en tu viaje secreto. Tú misma lo dijiste. Has visto más de esta mierda en las últimas dos semanas que la mayoría de la gente en toda su vida.

Fue a buscar otra lata de coca-cola.

—Quieres saberlo todo acerca de mí, pero cuando te pregunto qué estás haciendo no me contestas.

—Kit, yo…

—Y es más que eso. Con ese tío Ryan ha pasado algo que te tiene más nerviosa que a un predicador evangelista cuando llega la fecha de pagar los impuestos.

Sentí que abría los labios pero no salió ningún sonido.

—Tú me pusiste a mí en el ojo del huracán porque crees que me estoy chutando, pero no permites que yo te pregunte nada.

Estaba demasiado sorprendida para contestar. Kit bajó la mirada y se mordió el labio inferior, incómodo por la emoción que había permitido que aflorase a la superficie. El sol brillaba a través de las cortinas que había detrás de él, perfilando su cabeza contra la claridad.

—No me quejo, pero cuando me hacía mayor, tú eras la única que me escuchaba. Harry era —alzó las palmas y movió los dedos como si estuviese buscando las palabras adecuadas—, bueno, Harry era Harry. Pero tú me escuchabas. Y hablabas conmigo. Eras la única que lo hacía. Y ahora me estás tratando como si fuese una especie de tonto del culo.

Tenía razón. Cuando Kit había mostrado interés, yo me había comportado de forma esquiva y distante, evitando revelar cualquier información importante. Vivo sola y no discuto los casos con nadie que no forme parte del personal del laboratorio. Desvío automáticamente cualquier pregunta que pueda surgir en un entorno social. Y esta mañana, súbitamente, le pido cuentas de sus actividades.

—Lo que dices es, a la vez, justo e injusto. He postergado respuestas que podría haberte dado, pero también estoy obligada a no hablar de los casos abiertos o de las investigaciones en curso. Ésa es una exigencia de mi trabajo y no una cuestión de discreción personal. ¿Realmente quieres saber lo que he estado haciendo?

Se encogió de hombros.

—Como quieras.

Miré mi reloj.

—¿Por qué no te duchas mientras limpio un poco todo esto? Luego daremos un paseo por la montaña y te explicaré algunas cosas. ¿Te parece bien?

—De acuerdo.

Sus palabras fueron apenas audibles.

Pero mi decisión estaba lejos de ser acertada.

25

La gente de aquí la llama «la montaña», pero la pequeña elevación no se parece en nada a las cúspides escarpadas de las Rocosas o a los picos frondosos de mis Smokies en Carolina. Mont-Royal es el vestigio de un antiguo volcán, alisado por eones de suaves curvas. Se alza en el corazón de la ciudad como el cuerpo de un enorme oso dormido.

Aunque carece de altura e interés geológico, la montaña da a Montreal algo más que su nombre. Es la espina dorsal sobre la que se extiende la ciudad. La Universidad McGill se encuentra en su ladera oriental, con Westmount, el suburbio de habla predominantemente inglesa, situado justo enfrente. La Universidad de Montreal y el barrio mayoritariamente francés de Outremont reclaman las laderas septentrionales. Justo debajo se alza Centre-ville, una fusión políglota de lo industrial, financiero, residencial y frívolo.

La montaña es promontorios, parques y cementerios. Es senderos boscosos y viejas piedras cubiertas de moho. Es turistas, amantes, deportistas y comidas campestres durante los preciosos meses de verano; patinadores, caminantes con raquetas de nieve y usuarios de los toboganes helados en invierno. Para mí, como para todos los habitantes de Montreal, la montaña es un santuario con respecto al bullicio urbano que se extiende a sus pies.

A primera hora de la tarde, la temperatura era cálida y el cielo estaba inmaculado. Kit y yo atravesamos el Maisonneuve y comenzamos a subir por Drummond. A la derecha de un edificio alto y redondo con una amplia base curvilínea que parecía la proa de una fragata de cemento, subimos por una escalera de madera hasta la avenue des Pins. Avenida de los Pinos.

—¿Qué es ese edificio? —preguntó Kit.

—El McIntyre Medical. Es parte de McGill.

—Parece el edificio de Capital Records en Los Ángeles.

—Hum.

A medio camino de la escalera, el aire se llenó con el olor intenso y almizcleño de una mofeta.

—*Une moufette* —le expliqué.

—En francés suena muy bien, pero apesta como un zorro de Texas —dijo Kit, frunciendo la nariz—. Será mejor que apuremos el paso.

—De acuerdo.

Yo ya comenzaba a jadear por la empinada ascensión.

Al llegar arriba cruzamos la avenida, seguimos un camino sinuoso que llevaba hasta una escalera de cemento, subimos, giramos a la derecha, más camino, luego otro tramo de escaleras de madera que iban directamente a la cumbre.

Cuando finalmente llegamos a la cima, yo estaba pensando seriamente en la desfibrilación. Hice un alto para recobrar el aliento, y Kit continuó hasta el mirador. Esperé a que los latidos del corazón descendieran desde la troposfera y luego me reuní con él junto a la balaustrada.

—Esto es imponente —dijo Kit, contemplando el paisaje a través de un par de visores de metal alineados con la reserva McTavish.

Tenía razón. La vista desde la cima es puro espectáculo, un anfiteatro de una ciudad que crece. En primer plano se alzan los rascacielos y pisos y chimeneas y ápices de las iglesias del centro y, más allá, los muelles del puerto y la principal arteria de la ciudad, el río San Lorenzo. A lo lejos se asoman los picos de St-Bruno y St-Hilaire, con los Eastern Townships a sus pies.

Kit miró a través de cada uno de los visores y yo le señalé algunos lugares que podían resultarle interesantes. Place Ville-Marie. El campo de fútbol de McGill. El hospital Royal Victoria. El hospital e Instituto Neurológico de Montreal.

El complejo me recordó a Carolyn Russell y nuestra conversación sobre el implante de Savannah. El pensamiento de Savannah Osprey provocó en mí la familiar sensación de tristeza.

—Ven, Kit. Te explicaré lo que he estado investigando.

Echamos a andar sobre grandes escalones de piedra, esquivando bicicletas apoyadas sobre sus lados y nos sentamos en uno de los bancos de madera que flanquean la entrada al chalet. Por encima de nuestras cabezas, las palomas se arrullaban suavemente en las pesadas vigas de madera.

—¿Por dónde debería empezar?

—Por el principio.

—De acuerdo, listillo.

¿Cuál era el principio?

—La provincia de Quebec tiene el dudoso honor de ser el escenario de la única guerra activa entre bandas de motoristas en todo el mundo.

—Ese asunto de los Ángeles del Infierno que mencionaste durante la cena de Isabelle.

—Exacto. Estas bandas luchan por hacerse con el control del tráfico de drogas.

—¿Qué drogas?

—Principalmente, cocaína, un poco de marihuana y hachís.

Un numeroso contingente de turistas japoneses apareció desde el aparcamiento, se acercó a la balaustrada y todos comenzaron a sacarse fotografías en distintas combinaciones.

—Yo me vi involucrada en este asunto hace dos semanas. Dos miembros de los Idólatras, un club títere de los Rock Machine, volaron en pedazos cuando trataban de poner una bomba en un club de los Serpientes en la zona suroeste de la ciudad.

—¿Quiénes eran los motoristas muertos?

—Hermanos mellizos, *Le Clic* y *Le Clac* Vaillancourt.

—¿Los Serpientes están con los Ángeles del Infierno?

—Sí. El francotirador que les disparó fue arrestado...

—Un Serpiente francotirador (21). Me gusta.

—La investigación del francotirador condujo a la recuperación de dos de los cadáveres de los que hablamos durante la cena.

—¿Los tíos enterrados cerca de ese club de los Serpientes?

—Sí.

—¿Dónde está ese lugar?

—En St-Basile-le-Grand.

Una expresión extraña se dibujó en su rostro pero no dijo nada.

_____

(21)   En inglés, *A Viper sniper.* Lamentablemente, en español no puede mantenerse la correspondencia fonética del inglés. *(N. del t.)*

—Más tarde, ambos esqueletos fueron identificados como miembros de una banda de motoristas llamada los Tarántulas, actualmente desaparecida, pero muy activa durante las décadas de los setenta y los ochenta.

—¿Qué hay de los huesos de esa chica que encontraron en ese lugar?

—Fue identificada positivamente como Savannah Claire Osprey, de Shallotte, Carolina del Norte. Por esa razón viajé a Raleigh. Savannah tenía dieciséis años cuando desapareció en 1984.

—¿Quién la mató?

—Ojalá lo supiera.

—¿Y cómo acabó aquí?

—La misma respuesta. Deja que rebobine un poco. Antes de que descubriésemos los cuerpos enterrados en St-Basile-le-Grand, se produjo otro asesinato. El oficial de orden de los Serpientes, un caballero llamado Richard *Araña* Marcotte, fue acribillado a balazos desde un coche en marcha a la puerta de su casa. Es probable que haya sido una acción de represalia de los Idólatras por la muerte de Clic y Clac.

—Eso les ahorró alguna pasta a los contribuyentes.

—Sí, pero recuerda que hubo un tributo exigido al pueblo. Una niña fue sorprendida en medio del fuego cruzado.

—Es verdad. Tenía nueve años. —Sus ojos estaban fijos en mi rostro—. Murió, ¿verdad?

Asentí.

—Emily Anne Toussaint fue asesinada el día en que Howard y tú me trajisteis a *Birdie*.

—Mierda.

—Desde entonces he estado buscando evidencias forenses relacionadas con estos asesinatos cometidos por motoristas. De modo que podrás entender perfectamente mi falta de entusiasmo por tus nuevos amigos.

—Y los tatuajes. Seguramente habrás visto algunas cosas muy fuertes.

—Hay más.

Estudié su rostro. Aunque oscurecidos por las ojeras, sus ojos estaban brillantes como los de un pájaro cantor.

—La semana pasada mataron a otro motorista. Se llamaba Yves *Cherokee* Desjardins.

—¿De qué lado estaba?

—Era un Depredador. O sea, que pertenecía a la órbita de los Ángeles del Infierno.

—¿O sea, que los Idólatras seguían tratando de empatar el marcador por el asunto de los mellizos?

—Tal vez. El problema es que Cherokee era un tío mayor que hacía tiempo que estaba fuera de circulación. Además, parece que dirigía su propia concesión de coca.

—¿Es posible que se lo hayan cargado sus propios compañeros?

—Es posible. No tenemos todas las pruebas. Simplemente no lo sabemos. En este momento, nuestra investigación avanza lentamente.

Le hablé de LaManche.

—Hostia. Quizá ellos llegaron también hasta él.

—¿Quiénes?

—Los Ángeles. Tal vez había algo por descubrir en ese cadáver que ellos no querían que encontrase.

—No lo creo, Kit.

—Quizá le dieron algo. Ya sabes, uno de esos venenos que no dejan rastro.

—LaManche estaba en la sala de autopsias. Es una área protegida.

—Podría haber un topo en tu laboratorio. Ellos hacen esas cosas, ya sabes. Infiltran a su gente.

—Ja, ja —me eché a reír—. No nos dejemos llevar por la imaginación.

Se volvió y miró más allá del grupo de japoneses, hacia los difusos picos que se alzaban en la distancia. Alguien abrió una puerta a nuestras espaldas y las palomas se sobresaltaron.

—Por Dios, tía Tempe, me siento como un verdadero imbécil. Tu jefe está jodido y tú tratas de resolver un millón de asesinatos al mismo tiempo. ¿Y qué hago yo? Aparezco en tu casa, dejo un pescado sobre la mesa de la cocina y me dedico a divertirme por toda la ciudad.

Los japoneses se acercaban hacia nosotros.

—Y yo estaba demasiado distraída como para seguir lo que estabas haciendo. En cualquier caso, ¿estás preparado para continuar la excursión?

—Vivo para el camino.

Rodeamos el chalet y enfilamos uno de los muchos senderos sucios que atraviesan la montaña como cicatrices. Caminamos en silencio durante algunos minutos, observando las ardillas que se escurrían entre las hojas caducas del año anterior, excitadas por la llegada de la primavera. En lo alto, las copas de los árboles producían una sinfonía de crujidos, gorjeos y trinos. En un momento dado hicimos un alto para escuchar a un anciano que dirigía una adaptación grabada del *Himno a la alegría*. Con un abrigo largo hasta los tobillos y una gorra con orejeras, el hombre actuaba con la concentración de un virtuoso sinfónico.

Cuando giramos hacia el oeste, la cúpula del oratorio St-Joseph apareció en el horizonte. Le conté a Kit la historia del corazón del hermano André. El preciado órgano, robado de su cripta en el altar, se convirtió en el blanco de una búsqueda masiva. Finalmente apareció en nuestro laboratorio y ahora se encontraba bien protegido en la iglesia.

Hacia el sur se alzaba la torre amarillo pálido de la Escuela Politécnica de la Universidad de Montreal, escenario en 1990 del asesinato de trece mujeres. Era un día magnífico y no merecía la pena echarlo a perder explicando esa historia.

Caminábamos colina abajo cuando Kit abordó un tema igualmente desagradable.

—¿Quién es ese tío, Ryan?

Sólo un amigo —dije.

—Harry me habló de él. Es un detective, ¿verdad?

—Sí. De la policía de la provincia.

Le había presentado a Ryan a mi hermana durante su estancia en Montreal. Habían saltado chispas, pero yo me marché de la ciudad casi inmediatamente y no supe si había pasado algo entre ellos. Después de aquello, yo había evitado a Ryan durante bastante tiempo, pero nunca pregunté.

—¿Qué pasó?

—Se ha metido en problemas.

—¿Qué clase de problemas?

Un jinete pasó por el camino que había quedado por encima de nosotros y en la dirección de la que veníamos. Oí que chasqueaba la lengua y el golpe de las riendas sobre el cuello del animal.

—Es posible que se haya metido en un asunto de drogas.

—¿Adicción?

—Venta.

Aunque lo intentaba con todas mis fuerzas, mi voz sonaba vacilante.

—Oh.

El sonido de los cascos del caballo se perdía a lo lejos.

—Te preocupa ese hombre, ¿verdad?

—Sí.

—¿Más que el tío Pete?

—Ésa no es una pregunta justa, Kit.

—Lo siento.

—¿Qué pasó con ese pescado? —pregunté, cambiando de tema.

—Está en el congelador.

—El plan es éste. Sacamos del congelador al Señor Trucha, luego estudiamos a *les motards* mientras acaba de descongelarse. Esta noche lo echamos sobre la parrilla y nos vamos a Hurley's a comprar unas cervezas.

—Es un salmón. Por lo demás, es un plan perfecto.

Acabamos de descender el resto del camino, cortamos a través de la Montreal General y continuamos colina abajo hasta Côte-des-Neiges. Al llegar abajo me volví y alcé la vista hacia la cumbre.

—¿Has visto la cruz de noche?

—Claro. Es muy bonita.

—Desde aquí, sí. Cuando estás allí no es más que un montón de tejido de acero y bombillas desnudas. Creo que Andrew Ryan es igual. Agradable desde la distancia, pero un desastre cuando te acercas.

26

Los berawan son un pueblo hortícola que vive en aldeas con viviendas comunales en la isla de Borneo. Cuando enseñaba introducción a la antropología los utilizaba como ejemplo para ilustrar lo absurdo de las prácticas funerarias occidentales.

Según las creencias de este pueblo indonesio, las almas de los muertos son liberadas al más allá sólo cuando la carne se ha descompuesto. Hasta ese momento, los muertos vagan en el limbo, sin formar parte ya del mundo de los vivos pero incapaces de unirse a los muertos. Y hay un inconveniente. Sus cuerpos pueden ser reanimados por espíritus malignos que recorren el mundo en busca de un lugar donde alojarse. Una vez resucitados, estos muertos vivientes no pueden ser matados. Huelga decir que los aldeanos no sienten ningún deseo de tenerlos vagando por los alrededores.

Los berawan sintieron repulsión y horror cuando su etnógrafo respondía a preguntas acerca de las costumbres de los norteamericanos. Según su concepción del mundo, el embalsamamiento, el tratamiento con productos cosméticos y ceras, y el entierro en ataúdes herméticos y tumbas son actos de pura insania. No sólo estamos prolongando la transición de nuestros seres queridos, sino que los cementerios proporcionan vastos depósitos para los zombis potenciales.

Me pregunté cómo reaccionarían los berawan ante Bernard Silvestre, motivo central de la fotografía que tenía en la mano. El pescado había sido sometido al proceso de descongelación y, mientras tanto, Kit y yo examinábamos la colección de Kate.

Silvestre yacía en su ataúd, con el bigote y las patillas dispuestos simétricamente en cada mejilla, y las manos enlazadas piadosamente sobre su cazadora de cuero negro. Detrás había diez hombres agachados y formando un semicírculo, con ropa tejana y botas, mientras que otros cuatro flanqueaban el féretro abierto. Excepto por la vestimenta y el aspecto sucio, parecían formar parte de una fraternidad en una fiesta irlandesa.

Numerosos y elaborados ramos de flores se extendían de un lado a otro de la fotografía. Un baile de la rosa en miniatura de condolencias florales. En uno se leía «Slick» en azul sobre amarillo, en otro «Adiós, BS» en matices de rojo y rosa. Un grupo de claveles formando el número 13 surgía de detrás del ataúd, haciendo alarde de la relación de «Slick» con la marihuana o la metanfetamina.

Pero lo mejor del espectáculo era el rectángulo situado arriba a la derecha, un mosaico de pétalos donde aparecían la moto y su dueño, completado con patillas, gafas de sol y alas de ángel. Lo intenté, pero me resultó imposible leer las insignias que había encima del casco y debajo del neumático delantero.

—¿Sabes algo acerca de este Slick? —preguntó Kit.

—No tiene aspecto de ser el mejor de la pandilla.

—Sí, incluso de esa pandilla de payasos. —Golpeó ligeramente la foto con un dedo—. Joder, este tío la palmó cuando yo tenía tres años.

Había otras dos fotografías del funeral de Slick, ambas tomadas desde cierta distancia, una en el cementerio y la otra en la escalinata de la iglesia. Muchos de los asistentes llevaban gorras encasquetadas hasta las cejas y pañuelos cubriendo la boca.

—La que tú tienes debe de pertenecer a una colección privada. —Le di a Kit las otras fotos—. Creo que estas dos fueron tomadas por los policías encargados de la vigilancia. Aparentemente, los hombres malos no estaban muy ansiosos por exhibir sus rostros.

—Joder, esta moto es toda una declaración en acero y cromados. No me extraña que el tío se la llevase a la tumba.

Me acerqué a Kit y eché un vistazo por encima de su hombro.

—Pues a mí me parece una moto bastante sencilla.

—De eso se trata precisamente. Potencia pura. Probablemente, este tío empezó con un vagón de basura y…

—¿Un vagón de basura?

—Una vieja moto de la policía, probablemente un modelo

FLH de turismo. Le quitó toda la basura que sobraba, como el parabrisas, el arco de tubo y los maleteros laterales de fibra de vidrio, y reemplazó los elementos originales por recambios aerodinámicos fabricados a medida.

—¿Por ejemplo?

A mí me parecía una moto a la que le faltaba todo aquello que la hacía atractiva.

Kit señaló algunos elementos en la moto que estaba en la tumba.

—Una rueda delantera fina, depósito de combustible en forma de ataúd, defensa trasera recortada y asiento trapezoidal. Son los mejores. Hace que parezca que estás montado sobre el motor.

Señaló la rueda delantera.

—Y extendió el eje delantero añadiendo soportes de mono.

Imaginé que se refería a los largos manillares que se proyectaban hacia atrás.

—¡Y echa un vistazo a las piezas moldeadas y la pintura! Joder, me hubiese gustado verla de cerca. Esta máquina es una obra de arte. Lo único que le falta para ser perfecta es una barra para niñas.

—¿Donde se pueden servir copas?

—Es un respaldo para el asiento trasero.

No había duda de que la moto era extraña, pero no más que su dueño. Llevaba bocamangas de cuero, una chaqueta de tela tejana con un amplio surtido de parches y pins Harley-Davidson, chaparreras y más pelo que un Wookie. Parecía el anuncio de una amenaza ambulante.

—Voy a echarle un vistazo al Señor Salmón. Si sigue en estado criogénico, tendremos que fundirlo en el microondas.

Lo estaba y lo hicimos, luego lo colocamos en la barbacoa para que el carbón acabara de cocinarlo. Luego unté con mantequilla unas raciones de judías verdes y preparé una ensalada mientras Kit se encargaba de cortar el pescado y servirlo.

Acabábamos de desdoblar las servilletas cuando sonó el teléfono. Contesté y una voz ronca y masculina preguntó por mi sobrino. Le pasé el auricular.

—Eh, tío, ¿qué hay?

Kit miraba fijamente una mancha en la cubierta de cristal de la mesa.

—Imposible. No puedo.

Pausa.

—Imposible.

Cambió de posición y pasó la yema del pulgar sobre la mancha.

—Esta vez, no.

Aunque atenuada por la oreja de mi sobrino, podía oír la voz que llegaba del otro extremo de la línea. Sonaba áspera, como un perro furioso encerrado en un sótano. Sentí que se me tensaban los músculos del estómago.

—Bueno, así son las cosas.

Evitando mi mirada, Kit abandonó la mesa y se alejó por el pasillo para que no pudiese oír lo que hablaba.

Pinché una judía con el tenedor, la mastiqué y la tragué. Mecánicamente, repetí la acción, pero mi apetito se había evaporado. Cinco bocados después, Kit regresó a la mesa.

La expresión que traía en el rostro hizo que me doliese el pecho. Sentí deseos de abrazarlo, de acariciarle el pelo y consolarlo del mismo modo en que lo hacía cuando era pequeño. Pero cualquier cosa que hubiese pasado, no se trataba de una rodilla despellejada y no podía hacer lo mismo ahora. Aun cuando él lo permitiera, yo sabía que ese gesto le resultaría incómodo. Podía sentir su congoja, pero no podía hacer nada para aliviarla.

Kit sonrió, se encogió de hombros al tiempo que alzaba las manos y luego se sentó a la mesa para continuar comiendo el pescado con la cabeza hundida en el plato.

Me quedé mirando su coronilla mientras comía. Finalmente alzó la vista.

—Está buenísimo. —Tragó el bocado y bebió un poco de té helado—. Sí, era uno de ellos. Y no, no voy a acompañarlos.

El apetito reapareció como por arte de magia.

La siguiente llamada llegó cuando estábamos terminando de ordenar la cocina. Kit contestó, pero no alcancé a oír nada gracias al ruido del lavavajillas. Pocos minutos después reapareció en la puerta de la cocina.

—Es Lyle. Creo que le dije que me gustaban los mercadillos de compra-venta, de modo que nos invita a una subasta de propiedades mañana.

—¿Una subasta de propiedades?

—Bueno, en realidad se trata de un mercado callejero donde venden objetos de segunda mano en un lugar llamado Hudson. Pensó que si te decía que era una subasta de propiedades te sentirías más inclinada a asistir.

Ese engaño pueril tuvo escaso impacto en mi respuesta. Aunque hubiese disfrutado de un paseo hasta Hudson, el precio de una tarde en compañía de Crease era demasiado alto.

—Ve tú, Kit. Es un lugar muy bonito. Tierra de caballos. Debería quedarme en casa y acabar unas cuantas cosas que he dejado pendientes.

—¿Por ejemplo?

—De hecho, creo que mañana iré a que me corten el pelo.

—¡Bravo!

Regresó a la sala de estar y yo acabé de limpiar los mostradores. No podía creer que el hecho de que mi sobrino estuviese con Lyle Crease me produjese alivio. Ese tío era tan falso como un vendedor de aceite de serpiente de Matamoros.

¿Y qué interés podía tener Crease en un crío de diecinueve años? No dudaba de que Kit era capaz de manejar a ese capullo, pero me prometí que llamaría a Isabelle para hacerle algunas preguntas.

No te apresures, me dije. Cepíllate el pelo y vete a escuchar a los violinistas.

Hurley's es lo más parecido a un pub irlandés que Montreal puede ofrecer. Aunque ya no bebo, mis genes gaélicos aún disfrutan del ambiente.

El lugar fue un éxito con Kit igual que lo había sido con su madre. Pero, por otro lado, resulta difícil estar triste con un violín y una mandolina tocando antiguas melodías escocesas y bailarines saltando como Nijinski con un trastorno neurológico. Nos quedamos hasta pasada la medianoche.

Cuando Lyle Crease apareció en el apartamento a la mañana siguiente, yo estaba examinando las fotografías que habíamos dejado encima de la mesa la noche anterior.

—¿Cómo está? —preguntó Crease cuando llegó al vestíbulo de la entrada. Llevaba pantalones caqui, camisa blanca de manga larga y una cazadora con capucha con las palabras «CTV News» en el lado izquierdo del pecho. El pelo parecía plástico moldeado.

—Bien. ¿Y usted?

Hablábamos en inglés.

—No puedo quejarme.

—Kit dijo que tardaría un minuto. Se levantó un poco tarde.

—No hay problema.

Crease me dirigió una sonrisa perspicaz. Mi expresión permaneció inalterable.

—¿Puedo ofrecerle un poco de café?

—Oh, no, gracias. Ya he bebido tres tazas esta mañana. —Exhibió kilómetros de dientes con fundas—. Hace un día precioso. ¿Seguro que no le apetece cambiar de idea?

—No, no. Tengo que hacer muchas cosas. Pero se lo agradezco. De verdad.

—Tal vez la próxima vez.

Cuando Moisés queme otra zarza, pensé.

Permanecimos un momento en silencio, como si no supiéramos hacia dónde continuar desde allí. Los ojos de Crease recorrieron el vestíbulo y acabaron por posarse en una fotografía enmarcada de Katy.

—¿Su hija?

—Sí.

Se acercó y la cogió.

—Es encantadora. ¿Estudia?

—Sí.

Volvió a dejar el portarretratos y su mirada se dirigió hacia el comedor.

—Son unas flores muy hermosas. Debe de tener un rendido admirador.

Buen intento.

—¿Puedo?

Asentí, aunque Crease era tan bienvenido a mi casa como el demonio de *El exorcista*. Cruzó el comedor hasta donde estaban las flores y olió su perfume.

—Me encantan las margaritas. —Desvió la mirada hacia las fotografías de Kate—. Veo que está haciendo una investigación.

—¿Quiere sentarse?

Le señalé el sofá de la sala de estar.

Crease cogió una fotografía, la dejó en la mesa y luego eligió otra.

—Tengo entendido que participa en la investigación del caso de *Cherokee* Desjardins —dijo sin levantar la vista.

—Sólo superficialmente —contesté y me acerqué rápidamente a recoger las fotos.

Crease suspiró.

—El mundo se está volviendo loco.

—Tal vez —dije, extendiendo la mano para que me devolviese la fotografía tomada durante el funeral de Silvestre.

—Por favor —insistí, haciendo un gesto hacia el sofá—. Póngase cómodo.

Crease se sentó y cruzó las piernas.

—Tengo entendido que se han presentado cargos contra Dorsey y que lo han trasladado a Rivière-des-Prairies.

—Eso he oído.

—¿Cree que lo hizo él?

Este tío nunca se rendía.

—Realmente no participo en la investigación de ese caso.

—¿Qué hay del caso de la chica Osprey? ¿Alguna novedad en ese frente?

En ese momento apareció Kit con un perfecto aspecto de vaquero de ciudad, con sus Levi's, sus botas y su sombrero Stetson. Me levanté como impulsada por un muelle.

—Estoy segura de que querréis llegar allí antes de que se hayan vendido los mejores artículos.

—¿Cuáles?

—Los cebos para pescar róbalos y las camisetas de Elvis.

—En realidad, estoy buscando una Madonna de plástico.

—Inténtalo en la catedral.

—La otra Madonna.

—Ten cuidado —le dije, apuntándole con un dedo.

—Cuidado es mi segundo nombre. Christopher Cuidado Howard. C. C. para mis amigos.

Se llevó dos dedos al ala del sombrero.

—De acuerdo.

Cuando Crease se despidió de mí, apoyó una mano en mi hombro, la deslizó por el brazo y me pellizcó ligeramente encima del codo.

—Tenga usted cuidado —dijo, acompañando la recomendación con una expresiva mirada.

Lo que hice fue ducharme.

Más tarde, limpia y oliendo a sándalo, comprobé si tenía algún mensaje en el correo electrónico. No había nada que hiciera temblar la tierra. Ofrecí sugerencias a algunos problemas planteados por mis estudiantes, envié mi opinión a un patólogo que preguntaba por un cráneo de forma extraña, y contesté a mis tres sobrinas de Chicago. Las adolescentes, hijas de las hermanas de Pete, eran ávidas usuarias del ordenador y me mantenían informada de lo que sucedía en la extensa familia letona de mi ex esposo.

Por último, le agradecí a un colega del Instituto de Patología de las Fuerzas Armadas la divertida fotografía que me había enviado. Ésta incluía a un cerdo y un rascacielos.

A la una y media me desconecté y llamé a Isabelle. Como era previsible, no estaba en casa.

Buscando una excusa para salir, decidí llegarme hasta la pescadería a comprar gambas. Había recorrido menos de una manzana cuando me paré en seco, distraída por unas fotografías en los escaparates de Coiffure Simone.

Miré detenidamente a la mujer de la foto en blanco y negro. Tenía buen aspecto. Elegante, pero sobria. Profesional, pero desenfadada.

Santo cielo, Brennan. Suena como un texto para el anuncio de un champú. Lo siguiente que harás será decirte a ti misma que merece la pena.

Yo le había dicho a Kit que tenía pensado ir a la peluquería a que me cortasen el pelo.

Estudié el póster, calculando la cantidad de mantenimiento que exigiría ese corte. Pensé que superaría mi regla de los diez minutos.

Reanudé la marcha y capté mi reflejo en el cristal. Lo que vi estaba a años luz de la mujer del póster.

¿Cuánto tiempo había pasado desde que había intentado cambiar de aspecto?

Años.

Y la peluquería ofrecía su descuento especial del sábado.

Una rebaja de cinco dólares canadienses. Bien. Te ahorrarás tres dólares cincuenta estadounidenses.

Un nuevo corte de pelo podría levantarte el ánimo.

Y podría ser un desastre.

El pelo vuelve a crecer.

Esa última reflexión venía directamente de mi madre.

Empujé la puerta y entré.

Horas más tarde estaba cenando con el canal Discovery. En la pantalla, canguros macho practicaban *kickboxing* para hacerse con el control de la manada. Delante de la chimenea, *Bir-*

die me observaba en silencio, con curiosidad, pero manteniendo la distancia.

—El pelo vuelve a crecer, *Birdie*.

Metí una gamba en el recipiente con salsa y la comí, deseando que hubiese sucedido antes de que Kit llegase a casa.

—Y podría contar con tu apoyo —le informé.

Si mi cambio de imagen estaba destinado a levantarme el ánimo, el experimento había sido una auténtica catástrofe. Desde el momento en que regresé al apartamento, había estado pensando en diferentes formas de evitar el contacto público. Gracias a los avances en las telecomunicaciones disponía de varias opciones. Utilizaría el teléfono, el fax y el correo electrónico. Y un montón de sombreros.

A las diez me sentía tan deprimida como lo había estado la noche del viernes. Estaba agotada, mi autoestima se encontraba bajo mínimos y mi amante había preferido a los chorizos antes que a los policías. Mi jefe estaba en cuidados intensivos, mi sobrino había salido con el capullo del año y yo tenía el aspecto de alguien que ha sido atacado con un herbicida.

Entonces sonó el teléfono y las cosas empeoraron terriblemente.

—*Claudel ici.*

—Sí —dije, sorprendida de haber cambiado al francés.

—Pensé que debía saberlo. George Dorsey fue atacado hace dos horas.

—¿Atacado por quién?

—Está muerto, señorita Brennan. Asesinado a causa de su intromisión.

—¿Yo?

Estaba hablando con el tono de línea libre.

Pasé el resto de la noche demasiado distraída como para concentrarme en un pensamiento coherente. Apenas si registré que Kit había llegado a casa y me había dicho que lo había pasado muy bien.

«Asesinado a causa de su intromisión.»

Eso no era justo. Dorsey había pedido verme. ¿Qué hubiese ocurrido si hubiera pedido ver a Claudel o Charbonneau o Quickwater? Había sido un asesinato en prisión de alguien que era una amenaza para los demás. Esas cosas pasan. Yo no era la responsable. Claudel era injusto. Estuve toda la noche dando vueltas en la cama y repitiendo la palabra «injusto».

27

A las siete y media de la mañana siguiente ya estaba trabajando. Los demás no llegarían hasta dentro de una hora y en el edificio reinaba un silencio sepulcral. Agradecí la calma que me rodeaba y me dispuse a aprovecharla.

Entré en mi despacho, me puse una bata y me dirigí al laboratorio de antropología. Abrí con mi llave la puerta del pequeño trastero y busqué la caja que contenía los restos de Savannah. Mi propósito era concentrarme en el trabajo y dejar que la cuestión relacionada con Claudel surgiera del modo en que él decidiera.

Coloqué el cráneo y los fémures sobre la mesa y comencé el minucioso proceso de volver a examinar cada milímetro de hueso bajo la lupa y una potente luz. Aunque lo dudaba, esperaba encontrar algo que me hubiese pasado inadvertido. Quizá un minúsculo rasguño o una muesca que pudiera revelarme de qué forma habían sido separados los huesos del resto del cuerpo.

Estaba en ello cuando alguien llamó a la puerta. Cuando levanté la vista, la figura de Claudel apareció enmarcada por el cristal. Como de costumbre, su espalda estaba recta como un palo y el pelo perfecto como en una foto de estudio de Douglas Fairbanks.

—Bonita corbata —dije al abrir la puerta.

Lo era. Violeta pálido, probablemente seda de diseño. Una buena elección con la chaqueta de tweed.

—*Merci* —musitó con toda la calidez de un cabeza rapada.

Dejé el fémur, apagué la lámpara de fibra óptica y me acerqué a la pila.

—¿Qué le pasó a Dorsey? —pregunté mientras me lavaba las manos.

—Un destornillador Philips, eso fue lo que le pasó —contestó—. El guardia estaba leyendo fuera mientras Dorsey se duchaba. Probablemente poniéndose al día con sus diarios profesionales.

Me imaginé al hombre con sus pequeños dientes de rata.

—El guardia oyó un cambio en el ruido del agua, de modo que entró a echar un vistazo. Dorsey estaba boca abajo sobre el desagüe con veintiocho agujeros en la parte superior del cuerpo.

—Santo Dios.

—Pero Dorsey no murió en el acto —continuó Claudel—. Durante el trayecto hasta el hospital tuvo tiempo de compartir algunos pensamientos. Por eso pensé que debía venir a hacerle una visita.

Busqué una toalla de papel, sorprendida de que Claudel se mostrase tan abierto.

—El paramédico no entendió todo lo que dijo, pero sí una palabra.

Claudel alzó ligeramente la barbilla.

—Brennan.

Sentí que se me helaban las manos.

—¿Eso es todo?

—El tío dijo que estaba ocupado tratando de mantener a Dorsey con vida. Pero reparó en el nombre gracias a su perro.

—¿Su perro?

—Tiene un setter irlandés llamado *Brennan*.

—Es un apellido común.

—Tal vez lo sea en Galway, pero no aquí. Usted le habló a Dorsey de *Cherokee* Desjardins, ¿verdad?

—Sí, pero nadie lo sabe.

—Excepto todo el mundo en Op South.

—Estábamos en una sala de interrogatorios privada.

Claudel no dijo nada. Recordé el corredor con la fuente de agua a sólo un par de metros.

—Supongo que alguien pudo reconocerme.

—Sí. Estas cosas siempre encuentran la forma de volver.

—¿Volver a quién?

—Dorsey era un aspirante a entrar en la banda de los Idólatras. Los chicos no hubiesen dado saltos de alegría si pensaban que Dorsey estaba realizando un movimiento de autoprotección.

Sentí que la tensión ascendía hasta la nuca al pensar que yo podría haber provocado el ataque que acabó con la vida de Dorsey.

—No creo que Dorsey matase a Cherokee —dije, arrugando la toalla de papel y lanzándola a la papelera.

—No lo cree.

—No.

—Supongo que Dorsey afirmó que era igual de inocente que el conejo de Pascua.

—Sí. Pero hay más.

Me miró con expresión dubitativa y luego cruzó los brazos sobre el pecho.

—Muy bien. Soy todo oídos.

Le hablé del rastro de sangre.

—¿Le suena a asesinato cometido por motoristas?

—Las cosas se torcieron.

—¿Golpearlo con porras? ¿Esos tíos no acostumbran a entrar disparando sus armas?

—El último motorista que sacamos del río fue golpeado hasta la muerte. Y también su guardaespaldas.

—He estado pensando en ese dibujo vacío detrás de la cabeza de Cherokee. ¿Y si lo mataron con algo que luego se llevaron?

—En la escena del crimen había un montón de gente. Alguien podría haber cambiado ese objeto de posición. O quizá se lo llevó la vecina.

—Estaba cubierto de sangre.

—Hablaré con ella, de todos modos.

Limitada en el mejor de los casos, la paciencia de Claudel se estaba evaporando claramente.

—¿Y por qué lo dejó entrar Cherokee? —insistí.

—Tal vez el asesino era un camarada de los viejos tiempos.

Eso tenía sentido.

—¿Los tíos de balística han encontrado algo?

Claudel negó con la cabeza.

—¿Quién está a cargo de la investigación de *Araña* Marcotte?

—Ese caso y el de la pequeña le cayeron a Kuricek.

Sipowicz.

—¿Algún progreso?

Claudel alzó ambas palmas.

—Dorsey insinuó que tenía algo para hacer un trato.

—Estos degenerados son capaces de decir cualquier cosa para salvar el cuello.

Bajó la mirada y quitó una mancha inexistente de su manga derecha.

—Hay algo que debo discutir con usted —dijo.

—¿Oh?

En ese momento oímos que alguien abría la puerta del laboratorio contiguo, anunciando la llegada de los técnicos.

—¿Podríamos...? —Hizo un gesto con la cabeza hacia mi despacho.

Sintiendo una creciente curiosidad, lo conduje a través del corredor, entramos en el despacho y me senté en mi sillón detrás del escritorio. Cuando Claudel se instaló frente a mí sacó una fotografía del bolsillo y la puso sobre la mesa.

Era ligeramente diferente de las fotografías que me había dejado Kate. La cosecha era más reciente y la calidad mucho mejor. Y había algo más.

Entre el grupo de hombres con cazadoras de cuero que ocupaban la imagen estaba Kit.

Interrogué a Claudel con la mirada.

—Esta fotografía fue tomada la semana pasada en un establecimiento llamado La Taverne des Rapides. —Desvió la mirada—. Es su sobrino, ¿verdad?

—¿Y? No veo ningún distintivo —dije fríamente.

—Esos tíos son Rock Machine.

Colocó una segunda foto delante de mí. Me estaba empezando a cansar de los motoristas de celuloide.

Allí estaba Kit otra vez, ahora montando una Harley y hablando con otros dos motoristas. Sus compañeros tenían un aspecto limpio, pero llevaban los pañuelos, botas y cazadoras sin mangas tradicionales. En las espaldas se veían claramente las figuras fuertemente armadas y tocadas con un gran sombrero. En la parte superior se leía «Bandidos», en la inferior, «Houston».

—Esta foto fue tomada en un mercadillo en los terrenos donde se organizan las ferias en el condado de Galveston.

—¿Qué está sugiriendo?

Mi voz era tensa y aguda.

—No estoy sugiriendo nada. Sólo le estoy enseñando unas fotografías.

—Entiendo.

Claudel frunció el ceño, luego cruzó los tobillos y me miró fijamente.

Yo enlacé las manos para que no advirtiese que estaba temblando.

—Mi sobrino vive en Texas. Hace poco, su padre le compró una Harley-Davidson y se ha enamorado de la cultura de las dos ruedas. Eso es todo.

—En la actualidad, esos motoristas no viven para viajar en el viento.

—Lo sé. Estoy segura de que han sido encuentros casuales, pero hablaré con él de todos modos.

Le devolví las fotos.

—El Departamento de Policía de Houston tiene una ficha de Christopher Howard.

Si en ese momento pudiera haber puesto mis manos en el cuello de Harry, hubiera cometido un delito mayor.

—¿Lo detuvieron?

—Hace cuatro meses. Posesión.

No me sorprendía que su padre lo hubiese llevado de excursión a los bosques del norte.

—Sé qué consejo tiene una buena cotización en el mercado libre —continuó Claudel—. Pero tenga cuidado.

—¿Cuidado con qué?

Me miró largamente, sin duda tratando de decidir si podía confiar en mí.

—En realidad, el paramédico de la ambulancia alcanzó a oír dos palabras.

El teléfono comenzó a sonar pero lo ignoré.

—El chico de Brennan.

Sentí que alguien encendía una cerilla en mi pecho. ¿Era posible que conocieran la existencia de Katy? ¿Kit? Aparté la vista, no quería que Claudel advirtiera mi miedo.

—¿Qué significaba?

Claudel se encogió de hombros.

—¿Era una amenaza? ¿Una advertencia?

—El paramédico dice que no escucha a sus pacientes cuando los está atendiendo.

Miré las manchas de la pared.

—¿Qué es lo que sugiere?

—No quiero alarmarla, pero el comisario Quickwater y yo pensamos que...

—Oh, sí. Quickwater. Un tío muy divertido.

Lo interrumpió mi sarcasmo, estimulado por la ira y el miedo.

—Es un buen investigador.

—Es un gilipollas. Cuando hablo con él actúa como si fuese sordo.

—Lo es.

—¿Qué?

—Quickwater es sordo.

Busqué una respuesta, pero las palabras parecían haber desaparecido.

—De hecho, lo dejaron sordo. Hay una diferencia.

—¿Cómo ocurrió?

—Recibió un golpe en la parte posterior de la cabeza con un trozo de tubería de hierro cuando intentó intervenir en una pelea callejera. Luego le atacaron con uno de esos chismes que lanzan descargas eléctricas hasta que se agotaron las pilas.

—¿Cuándo ocurrió?

—Hace más o menos dos años.

—¿Eso destruyó su capacidad auditiva?

—Hasta ahora.

—¿Podrá recuperarla?

—Eso espera.

—¿Cómo funciona?

—Extremadamente bien.

—Quiero decir, ¿cómo lo hace para comunicarse?

—Quickwater es uno de los alumnos más rápidos que he conocido. Me dijeron que aprendió a leer los labios en un tiempo récord, y es excelente haciéndolo. Para la comunicación a distancia utiliza el correo electrónico, el fax y la TTY.

—¿La TTY?

—Es un acrónimo para telemáquina de escribir. Se trata, básicamente, de un teclado y un acoplador acústico incorporados a un artefacto. En su casa tiene un módem especial en su PC que se comunica en el mismo código de banda Baudot como una TTY normal. Tiene el fax y la TTY en la misma línea telefónica y utiliza el conmutador que reconoce el tono de entrada del fax. Envía fax a la máquina de fax y todas las otras llamadas a la TTY. En el cuartel general tenemos el mismo software y el mismo arreglo, de modo que llamar y recibir llamadas no, es ningún problema.

—¿Y qué pasa cuando está fuera?

—Lleva una TTY portátil. Funciona con pilas.

—¿Cómo lo hace para hablar con alguien que no tiene una TTY o con usted, si no está en el cuartel general?

—Hay un servicio de enlace que actúa como intermediario. El servicio recibe la llamada, luego teclea lo que dice la persona que está escuchando. Para alguien que también es mudo, leen en voz alta lo que la persona sorda está tecleando. Quickwater habla bien, de modo que no necesita teclear sus palabras.

Mi mente hacía un esfuerzo para incorporar esa información. Me imaginaba a Quickwater en el club de los Serpientes, luego en la sala de conferencias de Quantico.

—Pero parte de su tarea en Quantico consistía en informar de lo que había aprendido. ¿Cómo puede tomar notas y leer los labios al mismo tiempo? ¿Y cómo sabe qué es lo que están diciendo cuando la luz es escasa, o cuando no puede ver al orador?

—Quickwater lo explica mucho mejor que yo. Utiliza algo llamado CARTT, que significa Traducción Asistida por Ordenador en Tiempo Real. Un reportero transcribe lo que se está diciendo en una estenotipia, luego se realiza una traducción informatizada y las palabras aparecen en un monitor de vídeo en tiempo real. Es el mismo sistema empleado para fijar el subtitulado en la televisión en directo. En Quantico, el FBI tiene a un tío que lo puede hacer, pero se puede establecer una conexión desde cualquier parte, con el reportero en un lugar y Quickwater en otro.

—¿Por teléfono y PC?

—Exacto.

—¿Pero qué pasa con sus otras obligaciones?

No dije lo que realmente estaba pensando. Presentar un informe sobre una conferencia o una reunión es una cosa, ¿pero cómo hace un oficial sordo para cubrirse cuando alguien se le lanza a la yugular?

—El comisario Quickwater es un oficial experto y dedicado a su trabajo. Fue herido en cumplimiento del deber y nadie puede decir si la pérdida de audición es o no permanente. Obviamente no puede hacer todas las cosas que hacía antes, pero por ahora el cuerpo está trabajando con ello.

Estaba a punto de volver al tema de Dorsey cuando Claudel se levantó y puso una hoja de papel en el escritorio. Me preparé para recibir más malas noticias.

—Éste es el informe de las pruebas de ADN practicadas en la sangre que encontramos en la cazadora de Dorsey —dijo.

No tuve necesidad de mirar. La expresión de su rostro me dijo lo que contenía ese documento.

28

Cuando Claudel se marchó permanecí sentada detrás del escritorio mientras mis pensamientos se deslizaban como la marea dentro y fuera de la conversación que habíamos tenido.

El ADN no miente. La sangre de la víctima empapaba la cazadora y eso significaba que Dorsey había asesinado a *Cherokee* Desjardins, tal y como Claudel había sospechado desde el primer momento. ¿O no había sido él? Dorsey siempre había sostenido que esa cazadora no era suya.

Él no sabía nada acerca de Savannah Osprey. Sólo había estado confundiéndome para salvarse y yo había mordido el anzuelo.

Y mi visita a la cárcel había provocado la muerte de Dorsey. ¿O no había sido ésa la razón? ¿Lo habían matado porque él era el asesino o porque él no era el asesino? En cualquier caso, Dorsey estaba muerto porque alguien temía lo que él pudiera decirme.

Los ojos me quemaban detrás de los párpados.

No llores. No te atrevas a llorar. Hice un esfuerzo para tragar.

Y también estaba Quickwater. Él no me miraba con desdén o indiferencia, él estaba leyendo mis labios. ¿Quién había tratado mal a quién? ¿Pero cómo iba a saber yo lo que le había pasado?

Y Kit. ¿Esas fotografías tomadas durante operaciones de vigilancia eran realmente encuentros casuales como yo había dicho, o estaba Kit involucrado de alguna manera con los Bandidos? ¿Explicaba eso la presencia del Predicador? ¿Era ésa la verdadera razón de que hubiese venido a Montreal y no el hecho de que hubiese discutido con su padre? ¿O bien el cariño por su estúpida tía?

Y el ojo. ¿Lo había encontrado Kit realmente en el parabrisas de mi coche?

Claudel había conseguido su informe. Joder, ¿dónde estaba el mío?

Apoyé las manos con fuerza sobre el secante del escritorio y me levanté del sillón. Salí al corredor y eché a andar entre el personal que llevaba documentos y carpetas y técnicos que empujaban carritos con diversos especímenes, subí la escalera hasta la planta trece y fui directamente a la sección de ADN. Divisé mi objetivo inclinado sobre un tubo de ensayo en el otro extremo del laboratorio y me acerqué.

—*Bonjour, Tempe. Comment ça va?* —me saludó Robert Gagné.

—*Ça va.*

—Llevas el pelo diferente.

El suyo era oscuro y rizado, aunque comenzaba a teñirse de gris en las sienes. Lo llevaba corto y cuidadosamente peinado.

—Sí.

—¿Piensas dejártelo crecer?

—Es difícil impedirlo —dije.

—Te queda muy bien, por supuesto —musitó mientras apoyaba con cuidado una probeta—. Bien, creo que esa cazadora servirá para coger a ese Dorsey. Claudel sonrió satisfecho cuando le di la buena noticia. Bueno, casi. Él hizo una mueca.

—Me preguntaba si habías tenido tiempo de hacer las comparaciones que pedí.

—Sin numeración, ¿verdad?

Asentí.

—¿Un globo ocular?

Volví a asentir.

—Para compararlo con la secuencia de ADN de LML 37729.

—Sí.

Su memoria para la numeración de los casos siempre me impresionaba.

—Espera un momento.

Gagné se dirigió hacia un montón de carpetas y buscó una. Esperé mientras revisaba su contenido.

—La comparación se hizo, pero aún no se ha redactado el informe.

—¿Y?

—Coinciden.

—¿Sin ninguna duda?

—*Mais oui.* —Alzó las cejas—. El ojo y la muestra de tejido corresponden a la misma persona.

O personas, pensé, si resulta que son mellizos. Le agradecí la información y regresé a mi oficina.

Mi sospecha había sido correcta. El ojo pertenecía a uno de los mellizos Vaillancourt. Un miembro de los Serpientes probablemente lo había encontrado en la escena del crimen y lo había conservado por alguna macabra razón. ¿Pero quién lo había colocado en mi coche?

Oí el timbre del teléfono antes de llegar a la puerta del despacho y salvé rápidamente los últimos escalones. Marcel Morin me llamaba desde el laboratorio de abajo.

—Te echamos de menos en la reunión de esta mañana.

—Lo siento.

Morin fue directamente al grano. Como sonido de fondo se oían voces y el ruido de una sierra Stryker.

—Hace dos semanas llegó un barco a puerto y descargó varios contenedores para que los reparasen.

—¿Esos enormes contenedores que transportan en remolques de dieciocho ruedas?

—*C'est ça.* Ayer, los trabajadores del puerto abrieron el último de los contenedores y encontraron un cadáver. El capitán piensa que el muerto es probablemente un polizón, pero es la única explicación que puede dar de su presencia en el barco.

—¿Dónde está registrado el barco?

—En Malasia. He comenzado a practicarle la autopsia, pero la descomposición es tan grande que no creo que pueda hacer mucho con sus restos. Me gustaría que les echaras un vistazo.

—Bajaré dentro de unos minutos.

Cuando colgué y fui al laboratorio encontré a Jocelyn, la empleada temporal, inclinada sobre mi mesa de trabajo. La Señorita Amabilidad llevaba medias de malla y una falda de cuero que permitía ver el borde superior oscuro de las medias. Al oír la puerta se irguió y se volvió hacia mí.

—El doctor Morin me pidió que le diera esto.

Extendió el brazo y sus pendientes oscilaron como diminutos columpios. Cada uno de ellos era lo bastante grande como para que se posara un pinzón.

Me acerqué y cogí el formulario, preguntándome por qué Morin no lo había dejado sobre mi escritorio.

—Un corte de pelo matador.

Hablaba con un tono de voz bajo y monocorde y yo no podía decir si el comentario había sido sarcástico. Su rostro parecía más pálido de lo habitual, los ojos estaban enrojecidos y subrayados con comas oscuras.

—Gracias, Jocelyn. —Dudé un momento porque no quería inmiscuirme en sus asuntos—. ¿Estás bien? —pregunté finalmente.

Reaccionó como si la pregunta la hubiese dejado totalmente confundida. Luego sacudió un hombro y murmuró:

—Las alergias me maltratan cuando llega la primavera. Pero estoy bien.

Me lanzó una última mirada confusa y se marchó.

Volví a colocar los restos de Osprey dentro de la caja y pasé el resto de la mañana con el polizón malayo. Morin no había exagerado. El grueso de los tejidos blandos que había en la bolsa pertenecía a los gusanos.

Al mediodía subí nuevamente a mi despacho y encontré a Kit sentado en mi sillón, con las botas apoyadas en el borde de la ventana y un sombrero de ala ancha modelo Frank Sinatra en la parte posterior de la cabeza.

—¿Cómo has llegado hasta esta planta? —pregunté, tratando de ocultar mi sorpresa. Había olvidado por completo la cita para almorzar que habíamos concertado a través de la puerta de la nevera.

—Le dejé el carnet de conducir al guardia y me permitió pasar. —Me mostró el pase azul de visitante que llevaba sujeto en el cuello de la camisa—. Estaba sentado en el vestíbulo y una señora se apiadó de mí y me acompañó a tu despacho.

Bajó los pies e hizo girar el sillón hasta quedar frente a mí.

—¡Guau! Deja que te eche un vistazo.

Debió de ver algo en la expresión de mi rostro.

—No me malinterpretes. Es un corte muy original. —Me apuntó con sus dos índices—. Te hace más joven.

—Vamos —dije, cogiendo un suéter que había en el perchero. Ya había oído suficientes comentarios acerca de mi nuevo peinado.

Frente a unas costillas con patatas fritas mi sobrino describió su domingo en compañía de Lyle Crease, cuyo momento álgido había sido la compra del sombrero modelo Frank Sinatra. Nada de Madonna ni cebos para pescar. Cuando regresaron a Montreal habían cenado carne ahumada en Ben's y luego Crease lo había llevado a la sala de redacción.

—¿De qué habéis hablado?

—Ese tío es realmente increíble. —Las palabras estaban amortiguadas por trozos de comida—. Es asombroso lo que sabe de radio y televisión. Y también sabe un montón de motos.

—¿Te hizo muchas preguntas?

Me preguntaba hasta qué punto estaba utilizando Crease a Kit para obtener información sobre mis casos. En este momento, la guerra entre las bandas de motoristas era una noticia de última hora.

—Algunas.

Kit sacó una servilleta de papel de una caja metálica que había en el extremo de la mesa y se limpió la grasa de la barbilla.

—¿Sobre qué?

Arrugó la servilleta y sacó otra.

—Muchas cosas. Lyle es un tío asombroso. Le interesa todo.

Algo en su voz me dijo que mi sobrino había empezado a adorar a Lyle Crease. Muy bien, pensé. Puedo vivir con eso. Aunque era un sujeto insoportable, era mejor que el Predicador invisible.

Después del almuerzo, Kit insistió en acompañarme de regreso al laboratorio. Aunque estaba ansiosa por volver a mi autopsia esquelética, le obsequié con un pequeño paseo. También podía ser una oportunidad para continuar nuestra conversación.

Durante el paseo, Kit sólo hizo dos comentarios. Los recordaría más tarde y me arrepentiría por no haberme dado cuenta en su momento.

—¿Quién es el raro ahora? —preguntó cuando pasamos junto a Jocelyn, que estaba en la fotocopiadora.

—Trabaja en los archivos.

—Apuesto a que tiene la cabeza llena de cicatrices y quemaduras.

—Tiene problemas alérgicos.

—Así es. Vaporizador nasal.

El otro comentario lo hizo en la sección de balística. Llamó «dulce» a la colección de armas de fuego.

Cuando Kit se hubo marchado volví a concentrarme en el examen de los restos del polizón. A las cuatro y media había terminado la inspección preliminar, y había concluido que los restos pertenecían a un hombre en la treintena. Procedí a diseccionar los huesos y los envié arriba para que los hirviesen. Luego me lavé las manos, me cambié de ropa y regresé a mi despacho.

Estaba buscando mi suéter cuando vi que había una fotografía en color sobre el secante del escritorio.

Oh, genial, pensé. He aquí algo nuevo. No había visto una foto en al menos dos horas.

La cogí pensando que quizá perteneciera a Claudel.

No era así.

Aunque se trataba de una foto vieja, y la superficie aparecía agrietada en varias partes, el color y el enfoque eran relativamente buenos. Era una foto de grupo y había sido tomada en una zona de acampada o de merienda campestre. En primer plano se veía a un montón de hombres y mujeres reunidos en torno a mesas de madera dispuestas en U. El suelo estaba cubierto de botellas y latas vacías y en las mesas había mochilas, neveras portátiles, paquetes y bolsas de papel. Al fondo se veían pinos del incienso con las copas cortadas por el borde superior de la foto. Había una bolsa de grandes dimensiones apoyada contra la pata de una mesa, con su inscripción en ángulo recto con el objetivo de la cámara. El logotipo me llamó la atención: «… ggly Wiggly.»

Miré el reverso de la foto. Nada.

Volví a colgar el suéter en el perchero, busqué una lupa y me senté para examinar la imagen con mayor detalle. Pocos segundos después encontré la confirmación en un palurdo goriloide con una cazadora tejana y manoplas de cuero. Un brazo más ancho que una autopista estatal cruzaba su pecho, exhibiendo una esvástica, rayos y el poético acrónimo «FTW». Aunque el miembro superior de King Kong cubría parte de su camiseta, las palabras en la parte inferior eran claramente legibles: «Myrtle Beach.»

Con la respiración agitada, comencé una detallada inspección de las personas fotografiadas. Desplacé lentamente la lente de aumento sobre la imagen, estudiando cada rostro a medida que iban apareciendo.

Me llevó apenas unos segundos dar con ella. Medio oculta en un mar de gorras y cabezas tupidas, una figura frágil se apoyaba contra un árbol, con los brazos delgados como palillos alrededor de la cintura. Tenía la cabeza ligeramente ladeada y un rayo de sol se reflejaba en los gruesos cristales de las gafas, haciendo que sus rasgos parecieran muy pequeños.

Savannah Claire Osprey.

Aunque no podía interpretar su expresión, sí podía sentir la tensión en su cuerpo. Por qué causa, me pregunté. ¿Excitación? ¿Miedo? ¿Timidez?

Continué la inspección.

El hombre que estaba a la derecha de Savannah parecía un personaje salido de *Vida y muerte de Cormac el Escandinavo*. El pelo le caía sobre los hombros y la barba le llegaba a la mitad del pecho. Cormac había sido sorprendido por la cámara con la barbilla alzada y una lata de Miller pegada a los labios.

El compañero que estaba al otro lado de Savannah era muy alto, con el pelo corto y barba y bigote ralos. El rostro estaba parcialmente cubierto por las sombras, haciendo que su vientre fuese el rasgo más notable. Tenía el color de un vendaje usado y colgaba en varios rollos de carne sobre una gran hebilla ovalada. Había letras en la hebilla. Levanté y bajé la lupa, tratando de descifrar el mensaje, pero la voluminosa barriga ocultaba la mayor parte.

Frustrada, llevé la lente hasta el rostro, esperando encontrar alguna pista. Nada. Volví a concentrarme en la hebilla y acerqué la cara a la lente.

Un azaroso enlace sináptico y allí estaba. Nuevamente volví al rostro. ¿Sería posible?

No. Este hombre era mucho más grande.

Pero tal vez. No podría decirlo. Había llegado allí demasiado tarde. Había demasiado daño.

Sí, había un parecido.

¿Era posible que George Dorsey supiese algo después de todo?

Descolgué el teléfono con el corazón desbocado.

29

Cuando Claudel contestó, me identifiqué y fui directamente al grano.

—Hay algo que no le dije. *Araña* Marcotte no fue la única persona que Dorsey mencionó durante nuestra conversación. Dijo que tenía información sobre Savannah Osprey.

—¿La chica que encontramos en St-Basile-le-Grand?

—Sí. Creo que es posible que estuviese diciendo la verdad.

—Es la marca registrada de Dorsey.

Decidí ignorar el sarcasmo.

—¿Dejó usted una fotografía sobre mi escritorio?

—No.

—Pues alguien lo hizo. Es una foto antigua tomada durante una fiesta de motoristas.

—Probablemente, una reunión de fieles para orar en grupo.

—Parece una merienda campestre o una acampada.

—¡Bravo!

Respiré profundamente para intentar mantener la calma.

—Savannah Osprey aparece en la foto.

—¿De verdad?

Su tono me dijo que no lo creía.

—Al ciento por ciento.

—¿Qué tiene eso que ver con Dor...?

—La fotografía fue tomada en Myrtle Beach.

—¿Cómo lo sabe?

—Al menos uno de los fieles lleva una camiseta de Myrtle Beach.

—Mi hijo tiene una camiseta de los Kansas City Chiefs.

—Reconozco la madreselva y el kuzdú cuando los veo. Y reconocí un logotipo de Piggly Wiggly en una de las bolsas de comestibles.

—¿Qué es Piggly Wiggly?

—Es una cadena de supermercados, con varios establecimientos en la zona de Myrtle Beach.

—¿Por qué iba alguien a llamar Piggl...?

—Y uno de los presentes aquel día pudo haber sido *Cherokee* Desjardins.

Por un instante, el aire pareció quedar inmóvil.

—¿Qué le hace pensar eso?

—Lleva una gran hebilla que dice «Cherokee».

—¿Qué aspecto tiene ese tío?

—Algo que Jack Hanna llevaría sujeto con una cadena e intentaría calmar lanzándole trozos de carne —dije. Su escepticismo empezaba a irritarme.

—Quiero decir, ¿se parece ese tío a *Cherokee* Desjardins?

—Sus rasgos no están muy claros. Además, nunca alcancé a ver a Desjardins cuando todavía tenía cara.

Hubo otro momento de silencio y luego oí su respiración.

—Conseguiré fotografías de Desjardins y pasaré mañana a verla.

—Podríamos tratar de ampliar la imagen.

—Prepárelo todo. Pero tendrá que ser rápido. Estamos esperando dificultades debido al asesinato de Dorsey, y todo el escuadrón se encuentra en estado de alerta.

Regresé a casa sumida en un mar de dudas y con un pobre concepto de mí misma.

Dorsey se había burlado de mí y mi ingenuidad lo había matado.

¿Y si el hombre de la fotografía resultaba no ser Cherokee? Claudel, obviamente, tenía sus reservas. Si estaba equivocada, él se convencería aún más de que yo era una perfecta imbécil.

Como lo había sido con respecto a su compañero de Carcajou. Me había equivocado completamente con Quickwater. ¿Había juzgado mal también a Ryan? ¿A mi sobrino?

¿De dónde había salido la foto que encontré sobre mi escritorio? ¿Por qué no había ninguna nota, ninguna llamada? Tenía que ser uno de los detectives o gente del laboratorio. Nadie más hubiese tenido la oportunidad de entrar en mi despacho y dejar la foto.

Conduje y maniobré como si fuese un robot, apenas advirtiendo el tráfico que me rodeaba.

¿Debería hacerle una visita sorpresa a Ryan? ¿Abriría la puerta? Probablemente, no. Ryan se había esfumado porque lo prefería de ese modo. ¿Pero cómo podía ser verdad? Aún no podía creer que ese hombre fuese un delincuente.

¿Estaba Kit implicado con los Bandidos? ¿Con drogas? ¿Estaba en peligro? ¿Qué había intentado decirle Dorsey al paramédico?

¿Era posible que Katy estuviese en peligro ante las bandas de motoristas a bordo de un barco que navegaba a miles de kilómetros de distancia? Su última carta había llegado de Penang.

¿A quién quería engañar? A Dorsey lo habían matado mientras se encontraba vigilado por un guardia armado en una prisión provincial. Si *les motards* querían que estuvieses en peligro, lo estabas.

—¡Mierda! —Golpeé el volante con la palma de la mano.

Ryan y Katy estaban fuera de mi alcance, pero podía hacer algo con respecto a mi sobrino. Me prometí que pondría las cosas en claro con Kit antes de que el sol se pusiera.

O de que saliera, pensé, girando hacia la rampa de entrada a mi edificio. No tenía idea de a qué hora regresaría, pero estaba decidida a esperarlo levantada.

No fue necesario.

—Hola, tía T —me saludó cuando entré en el apartamento, como lo hizo el aroma a comino y cúrcuma.

—Hay algo que huele muy bien —dije, dejando el maletín en el vestíbulo de la entrada.

Mi sobrino y mi gato estaban repantigados en el sofá, rodeados de restos del ejemplar de la *Gazette* de esa mañana. La Play-Station Sony estaba conectada al televisor y los cables serpenteaban en el suelo.

—Hice una parada en La Maison du Cari. Pensé que me tocaba cocinar a mí.

Se quitó los auriculares y los dejó colgando del cuello. Podía oír la débil música de los Grateful Dead.

—Genial. ¿Qué has comprado?

—*Uno momento* (22).

Apoyó los pies en el suelo y lanzó los auriculares sobre el sofá. *Birdie* se sobresaltó ante la súbita proximidad de Jerry García. Kit volvió de la cocina con una factura y leyó nueve productos.

—¿Estás esperando tu legislatura estatal?

—No, señora. No estaba seguro de qué era lo que te gustaba, de modo que me decidí por una selección de platos regionales.

Pronunció las últimas palabras con un acento que imitaba a la perfección el del propietario del restaurante.

—No te preocupes. Pastaremos un poco de cada cosa —añadió, recuperando el acento tejano.

—Iré a cambiarme y luego comeremos.

—Espera. Primero tienes que ver esto.

Buscó entre las páginas del periódico que estaban en el sofá y cogió la primera sección. La abrió por el medio, dobló el periódico por la mitad y me lo dio, indicándome un titular.

PRESO, VÍCTIMA DE UN ASESINATO ENTRE BANDAS

El artículo resumía los hechos que rodeaban el asesinato de Dorsey, refiriéndose a él como el principal sospechoso de la muerte-ejecución de Yves *Cherokee* Desjardins. A Dorsey se lo describía como un sujeto próximo a los Idólatras y a Cherokee como miembro de los Depredadores, aunque había permanecido inactivo en los últimos años.

El artículo acababa afirmando que las autoridades estaban preocupadas por la posibilidad de una escalada de violencia y por el hecho de que el funeral de Dorsey pudiese servir de pretexto para que los simpatizantes de los Idólatras buscasen venganza. En las próximas semanas, las fuerzas policiales extremarían las precauciones.

Alcé la vista y comprobé que Kit me miraba fijamente.

—Sería divertido asistir a ese funeral.

—De ninguna manera.

—Los polis tendrán a esos tíos tan controlados que serán como monaguillos en misa.

—No.

—Las motos serán todas Harley-Davidson.

(22)   En esta curiosa versión de español en el original. *(N. del t.)*

252

—Ni siquiera te acercarás a ese funeral.

—Todas esas máquinas desfilando en formación. —Imitó la aceleración en el manillar—. Truenos sobre ruedas.

—Kit.

—¿Sí?

Sus ojos brillaban como los de un fanático de Pentecostés.

—No quiero que vayas.

—Tía Tempe, te preocupas demasiado.

¿Cuántas veces había dicho Katy esas mismas palabras?

—Me pondré unos tejanos y luego cenaremos. Tengo que preguntarte algo.

Introduje el tema al llegar a los postres.

—Hoy vino a verme uno de los investigadores de Carcajou.

—¿Sí?

Kit quitó la capa de azúcar que cubría el pastel y luego se llevó una cuchara llena a la boca.

—Se supone que eso también se come.

—Parece plata.

—Lo es.

No me estaba esforzando.

—Me trajo unas fotografías tomadas por la policía durante operaciones de vigilancia.

Una mirada curiosa. Más pastel.

—De ti.

Mi sobrino bajó la barbilla y levantó las cejas.

—Las fotografías fueron tomadas en el condado de Galveston. Estás en compañía de algunos miembros del club de motoristas de los Bandidos.

—Uh-oh —dijo con una sonrisa tonta—. Andar en malas compañías.

—¿Lo haces?

—¿Si hago qué?

—Andar con los Bandidos.

—Sólo esa vez. Pero los chicos mayores me obligaron.

—¡Esto no tiene gracia, Kit! ¡Te fotografiaron en compañía de traficantes de droga!

Dejó la cuchara y me obsequió con otra brillante sonrisa. Yo permanecí seria.

—Tía Tempe, yo suelo ir a esos mercadillos. Los motoristas van a esos mercadillos. A veces vamos a los mismos mercadillos. Hablamos de las Harley. Eso es todo.

—El detective me dijo que te arrestaron y presentaron cargos por posesión de drogas.

Hice un esfuerzo para hablar con calma.

Se recostó contra el respaldo de la silla y estiró las piernas.

—Oh, genial. Esa mierda otra vez.

—¿Qué mierda?

—Cielo santo. Cualquiera diría que le estaba vendiendo drogas a un crío en el parvulario.

Su voz era áspera, el humor había desaparecido.

Esperé.

—Compré diez dólares de hierba para una amiga porque ella se había olvidado la billetera en su casa. Antes de que pudiese darle la bolsa, un poli me hizo detener el coche por un giro prohibido a la izquierda y encontró la hierba en mi bolsillo. ¿Qué te parece para un camello veterano?

—¿Por qué te registró ese policía?

—Había bebido unas cervezas.

Frotó la alfombra con el dedo gordo. Un dedo gordo, largo y fino, nudoso en las articulaciones, oblongo debajo de la uña. El dedo gordo del pie de mi padre. Mi corazón me dolía al mirarlo. Cada centímetro de su cuerpo me recordaba a mi padre.

—De acuerdo, me había pasado de rosca con la cerveza, pero no tengo nada que ver con las drogas. Ya te lo he dicho. Por Dios, estás actuando igual que mi padre.

—O que cualquier familiar preocupado.

El amor y la ira luchaban por controlar mi voz.

—Mira, cumplí con mi servicio comunitario y asistí a su patético programa de rehabilitación. ¿Acaso no os tomáis nunca un respiro?

Se levantó de la silla y se marchó del comedor. Un segundo después escuché el portazo de su habitación.

Te has lucido, Brennan.

Limpié la mesa, recogí y guardé las porciones de comida que habían quedado, metí platos, vasos y cubiertos en el lavavajillas y llamé a Howard.

Nadie contestó.

Maldita seas, Harry, por no haberme hablado de esto. Y maldita seas por estar en México.

Intenté hablar por teléfono con Isabelle para preguntarle por Lyle Crease.

Contestador.

Pasé el resto de la velada en compañía del libro de Pat Conroy que había comenzado a leer la semana anterior. Nada podía ser más agradable que estar en Carolina.

Como era previsible, Kit dormía cuando me marché a trabajar a la mañana siguiente. Esta vez asistí a la reunión del equipo.

Cuando regresé a mi oficina, Claudel estaba allí.

—¿Algún indicio de quién mató a Dorsey? —pregunté mientras arrojaba sobre la mesa la carpeta con los casos del día.

Me miró y su mirada podría haber congelado la lava fundida. Luego me dio un sobre.

Me senté, abrí uno de los cajones del escritorio y le entregué la fotografía tomada en Myrtle Beach.

—¿De dónde dijo que salió esta foto?

—No se lo dije. —Le di la lupa—. Porque no lo sé.

—¿Simplemente apareció?

—Sí.

Sus ojos examinaron la foto.

—La encontré ayer. No puedo decir a ciencia cierta en qué momento la dejaron sobre mi escritorio.

Unos segundos más tarde, la lupa se detuvo y Claudel acercó la cara a la lente.

—¿Se refiere al hombre que está junto a Z. Z. Top?

—Veamos —dije, sorprendida por la referencia musical. Yo hubiese clasificado a Claudel como estrictamente clásico.

Hizo girar la foto y señaló a uno de los hombres.

—Sí. La chica que está a su lado es Savannah Osprey.

La lupa nuevamente.

—¿Está segura?

Busqué la fotografía del anuario que Kate me había prestado. Claudel la examinó, luego la foto de la fiesta campestre, una y otra vez como un espectador de Wimbledon.

—Tiene razón.

—¿Qué hay del Chico Hebilla?

Señaló el sobre que yo tenía en la mano.

—Antes de caer enfermo, Desjardins era un tío corpulento.

Saqué las fotografías y Claudel rodeó el escritorio para que pudiésemos mirarlas juntos.

Corpulento era un eufemismo. La forma parcialmente descabezada que yo había visto en el sillón de aquel apartamento era un pálido recordatorio del cuerpo que alguna vez había alojado a *Cherokee* Desjardins. Antes de que el cáncer secase sus entrañas, y las drogas y la quimioterapia obraran su magia, el hombre había sido enorme, aunque de una forma esponjosa y obesa.

Las fotografías del archivo abarcaban varios años. La barba había llegado y se había ido y el nacimiento del pelo había retrocedido, pero el vientre y los rasgos faciales apenas si habían cambiado.

Hasta que apareció el cáncer.

Seis meses antes de morir, Cherokee era una sombra de lo que había sido, calvo y con una delgadez cadavérica. Si las fotos no hubiesen llevado su correspondiente etiqueta, yo jamás hubiera dicho que se trataba del mismo hombre.

Mientras estudiaba el rostro en las diferentes fotografías recordé una vieja cita de Marlon Brando. «Tengo los ojos de un cerdo muerto», había dicho de sí mismo el envejecido actor.

No debes preocuparte, Marlon. Hicieron muy bien su trabajo. Este tío parecía simplemente funesto, y malo como un perro asesino.

Pero aunque lo intentásemos no podríamos determinar con certeza si nuestro difunto pero no llorado Cherokee era el hombre que llevaba esa hebilla en Myrtle Beach.

30

Recogí las fotografías de Cherokee y fuimos hasta el Departamento de Imágenes. Habíamos decidido manipular la imagen utilizando el Adobe Photoshop, ya que estaba familiarizada con ese programa. Si eso no daba resultado, un técnico nos ayudaría con programas de tratamiento de imágenes más sofisticados.

Nos estaban esperando y el equipo informático estaba a nuestra disposición. El técnico encendió el escáner, buscó el programa adecuado y luego nos dejó solos.

Coloqué la fotografía en el escáner, la marqué con el cursor para incluir toda la escena y luego digitalicé la imagen y la guardé en el disco duro. A continuación abrí el archivo de la reunión campestre en Myrtle Beach.

Ahora llevé el cursor al rostro del Chico Hebilla y activé la función del zoom hasta que sus facciones llenaron la pantalla. Luego limpié el «ruido» de polvo y grietas, modifiqué las curvas que controlaban la contribución de los tonos rojos, verdes y azules, ajusté el brillo y el contraste y realcé los bordes de la imagen.

Mientras operaba con el teclado, Claudel me observaba, en silencio al principio, luego haciendo sugerencias a medida que su interés aumentaba, a pesar de su cinismo inicial. Cada corrección conformaba los puntos salientes, las sombras y los semitonos, alterando los planos y las curvas del rostro y revelando detalles que parecían invisibles en la fotografía original.

Menos de una hora después nos apartamos de la pantalla y contemplamos nuestra obra. No había absolutamente ninguna duda. El Chico Hebilla era, de hecho, Yves *Cherokee* Desjardins.

¿Pero qué significaba eso?

Claudel habló primero.

—O sea, que Cherokee conocía a la chica Osprey.

—Eso parece —convine.

—Y Dorsey lo mató. —Claudel pensaba en voz alta—. ¿Qué información cree usted que tenía Dorsey para hacer un trato?

—Tal vez Cherokee mató a Savannah y Dorsey lo sabía.

—¿Es posible que ella haya viajado hasta aquí con él?

Nuevamente se trataba de un pensamiento verbalizado, no de una conversación.

Imaginé el pequeño rostro asombrado, los grandes ojos contemplando el mundo a través de los gruesos cristales de las gafas. Sacudí la cabeza.

—No voluntariamente.

—Él pudo haberla matado en Myrtle Beach y luego traer el cadáver hasta Quebec.

Esta vez se dirigía a mí.

—¿Por qué recorrer toda esa distancia?

—Menos posibilidades de que lo descubrieran.

—¿Le parece propio de esta gente?

—No.

En sus ojos veía confusión. Y furia.

—¿Y dónde está el resto de su cuerpo? —presioné.

—Quizá le cortó la cabeza.

—¿Y las piernas?

—Ésa no es una pregunta para mí.

Se quitó una pelusa invisible de la manga y luego ajustó su corbata.

—¿Y cómo apareció enterrada cerca de Gately y Martineau? Claudel no contestó.

—¿Y de quién es el esqueleto que encontraron en Myrtle Beach?

—Eso les corresponde averiguarlo a sus amigos del SBI.

Puesto que, por una vez, Claudel parecía dispuesto a hablar, decidí subir las apuestas. Cambié de dirección.

—Tal vez el asesinato de Cherokee no fue una venganza, después de todo.

—No estoy muy seguro de adónde quiere ir a parar.

—Quizá está relacionado con el descubrimiento de la tumba de Savannah.

—Tal vez. —Miró su reloj y se puso en pie—. Y tal vez me inviten a unirme a las Dixie Chicks. Pero hasta entonces será mejor que me dedique a atrapar a algunos chicos malos.

¿A qué venían todas esas referencias a la música pop?

Cuando se hubo marchado guardé el original y las versiones modificadas de la fotografía de Myrtle Beach en un disco compacto. Luego escaneé y añadí selecciones de la colección de Kate con el propósito de trabajar con esas imágenes en casa.

Cuando regresé a mi oficina llamé a la sección de ADN, conociendo la respuesta pero incapaz de soportar la idea de otro paseo por un álbum de motoristas felices.

Yo tenía razón. Gagné lo sentía, pero las pruebas que yo había solicitado aún no estaban terminadas. A un caso de 1984 no se le podía dar máxima prioridad, pero esperaban tener los resultados pronto.

Era justo. Llevaste el globo ocular a la primera línea.

Colgué el teléfono y me puse la bata de laboratorio. Al menos, las platinas estarían listas.

Encontré a Denis registrando casos en el ordenador del laboratorio de histología. Esperé mientras él leía la etiqueta de un frasco de plástico en el que flotaban trozos de corazón, riñón, bazo, pulmón y otros órganos en formaldehído. Pulsó unas teclas y luego devolvió el frasco a la colección que tenía en el carrito.

Cuando hice mi pedido, Denis fue hasta su escritorio y volvió con una pequeña caja de plástico blanca. Le di las gracias y la llevé a mi laboratorio para estudiarla bajo el microscopio.

Denis había preparado platinas con las muestras de huesos que yo había traído de Raleigh. Coloqué una sección tibial bajo la lente, ajusté la luz y miré a través del ocular. Dos horas más tarde tenía la respuesta que buscaba.

Las muestras que había tomado de la tibia y el peroné del esqueleto no identificado de Kate no se distinguían histológicamente de aquellas que había cortado de los fémures de Savannah. Y cada diminuta sección producía un cálculo consistente con la edad de Savannah en el momento de su desaparición.

Consistente. La palabra favorita de los testigos expertos.

¿Puede usted afirmar con un grado razonable de certeza científica que los huesos recuperados en Myrtle Beach corresponden a Savannah Claire Osprey?

No, no puedo.

Comprendo. ¿Puede usted afirmar que los huesos recupera-

dos en Myrtle Beach proceden de un individuo de exactamente la misma edad que Savannah Claire Osprey?

No, no puedo.

Comprendo. ¿Qué es lo que puede decirle usted a este tribunal, doctora Brennan?

Los huesos recuperados en Myrtle Beach son consistentes en microestructura y edad histológicas con otros huesos identificados como pertenecientes a Savannah Claire Osprey.

Apagué la luz y cubrí el microscopio con la funda de plástico.

Era un punto de partida.

Después de un almuerzo compuesto de pizza vegetariana y una barra de helado me dirigí al cuartel general de Carcajou. Morin había acabado su autopsia y estaba despachando el cadáver de Dorsey. Jacques Roy había convocado una reunión para analizar las medidas de seguridad que habrían de aplicarse durante el funeral y había solicitado mi presencia.

Las raíces de Dorsey se hundían en un barrio que se encontraba justo al sureste de Centre-ville, una zona de la ciudad de calles estrechas y callejones aún más estrechos, de pisos atestados con escaleras empinadas y balcones diminutos. Hacia el oeste se extiende el Main, al este Hochelaga-Maisonneuve, escenario de algunas de las batallas más feroces en esta guerra de bandas. El distrito ostenta el índice de robos de coches más alto de la ciudad. A diferencia de lo que sucede en el resto de Montreal, no tiene nombre.

Pero tiene fama. Ese barrio es el corazón del territorio de los Rock Machine y también el lugar donde se encuentra la Sûreté du Québec. A menudo contemplo sus calles, sus campos de juego, su zona ribereña, su puente, ya que el Laboratorio de Ciencias Jurídicas y Medicina Legal está instalado allí.

El funeral de Dorsey se iba a celebrar a seis manzanas de nuestra puerta. Teniendo en cuenta eso, y el hecho de que las calles estarían llenas de matones locales, la policía no quería correr ningún riesgo.

Roy utilizó un plano de la isla para explicar el despliegue del personal. El servicio fúnebre comenzaría a las ocho de la mañana del viernes en la parroquia familiar de Fullum con Larivière. Después de celebrada la misa, el cortejo se dirigiría hacia el norte por Fullum hasta la avenida Mont-Royal, luego continuaría hacia el oeste y montaña arriba hasta llegar al cementerio de Notre-Dame-des-Neiges.

Roy esbozó la posición de barreras, coches patrulla, policías de a pie y personal de vigilancia, y describió los procedimientos que se seguirían en este caso. La zona que rodeaba la iglesia estaría sometida a estrictas medidas de seguridad y las calles laterales se cortarían al tráfico en sus cruces con Mont-Royal durante la procesión fúnebre. El cortejo estaría limitado por los carriles de la parte este de Mont-Royal y acompañado por una escolta policial. Las medidas de seguridad en el cementerio también serían máximas.

Todos los permisos habían sido cancelados. El viernes todo el mundo se presentaría en sus puestos de trabajo.

El espectáculo de las diapositivas se abrió con un coro de «*Sacré bleu!*» y «*Tabernac!*», pero las quejas fueron remitiendo a medida que la pantalla era ocupada con imágenes de funerales pasados. Cuadro a cuadro observamos la galería de personajes, fumando en la escalinata de la iglesia, conduciendo sus motos en fila detrás de carrozas fúnebres colmadas de flores, reunidos junto a las tumbas.

Los rostros que me rodeaban cambiaban de rosa a azul o amarillo a medida que las diapositivas se proyectaban en la pantalla. El proyector zumbaba y Roy continuaba hablando, dando la fecha y el lugar de cada evento, y señalando a los actores más importantes.

En la sala hacía calor y una buena parte de mi sangre había abandonado el cerebro para ocuparse de otras cosas. Minutos más tarde me encontré entregada a la monotonía. Mis párpados superiores buscaban a los inferiores y el peso de mi cabeza desafiaba la capacidad de resistencia de los músculos del cuello. Comencé a dar cabezadas.

Entonces el proyector volvió a funcionar y me desperté.

La pantalla mostraba ahora a un grupo de motoristas en un control policial de carretera. Algunos estaban en sus Harley, otros habían desmontado y hablaban en pequeños grupos. Aunque todos llevaban la calavera y el casco alado de los Ángeles del Infierno, sólo alcancé a leer dos inscripciones. Una decía «Durham», la otra «Lexington». Las palabras «Metro Police» eran visibles en una camioneta amarilla que estaba en segundo plano, pero el resto de los signos de identificación aparecían bloqueados por una figura con barba que fotografiaba al fotógrafo. A su lado, *Cherokee* Desjardins miraba con insolencia a la cámara.

—¿Dónde fue tomada esta fotografía? —pregunté a Roy.

—Carolina del Sur.

—Ése es *Cherokee* Desjardins.

—El gran jefe solía pasar algún tiempo en el sur a principios de los ochenta.

Mis ojos estudiaron la imagen del grupo, luego se posaron en uno de los motoristas y su moto en el borde exterior. Estaba de espaldas y tenía el rostro parcialmente cubierto, pero la moto era perfectamente visible. Me resultaba familiar.

—¿Quién es el tío en el extremo izquierdo? —pregunté.

—¿El de la moto con el manillar alterado?

—Sí.

—No lo sé.

—He visto a ese tío en un par de fotos viejas —dijo Kuricek—. Nada reciente, sin embargo. Es historia antigua.

—¿Qué hay de la moto?

—Una obra de arte.

Gracias.

Después de la sesión de diapositivas se discutió la operación del viernes. Cuando los investigadores se marcharon me acerqué a hablar con Roy.

—¿Podrías dejarme esa foto de *Cherokee* Desjardins?

—¿Preferirías una copia?

—Claro.

—¿Has descubierto algo interesante?

—Es sólo que la moto me resulta familiar.

—Es una colibrí.

—Sí.

Fuimos a su despacho y sacó una carpeta de un archivador de metal y luego revisó el contenido hasta encontrar la fotografía que buscaba.

—Es evidente que ninguno de ellos sigue teniendo este aspecto —dijo, entregándome la foto—. Ahora algunos de ellos usan modelos de Versace y poseen franquicias de comida rápida. Nuestro trabajo era más fácil cuando eran unos sucios borrachos.

—¿Dejaste otra fotografía tomada en Carolina del Sur sobre mi escritorio en los últimos dos días?

—No. ¿Se trata de algo que debería ver?

—Es como la que me acabas de dar, pero en ella también aparece la chica Osprey. Se la he enseñado a Claudel.

—Eso es interesante. Tendré curiosidad por lo que pueda decir.

Le agradecí la fotografía y me marché prometiéndole que se la devolvería.

Cuando llegué al laboratorio fui directamente a la sección de Imágenes y añadí la fotografía a mi disco compacto. Era sólo una corazonada, probablemente un callejón sin salida, pero quería hacer una comparación.

Me marché del trabajo a las cuatro treinta y pasé por el hospital Hôte-Dieu, esperando que LaManche se hubiese recuperado lo suficiente como para recibir visitas. Imposible. Seguía sin responder y los médicos lo mantenían en la sala de cuidados cardíacos intensivos y sólo se permitía la presencia de sus familiares directos. Me sentí impotente y encargué un ramo de flores en la tienda de regalos del hospital. Luego me dirigí al aparcamiento.

Una vez en el coche encendí la radio. El selector de canales recorrió la banda de frecuencia, deteniéndose brevemente en una tertulia local. El tema del día era la guerra entre bandas de motoristas y la celebración del funeral de la última víctima. El conductor del programa pedía comentarios sobre la actuación de la policía en ese asunto. Me dispuse a escuchar.

Mientras se ofrecían variadas versiones acerca de la forma en que la policía estaba manejando la situación creada por las bandas, una cosa estaba clara. Los que llamaban estaban nerviosos. Se evitaba pasar por numerosos barrios de la ciudad. Las madres llevaban a sus hijos al colegio. Los bebedores noctámbulos estaban cambiando de abrevadero y miraban por encima del hombro antes de meterse en sus coches.

Y también estaban furiosos. Querían que su ciudad se viese libre de la amenaza de estos mongoles modernos.

Cuando llegué a casa, Kit estaba hablando por teléfono. Apoyó el auricular contra el pecho y me informó de que Harry había llamado desde Puerto Vallarta.

—¿Qué dijo?

—*Buenos días* (23).

—¿Dejó algún número?

—Dijo que estaría de viaje. Pero volverá a llamar esta semana.

(23)   En español en el original. *(N. del t.)*

263

Luego desapareció en su habitación y reanudó su conversación telefónica.

Una conducta intachable, Harry.

Sin perder tiempo en preocuparme por las andanzas de mi hermana, saqué la fotografía que me había dejado Roy y la puse sobre la mesa. Luego busqué entre las fotografías de Kate las instantáneas del funeral de Bernard *Slick* Silvester en el sur. Estaba particularmente interesada en la escena junto a la tumba que Kit y yo habíamos estudiado.

Busqué tres veces entre el material de Kate y no encontré nada. Comprobé el contenido del maletín. Luego revisé el escritorio de mi dormitorio. Los papeles que había junto al ordenador. Todas las carpetas que Kate me había dejado.

Las fotos no estaban en ninguna parte.

Sorprendida, asomé la cabeza en el cuarto de Kit para preguntarle si las había cogido él.

No lo había hecho. Muy bien, Brennan. Intenta recordar. ¿Cuándo las viste por última vez?

¿El sábado por la noche con Kit?

No.

El domingo por la mañana.

En las manos de Lyle Crease.

La furia me golpeó con fuerza, enviando una oleada de calor a través de la nuca y convirtiendo mis manos en puños.

—¡Jodido cabrón hijo de puta!

Estaba furiosa con Crease y más furiosa aún conmigo misma. Al vivir sola había adquirido la costumbre de trabajar en casa con el material de las investigaciones, una práctica desaconsejada por el laboratorio. Y ahora había perdido una prueba potencial.

Me fui calmando lentamente. Y recordé algo que un detective me había dicho una vez mientras trabajaba en un caso de homicidio en Charlotte. Las camionetas de los medios de comunicación rodeaban los restos calcinados de una casa de los suburbios, donde nos encontrábamos metiendo en unas bolsas lo que quedaba de una familia de cuatro miembros.

«Nuestra prensa libre es como un sistema de alcantarillado —dijo—, chupa a todo el mundo y lo convierte en mierda. Especialmente a aquellos que no prestan atención.»

Yo no había prestado atención y ahora tendría que recuperar esas fotografías.

31

Para que se me pasara la furia con Crease, el disgusto conmigo misma y el miedo por LaManche fui al gimnasio y corrí cinco kilómetros en la cinta sin fin. Luego levanté pesas durante media hora y me metí diez minutos en la sauna.

Cuando regresaba andando a casa por Ste-Catherine me sentía físicamente cansada, pero la ansiedad seguía en mi mente. Me obligué a pensar en cosas sin importancia.

El tiempo se había vuelto pesado y húmedo. Las gaviotas lanzaban agudos chillidos a la oscura capa de nubes que cubría la ciudad, atrapando el olor del San Lorenzo y creando un crepúsculo prematuro.

Pensé en las gaviotas que sobrevolaban la ciudad. ¿Por qué se pelean las palomas por los desechos urbanos cuando hay un río de primera clase que discurre a menos de un kilómetro? ¿Son las palomas y las gaviotas variaciones de la misma ave?

Pensé en la cena. Pensé en el dolor que sentía en la rodilla izquierda. Pensé en una muela en la que sospechaba que se estaba formando una caries. Pensé en diversas formas de ocultar mi pelo.

Pero sobre todo pensé en Lyle Crease. Y comprendí perfectamente la ira de los fundamentalistas islámicos y de los carteros. Lo llamaría para reclamarle la devolución de las fotografías. Luego, si ese pequeño reptil volvía a cruzarse en mi camino, probablemente mi nombre saldría en los periódicos.

Cuando giré en la esquina de mi calle vi una figura que caminaba hacia mí, un paleto blanco vestido de cuero que parecía una hiena.

¿Había salido de mi edificio?

¡Kit!

Sentí una opresión en el pecho.

Apuré el paso manteniéndome en el centro de la acera. El hombre no se desvió y se inclinó hacia mí cuando nos cruzamos. El leve roce de su corpachón hizo que perdiese el equilibrio. Tambaleándome, alcé la vista y me encontré con sus ojos oscuros, aún más oscuros por el borde de una gorra de béisbol. Clavé la mirada en ellos.

Mírame, cabrón. Recuerda mi rostro. Yo recordaré el tuyo.

Él mantuvo la mirada y frunció los labios en un beso exagerado.

Levanté el dedo corazón de mi mano derecha, haciendo un gesto obsceno.

Con el corazón golpeándome el pecho eché a correr hacia el edificio, llegué al vestíbulo y subí los escalones de dos en dos. Sin poder contener el temblor de las manos abrí la puerta principal, continué la carrera por el pasillo e introduje la llave en la puerta de mi apartamento.

Kit estaba en la cocina metiendo tallarines en agua hirviendo. Junto al fregadero había una botella de cerveza vacía y otra medio llena al alcance de la mano.

—Kit.

Se sobresaltó al oír mi voz.

—Hola. ¿Qué hay?

Revolvió los tallarines con una cuchara de madera y bebió un trago de cerveza. Aunque el saludo había sido normal, sus movimientos bruscos delataban una evidente tensión.

Permanecí en silencio, esperando que él continuase.

—Encontré un frasco de salsa. Ajo tostado y aceitunas negras. No soy un cocinero experto pero pensé que te gustaría una cena casera.

Me obsequió con una de sus brillantes sonrisas y luego bebió otro trago de Molson.

—¿Qué sucede?

—Esta noche televisan un partido de la NBA.

—Sabes a qué me refiero.

—¿Lo sé?

—Kit.

No oculté mi disgusto.

—¿Qué? Pregúntame lo que quieras saber.

—¿Vino alguien cuando yo no estaba?

Golpeó ligeramente la cuchara en el borde de la cacerola y me miró fijamente. Durante unos segundos, el vapor del agua se elevó entre nosotros. Luego entrecerró los ojos y volvió a golpear el borde del recipiente.

—No.

Bajó la vista, revolvió la pasta y volvió a mirarme.

—¿Por qué lo preguntas?

—Vi a alguien en la acera y pensé que quizá había salido de aquí.

—Lo siento, no puedo ayudarte. —Otra sonrisa forzada—. ¿Le gustan los tallarines *al dente*, señora?

—Kit...

—Te preocupas demasiado, tía Tempe.

Aquella frase se estaba convirtiendo en una muletilla familiar.

—¿Sigues viendo a esos tíos de la tienda de motos?

Extendió las manos con las muñecas muy juntas.

—Está bien. Me rindo. Arréstame como sospechoso de ser miembro de la pasta organizada.

—¿Lo eres?

El tono de su voz se endureció.

—¿Quién la ha contratado para que me hiciera estas preguntas, señora?

Estaba claro que no pensaba decirme nada. Empujé el miedo a un rincón de mi mente, sabiendo que no permanecería allí mucho tiempo, y fui a mi habitación a cambiarme. Pero había tomado una decisión.

Kit regresaría a Houston.

Después de cenar, Kit se instaló delante del televisor, y yo delante del ordenador. Acababa de activar los archivos que contenían las fotografías de Kate y la que me había prestado Jacques Roy cuando sonó el teléfono.

Kit contestó y escuché risas y chanzas a través de la pared, luego el tono de la conversación cambió. Aunque no podía descifrar las palabras, era evidente que Kit estaba enfadado. Su voz se volvió más estridente y airada, y después se oyó un golpe seco.

Un momento después, Kit apareció en la puerta sin poder disimular su agitación.

—Tía T, saldré un momento.

—¿Sales?

—Sí.

—¿Con quién?

—Con unos tíos.

Sólo su boca sonreía.

—Eso no está bien, Kit.

—Oh, joder, no vuelvas a empezar con eso.

Luego se alejó por el corredor.

—¡Mierda!

Me levanté, pero cuando llegué a la sala de estar Kit ya se había marchado.

—¡Mierda! —repetí.

Estaba a punto de salir tras él cuando volvió a sonar el teléfono. Pensando que se trataba de la misma persona que había llamado a Kit hacía unos minutos, cogí el auricular con fuerza.

—¡Sí! —dije, furiosa.

—Santo Dios, Tempe. Tal vez deberías apuntarte a algún tipo de terapia de relajación. Te estás convirtiendo en una persona muy poco amable.

—¿Dónde coño estás, Harry?

—En el gran Estado de Jalisco. *Buenos noch...*(24).

—¿Por qué no me dijiste nada del problema que había tenido Kit en Houston?

—¿Problema?

—¡Esa insignificancia de la posesión de drogas!

Estaba casi gritando.

—Oh, eso.

—Eso.

—Realmente no creo que fuera culpa de Kit. Si no hubiese sido por esos capullos con los que estaba saliendo, jamás se hubiera visto implicado en ese asunto.

—Pero se vio implicado, Harry. Y ahora tiene una ficha en el archivo de la policía.

—Pero no tuvo que ir a la cárcel. El abogado de Howard lo sacó en libertad condicional a cambio de que hiciera algún trabajo social. Tempe, ese chico trabajó cinco noches en un refugio para gente sin hogar, comió allí y durmió allí. Creo que eso le sirvió para comprender cómo los menos afortun...

—————————————

(24)   En español en el original. *(N. del t.)*

—¿Buscaste algún tipo de ayuda para él?

—Sólo fue una travesura de chicos. Kit está bien.

—Podría tener un problema grave.

—Es sólo que acostumbra a rodearse de la gente equivocada.

Estaba a punto de estallar. Pero entonces se me ocurrió otra cosa.

—¿Kit está en libertad condicional?

—Sí, eso es todo. Por eso no merecía la pena mencionarlo.

—¿Cuáles son los términos de su libertad condicional?

—¿Qué?

—¿Existen restricciones con respecto a lo que Kit puede hacer?

—No puede conducir después de medianoche. Eso ha sido un verdadero fastidio. Oh, sí. Y no puede relacionarse con delincuentes. —Dijo esto último con voz afectada, y luego soltó una risotada—. Como si anduviese con Bonnie y Clyde.

La absoluta incapacidad de Harry para captar lo obvio nunca dejaba de asombrarme. Hablaba con las plantas pero no tenía la menor idea de cómo comunicarse con su hijo.

—¿Te encargas de supervisar lo que hace o con quién se ve?

—Tempe, el chico no va a robar un banco.

—Ésa no es la cuestión.

—Realmente no quiero seguir hablando de este tema.

Harry era una verdadera maestra en el arte de «realmente no quiero hablar de esto».

—Tengo que dejarte, Harry.

La conversación estaba degenerando en una discusión y yo no tenía ningún deseo de continuar por ese camino.

—Muy bien. Sólo quería asegurarme de que estabais bien. Me mantendré en contacto.

—Hazlo.

Colgué y me quedé junto al teléfono cinco largos minutos, considerando mis opciones. Ninguna era fascinante, pero finalmente tracé un plan.

Después de buscar una dirección en el listín telefónico, cogí las llaves y salí por la puerta.

El tráfico era fluido y veinte minutos más tarde aparcaba junto al bordillo en la rue Ontario. Apagué el motor y miré a mi alrededor, mientras las mariposas comenzaban a revolotear en mi estómago. Hubiese preferido una década de comida basura a la empresa que estaba a punto de acometer.

La Taverne des Rapides estaba justo frente a mí, al otro lado de la calle, emparedada entre un salón de tatuajes y un taller de motos. El lugar parecía tan destartalado como lo recordaba de las fotografías de Kit que Claudel había llevado a mi oficina. Los letreros de neón prometían cerveza Budweiser y Molson a través del cristal de una ventana que habían lavado por última vez en la era de Acuario.

Con un bote de Mace (25) dentro de la chaqueta, salí del coche, cerré con llave y crucé la calle. Desde la acera podía sentir el latido de la música dentro del bar. Cuando abrí la puerta recibí el impacto de la mezcla de humo, sudor y cerveza rancia.

Una vez dentro, un tío encargado de la seguridad me miró de arriba abajo. Llevaba una camiseta negra con la leyenda «Nacido para morir» sobre una calavera chillona.

—Corazón —dijo con un ronroneo seductor, posando la mirada en mis pechos—. Creo que estoy enamorado.

Al hombre le faltaban varios dientes y parecía un miembro de Matones Anónimos. No le devolví el saludo.

—Cariño, vuelve a ver a Rémi cuando estés preparada para algo especial.

Pasó una mano velluda por mi brazo y me hizo un gesto para que entrase.

Me dirigí hacia el interior del local reprimiendo el deseo de reducir la dentadura de Rémi en dos o tres incisivos.

El bar tenía la atmósfera de una cabaña de los Apalaches donde se fabrica alcohol clandestinamente, completada con una mesa de billar, una gramola y televisores fijados con tornillos a estantes en los rincones. Una barra se extendía a lo largo de una de las paredes, en la otra había reservados. El resto del salón estaba lleno de mesas. El lugar estaba oscuro, excepto por las luces de Navidad que enmarcaban la barra y las ventanas del frente.

Cuando mis ojos se acostumbraron a la penumbra, examiné a los clientes. Los tíos eran sujetos rudimentarios, de aspecto zarrapastroso y largas cabelleras, como si fuesen extras visigodos que se presentan a un casting. Las mujeres llevaban

(25) Bote de aerosol para autodefensa. *(N. del t.)*

extraños peinados y habían embutido los pechos dentro de corpiños de cuero.

No veía a Kit.

Me dirigía hacia la parte posterior del salón cuando oí gritos y el sonido de pies que se arrastraban. Bajé la cabeza, me abrí paso a través de un mar de voluminosos vientres llenos de cerveza y me aplasté contra la pared.

Junto a la barra, un tío con cejas a lo Rasputín y mejillas hundidas gritó y se puso en pie. La sangre le corría por la cara, manchándole la camiseta y oscureciendo las cadenas que llevaba alrededor del cuello. Un hombre con el rostro hinchado lo miraba fijamente desde el otro lado de una pequeña mesa. Sostenía una botella de Molson al revés, moviéndola delante de él para mantener a su oponente a una distancia prudencial. Rasputín lanzó un alarido, cogió una silla y la estrelló contra su rival. Oí cómo se rompía el cristal cuando hombre y botella golpearon contra el cemento.

Mesas y taburetes se vaciaron cuando los clientes se acercaron, ansiosos por unirse a cualquier cosa que estuviese ocurriendo. Rémi, el apagabroncas, apareció blandiendo un bate de béisbol y se subió a la barra.

Para mí era suficiente. Decidí esperar a Kit fuera del bar.

Estaba a mitad de camino de la puerta de salida cuando un par de manos me agarraron por los brazos. Intenté soltarme pero la presión aumentó, pellizcando la piel con violencia contra los huesos.

Me volví, furiosa, y me encontré de frente a una cara asombrosamente parecida a la de un caimán de los pantanos. Se apoyaba sobre un cuello grueso, con ojos pequeños y saltones, una barbilla larga y fina, y proyectada hacia adelante en un ángulo obtuso.

Mi captor torció los labios y expulsó el aire con un agudo silbido. Rasputín se quedó inmóvil y se produjo un momento de silencio mientras él y sus espectadores trataban de localizar el origen del silbido. George Strait continuaba cantando en medio del súbito silencio.

—Eh, cortad el rollo, tengo algo interesante. —La voz del hombre era sorprendentemente aguda—. Rémi, quítale a Tank la jodida botella.

Rémi saltó desde la barra y se interpuso entre los combatientes, con el bate ligeramente apoyado sobre el hombro. Apoyó uno de sus pies sobre la muñeca de Tank, hizo presión y lo que quedaba de la botella salió rodando. Rémi le dio un puntapié y luego levantó a Tank del suelo. Tank comenzó a farfullar algo ininteligible, pero el tío que me tenía cogida de los brazos lo interrumpió.

—Cierra tu jodida boca y escucha.

—¿Me estás hablando a mí, J. J.?

Tank se balanceó y luego separó las piernas para mejorar su equilibrio.

—Puedes apostar tu jodido culo a que hablo contigo.

Nuevamente Tank abrió la boca. Nuevamente J. J. lo ignoró.

—Echad un vistazo a lo que tenemos aquí, colegas.

Unos pocos prestaron atención, con los rostros inexpresivos a causa del alcohol o el aburrimiento, la mayoría lo ignoró. George acabó su canción y fue el turno de los Rolling Stones. El barman volvió a servir bebidas. El bullicio comenzó a extenderse nuevamente por el salón.

—De puta madre —gritó uno de los tíos que había en la barra—. Encontraste a una tía que no vomita cuando te mira.

Carcajadas.

—Echa un vistazo, cerebro de mosquito —replicó J. J. con un gemido adenoideo—. ¿Has oído hablar alguna vez de la señora de los huesos?

—¿A quién coño le importa?

—¿La que hizo un pequeño trabajo en el jardín para los Serpientes?

Ahora gritaba a pleno pulmón y los tendones del cuello parecían alambres.

Un puñado de clientes se volvieron hacia nosotros, la confusión pintada en sus rostros.

—¿Acaso ninguno de vosotros, jodidos capullos, lee el periódico?

La voz de J. J. se quebró por el esfuerzo que hacía para que lo escucharan.

Mientras otros volvían a sus bebidas y conversaciones, Tank se dirigió hacia nosotros, moviéndose con el exagerado cuidado de los que se han pasado de rosca con la bebida. Respirando con dificultad, se plantó delante de mí y me pasó una mano por la mejilla.

Aparté la cara pero me cogió por la barbilla y me obligó

a mirarlo. Su aliento fétido a cerveza me revolvió el estómago.

—Pues a mí no me parece una tía tan importante.

No dije nada.

—¿Has venido a buscar un poco de diversión en los barrios bajos, *plotte*?

Ignorando la referencia a las putas, lo miré directamente a los ojos.

Con su mano libre, Tank bajó la cremallera de su cazadora. Cuando la abrió pude ver claramente la culata de un 38 metido en la cintura. El miedo se deslizó a lo largo de mis terminaciones nerviosas.

Por el rabillo del ojo alcancé a ver que un hombre se apartaba de la barra para acercarse a nosotros. Al llegar le dio un golpe a Tank en el hombro a modo de saludo.

—*Tabernouche*, podría sacar algún beneficio de esto.

El hombre llevaba unos pantalones negros abombados por el uso, cadenas de oro en el cuello y una chaqueta abierta que mostraba una piel blanca como el vientre de un pez. Una amplia muestra de arte carcelario decoraba el pecho y los brazos y llevaba los ojos cubiertos con gafas de sol. Los músculos habían sido moldeados con esteroides y hablaba con un marcado acento francés.

Tank dejó mi barbilla en paz y retrocedió, trastabillando ligeramente.

—Es la zorra que desenterró a Gately y Martineau.

Mantén la calma, me dije.

—Si cavas en Pascal, cariño, encontrarás algo realmente grande.

Cuando Pascal se quitó las gafas, el miedo que sentía se intensificó. Sus ojos tenían esa mirada brillante y vidriosa que sólo pueden producir el crack o la metanfetamina.

Pascal se acercó y yo conseguí liberar un brazo y detener su movimiento.

—¿Qué coño pasa?

Me miró con unos ojos que eran todo pupila.

—Que alguien le ponga la correa a este tío —solté.

Fue una baladronada, porque en realidad estaba muerta de miedo.

Pascal enrojeció intensamente y los músculos del cuello y los brazos se convirtieron en cuerdas tensas.

—¿Quién coño es esta zorra?

Trató de cogerme otra vez. Y nuevamente le aparté la mano. Estaba casi atontada por el miedo, pero no podía dejar que él lo descubriese.

—Probablemente vienes de un hogar disfuncional donde nadie es capaz de deletrear la palabra cortés, de modo que la falta de modales no es culpa tuya. Pero no se te ocurra volver a tocarme —siseé.

—*Sacré bl...*

Los dedos de Pascal se convirtieron en puños.

—¿Quieres que le meta un tiro por el culo? —preguntó Tank, llevándose la mano al 38 que tenía en la cintura.

—Pórtate bien, zorra, o estos tíos desparramarán tus sesos por las paredes.

J. J. rió como el imbécil que era, me empujó hacia adelante y luego se mezcló entre la multitud.

Enfilé hacia la salida, pero Pascal me cogió de un brazo y me hizo girar, apretándome con fuerza el brazo contra la espalda en un ángulo doloroso. Sentí un latigazo de dolor en el hombro y las lágrimas me empañaron la vista.

—Aquí no, Pascal. —Rémi habló con un tono de voz bajo y desapasionado. Se había colocado detrás de mi asaltante, con el bate aún apoyado en el hombro—. Llévatela a otra parte.

—No hay problema.

Pascal me pasó un brazo alrededor del cuello y apretó su cuerpo contra el mío. Sentí algo frío y duro contra la nuca.

Me agité y contorsioné lo mejor que pude, pero no era rival para las drogas que corrían por sus venas.

—*Allons-y* —dijo Pascal mientras me empujaba y arrastraba hacia la parte trasera del bar—. Esta zorra va a la ópera.

32

—¡No! —protesté mientras el terror superaba mi decisión de no perder la calma.

Con un brazo oprimiéndome la tráquea y el otro doblando mi codo en un ángulo terriblemente doloroso, Pascal me condujo a través de la multitud. La hoja de la navaja saltaba con cada paso y yo sentía la sangre que bajaba por el costado del cuello.

La furia y el pánico habían disparado mi adrenalina y mi mente gritaba órdenes contradictorias.

¡Haz lo que te dice!

¡No vayas con él!

Miré frenéticamente a todas partes buscando alguna fuente de ayuda. El tío de la barra se limitaba a observar nuestros progresos entre la muchedumbre, mientras las volutas de humo bailaban delante de su rostro. En la gramola sonaba música rockabilly a toda pastilla. Oía silbatinas y abucheos, pero los rostros que pasaban junto a nosotros eran pasivos, tallados en la apatía. Nadie mostraba interés por lo que me estaba pasando.

¡No permitas que te saque del bar!

Luché y me retorcí tratando de librarme de su abrazo, pero todos mis esfuerzos eran baldíos contra la fuerza de Pascal. Aumentó la presión sobre mi cuello y me obligó a salir a través de una puerta trasera que daba a un tramo de escalera metálica. El ruido de las pisadas de unas botas me confirmó que Tank estaba detrás de nosotros.

Cuando mis pies tocaron grava, respiré profundamente, me agaché y traté de darme la vuelta, pero Pascal aumentó su presa asfixiante. Desesperada, bajé la barbilla y le mordí la mano con toda la fuerza que mis maxilares pudieron reunir.

Pascal lanzó un grito de dolor y me arrojó al suelo. Me arrastré entre papeles grasientos, condones, chapas de cerveza y colillas, con el estómago encogido ante la peste de orín y fango putrefacto, tratando de abrir la cremallera del bolsillo donde guardaba el bote de Mace.

—No tendrás esa jodida suerte —se burló Pascal, golpeándome con la bota en la espalda.

Mi pecho golpeó el suelo con fuerza. El aire desapareció de mis pulmones y una intensa luz blanca estalló en el centro de mi cerebro.

¡Grita!

Había un incendio en mi tórax. No podía articular un sonido.

La bota se apartó, luego oí pasos y la puerta de un coche que se abría. Jadeando desesperadamente en busca de aire, comencé a arrastrarme hacia adelante, codos y rodillas deslizándose sobre el fétido lodazal.

—¿Es hoy el día, puta?

Me quedé inmóvil al sentir el cañón de una arma apoyada en mi sien. Tank estaba tan cerca que pude oler nuevamente su pestilente aliento.

Oí pisadas de botas sobre la grava.

—Tu limusina ha llegado, zorra. Tank, levántala del puto suelo.

Unas manos ásperas me levantaron como si fuese una alfombra enrollada. Me sacudí y revolví con todas mis fuerzas, pero era inútil. Ya en estado de pánico, miré a ambos lados del callejón. No había nadie a la vista.

Las estrellas y los tejados de las casas desaparecieron cuando me arrojaron dentro del coche. Tank subió al asiento trasero, colocó una de sus pesadas botas sobre mis hombros y me aplastó la cara contra la alfombrilla. El olor a polvo, vino seco, humo rancio y vómito me provocó una sensación de náusea que recorrió todo mi cuerpo.

Las portezuelas se cerraron con violencia, los neumáticos giraron y el coche abandonó el callejón a toda velocidad.

¡Estaba atrapada! ¡Me estaba asfixiando!

Llevé las manos a la altura de los hombros y levanté la cabeza. La bota se elevó y el tacón me golpeó en la espalda.

—Un solo ruido y te meto una bala por el culo.

Ahora la voz de Tank era más dura, menos pastosa que en el bar.

Con el alcohol y las pastillas alimentando sus habitualmente malvadas inclinaciones, yo no tenía ninguna duda de que estos hombres me matarían sin vacilar. No los provoques mientras no tengas una oportunidad de escapar, pensé. Busca esa oportunidad. Bajé la cabeza y esperé.

Pascal conducía de forma errática, pisando el freno y el acelerador con movimientos bruscos. El coche se sacudía, intensificando mi sensación de náusea. Incapaz de ver el exterior, contaba las paradas y los giros, tratando de memorizar la ruta.

Cuando nos detuvimos, Tank apartó la bota y las portezuelas se abrieron y se cerraron. Oí voces, luego la puerta trasera volvió a abrirse. Pascal me cogió de los brazos y me arrastró fuera del coche.

Mientras luchaba por mantener el equilibrio, mi mirada se posó en Tank y una oleada de terror ascendió por mi columna vertebral. Sostenía el 38 apuntando directamente a mi cabeza. Sus ojos tenían un brillo oscuro bajo la pálida luz rosada de las farolas, disfrutando cruelmente del momento. Resistí el impulso de implorar, sabiendo que mis ruegos no harían más que alimentar su lujuria.

Pascal me condujo un breve trecho hasta un edificio con el techo verde y las paredes de ladrillo. Cuando sacó una llave, abrió la puerta y me empujó hacia el interior del recinto, mi calma dolorosamente construida se hizo pedazos.

¡Corre! ¡No entres ahí!

—¡No!

—Mueve el culo, zorra.

—¡Por favor, no!

El corazón se me salía por la boca.

Traté de clavar los pies en el suelo para impedir el avance, pero Pascal me obligó a atravesar el patio en dirección a la casa. Tank nos seguía a corta distancia. Podía sentir su arma en mi nuca y sabía que era imposible escapar.

—¿Qué es lo que quieren de mí? —pregunté casi sollozando.

—Todo lo que tienes y algo más, zorra —se burló Pascal—. Ni siquiera has soñado con lo que te pasará.

Habló por un intercomunicador. Oí una voz metálica seguida de un clic, luego abrió la puerta de acero reforzada con el hombro y me empujó al interior.

Hay momentos en la vida en los que parece claro que el resumen final es inminente. Tu corazón bombea y la presión sanguínea se eleva, pero sabes que la sangre pronto se derramará, que jamás volverá a fluir. Tu mente oscila entre la urgencia de un último y desesperado esfuerzo y una sensación de resignación, un deseo de tirar la toalla.

Había experimentado esa sensación una o dos veces, pero nunca tan vívidamente como en ese momento. Mientras Pascal me empujaba a lo largo del corredor, supe con absoluta certeza que no abandonaría esa casa con vida. Mi cerebro optó entonces por una acción desesperada.

Me volví y lancé el puño con todas mis fuerzas contra el rostro de Pascal. Sentí que algo se rompía, pero volví a golpearlo con el codo debajo de la barbilla. La cabeza de Pascal salió disparada hacia atrás, me deslicé por debajo de su brazo y corrí hacia una puerta que había a mi izquierda.

Me encontré en un salón de juegos similar al que había en la casa de los Serpientes en St-Basile-le-Grand. La misma barra. El mismo arte de neón. Los mismos monitores de vídeo. La única diferencia era que éstos funcionaban, arrojando una fría luz azulada sobre la barra y sus ocupantes.

Corrí hacia el extremo más alejado de la mesa de billar, cogí un taco con una mano y busqué el bote de Mace con la otra, mientras mis ojos buscaban desesperadamente una puerta o una ventana.

Dos hombres estaban sentados a la barra y había un tercero detrás de ella. Los tres se habían girado al oír el rugido de Pascal. Me observaron cruzar la sala y luego dirigieron su atención nuevamente hacia la puerta cuando Pascal irrumpió en la habitación.

—¡Mataré a ese pequeño saco de mierda! ¿Dónde coño se ha metido?

La luz del cartel de neón cruzaba de forma oblicua el rostro de Pascal, acentuando las arrugas y arrojando sombras sobre las mejillas y los ojos.

—Quédate donde estás.

El tono de voz era bajo y duro como el cuarzo e hizo que Pascal se detuviera en seco. El sonido de la puerta exterior sugería que Tank había decidido no seguir participando de la fiesta. Eché una mirada furtiva al hombre que había hablado.

Llevaba un traje cruzado color tostado, una camisa melocotón pálido y una corbata a juego. Tenía la piel muy bronceada y probablemente le pagaba ochenta dólares al peluquero cada vez que lo visitaba. Grandes anillos adornaban sus manos.

Pero era el hombre que estaba detrás de él quien hizo que se me parara el corazón.

Andrew Ryan llevaba tejanos negros, botas y una sudadera gris con las mangas cortadas. Los músculos de su rostro estaban tensos y una barba de tres días cubría la barbilla y las mejillas.

Los ojos de Ryan se encontraron con los míos y la piel de sus pómulos se tensó ligeramente, luego apartó la mirada.

Sentí que una oleada de calor me subía hasta la nuca y se extendía por las mejillas. Me temblaban las piernas y tuve que apoyarme en el borde de la mesa de billar para no caerme.

Unos segundos después, Ryan giró sobre su taburete y estiró las piernas en mi dirección. Una sonrisa se dibujó en su rostro.

—Vaya, ésta sí que es una jodida coincidencia.

—¿Conoces a esta putita?

La voz de Pascal temblaba de ira. La sangre le manaba de la nariz y se la secaba con la manga.

—Es la doctora Demasiados Jodidos Títulos —dijo Ryan, sacando un paquete de cigarrillos del bolsillo.

Los otros miraron a Ryan cuando colocó el cigarrillo entre sus labios, sacó un fósforo de madera de debajo del celofán del paquete, lo encendió y exhaló el humo.

Yo hice lo mismo. Las manos de Ryan me resultaban tan familiares con el fósforo y el cigarrillo que sentí lágrimas detrás de los párpados. Mi pecho se expandió con un suspiro involuntario.

¿Por qué está aquí?

Ryan cogió el cigarrillo entre el pulgar y el índice, colocó de forma vertical el fósforo usado entre los dientes, lo arqueó y lo lanzó volando hacia mí a través de la habitación. Miré el fósforo que caía sobre la moqueta verde y la furia estalló en mi interior.

—¡Jodido traidor! ¡Cabrón hijo de puta! Lee mis labios, Ryan. ¡Muérete!

—Veis lo que quiero decir. —Pascal volvió a limpiarse la sangre de la nariz—. Vamos a enseñarle modales a esta zorra.

—Mala idea —dijo Ryan, dando una profunda calada a su Marlboro.

El hombre del traje cruzado miró el costado del rostro de Ryan. Pasaron varios segundos. La tensión en la habitación podía cortarse con una pestaña.

—¿Por qué dices eso? —preguntó finalmente con voz tranquila.

—Es una policía. —Otra calada—. Y los polis ya tienen un dos por cuatro sobre el culo de Pascal por exactamente esta clase de mierda.

—¿Y? ¿Qué pasa, no tienes pelotas? —lo desafió Pascal.

Ryan expulsó el humo por la nariz.

—Éstas son las últimas noticias, capullo. Ya la has cagado una vez liquidando a una de tus furcias, y ahora traes a una poli a esta casa. Te cargas a un poli, especialmente a una mujer, y tienes a todo el puto Departamento de Policía pisándote los talones. Ahora bien, tal vez a ti no te importe darle el viaje a esta rubia, pero al resto de nosotros nos importa y mucho. Toda la mierda que tenemos en movimiento quedará paralizada mientras los polis nos cortan en pedazos.

Pascal miró a Ryan, con los ojos brillando de furia y *speed*.

—¡Esta maldita zorra me golpeó! Le voy a hacer un culo nuevo.

Los músculos del rostro parecían saltar debajo de la piel y los ojos y la boca se movían espasmódicamente.

El hombre del traje cruzado continuaba estudiando a Ryan, su rostro carente de toda expresión. Luego se volvió hacia Pascal.

—No —dijo con calma—. No lo harás.

Pascal comenzó a protestar, pero Ryan levantó una mano.

—¿Quieres ver sangre? Observa esto.

Ryan fue hasta el extremo de la barra, cogió una botella de plástico roja, rodeó la mesa de billar y la sostuvo frente a mí. Luego la apretó, haciendo movimientos circulares con la mano. No me moví.

—Lee eso, Shakespeare.

Golpeó la botella con fuerza contra la mesa.

Bajé la vista. La salsa de tomate formaba remolinos en mi camisa. Cuando mis ojos volvieron a fijarse en el rostro de Ryan, en mi cabeza se arremolinaban palabras que sabía que nunca pronunciaría.

La sonrisa presuntuosa había desaparecido y, durante un momento, sus ojos azules sostuvieron mi mirada. Luego la mirada de Ryan se apartó de mí para volver a Pascal.

—Esta fiesta ha terminado.

—La fiesta terminará cuando yo diga que ha terminado.

Las pupilas de Pascal estaban más dilatadas que una tubería maestra. Se dirigió al compañero de Ryan.

—Este cabrón no puede hablarme así. Ni siquiera es…

—Pero yo sí puedo. La fiesta ha terminado. Ahora lárgate de aquí.

Fue apenas un susurro.

El ceño de Pascal se frunció hasta convertirse en un surco y una vena se abultó en su sien. Con un último «¡Hija de puta!», dio media vuelta y abandonó la habitación.

El hombre del traje cruzado observó en silencio mientras Ryan se volvía hacia mí.

—Conservas tu patético culo, zorra, pero no te confundas. Esto no ha sido por ti. —Enfatizaba cada palabra con un golpe en mi pecho—. Por lo que a mí respecta, podrías estar arriba colocada a cuatro patas debajo de Pascal. Y toma nota.

Estaba tan cerca de mí que podía oler su transpiración, un olor tan familiar como mi propio cuerpo.

—La aventura de esta noche es un gran agujero negro en tu banco de memoria. No sucedió. —Me cogió del pelo y acercó mi cara a la suya—. Si abres la boca, yo personalmente llevaré a Pascal a hacerte una visita.

Me soltó empujándome por el pecho y salí trastabillada hacia atrás.

—Abriremos la puerta desde aquí. Ahora desaparece.

Ryan volvió a reunirse con el hombre en la barra, dio una calada al cigarrillo y luego arrojó la colilla contra el zócalo de acero inoxidable debajo de la barra.

Mientras observaba el baile de chispas, sentí que algo dentro de mí se transformaba en una bola dura y fría.

Sin decir una palabra, dejé el taco sobre la mesa de billar y me marché con piernas temblorosas. Una vez fuera pude sacar finalmente el bote de Mace y, en un ataque de frustración, humillación, alivio y furia, me volví y rocié la casa. Sollozando y castañeteando los dientes, aferré el bote vacío contra el pecho y me confundí con la oscuridad.

La casa donde me habían retenido estaba a menos de seis manzanas de La Taverne des Rapides y, después de haber recorrido esa distancia medio corriendo, medio trastabillando, no me llevó mucho tiempo encontrar mi coche. Una vez dentro, me aseguré de que las puertas tuviesen el seguro puesto, luego permanecí sentada durante un momento, con las piernas como gelatina, las manos temblando de forma incontrolada, la mente confusa. Respiré profundamente varias veces y me obligué a moverme con gestos lentos y premeditados. Cinturón de seguridad. Encendido. Primera. Acelerar.

Aunque los relámpagos iluminaban el cielo y la lluvia golpeaba el parabrisas, violé todas las restricciones de velocidad para llegar a casa. Mis pensamientos eran un caos.

Ryan le había dado a su compañero un valioso consejo. Una empresa ilegal necesita una poderosa razón para quitar de en medio incluso a una policía adjunta como yo. La represalia sería contundente y la organización estaría fuera del negocio durante mucho tiempo. A menos que esa policía estuviese causando graves daños a la organización, no tenía sentido cargársela, y el hombre del traje lo había entendido perfectamente. ¿Pero qué pasaba con Ryan? ¿Había sido el valioso consejo de un *consigliere* el único motivo de su actitud?

¿Qué había pasado en aquella casa? ¿Me había tropezado con Ryan en su nueva vida? ¿Estaba allí como miembro de la banda o tenía otras razones? ¿Qué significaban sus acciones? ¿Acaso me había humillado como si fuese un mensaje de que su vida pasada era historia y ahora él pertenecía al otro bando, o lo había hecho como parte de un montaje destinado a sacarme de allí sana y salva? ¿Se había puesto en peligro al hacerlo?

Yo sabía que debía informar de ese incidente. ¿Pero qué ganaríamos con ello? Carcajou conocía la existencia de esa casa y seguramente tenía las fichas de Pascal y Tank.

Carcajou. Claudel y Quickwater. Tenía un nudo en el estómago. ¿Qué dirían ellos cuando se enterasen de cómo me había metido literalmente en la boca del lobo? ¿Reforzaría ese incidente el deseo de Claudel de que me retirasen como enlace con la unidad?

¿Y si Ryan era un infiltrado? ¿Un informe policial podría poner en peligro su tapadera?

No tenía las respuestas, pero tomé una decisión. Independientemente de cuáles fuesen las razones de ese hombre, yo no haría nada que pudiese perjudicar a Andrew Ryan. Si existiera la más mínima posibilidad de que un informe sobre ese incidente pudiese ponerlo en peligro, no presentaría ninguno. Mañana lo decidiré, pensé.

Cuando llegué a casa, la puerta del cuarto de Kit estaba cerrada, pero pude oír la música a través de la pared.

Buena jugada, tía Tempe. Por eso no eres policía.

Arrojé la ropa sobre una silla y me metí en la cama. Mientras lo hacía, un pensamiento me asaltó de repente. ¿Qué hubiera pasado si Pascal me hubiese llevado a otro lugar? El sueño llegó mucho, mucho más tarde.

33

A la mañana siguiente dormí hasta tarde, y finalmente me desperté sobre las diez. Me dolía todo el cuerpo. Pasé la mañana cuidándome con aspirinas, té y baños calientes, luchando contra las imágenes de la noche anterior. Aunque tenía magulladuras en las piernas y la espalda, y un pequeño corte en el cuello, mi cara había salido ilesa de la experiencia. Después de un almuerzo tardío me apliqué una capa extra de maquillaje, elegí un suéter de cuello alto y me marché al laboratorio, donde pasé el día dedicada a tareas rutinarias. No presenté ningún informe.

Cuando regresé a casa, Kit y yo disfrutamos de una cena tranquila. No me preguntó nada acerca de mi salida de la noche anterior y supuse que no se había dado cuenta de que no estaba en casa. No mencioné su conducta violenta al marcharse de casa el día anterior y él tampoco me dio ninguna explicación.

Después de cenar decidí lavar un poco de ropa. Busqué el cesto en el armario del dormitorio y añadí las prendas que había usado la noche anterior. Las separé, luego cargué la lavadora, y dejé fuera las prendas que necesitaban un tratamiento especial. El estómago me dio un vuelco cuando cogí la camisa con las manchas de salsa de tomate, la escena aún viva en mi mente.

Extendí la prenda y comencé a rociar la mancha mientras la canción que acompañaba al anuncio del quitamanchas sonaba en mi cabeza.

Apreté el difusor. ¡Ffffff!

Imaginé la sonrisa burlona de Ryan, recordé su dedo golpeándome el pecho.

Volví a apretar. ¡Fffff!

«Lee eso, Shakespeare.» ¡Fffff!

Mi mano se paralizó y miré el dibujo rojo que manchaba la tela. Los garabatos no habían sido trazados al azar, sino que formaban dos seises perfectos.

«Lee eso, Shakespeare.» Shakespeare. Los sonetos eran una de las pasiones de Ryan.

Recordé algo de hacía mucho tiempo. El instituto. El señor Tomlinson. Profesor de lengua inglesa.

¿Era posible?

Corrí a la estantería del dormitorio y cogí un libro. *Obras completas de William Shakespeare*. Con la respiración entrecortada abrí el libro en la sección dedicada a los sonetos y busqué el sesenta y seis.

Venga, Bill, que esté allí.

Las lágrimas rodaban por mis mejillas mientras leía el verso.

Y la recta perfección injustamente deshonrada...

Injustamente deshonrada.

Era un mensaje. Ryan me estaba diciendo que todo no era lo que parecía ser.

Recta perfección.

¡Ryan no era un traidor! ¡Él no había cambiado de bando!

¿Entonces qué?

¿Infiltrado?

¿Por qué no se había puesto en contacto conmigo?

No podía hacerlo, Brennan. Y tú lo sabes.

No importaba. De pronto tuve la certeza de que, cualquier cosa que Ryan estuviese haciendo, el hombre que yo conocía permanecía debajo. Con el tiempo conocería la verdadera historia.

Y también estaba segura de que nunca informaría acerca de los hechos de la noche anterior. No haría absolutamente nada que pudiese poner en peligro la tapadera de Ryan.

Cerré el libro y regresé al lavado de ropa. Aunque comprendía que las operaciones encubiertas podían durar meses, o incluso años, al menos ahora lo sabía.

Una sonrisa se extendió por mi rostro mientras cogía la camisa y la metía en la lavadora. Puedo esperar, Andrew Ryan. Puedo esperar.

Con una felicidad que no había sentido en muchas semanas, aparté la visión de Pascal y Tank y volví a examinar las fotografías que había abandonado la noche anterior. Acababa de abrir el archivo cuando Kit apareció en la puerta de la habitación.

—Olvidé decirte que llamó Isabelle. Se marcha fuera de la ciudad y quería devolverte la llamada antes de salir de viaje.

—¿Adónde va?

—Lo olvidé. Creo que tiene algo que ver con un premio.

—¿Cuándo se marcha?

—Tampoco me acuerdo.

—Gracias.

Sus ojos se desviaron hacia la pantalla.

—¿Qué estás haciendo?

—Estoy tratando de limpiar unas viejas fotografías para poder ver bien los rostros.

—¿De quiénes?

—Savannah Osprey está en una de las fotos. Y el hombre que asesinaron la semana pasada.

—¿El tío al que acuchillaron en la cárcel?

—No. La persona que la policía piensa que fue su víctima.

—Asombroso.

Entró en la habitación.

—¿Puedo echar un vistazo?

—Bueno, supongo que no se trata de información secreta. Siempre que me prometas que no hablarás de estas cuestiones con nadie salvo conmigo; puedes acercar una silla.

Llevé a la pantalla la fotografía que se había tomado en Myrtle Beach y señalé a Savannah y *Cherokee* Desjardins.

—Joder. Ese tío parece un aspirante rechazado de la WWF.

—¿Federación Mundial de Lucha (26)?

—World Wildflife Fund (27). —Señaló a Savannah—. No hay duda de que ella no es una vieja.

—No. Pero no es raro que los motoristas droguen a las jovencitas y se las lleven en contra de su voluntad.

—Y es evidente que no es un conejito de playa. Tía, la piel tiene el color de una sábana.

Tuve una idea.

(26) World Wrestling Federation. *(N. del t.)*
(27) Fondo Mundial de la Naturaleza. *(N. del t.)*

—Quiero que veas algo.

Cerré la fotografía de la comida campestre y abrí la correspondiente al control de carretera.

Kit se inclinó hacia la pantalla y estudió la imagen.

—¿Es el mismo tío?

Señaló a Cherokee.

—Sí.

—¿Seguimos en Dixie?

—Carolina del Sur.

—Parece un registro de carretera.

Su mirada barrió el grupo y luego se fijó en una de las motos que estaba en la periferia de la imagen.

—¡Joder! Lo siento. ¿Cuándo fue tomada esta foto?

—No estamos seguros. ¿Por qué lo preguntas?

—Es la misma moto que vimos en la foto del funeral.

Sentí que se me aceleraba el pulso.

—¿Estás seguro?

—Tía T, es la pieza más guapa de hierro de Milwaukee que he visto en mi vida. Con esa máquina puedes hacer virguerías.

—Por eso te pregunté por la otra fotografía.

—¿La habéis encontrado?

—No.

—No importa. Es la misma moto.

—¿Cómo puedes estar tan seguro?

—¿Puedes ampliar la imagen?

Aumenté el tamaño de esa zona de la fotografía.

—Santo cielo. Son doscientos cincuenta kilos de potencia.

—Dime cómo sabes que se trata de la misma moto.

—Como te he explicado antes, se trata de una vieja FLH, una motocicleta de turismo de la policía que ha sido desmontada y modificada. No es difícil. Pero lo genial es la forma en que hizo los cambios.

Kit volvió a señalar uno por uno los prodigios de esa moto.

—Este tío quería tener una máquina realmente original, de modo que cambió la relación potencia-peso.

El dedo tocó la parte delantera de la moto.

—Alargó la base de la rueda y elevó el extremo frontal instalando horquillas delanteras más largas. Esas bellezas deben de tener cincuenta centímetros más que las originales. Probablemente cortó una sección del cuello del bastidor. Realmente tienes que saber lo que haces para quitar esa parte de la moto.

—¿Por qué?

—Si no lo haces bien, la moto se partirá en dos y te encontrarás comiendo cemento a alta velocidad.

Señaló el manillar.

—Para elevar el manillar utilizó pernos dobladizos y puntales de acero.

—Hum.

—Al tío que hizo este trabajo le importaba un pimiento la comodidad. Está cabalgando sobre un extremo frontal brincador, es decir, con muelles exteriores, no amortiguadores hidráulicos, y un bastidor de «cola dura».

—¿«Cola dura»?

—Es un bastidor rígido sin amortiguadores traseros. Se lo llama «cola dura» porque tu culo realmente sufre los golpes.

Señaló una serie de pasadores en la parte delantera de la moto.

—Echa un vistazo a los estribos de autopista.

Mi expresión debió de confirmarle mi absoluta ignorancia.

—En la parte delantera tiene estribos extra, y un montaje de freno y cambio de marcha a medida colocado delante para poder estirar las piernas. Este tío sabía lo que se hacía.

—¿Y estás seguro de que se trata de la misma moto que vimos en la tumba de Silvestre?

—Exactamente la misma máquina. Pero no es mi única pista.

Yo sabía que estaba totalmente fuera de onda y no dije nada.

—Mira esto. —Señaló el depósito de combustible—. Esculpió el depósito con alguna clase de material moldeable. ¿A qué te recuerda?

Me incliné sobre la pantalla. El extremo frontal era realmente raro, pero la forma no me sugería nada. Lo examiné detenidamente, obligando a mis neuronas a extraer un significado de aquella forma ahusada.

Entonces lo vi.

—¿Es algo raro? —pregunté.

—Es el único que he visto. El tío es un verdadero Rodin.

Se quedó mirando la pantalla, hipnotizado. Luego exclamó:

—¡Sí! Cabalgando en el viento sobre la cabeza de una serpiente. Él...

Se interrumpió de golpe y una expresión extraña cruzó su

rostro. Luego se inclinó hacia adelante, atrás, adelante otra vez, como un pájaro que ha detectado un insecto curioso.

—¿Puedes ampliar el rostro de ese tío?

—¿El que está en la moto?

—Sí.

—La imagen se volverá borrosa cuando la amplíe.

—Inténtalo.

Así lo hice. Luego manipulé la imagen del modo en que lo había hecho delante de Claudel. A medida que las líneas y las sombras cambiaban, convirtiendo los pixels en rasgos reconocibles, reordenándolos luego en patrones de forma y color insignificantes, comprendí lo que mi sobrino había visto.

Veinte minutos más tarde ya había hecho todo lo que podía con aquella imagen. Durante todo ese tiempo ninguno de los dos había abierto la boca. Fui yo quien rompió el silencio.

—¿Qué fue lo que te permitió reconocerlo?

—No estoy seguro. Tal vez la mandíbula. Quizá la nariz. Me di cuenta cuando estaba señalando la cabeza de la serpiente. Antes de eso ni siquiera me había fijado en el motorista.

Los dos observamos al hombre que montaba aquella soberbia máquina. Y él miraba al vacío, concentrado en un hecho sucedido hacía mucho tiempo.

—¿Mencionó alguna vez que había viajado con los Ángeles?

—No lleva sus insignias.

—¿Lo hizo, Kit?

Mi sobrino suspiró.

—No.

—¿Sale con ellos actualmente?

—Oh, por favor. Ya has visto a ese tío.

Sí. Había visto a ese tío. En una carretera rural en St-Basile-le-Grand. Al otro lado de la mesa durante una cena. En las noticias de la noche. Y en mi propia casa.

El hombre que estaba montado en la moto era Lyle Crease.

34

Una sucesión de palabras e imágenes estalló en mi mente. El rostro de Pascal en medio del neón y las sombras. George Dorsey musitando mi nombre al oído de un paramédico. Un globo ocular brillante y lustroso.

—¿... vas a hacer? —preguntó Kit.

—Llamar a Isabelle y luego meterme en la cama.

Cerré el programa y deslicé el CD en su funda.

—¿Eso es todo?

—Eso es todo.

A veces, cuando los pensamientos rebotan dentro de mi cabeza, la mejor estrategia consiste en acostarse y dejar que sean ellos los que encuentren sus propias pautas.

—¿No sientes curiosidad?

—Mucha. Y descubriré si Crease tiene vínculos con los Ángeles del Infierno. Pero no esta noche.

—Yo podría preguntar por ahí.

—Eso es precisamente lo que no harás —dije—. Podría tratarse de un hombre peligroso con amigos peligrosos.

La expresión de su rostro se endureció. Luego bajó la vista y se dio la vuelta para marcharse.

—Como quieras —musitó, encogiéndose de hombros.

Esperé a oír el clic de la puerta de su habitación, luego marqué el número de Isabelle. Contestó a la cuarta llamada y parecía faltarle un poco el aliento.

—*Mon Dieu!*, estaba enterrada en el fondo del armario. No encuentro mi maletín Vuitton y no puedo imaginar dónde puede estar.

—Isabelle, necesito información.

Mi tono de voz sugería que no tenía ánimos para hablar de equipajes.

—*Oui?*

—Me gustaría saber más sobre Lyle Crease.

—Ahhh, Tempe, eres una niña traviesa. Sabía que cambiarías de idea.

Sí, seguro.

—Háblame de él.

—Es guapo, ¿verdad?

Como un gusano, pensé, pero no dije nada.

—Y ya sabes que es periodista de investigación en la CTV. Realmente encantador.

—¿Cuánto tiempo lleva haciendo ese trabajo?

—¿Cuánto tiempo?

—Sí. ¿Cuánto tiempo?

—*Mon Dieu!*, desde siempre.

—¿Cuántos años?

—Bucno, no cstoy scgura. Está en antena desde que soy capaz de recordar.

—¿Qué hacía antes de eso?

—¿Antes de eso?

—Sí. Antes de entrar en la CTV.

Esto era más difícil que interrogar a George Dorsey.

—Déjame que lo piense. —Oí un sonido apagado y me imaginé sus uñas pintadas golpeando el auricular—. Conozco la respuesta, Tempe, porque Veronique me lo contó. En este momento dirige un programa en Radio Canadá, entrevista a celebridades y cosas así, pero empezó como mujer del tiempo en la CTV. ¿La conoces?

—No.

Mi ojo izquierdo estaba empezando a latir.

—Ella salió con Lyle algún tie…

—Estoy segura de que la he visto.

—Creo que ella me dijo que Lyle trabajaba en un periódico de Estados Unidos antes de que lo contratara la CTV. No. Espera, ahora lo recuerdo. —Tic. Tic. Tic—. Era un periódico de alguna parte del oeste del país. Alberta, creo. Pero originariamente procede de Estados Unidos. O quizá fue al instituto allá.

—¿Sabes en qué Estado?

—En alguna parte del sur, creo recordar. Eso te gustaría.

—¿Cuándo vino a Canadá?

—Oh, por Dios, no tengo ni idea.

—¿Dónde vive?

—Fuera de la isla, creo. O quizá en el centro.

—¿Tiene familia aquí?

—Lo siento.

—¿Conoces bien a Lyle Crease?

—No soy su confidente, Tempe. —Su tono comenzaba a ser defensivo.

—¡Pero intentaste emparejarme con él!

Traté de que mi voz se mantuviera neutra, pero la irritación comenzaba a ser evidente.

—No es necesario que lo digas de ese modo. El caballero pidió conocerte y no vi ninguna razón para negarme. Tampoco es que tu vida amorosa haya sido pródiga este año.

—Espera un momento. Rebobina. ¿La idea de que nos conociéramos fue de Crease?

—Sí.

—¿Cuándo fue eso?

—No lo sé, Tempe. Me encontré con él en L'Express, ya sabes, ese restaurante que hay en la rue St-Denis…

—Sí.

—Lyle vio tu fotografía en el periódico y se quedó absolutamente impresionado. O eso fue lo que dijo, aunque no con esas palabras. En cualquier caso, estábamos hablando y una cosa llevó a la otra, y antes de que pudiese darme cuenta lo estaba invitando a la cena.

Tic. Tic.

—Y realmente no estuvo tan mal. De hecho, creo que estuvo encantador.

—Hum…

Y también Ted Bundy (28).

Durante un momento ninguna de las dos habló.

—¿Estás enfadada conmigo, Tempe?

—No, no estoy enfadada.

—Veré lo que puedo averiguar. Llamaré a Veronique y…

—No. No te molestes. No es importante.

Lo último que necesitaba era alertar a Lyle Crease.

—Sólo sentía curiosidad. Que tengas un buen viaje, Isabelle.

---

(28)   Ted Bundy fue uno de los asesinos en serie más famosos de Estados Unidos. Se calcula que asesinó a treinta y seis mujeres antes de ser detenido, condenado y ejecutado. *(N. del t.)*

—*Merci*. ¿Dónde crees que pudo haber ido a parar ese maletín?

—Prueba en el trastero.

—*Bonne idée. Bonsoir, Tempe.*

Cuando colgué me di cuenta de que no le había preguntado adónde iba.

Una hora más tarde comenzó el baile mental. Mientras yacía en la cama, tratando de bloquear la música que llegaba desde la habitación de Kit, imágenes, hechos y preguntas flotaron hasta la superficie para luego hundirse en las profundidades, como peces tropicales en un tanque subliminal.

Imagen. Lyle Crease sirviendo vino.

Hecho. Crease había tramado el encuentro. Él estaba en St-Basile-le-Grand y conocía la existencia de los esqueletos, y había visto el artículo aparecido en la *Gazette* antes de la cena en casa de Isabelle.

Preguntas. ¿Por qué quería conocerme? ¿Acaso su deseo de conocerme estaba relacionado con el descubrimiento de las tumbas? ¿Estaba buscando una primicia o tenía otras razones para buscar información?

Imagen. Un joven Lyle Crease montado en una Harley-Davidson modificada.

Hecho. Crease tenía vínculos con los Estados del sur.

Preguntas. ¿Qué hacía Crease con los chicos de casa? ¿Había sido él quien me había robado la fotografía del funeral de Silvestre? Si era así, ¿por qué? ¿Acaso su pasado suponía hoy un peligro para él? ¿A quién temía?

Imagen. Un jodido imbécil rondando mi edificio.

Hecho. Además del miedo inicial, ese hombre había disparado algo en mi sique.

Preguntas. ¿Me había mentido Kit cuando le pregunté si había tenido visita durante mi ausencia? ¿Por qué? ¿Quién era el capullo con la gorra de béisbol? ¿Por qué había provocado ese hombre una reacción tan fuerte en mí?

Imagen. LaManche entubado y con respiración asistida.

Hecho. El patólogo tenía más de sesenta años y jamás había dedicado tiempo a hacer ejercicio físico ni a una dieta adecuada.

Preguntas. ¿Podría sobrevivir? ¿Regresaría alguna vez al trabajo?

Imagen. Ryan repantigado en el taburete de un bar.

Hecho. Estaba infiltrado y no se había pasado al otro bando.

Preguntas. ¿Sus acciones para protegerme habían puesto en peligro su tapadera? ¿Estaba él ahora en peligro? ¿Había contribuido yo a que lo estuviese?

Estas reflexiones se mezclaron con consideraciones más mundanas. Cómo enviar a Kit de regreso a Houston. Las vacunas atrasadas de *Birdie*. La caries. El crecimiento del pelo.

Pero debajo de todos mis pensamientos estaba la irritante señal de mi subconsciente, implacable, aunque fuera de alcance. El capullo con la gorra de béisbol. Di vueltas en la cama, frustrada por el hecho de que mi sique me estaba enviando un mensaje que no era capaz de descifrar.

Dormía plácidamente cuando sonó el teléfono.

—Diga.

Atontada.

—Oh, ¿estabas durmiendo?

Los números luminosos del reloj marcaban la una y cuarto.

—Hum.

—Era la Universidad de Carolina del Sur —dijo Isabelle.

—¿Qué?

—Lyle es de London, Ontario, pero cursó sus estudios en Carolina del Sur. —Su voz rebosaba de satisfacción—. Y no te preocupes por mi fuente. Fui *très* discreta.

Oh, Señor.

—Gracias, Isabelle —masculló.

—Ahora vuelve a dormir. Oh, y encontré el maletín en el armario del baño. Tonta de mí. *Bonsoir*.

Señal de línea libre.

Colgué y hundí la cabeza en la almohada, advirtiendo que la habitación ya no vibraba. ¿Habría salido Kit?

Mientras comenzaba a perder la conciencia, mi ello hizo un nuevo intento enviándome imágenes. El capullo cobró forma con su cazadora de cuero y su pelo largo. Botas. Gorra.

Gorra.

Abrí los ojos como platos y me senté en la cama, buscando otra imagen en mi banco de recuerdos.

¿Sería posible?

A la mañana siguiente me desperté antes de que sonara la alarma del despertador. Un vistazo me confirmó que Kit dormía en su cuarto. Me duché, me vestí y me ocupé de cosas sin importancia hasta la hora de marcharme al laboratorio.

Fui directamente a la oficina de Ronald Gilbert e hice mi pedido. Sin decir palabra, fue hasta la estantería, buscó una cinta de vídeo y me la dio. Le di las gracias y me dirigí rápidamente a la sala de conferencias.

Sin poder disimular los nervios, metí la caja de plástico en un VCR y lo encendí. Como no sabía en qué momento aparecería la escena, comencé por el principio y pulsé el botón de avance rápido.

Vistas del apartamento de *Cherokee* Desjardins pasaron velozmente por la pantalla. La sala de estar, la cocina, el cadáver sin rostro. Luego la cinta se centró en las paredes ensangrentadas.

La cámara barrió uno de los rincones, ampliando la imagen, luego retrocediendo. Pulsé *Play* y la cinta continuó a velocidad normal.

Dos minutos más tarde descubrí el objeto encajado entre la pared y una jaula para pájaros oxidada que sostenía una guitarra. Congelé la imagen y alcancé a leer cuatro letras marcadas en una mancha color vino.

—... cock...

Examiné la gorra minuciosamente. Era roja y blanca y podía ver fragmentos de un logotipo familiar que no había advertido cuando estuve en la escena del crimen. Mi mente completó las letras ocultas por la sangre de Cherokee.

G-a-m-e- - - - s.

Sí.

Gamecocks (29).

La gorra no había exhibido ninguna obscenidad machista. Se trataba del nombre de un equipo de atletismo. Los Gamecocks.

Los Gamecocks de la Universidad de Carolina del Sur.

La gorra que llevaba aquella hiena que rondaba mi edificio había iluminado mi inconsciente. La llamada de Isabelle había

(29)   Literalmente, gallos de pelea. *(N. del t.)*

permitido que las citaciones de mi cerebro se reunieran y organizaran para salir a la superficie.

Justo en ese momento, la puerta se abrió y Michel Charbonneau asomó su puntiaguda cabeza en la sala. Traía un sobre marrón.

—Claudel me pidió que le diera esto. Es el plan oficial para mañana y Roy quería que usted lo tuviese.

—Supongo que monsieur Claudel está demasiado ocupado.

Charbonneau se encogió de hombros.

—Está trabajando en estos homicidios para ambas agencias.

Sus ojos se desviaron hacia la pantalla.

—¿Desjardins?

—Sí. Mire esto.

Rodeó la mesa y se colocó detrás de mí. Señalé la gorra.

—Es de la Universidad de Carolina del Sur.

—No puedes lamer nuestras pollas (30).

—¿Ha oído hablar de ellos?

—Con un lema así, ¿quién no?

—Ése no es el eslogan oficial.

—La decoración de Cherokee sugería que era un entusiasta del deporte.

Ignoré el comentario.

—En todas las fotografías que ha visto de él, ¿llevaba Cherokee algo que le cubriese la cabeza?

Charbonneau pensó durante un momento.

—No. ¿Y qué?

—Tal vez la gorra no sea suya. Quizá pertenezca a su asesino.

—¿Dorsey?

Le hablé de las fotografías de Lyle Crease.

—O sea que el tío pasó algún tiempo en Carolina del Sur. Genial. La mitad de la población de Quebec pasa sus vacaciones en esa zona.

—¿Por qué demostraría Crease ese súbito interés por mí después de que yo desenterrara esos cadáveres?

—¿Aparte del hecho de que es guapa como un mono marino?

—Aparte de eso.

(30) Juego de palabras con el significado de *cock*, «gallo» y «polla». *(N. del t.)*

296

—Muy bien, cuando las cosas se calmen un poco podríamos buscar a Crease y hacerle algunas preguntas acerca de Gately y Martineau. Pero no hay nada que lo relacione con el asesinato de Cherokee.

Le conté lo de la foto de Myrtle Beach.

—Crease y Cherokee se conocían y esa foto no fue tomada durante una acampada de los Niños Exploradores.

—Un viaje a través de Dixie en el período glacial. Crease es periodista. Tal vez estuviese cubriendo una historia.

Charbonneau dejó el sobre encima del escritorio.

—Mire, a Cherokee le administraron quimioterapia. Probablemente comenzó a usar la gorra cuando el peine dejó de ser una opción. Pero si eso hace que se sienta mejor, investigaré a Crease.

Cuando se hubo marchado, volví a la cinta mientras mi mente avanzaba trabajosamente en un laberinto de explicaciones. La gorra podía pertenecer a Dorsey. Él dijo que tenía información sobre Savannah Osprey. Tal vez había estado en Carolina del Sur.

Cuando la cámara se movió a lo largo de la pared pulsé el botón de rebobinado y realicé otro barrido a través del rincón de la habitación. Manchas de sangre. Guitarra. Jaula. Gorra.

Entonces la lente se acercó y sentí que se me erizaba el vello de la nuca. Me incliné hacia adelante y miré fijamente la pantalla, tratando de encontrarle algún sentido a lo que acababa de ver. Era una imagen borrosa, pero estaba allí.

Rebobiné la cinta, apagué el VCR y me marché de la habitación. Si lo que había visto era real, Claudel y Charbonneau tendrían que encontrar otra teoría.

Subí a la planta trece por la escalera y me dirigí a una sala llena de estanterías y armarios. Un pequeño cartel azul la identificaba como la «*Salle des Exhibits*». La sala de pruebas.

Un oficial de la SQ deslizaba un rifle para cazar ciervos por encima del mostrador. Esperé mientras la empleada rellenaba los formularios, le entregaba un recibo al oficial, luego colocaba una etiqueta en el arma y la llevaba a la zona del almacén. Cuando la mujer regresó, le enseñé los números del caso Cherokee.

—¿Podría comprobar si el inventario de pruebas incluye una gorra deportiva?

—Ese caso tenía una lista muy larga —dijo la mujer, introduciendo el número del caso en el ordenador—. Esto puede tardar unos minutos.

Sus ojos examinaron la pantalla.

—Sí, aquí está. Había una gorra. —Leyó el texto—. La enviaron a biología para analizar las manchas de sangre, pero ya la han devuelto.

Desapareció entre las estanterías y regresó minutos más tarde con una bolsa de plástico. En el interior se veía la gorra roja.

—¿Necesita llevársela?

—Si no hay problema, le echaré un vistazo aquí mismo.

—De acuerdo.

Abrí la bolsa y coloqué la gorra sobre el mostrador. Levanté con cuidado el borde y examiné el interior.

Allí estaba. Caspa.

Volví a meter la gorra en la bolsa y le di las gracias a la empleada. Luego corrí a mi despacho y levanté el auricular del teléfono.

35

Claudel y Quickwater no estaban en el cuartel general de Carcajou. Y ni Claudel ni Charbonneau se encontraban en el cuartel general del CUM. Dejé mensajes y regresé a la oficina de Ronald Gilbert.

—Gracias por la cinta.

—¿Te ha servido?

—¿Puedo preguntarte algo?

—Adelante.

—¿Recuerdas el rincón de la habitación donde había una guitarra y una jaula para pájaros apiladas contra la pared?

—Sí.

—También había una gorra.

—La recuerdo.

—¿Hiciste alguna observación acerca de las manchas de sangre?

—Naturalmente.

—Estoy interesada en la posición que ocupaba la gorra en el momento del asesinato. ¿Tus notas incluyen algo sobre ese aspecto?

—No necesito mis notas. Lo recuerdo perfectamente. La mancha y la salpicadura en la gorra procedían del ataque con un objeto romo cerca de ese rincón de la habitación.

—No del disparo.

—No. Hubiese tenido un aspecto muy diferente. Y la orientación de la salpicadura era consistente con el tipo de ataque que hemos analizado.

—Con Cherokee en el suelo.

—Así es.

—¿Llevaba puesta la gorra?

—Oh, no. Eso es imposible. La gorra estaba detrás de la jaula cuando recibió la mayor parte de la salpicadura de sangre.

—¿Y cómo llegó hasta allí?

—Probablemente salió volando durante la pelea.

—¿Cómo lo sabes?

—Había sangre debajo y en la gorra. Probablemente, el asaltante la perdió durante el ataque.

—¿No era Cherokee quien la llevaba?

—Apostaría mi vida.

—Gracias.

Cuando volví a mi despacho miré el reloj. Diez y media. No había mensajes. Tampoco consultas de casos.

Miré fijamente el teléfono deseando que sonara mientras tamborileaba los dedos sobre el escritorio. No sonó. Sin demasiado optimismo marqué el número de Houston y escuché una grabación en un pésimo español. Intenté hablar con Kit y me contestó mi propia voz.

Maldita sea. ¿Dónde se había metido todo el mundo?

Volví a llamar a Claudel y esta vez dejé el número de mi móvil. Hice lo mismo con Charbonneau. Luego cogí el bolso y me marché, incapaz de seguir soportando la espera.

Cuando salí del edificio me quedé momentáneamente deslumbrada. Hacía un hermoso día de sol y los gorriones gorjeaban en las ramas. El personal del laboratorio y la SQ hablaban en el camino de entrada y se relajaban en las mesas que había en el parque, disfrutando de un cigarrillo o un café a media mañana.

Respiré profundamente hasta llenarme los pulmones de aire y eché a andar por Parthenais, preguntándome cómo diablos podía haber perdido de vista la llegada de la primavera. Por un momento tuve una extraña fantasía. El funeral de Dorsey se celebraría en menos de veinticuatro horas. Si fuese capaz de detener el tiempo, podría mantenerlo a raya, hacer que los pájaros siguieran cantando, con el sol brillando en el cielo y las mujeres sentadas descalzas en la hierba.

Pero no podía hacerlo y la tensión me mantenía más alterada que a un protón dentro de un acelerador de partículas.

¡Cielo santo!, Brennan. Arriba querías que las cosas fuesen

más rápidamente. Ahora quieres congelar el tiempo. Aclara tus neuronas, ¿quieres?

La situación exigía perritos calientes y una ración de patatas fritas.

Giré a la izquierda al llegar a Ontario, caminé una manzana hacia el este y entré en Lafleur. A las once de la mañana no había cola y fui directamente al mostrador.

Lafleur es la versión de Quebec de un establecimiento de comida rápida que ofrecía perritos calientes, hamburguesas y patatas fritas. La decoración es una mezcla de plástico y cromo y la clientela está formada básicamente por empleados y obreros.

—*Chien chaud, frites, et coke diète, s'il vous plâit* —le dije al tío que estaba en la caja. ¿Por qué me seguía sonando extraña la traducción de perrito caliente en francés?

—*Steamé ou grillé?*

Elegí que la salchicha fuese hervida y, pocos segundos después, tenía frente a mí un recipiente de cartón. La grasa de las patatas fritas ya había manchado el lado izquierdo.

Pagué y llevé mi caja de comida hasta una mesa con una vista excelente del aparcamiento.

Mientras comía me dediqué a observar al resto de los clientes. A mi izquierda se encontraban cuatro mujeres con batas blancas, estudiantes de la escuela técnica que había al otro lado de la calle. Las placas las identificaban como Manon, Lise, Brigitte y Marie-José.

Dos pintores comían en silencio en la mesa que había junto a la de las estudiantes. Llevaban monos, y sus brazos, pelo y rostros estaban salpicados como las paredes del laboratorio de pruebas de Gilbert. Ambos se afanaban sobre unas bandejas colmadas de carne asada con requesón y salsa. Nunca he entendido cuál es el atractivo de estos platos en una ciudad famosa por su cocina de calidad.

Frente a los pintores se sentaba un joven que trataba de cultivar una perilla con evidente esfuerzo. Llevaba gafas redondas y estaba excedido de peso.

Acabé mi comida y comprobé el móvil. El teléfono estaba conectado, la señal era fuerte, pero no había ningún mensaje en el buzón de voz. ¡Maldita sea! ¿Por qué nadie me devolvía las llamadas?

Necesitaba relajarme. Físicamente.

Pasé dos horas corriendo, levantando pesas, dando vueltas sobre una enorme pelota de goma y tomando una clase de aeróbic de choque. Cuando acabé los ejercicios apenas si podía arrastrar mi cuerpo hasta la ducha. Pero el ejercicio fue un antídoto sumamente eficaz. Mi ira se había disipado junto con las toxinas de los perritos calientes y las patatas fritas.

Cuando regresé al laboratorio encontré dos mensajes sobre mi escritorio. Charbonneau había llamado. Morin quería hablar de LaManche. Eso no sonaba nada bien. ¿Por qué no me había llamado la señora LaManche?

Recorrí rápidamente el pasillo pero la puerta del despacho de Morin ya estaba cerrada, lo cual indicaba que se había marchado y ya no regresaría. Volví a mi oficina y llamé a Charbonneau.

—En este asunto de Crease puede haber más de lo que pensaba.

—¿Por ejemplo?

—Parece que él y los Ángeles tienen cosas en común. Crease es canadiense, pero cursó sus estudios universitarios en Carolina del Sur. Arriba los Cocks.

—Realmente se ha quedado colgado con eso.

—Eh, abajo los Redmen.

—Comunicaré su opinión a la junta de McGill.

—Políticamente es más correcto.

Esperé.

—Nuestro periodista completó su licenciatura en Periodismo en 1983 y decidió hacer un doctorado con el tema de los motoristas fuera de la ley como tesis. Por cierto, en aquella época se llamaba Robert.

—¿Por qué elegiría alguien Lyle en lugar de Robert?

—Es su segundo nombre. En cualquier caso, Robby consiguió una moto y la autorización de los hermanos y se largó con la pandilla.

—¿Acabó el doctorado?

—Desapareció de los lugares que solía frecuentar. Asistió a clase durante uno o dos meses, luego sus profesores nunca volvieron a saber nada de él.

—¿No hay ningún dato de dónde estuvo? ¿Licencia de conducir? ¿Devolución de impuestos? ¿Solicitud de tarjeta de crédito? ¿Pertenencia a un videoclub?

—Nada. Entonces Crease reapareció en Saskatchewan en 1989, donde trabajó en la sección de sucesos policiales de un periódico local y cubrió algunas historias en directo para el telediario de la noche. Finalmente le ofrecieron un trabajo en la CTV y se instaló en Quebec.

—De modo que Crease estaba interesado en los motoristas cuando estudiaba en la universidad. El período glacial, ¿recuerda?

—Aparentemente, Crease abandonó Saskatchewan con algo de prisa.

—¿Oh?

—¿Ha oído hablar de la Operación CACUS?

—¿No era una operación del FBI con confidentes en los Ángeles del Infierno?

—Confidente. Tony Tait se unió a la rama de Alaska a comienzos de los ochenta y luego fue ascendiendo hasta la dirección nacional. Durante todo ese tiempo estuvo informando al departamento.

—Ángeles Para Siempre, Para Siempre Ángeles.

—Creo que Tony prefería dinero en metálico.

—¿Dónde está ahora?

—En el programa de protección de testigos, si tiene algo de cerebro.

—¿Qué tiene que ver todo eso con Lyle Crease?

—Aparentemente, la Policía Montada llevaba su propia investigación en los ochenta.

—¿Me está diciendo que Lyle Crease era un confidente de la Real Policía Montada de Canadá?

—Nadie quiere hablar y no he encontrado ningún documento, pero siempre oí decir que habíamos tenido a alguien infiltrado en la banda. Cuando acudí a un par de veteranos, no confirmaron nada, pero tampoco lo negaron.

Hizo una pausa.

—¿Y? —insistí.

—Esto debe quedar entre nosotros, Brennan.

—Pero yo lo comparto todo con mi peluquero.

Ignoró el comentario.

—Tengo mis propias fuentes en la calle. Mierda, no puedo creer que le esté contando esto.

Oí que resoplaba mientras se cambiaba el auricular de mano.

—Los rumores dicen que alguien viajaba con los Ángeles en aquella época y que el tío era americano. Pero era una calle de doble sentido.

—¿El soplón trabajaba para los dos lados?

—Ésa es la historia que mis fuentes me han contado.

—Peligroso.

—Como una hemorragia cerebral.

—¿Cree que el soplón era Lyle Crease?

—¿Cómo hace un tío si no para enterrar seis años de su vida?

Pensé en eso.

—¿Pero por qué reaparecer en un trabajo tan expuesto?

—Tal vez piensa que la visibilidad lo protege.

Permanecimos callados durante un momento.

—¿Claudel sabe todo esto?

—Iba a llamarlo ahora mismo.

—¿Y ahora qué?

—Ahora seguiré cavando.

—¿Interrogará a Crease?

—Aún no. No queremos que se asuste. Y Roy es el dueño del culo de Claudel hasta que acabe el funeral. Pero luego le pediré que me ayude a investigar a ese tío.

—¿Cree que Crease estuvo implicado en el asesinato de *Cherokee* Desjardins?

—No hay ninguna prueba de ello, pero es posible que sepa algo.

—Esa gorra no pertenecía a Cherokee ni a Dorsey.

—¿Cómo lo sabe?

—Había caspa en su interior.

—¿Y?

—Dorsey se afeitaba la cabeza y Cherokee estaba calvo a causa del tratamiento con quimioterapia.

—No está mal, Brennan.

—Gately y Martineau fueron asesinados en la época en que Crease estaba desaparecido.

—Verdad.

—Y también Savannah Osprey.

El silencio podía oírse a través de la línea.

—¿Y si interrogamos a Rinaldi? —preguntó Charbonneau.

—¿Rana?

—Sí, Rana. Ese tío estaba dispuesto a vomitar sobre las

tumbas de Gately y Martineau. ¿Por qué no preguntarle por Cherokee? Tal vez sepa algo.

—Claudel dice que ya han interrogado a Rana hasta la saciedad. Quería hacer un trato con los cadáveres de St-Basile-le-Grand porque es agua pasada. No cree que los hermanos vayan a liquidarlo por eso. Pero cuando se trata de hechos recientes, se convierte en una tumba.

—Mire, mañana haré que Claudel me eche una mano con Crease una vez que el circo haya acabado. Y, por cierto, Brennan, no asome la cabeza. Algunos miembros de los Bandidos han sido vistos merodeando por la ciudad, y hay rumores de que los Ángeles pueden hacer algún movimiento. No...

Dudó un momento.

—¿Sí?

—Bueno, tal vez su sobrino quiera sumarse a la acción.

Me ardían las mejillas. Claudel había hablado de Kit con sus colegas del CUM.

—Mi sobrino no asomará las narices por ese funeral.

—Bien. La presencia de los Bandidos podría obligar a los Ángeles a hacer una demostración de fuerza. El asunto podría ponerse feo.

Apenas colgué el auricular, comencé a preocuparme. ¿Cómo podría mantener alejado a Kit si se empeñaba en ir al funeral?

¿Qué era lo que Morin quería decirme sobre LaManche? ¿Habría muerto mi viejo amigo?

¿Podía estar Ryan en peligro? ¿Habría puesto en peligro su tapadera por ayudarme? ¿Lo había puesto yo en peligro al igual que a George Dorsey?

Apoyé la cabeza en la velluda superficie verde del secante del escritorio y cerré lentamente los ojos.

36

Estaba debajo del agua y Lyle Crease me hablaba. Las algas ondulaban en las profundidades como mechones de pelo de un
cadáver sumergido. Aquí y allá, un haz de luz del sol penetraba
en la lóbrega penumbra, iluminando diminutas partículas que
flotaban a nuestro alrededor.

Me dolía el cuello. Abrí los ojos, luego me levanté e hice girar la cabeza, aliviando con cuidado la tortícolis de las vértebras cervicales. La oficina estaba a oscuras, excepto por la pálida fluorescencia que se filtraba a través del cristal junto a la
puerta.

¿Cuánto tiempo había dormido? Hice un esfuerzo para ver
la hora en mi reloj.

Cuando descubrí la figura al otro lado de la puerta, una
alarma se disparó en mi cabeza. Me quedé inmóvil, observando y escuchando.

Toda la planta estaba en silencio, excepto por los golpes de
mi corazón contra las costillas.

La figura también estaba inmóvil, una silueta enmarcada
por la tenue luz que proyectaba mi laboratorio.

Mis ojos se desviaron hacia el teléfono. ¿Debería llamar a
seguridad?

Mi mano ya estaba sobre el auricular cuando la puerta se
abrió de par en par.

El rostro de Jocelyn era espectral. Iba vestida de negro y el
pálido óvalo de la cabeza parecía flotar en el aire, como una calabaza de Halloween con agujeros negros a modo de ojos y
boca.

—*Oui?*

Me levanté para no concederle la ventaja de la altura.

No contestó.

—*Puis-je vous aider?* —pregunté. ¿Puedo ayudarte?

Jocelyn continuó en silencio.

—Por favor, enciende la luz, Jocelyn.

La orden provocó una respuesta que no habían conseguido las preguntas. Levantó el brazo y la oficina se iluminó súbitamente.

El pelo le caía húmedo sobre la cara y el cuello y tenía las ropas arrugadas, como si hubiese estado sentada mucho tiempo en un lugar caluroso y pequeño. Cogió aire y se pasó el dorso de la mano por la nariz.

—¿Qué ocurre, Jocelyn?

—Está dejando que se salgan con la suya.

El tono de su voz estaba impregnado de ira.

—¿Quién? —pregunté, confusa.

—Pensé que usted era diferente.

—¿Diferente de quién?

—A nadie le importa una mierda. He oído a los polis hacer bromas con ello. Los he oído reír. Otro motero muerto. En buena hora, dicen. Una manera económica de deshacerse de la basura.

—¿De qué estás hablando?

Sentía la boca seca.

—Los que son una broma son ellos, esos polis. Cabrones. Pfff. —Expulsó el aire a través de los labios—. Capullos, sería más apropiado.

Estaba asombrada por el odio que había en sus ojos.

—Dime por qué estás enfadada.

Se produjo un largo silencio mientras estudiaba mi cara. Su mirada parecía enfocar un punto y luego se apartaba, como si quisiera fijar mi imagen para comprobar alguna clase de ecuación mental.

—No se merecía lo que le pasó. De ninguna de las putas maneras.

La obscenidad sonaba extraña en francés.

—Si no te explicas, no puedo ayudarte —dije con calma.

Jocelyn dudó, haciendo un último encuadre, luego sus ojos llenos de furia se clavaron en los míos.

—George Dorsey no mató a ese viejo.

—¿*Cherokee* Desjardins?

Ella contestó encogiéndose de hombros.

—¿Cómo lo sabes?

Frunció el ceño, tratando de decidir si la pregunta era una trampa.

—Cualquiera con el cociente intelectual del apio lo sabría.

—Eso no suena demasiado convincente.

—Un verdadero mecánico lo hubiese hecho bien.

—¿Qué signifi...?

Jocelyn me interrumpió bruscamente.

—¿Quiere oír lo que tengo que decir o no?

Esperé.

—Yo estaba allí aquella noche.

Tragó con dificultad.

—Yo estaba en el apartamento cuando apareció un tío, de modo que me fui al dormitorio. Cherokee y él empezaron a hablar, amistosamente al principio, pero pronto empecé a oír gritos y luego golpes. Me di cuenta de que estaba pasando algo gordo, así que me escondí en el armario.

—¿Por qué estabas allí, Jocelyn?

—Cherokee iba a patrocinarme en los Kiwanis —se mofó.

—Continúa.

—Me quedé en el armario hasta que las cosas se calmaron; entonces cuando pensé que el tío se había marchado, decidí largarme de allí. En ese momento oí el disparo. ¡Santo cielo!

Sus ojos se fijaron en un punto indeterminado por encima de mi hombro. Intenté imaginar lo que para ella era un recuerdo.

—Después oí que el tío revisaba los cajones y lo revolvía todo. Pensé que era un drogata que buscaba la mierda de Cherokee y casi me lo hago encima porque yo sabía que la mercancía estaba en el dormitorio.

»Cuando empecé a oler el humo me dije que era hora de sacar mi culo de aquel lugar, aunque hubiera un pirado en la habitación de al lado. Rompí la ventana, salté al callejón y corrí hacia la esquina. Y ahora viene lo mejor. Cuando me volví para echar un vistazo, aquella cucaracha seguía fuera del apartamento de Cherokee buscando algo en el barro. Entonces un coche giró en la esquina y el tío se largó.

—¿Qué estaba buscando?

—¿Cómo coño iba a saberlo?

—¿Qué pasó entonces?

—Cuando estuve segura de que el tío no volvería, regresé y eché un vistazo.

Se produjo un largo silencio. Entonces Jocelyn cogió un bolso que llevaba sujeto al hombro con una correa, buscó en su interior y sacó un objeto pequeño y plano.

—Encontré esto en el lugar donde buscaba ese tío.

Lo empujó hacia mí.

Abrí la pequeña bolsa de papel y saqué una fotografía enmarcada en plástico barato. Dos hombres sonreían a través de la fina lluvia de sangre que había salpicado la instantánea, con los brazos interiores enlazados y los brazos exteriores levantados, los dedos corazones apuntados hacia el cielo. El tío de la derecha era *Cherokee* Desjardins, robusto y lleno de vida.

Cuando reconocí al hombre que estaba a la izquierda, se me hizo un nudo en la garganta y sentí que se me alteraba la respiración. Jocelyn continuó hablando pero yo no la escuchaba.

—... un bolso rasgado junto a él. Cuando los faros del coche lo iluminaron se volvió como una liebre asustada.

Mis pensamientos volaban dentro de mi cabeza. Las imágenes se sucedían como relámpagos.

—... por qué coño lo quería. Pero vaya a saber lo que se cuece en la cabeza de un drogata pasado de rosca.

Vi un rostro.

—... ojalá pudiera haberlo visto.

Vi una gorra de béisbol.

—... ese hijo de puta se salió con la suya.

Vi puntos dorados alrededor de un remolino acuoso.

—... no se merecía morir así.

Me obligué a volver al presente e hice un esfuerzo por dibujar una expresión neutra en mi rostro.

—Jocelyn, ¿conoces a un comentarista de televisión llamado Lyle Crease?

—¿Inglés?

—Sí.

—No veo la tele en inglés. ¿Por qué me pregunta eso? Oiga, estoy tratando de decirle que Dorsey no se cargó a Cherokee.

—No —asentí—. No lo hizo.

Pero tenía una idea bastante clara acerca de quién lo había hecho.

Cuando Jocelyn se hubo marchado llamé a Claudel. No estaba, pero esta vez colgué y llamé a su busca.

Es bastante urgente, pensé mientras marcaba mi número. Cuando Claudel llamó le conté la historia de Jocelyn.

—¿Puede identificar al hombre?

—Nunca le vio la cara.

—*Fantastique*.

—Es Crease.

—¿Cómo puede estar segura?

—La gorra que encontraron en el apartamento de Desjardins tenía un logotipo de la Universidad de Carolina del Sur. Crease cursó sus estudios allí.

—Ya hemos...

—¿Le habló Charbonneau de la caspa?

—Sí.

—No hace mucho tuve el placer de cenar con Crease. Tenía suficiente caspa como para abrir una estación de esquí.

—¿Motivo?

Le describí lo que había visto en la fotografía.

—Santa Madre de Dios.

No era muy frecuente que Claudel blasfemara.

—¿Cuál era la relación de esa mujer con Dorsey?

—No se mostró muy receptiva a las preguntas personales.

—¿Se puede confiar en ella?

Su respiración sonaba húmeda contra la bocina del auricular.

—Es evidente que está enganchada a las drogas, pero yo la creo.

—Si estaba aterrorizada, ¿por qué se quedó en los alrededores del apartamento de Cherokee?

—Probablemente pensó que el asaltante había dejado caer la droga y tenía una oportunidad de un chute gratis.

—Michel Charbonneau me habló de la conversación que tuvieron. —Más respiración húmeda—. Creo que es hora de coger a ese señor Crease.

Después de hablar con Claudel, hice una llamada para reservar un billete de avión. Lo quisiera o no, Kit se volvería a Texas. Hasta entonces no lo perdería de vista.

Cuando llegué a casa, Kit estaba en la ducha.

—¿Has comido? —grité a través de la puerta cuando oí que cerraba el grifo.

—No mucho.

Muy bien, colega. Yo también puedo cocinar pasta.

Fui a Le Faubourg a buscar almejas y verduras. Una vez de regreso, preparé las almejas con cebolla y setas, luego mezclé y añadí una salsa de yogur, mostaza, limón y eneldo. Vertí la mezcla sobre pasta de cabello de ángel y la serví acompañada de ensalada.

Incluso Kit estaba impresionado.

Hablamos mientras comíamos, pero no dijimos mucho.

—¿Cómo te ha ido el día? —pregunté.

—Muy bien.

—¿Qué hiciste?

—No mucho.

—¿Te quedaste en casa?

—Fui en metro hasta una isla y estuve paseando por los parques.

—Île-Ste-Hélène.

—Sí. Hay una playa y un montón de senderos. Está muy bien.

Eso explicaba la presencia del monopatín en la entrada.

—¿Y cómo te ha ido a ti el día? —preguntó, cogiendo un trozo de pan frito de la ensalada.

—Muy bien.

Una colgada en nuestro laboratorio me acusó de indiferencia ante los motoristas y he descubierto que uno de tus compañeros de juegos de *Easy Rider* puede ser un asesino.

—Genial —dijo.

Respiré profundamente.

—Hoy he hecho una reserva de avión.

—¿Te marchas otra vez?

—El vuelo es para ti.

—Oh-oh. El vago se marcha.

Se quedó mirando el bol de la ensalada.

—Kit, sabes que te quiero, y que me encanta tenerte aquí, pero creo que es hora de que regreses a tu casa.

—¿Qué es lo que dicen sobre los huéspedes y el pescado pasado? ¿O es sobre los parientes?

—Sabes que no es así. Pero has estado aquí casi dos semanas. ¿No estás aburrido? ¿No tienes ganas de ver a tus amigos y comprobar cómo está el velero?

—No se moverán de allí —replicó, encogiéndose de hombros.

—Estoy segura de que tanto tu padre como Harry te echan de menos.

—Oh, sí. Han estado quemando las líneas telefónicas.

—Tu madre está en México. No es fá...

—Regresó a Houston ayer.

—¿Qué?

—No quería decírtelo.

—¿Oh?

—Sabía que me dirías que me marchara cuando Harry volviera de su viaje.

—¿Por qué piensas eso?

Apoyó las manos en la mesa y los dedos se curvaron sobre el borde del bol. Afuera, en alguna parte, se oyó una sirena, débil, fuerte, débil. Contestó sin mirarme.

—Cuando era pequeño, siempre te mantenías apartada, temerosa de que Harry pudiese sentirse celosa. O enfadada. O resentida. O incómoda. O...

Cogió un trozo de pan frito y lo dejó. Una gota de aceite cayó sobre el mantel.

—¡Kit!

—¿Y sabes una cosa? Ella tenía que sentirse incómoda. Lo único que debería agradecerle a Harry es que no me enterrara dentro de una puta caja de zapatos cuando nací. —Se levantó—. Iré a preparar mis cosas.

Me levanté y lo cogí del brazo. Cuando alzó la vista, su rostro estaba tenso por la ira.

—Harry no tiene nada que ver con esto. Te envío de regreso a casa porque tengo miedo por ti. Tengo miedo por la gente que has estado viendo y por lo que pueden estar haciendo, y tengo miedo de que puedas implicarte en situaciones que puedan ponerte en peligro.

—Chorradas. Ya no soy un crío. Yo tomo mis propias decisiones.

Tuve una imagen de *Rana* Rinaldi, su sombra extendiéndose sobre una tumba. Gately y Martineau habían tomado una decisión. Una decisión mortal. Y también Savannah Osprey. Y George Dorsey. No permitiría que Kit hiciera lo mismo.

—Si te ocurriera algo, nunca me lo perdonaría.

—No me pasará nada.

—No puedo correr ese riesgo. Creo que te has estado metiendo en situaciones peligrosas.

—Tía Tempe, ya no tengo seis años. Puedes echarme de aquí, pero ya no puedes decirme lo que debo hacer.

Tensó los músculos de los maxilares y luego su nuez subió y bajó rápidamente.

Ambos permanecimos en silencio, comprendiendo que estábamos a punto de pronunciar palabras que harían daño. Le solté el brazo y Kit desapareció por el corredor, sus pies descalzos rozando suavemente la alfombra.

Dormí a intervalos, luego me desperté y me quedé tendida en la oscuridad, pensando en mi sobrino. El color de la ventana viró de negro a carbón. Renuncié a dormir, preparé té y llevé la taza al patio.

Envuelta en el edredón de mi abuela, contemplé las estrellas y recordé las noches en Charlotte. Cuando Katy y Kit eran pequeños identificábamos constelaciones y bautizábamos nuestras propias figuras estelares. Katy veía un ratón, un cachorro, un par de patines. Kit veía a una madre con su niño.

Encogí los pies y bebí un sorbo de té caliente.

¿Qué podía hacer para que Kit entendiese mis razones para enviarlo de regreso a casa? Era joven y vulnerable y estaba desesperado por reconocimiento y aprobación.

¿Pero reconocimiento y aprobación de quién? ¿Por qué quería quedarse conmigo? ¿Acaso le proporcionaba una base desde donde podía desarrollar algunas actividades que no me revelaría?

Desde el día de su llegada, su apatía me había confundido. Mientras que Katy hubiese buscado inmediatamente el contacto con la gente de su edad, mi sobrino parecía satisfecho con algunos paseos, videojuegos y la compañía de una tía madura y su maduro gato. El Kit actual se daba de patadas con el jovencito que yo recordaba. Rodillas peladas. Puntos de sutura. Huesos rotos. La hiperactividad de Kit había mantenido a Harry en el primer lugar de la lista de los paramédicos locales durante toda la niñez de su hijo.

¿Había estado Kit en casa o había salido con Lyle Crease? ¿O con el Predicador? ¿O con la hiena? ¿Su estado letárgico se debía a que estaba cansado?

Más té. Ahora tibio.

Tuve la imagen de dos hombres detrás de un plástico salpicado de sangre y ni siquiera el té pudo evitar el escalofrío.

¿Estaba cometiendo un error? ¿Si Kit andaba por mal camino, podía ser yo una influencia positiva para él? ¿Si estaba implicado en algo peligroso, sería más seguro que se quedara conmigo?

No. Toda la situación era demasiado arriesgada. Me ceñiría a mi plan inicial. Mi sobrino estaría en Texas antes de que el cuerpo de George Dorsey descansara bajo tierra.

Cuando el amanecer comenzó a asomar en el horizonte, una suave claridad se extendió a través del patio, tiñendo los árboles, los setos y los viejos edificios de ladrillo al otro lado de la calle. Las aristas se suavizaron, hasta que la ciudad se asemejó a un paisaje de Winslow Homer (31). Una delicada acuarela, un fondo perfecto para el funeral de un gángster.

Arrojé el resto del té sobre la hierba y fui a despertar a mi sobrino.

Su habitación estaba vacía.

(31)   Winslow Homer, pintor estadounidense nacido en Boston en 1836 y fallecido en 1910. Excelente ilustrador, destacó por sus escenas de la guerra de Secesión y su pintura estuvo influida por los impresionistas. *(N. del t.)*

37

Había una nota en la puerta de la nevera. La leí sin cogerla, no confiaba en mis manos temblorosas.

«Gracias por todo. No te preocupes. Estoy con amigos.»

¿Amigos?

Mi corazón se había muerto súbitamente en el pecho.

Miré el reloj. El funeral de Dorsey comenzaría en poco más de una hora.

Llamé al busca de Claudel, luego preparé café, me vestí y acomodé la cama.

Siete y cuarto.

Bebí un poco de café y me arranqué una cutícula.

La tierra giraba. Las placas tectónicas se movían. Cinco hectáreas de bosque lluvioso desaparecían para siempre del globo terráqueo.

Fui al baño, me peiné, me puse un poco de maquillaje, añadí un poco de color en las mejillas, volví a la cocina a por una segunda taza de café.

Siete y media. ¿Dónde coño estaba Claudel?

Vuelta al baño, donde me mojé el pelo antes de volver a peinarme. Estaba buscando la seda dental cuando sonó el teléfono.

—Nunca hubiese dicho que le gustaba madrugar.

Claudel.

—Kit se ha marchado.

—*Cibole!*

Alcanzaba a oír el ruido de fondo del tráfico.

—¿Dónde está?

—Delante de la iglesia.

—¿Cómo está el ambiente?

—Como un parque temático de pecados mortales. La pereza y la gula están perfectamente representadas.

—Supongo que no lo habrá visto.

—No, pero tampoco sería capaz de ver a Fidel Castro en medio de esta multitud. Es como si todos los motoristas del continente estuviesen hoy aquí.

—¿Crease?

—No hay señales de él.

Percibí un cambio en su respiración.

—¿Qué?

—Charbonneau y yo estuvimos haciendo algunas comprobaciones. Desde 1983 hasta 1989, Lyle Crease trabajaba como corresponsal en el extranjero, no como agente secreto. Pero los únicos informes que archivaba lo hacía con el guardián de su bloque de celdas.

—¿Estuvo en prisión? —pregunté, desconcertada.

—Seis años, al sur de la frontera.

—¿México?

—Juárez.

Mi corazón resucitó y golpeó con fuerza dentro del pecho.

—Crease es un asesino y es posible que Kit esté con él. Tengo que hacer algo.

La voz de Claudel llegó helada desde el otro lado de la línea:

—Ni se le ocurra actuar por libre, señora Brennan. Estos motoristas son como tiburones que huelen el agua en busca de sangre, y las cosas se pueden poner muy feas en este lugar.

—¡Y Kit podría verse metido en ese infierno!

Sentí que se me cortaba la voz y me interrumpí para tranquilizarme.

—Enviaré un coche patrulla en busca de Crease.

—¿Cree que tiene planes para el funeral?

—Si asoma la nariz, lo arrestaremos.

—¿Y si un crío de diecinueve años resulta detenido por el camino? —pregunté, casi gritando.

—Sólo le digo que no venga aquí.

—¡Entonces encuentre a ese cabrón!

Apenas había colgado el auricular cuando oí que sonaba mi móvil.

¡Kit!

Corrí a mi dormitorio y lo saqué del bolso.

La voz era temblorosa, como la de un niño que ha estado llorando durante mucho rato.

—Es preciso que sepa lo que están haciendo.

Al principio sentí confusión, luego reconocí la voz y, por último, el miedo llegó a través de la línea.

—¿Quién, Jocelyn?

—Alguien tiene que saber lo que esta escoria de Idólatras están haciendo.

Respiró ruidosamente por la nariz.

—Cuéntame.

—Esta ciudad se está convirtiendo en un matadero y su chico está caminando sobre el filo de la navaja.

El miedo me puso el estómago como una piedra.

—¿Qué quieres decir?

—Sé lo que va a pasar.

—¿Qué tiene que ver mi sobrino en todo esto?

—Necesito pasta y necesito protección.

Ahora su voz sonaba más grave.

—Dime lo que sabes.

—No sin un trato.

—No tengo autoridad para eso.

—Pero sabe quién la tiene.

—Intentaré ayudarte —dije—. Pero necesito saber si mi sobrino está en peligro.

Silencio. Luego:

—Joder, estoy muerta de todos modos. Nos encontraremos en la estación de metro de Guy dentro de veinte minutos. Andén oeste.

En su voz se percibía claramente la derrota.

—Esperaré diez minutos. Si se retrasa o la acompaña alguno de sus colegas, desapareceré, y el chico será una nota a pie de página cuando se escriba esta historia.

Línea muerta.

Llamé al busca de Claudel y dejé mi número. Luego me quedé mirando fijamente el teléfono, sopesando las opciones.

Claudel estaba ilocalizable. No podía esperar a que me devolviese la llamada.

Quickwater.

Lo mismo.

Claudel no me había dicho nada de evitar el metro. Me reuniría con Jocelyn y luego lo llamaría cuando tuviese información.

Marqué el número del cuartel general de Carcajou, pero no pulsé el botón de llamada. Luego volví a guardar el móvil en mi bolso y me dirigí a la puerta.

Jocelyn estaba sentada en el extremo del andén y tenía un bolso de lona sobre el regazo y otro apoyado en el suelo. Había elegido un banco en una esquina, como si el respaldo de cemento le ofreciera protección ante cualquier amenaza que estuviese esperando. Sus dientes trabajaban sobre la uña del pulgar mientras controlaba a la gente a ambos lados de las vías.

Me vio y no apartó los ojos de mí mientras me acercaba. Me mantuve en el centro del andén, el pulso más estridente en mis oídos que cualquier otro sonido. El aire era caliente y rancio, como si fuese respirado una y otra vez por legiones de viajeros subterráneos. Sentí un gusto ácido e hice un esfuerzo para tragar.

Jocelyn me observó en silencio cuando me senté a su lado. Su piel pálida parecía violeta bajo la luz artificial; el blanco de sus ojos, amarillo.

Empecé a hablar pero me interrumpió con un gesto de la mano.

—Voy a decir esto sólo una vez, luego me largaré de aquí. Usted escuche.

No dije nada.

—Soy una adicta, ambas lo sabemos. También soy una puta y una embustera.

Sus ojos volvieron a controlar los rostros de la gente que esperaba en ambos andenes, sus movimientos eran breves y nerviosos.

—Ésta es la jodida historia. Vengo de un medio de Niña Exploradora-campamento de verano-pastel de atún, igual que usted. Sólo que, en algún punto del camino, me uní a un grupo de chiflados y me quedé enganchada.

Una intensa sombra púrpura hacía que sus ojos parecieran los de un cadáver.

—En los últimos tiempos me he dedicado a tiempo completo al odio. Odio todo y a todos en este jodido planeta. Pero sobre todo me odio a mí misma.

318

Se limpió con el dorso de la mano el líquido que chorreaba de su nariz.

—Sabes que es hora de echar el cierre cuando no puedes mirarte en el agua de un estanque o pasar delante del espejo de una tienda porque desprecias la imagen que ves reflejada en él.

Se volvió hacia mí, con sus ojos lobotomizados ardiendo de furia y culpa.

—Hablar con usted puede significar mi muerte, pero quiero acabar con todo esto. Y quiero que esos tíos paguen por lo que han hecho.

—¿Qué es lo que ofreces?

—*Araña* Marcotte y la pequeña.

—Te escucho.

—Fue George Dorsey. Está muerto, de modo que ya no importa.

Apartó la vista, luego volvió a mirarme fijamente.

—Marcotte fue la venganza de los Idólatras porque los Serpientes habían volado en pedazos a los Vaillancourt. George y un tío importante de la banda llamado Sylvain Lecomte se lo cargaron. La pequeña fue un error.

Abrazó una de sus botas contra el bolso de lona.

—George pensaba que ese golpe sería su billete hacia el estrellato. Pero los Idólatras se cargaron a George porque pensaron que iba a entregar a Lecomte. —Sonrió con desprecio y se tocó ligeramente la barbilla—. George me estaba esperando cerca del apartamento de Cherokee. Cuando los tíos de Carcajou lo cogieron y luego concertó una cita con usted, los hermanos Idólatras decidieron cargarse a George antes de que pudiese señalar a Lecomte. Un tío importante, Lecomte. Matar a una niña. Pedazo de mierda —añadió, escupiendo las palabras.

—¿Algo más?

Se encogió de hombros.

—Las sepulturas de St-Basile. Yo estuve allí hace nueve años. Tengo muchas cosas para negociar.

—¿Estás hablando del programa de protección de testigos?

—Pasta y desaparecer.

—¿Rehabilitación?

Se encogió de hombros otra vez.

—¿Qué me dices de Cherokee?

—Él trajo los huesos de la chica al norte, pero he escrito

toda la historia. Se la entregaré cuando mi culo esté a salvo y muy lejos de aquí.

Sonaba como si su pensamiento se estuviese derrumbando mientras lo expresaba.

—¿Por qué ahora?

—Ellos mataron a Dorsey. Él hizo su trabajo y ellos lo mataron.

Sacudió la cabeza y volvió a sus tareas de vigilancia.

—Y ahora soy igual que ellos. —Su voz se tiñó de desprecio por sí misma—. Delaté a ese periodista.

—¿Qué periodista?

—Lyle Crease. Me imaginé que algo estaba pasando cuando usted me preguntó por él, de modo que por la noche puse las noticias en la tele. Estoy segura, ése era el tío que vi en el apartamento de Cherokee. Les soplé el nombre a los Serpientes por una bolsa de nieve.

—¡Santo Dios!

—Soy una puta yonqui, ¿de acuerdo? —Lo dijo casi chillando—. Cuando te estás derrumbando y el mundo se cierra a tu alrededor, venderías a tu madre por una raya. Además, tenía otras razones.

Sus manos comenzaron a temblar y se apretó las sienes con las puntas de los dedos.

—Más tarde llamé a Crease para arreglar un encuentro en el cementerio.

Otra vez la risa irónica.

—¿Te pidieron ellos que arreglaras ese encuentro?

—Sí. El plan es cargarse a Crease y también a algunos Idólatras.

—¿Qué tiene eso que ver con mi sobrino?

Tenía la boca tan seca que apenas podía hablar.

—Crease dijo que no intentasen nada porque tendría al chico con él.

Oí el ruido sordo de un tren dentro del túnel.

Jocelyn volvió a sacudir la cabeza. Visto de perfil, su rostro tenía un aspecto duro.

—Este funeral será una jodida película con muertes de verdad, y su sobrino podría tener un papel protagonista.

Sentí un cambio en la presión del aire cuando el tren se aproximaba a la boca del túnel. Los pasajeros que esperaban en el otro extremo se movieron hacia el borde del andén.

La mirada de Jocelyn se detuvo en algo al otro lado de las vías. Sus ojos hundidos mostraron una fugaz expresión de asombro, luego se abrieron como platos al reconocer lo que había visto. Su boca se abrió.

—¡Lecom...! —gritó, y su mano voló hacia la cremallera del bolso.

En ese momento, el tren entró rugiendo en la estación.

La cabeza de Jocelyn se sacudió hacia atrás y una nube oscura se extendió sobre la pared alrededor de ella. Me tiré al suelo, cubriéndome la cabeza con ambas manos.

Los frenos chirriaron.

Traté de arrastrarme junto al banco, debajo de él, a cualquier parte. ¡Estaba fijado a la pared! ¡No tenía donde esconderme!

Las puertas se abrieron. Los pasajeros subieron y bajaron del tren.

A nuestro lado, gritos. Rostros que se vuelven. Incredulidad. Horror.

El tren se marchó.

Luego los sonidos cambiaron. Retirada aterrada. Gente que corre.

Después de un minuto sin disparos, levanté la cabeza muy despacio, restos de huesos y cerebro sobre mi chaqueta. El estómago me dio un vuelco y sentí la bilis en la boca.

Voces. Inglés. Francés.

—*Attention!*

—*Sacrifice!*

—Que alguien llame a la policía.

—*Elle est morte?*

—Están en camino.

—*Mon Dieu!*

Confusión. Correr hacia la escalera mecánica.

El cuerpo de Jocelyn se sacudió bruscamente; un hilo de saliva colgaba de sus labios. Podía oler la orina y las heces, y ver la sangre que formaba un charco sobre el banco y el suelo.

Tuve una visión de Cherokee. Otras, rápidas, como destellos de un flash. Gately. Martineau. Savannah Osprey. Emily Anne Toussaint.

Yo no pude impedir esas muertes, y tampoco había hecho nada para provocarlas. Y no podía hacer nada por Jocelyn. Pero no permitiría que mi sobrino fuese la próxima víctima. No lo permitiría. La muerte distribuida por los motoristas no sucedería. No a Kit. No a Harry. Y no a mí.

Con las piernas que apenas me sostenían fui dando tumbos hasta la escalera mecánica, subí al nivel de la calle y fui arrastrada por la gente que se alejaba del lugar de la tragedia. Ya había dos coches patrulla bloqueando la entrada, las puertas abiertas, las luces girando en los techos. Las sirenas anticipaban la llegada de más coches de la policía.

Debí haber permanecido en la estación, haber contado mi historia, y dejado que la policía se hiciera cargo del resto. Me sentía enferma y me repugnaba la carnicería que parecíamos impotentes de detener. El miedo por Kit me atenazaba las entrañas como un dolor físico, superando la capacidad de juicio y el sentido del deber.

Me aparté de la multitud y eché a correr.

38

Cuando entré en mi silencioso apartamento aún me temblaban las manos. Llamé, aunque no esperaba que nadie me respondiera.

Saqué el sobre que Charbonneau me había entregado de parte de Roy del maletín. Examiné el registro, comprobé el reloj y corrí a la cochera.

Aunque la hora punta comenzaba a disminuir la intensidad del tráfico, en la zona de Centre-ville había un atasco. Avancé lentamente, el motor perezoso, el corazón acelerado, las manos sudando sobre el volante, hasta que conseguí librarme del atasco, subir la montaña y detenerme en un aparcamiento al otro lado de Lac aux Castors.

Los cementerios se extendían sobre la ladera de la colina del lado de Chemin Remembrance, ciudades de muertos fluyendo hacia el horizonte. Según el mapa de Roy, la parcela de Dorsey estaba justo dentro del perímetro vallado, a unos veinte metros de la puerta sur. El cortejo llegaría desde el este y entraría en el cementerio por el sector opuesto al que yo me encontraba.

Me sequé las manos en los tejanos y comprobé la hora.

Pronto.

Normalmente, las primeras horas de la mañana significan poca gente en la montaña, pero hoy los deudos se alineaban junto al camino que llevaba hasta la puerta. Otros vagaban entre los árboles y las lápidas dentro de los terrenos del cementerio. La terrible hipocresía de ese ritual me pareció absolutamente irreal. Idólatras y Rock Machine enterrando con solemnidad al camarada que habían matado entre ambos.

Los coches patrulla estaban aparcados a ambos lados de Remembrance, con las luces girando en los techos y las radios encendidas. Cerré el coche con llave y crucé el camino a la carrera, resbalando sobre la hierba temprana que comenzaba a invadir la mediana. Apresurándome a lo largo del borde del camino, estudié a los que vagaban por los alrededores. La mayoría eran tíos, jóvenes y blancos. Divisé a Charbonneau apoyado en un coche, pero no había señales de Crease ni de Kit.

Un policía uniformado me detuvo en la puerta.

—Alto ahí. Un momento, señora. Lo siento, pero está por celebrarse un funeral y esta entrada está cerrada. Tendrá que marcharse.

Alzó ambos brazos como si pudiese necesitar la restricción física.

—Doctora Temperance Brennan —me identifiqué—. Carcajou.

Una expresión de sospecha le arrugó el rostro. El policía estaba a punto de decir algo cuando un agudo silbido cruzó el aire, como si alguien estuviese llamando a un perro. Ambos nos volvimos.

Claudel estaba en una pequeña elevación del terreno a poca distancia de la tumba que esperaba a Dorsey. Cuando tuvo nuestra atención hizo un gesto brusco con la mano indicando que alguien se acercara. El policía me señaló a mí y Claudel asintió. Con una mirada de desaprobación, me franqueó la entrada.

Los cementerios de Mont-Royal son lugares extraños y hermosos, hectáreas de elegante paisaje y trabajada arquitectura funeraria subiendo y bajando por las ondulaciones de la montaña. Mont-Royal. El cementerio judío. Notre-Dame-des-Neiges.

Este último es para los difuntos católicos. Algunos son enterrados con elaborados monumentos y tumbas, otros con sencillas placas y alquileres por diez años. Desde mediados del siglo XIX, más de un millón de almas han sido entregadas al descanso eterno dentro de los límites de la valla de hierro forjado del cementerio. El complejo incluye mausoleos, crematorios, columbarios y sepulturas para los más tradicionales.

Hay secciones para los polacos. Los vietnamitas. Los griegos. Los franceses. Los ingleses. Los visitantes pueden conseguir planos donde figuran las tumbas de los famosos de Montreal. La familia Dorsey descansa en la sección Tercera, no lejos de la tumba de Marie Travers, la cantante de los años treinta conocida como La Bolduc.

Más importante era el hecho de que el funeral de hoy se celebraría a menos de cien metros de Chemin Remembrance. Los consejeros de Roy pensaban que, si habían planeado un asesinato, el cementerio era el lugar más idóneo para llevarlo a cabo. Y el más difícil de proteger.

Subí por el sendero de grava hasta reunirme con Claudel en la cima de la colina. Su saludo no fue muy cálido.

—¿Qué demonios cree que está haciendo?

—Kit está con Crease y vienen hacia aquí —dije jadeando.

—Usted no escucha lo que le dicen, ¿verdad, señora Brennan? —Su mirada barrió la multitud mientras hablaba—. Hoy ya ha habido un homicidio.

Mi mente voló hasta la estación del metro. Jocelyn, buscando. Jocelyn, en un espasmo de agonía.

—Yo estaba con ella.

—¿Qué?

Los ojos de Claudel se clavaron en mi rostro, luego bajaron hacia la sangre y los restos de cerebro que manchaban mi chaqueta.

Se lo expliqué.

—¿Y abandonó la escena del crimen?

—No había nada que pudiera hacer allí.

—No pienso señalar lo evidente.

—¡Ella estaba muerta! —dije.

Miedo, furia y culpa se fundían en mi cabeza y su actitud indiferente no contribuía a tranquilizarme. Un sollozo se instaló en mi pecho.

No. ¡Nada de lágrimas!

En ese momento, su compañero de Carcajou apareció en el borde de la colina. Quickwater se acercó a Claudel, habló en voz muy baja, y se marchó sin siquiera reparar en mi presencia. Pocos segundos más tarde reapareció al pie de la colina, caminó entre un grupo de lápidas ornamentales y se colocó detrás de un obelisco de granito rosa.

—Si digo «a cubierto», usted obedece. Nada de preguntas. Nada de actos heroicos. ¿Lo ha entendido?

—Está bien.

No volvió a hablar.

Eso también estaba bien. Reprimí la necesidad de expresar

mi miedo por Kit, temiendo que el hecho de dar forma a la amenaza con palabras pudiese provocar que se hiciera realidad. Más tarde le hablaría de Lecomte.

Pasaron cinco minutos. Diez. Estudié a los acongojados. Trajes de calle mezclados con cadenas, esvásticas, cazadoras con tachuelas y pañuelos de colores.

Oí el ruido antes de ver la procesión. Comenzó como un ruido sordo y se convirtió en un rugido cuando dos coches patrulla aparecieron en la curva; luego, un coche fúnebre, una limusina y media docena de coches. Detrás, una falange de motocicletas, cuatro a cada lado detrás de los coches, en filas de dos y tres a continuación. Muy pronto, el rugido se intensificó con la incorporación de decenas de motos, y yo no alcanzaba a ver el final de la formación.

El sol arrancaba destellos de los cromados mientras el cortejo reducía la velocidad y entraba en el cementerio. El aire se llenó con el sonido de los motores y los cambios de marcha cuando los motoristas rompieron la formación y se congregaron en la entrada. Hombres con Levi's grasientos, barbas y gafas de sol comenzaron a desmontar de las máquinas para dirigirse hacia la puerta.

Claudel entrecerró los ojos mientras contemplaba cómo el cementerio que se extendía debajo de nosotros se convertía en un zoológico humano.

—*Sacré bleu!* Deberíamos mantenerlos fuera de la valla.

—Roy dice que eso no es posible.

—Me cago en los derechos civiles. Hay que encerrar a esos canallas y que después sus abogados presenten sus demandas.

El cortejo se desvió hacia la izquierda y ascendió por el camino bordeado de árboles que discurría a través de la sección Tercera. Cuando se detuvo, un hombre con traje se acercó a la limusina y abrió la puerta trasera. Del interior salieron varias personas con la expresión azorada de la gente que no está acostumbrada al servicio personal.

Observé al director del funeral que conducía a la familia hacia las sillas plegables que estaban colocadas debajo de un brillante toldo verde. Un anciano con un traje visiblemente viejo. Dos matronas vestidas de negro, perlas falsas alrededor del cuello. Una joven con un vestido floreado. Un chico con una chaqueta con mangas que no le llegaban a las muñecas. Un sacerdote mayor.

Mientras amigos y familiares bajaban de los coches, la otra familia de Dorsey también comenzó a reunirse. Haciendo bromas y gritando, formaron una herradura irregular fuera de la zona cubierta por el toldo. Debajo, la nueva sepultura estaba cubierta como un paciente que espera a ser sometido a cirugía.

Un destacamento de ocho se reunió lentamente junto al coche fúnebre, todos con ropa tejana y gafas ahumadas. A una señal del director, un ayudante ofreció guantes, que un gigante se encargó de repartir. Con las manos desnudas, los encargados de portar el ataúd lo sacaron del coche fúnebre y lo llevaron hasta la zona cubierta, luchando bajo el peso del muerto y su envoltorio.

Sobre mi cabeza, las ramas subían y bajaban y percibí el aroma de las flores y de la tierra recién excavada. Las motos estaban en silencio. Un sollozo escapó de la zona de los deudos, flotando libre con la brisa para volar entre las tumbas que nos rodeaban.

—Sacré bleu!

Cuando me volví, Claudel estaba mirando hacia la entrada. Seguí la dirección de su mirada y el miedo me paralizó.

Crease y Kit se abrían paso entre las personas que se encontraban en la entrada, pasando entre el semicírculo de deudos y colocándose a la sombra de un ángel de bronce de tamaño natural, con los brazos extendidos perpendicularmente, como si estuviese pedaleando en el agua para mantenerse a flote.

Abrí la boca para decir algo pero Claudel me hizo callar con un gesto de la mano. Levantó su radio y miró hacia donde se encontraba su compañero. Quickwater hizo un breve gesto, primero hacia la derecha, luego señalando al frente.

Miré hacia donde había indicado Quickwater. Detrás de los deudos, parcialmente oculto entre las tumbas y los árboles, había un grupo de hombres cuya atención no estaba puesta precisamente en el servicio fúnebre. Al igual que Claudel y Quickwater, sus ojos no descansaban un momento, y llevaban microteléfonos. A diferencia de los investigadores de Carcajou, esos hombres llevaban tatuajes y botas.

Interrogué a Claudel con la mirada.

—Seguridad de los Rock Machine.

Debajo del entoldado, el sacerdote se levantó y abrió su libro de oraciones. Las manos subieron y bajaron, haciendo la señal de la cruz sobre el pecho. Las páginas del misal aletearon mientras el viejo sacerdote comenzaba los ritos por los difuntos y extendió un dedo nudoso para mantenerlos quietos. La brisa jugaba con sus palabras, ocultando algunas y compartiendo otras.

—… que estás en los cielos, santificado…

Claudel se puso tenso a mi lado.

Un hombre había aparecido de pronto entre un grupo de criptas, a unos cincuenta metros hacia el oeste. Con la cabeza gacha, el hombre se dirigía hacia la zona entoldada.

—Tu reino… tu voluntad…

Miré hacia donde se encontraba Quickwater. Sus ojos estaban fijos en los centinelas de los Rock Machine. Uno habló por su walkie-talkie. A través del cementerio, otro recibió su mensaje. Quickwater los observó un momento y luego levantó su radio.

Claudel sintonizó a su compañero, con los ojos pegados al hombre que se aproximaba a la sepultura.

—… perdona… nuestras deudas…

—¿Problemas? —pregunté cuando acabó la transmisión.

—No es un Rock Machine. Podría ser uno de los Bandidos, pero los vigilantes no están seguros.

—¿Cómo…?

—Lee los labios.

—¿Reconoce a ese tío?

—No es un poli.

Yo tenía los nervios a flor de piel. Como muchos otros en esa multitud, un pañuelo cubría la parte inferior del rostro de la figura que se acercaba y una gorra ocultaba sus ojos. Pero había algo raro en él. Su chaqueta era demasiado gruesa para ese día, sus brazos colgaban demasiado pegados al cuerpo.

De pronto un Jeep apareció en Remembrance y se dirigió velozmente hacia la valla. Al mismo tiempo, una Harley atravesó la puerta a toda pastilla.

Los acontecimientos siguientes parecieron continuar indefinidamente, cada uno de ellos a cámara lenta. Más tarde, alguien me dijo que todo el episodio había durado apenas dos minutos.

En la herradura de motoristas, un hombre giró hacia un lado y cayó pesadamente contra uno de los postes que sostenían el entoldado. Gritos. Disparos. La tienda se desplomó. La multitud se quedó inmóvil un momento, luego todos comenzaron a correr.

—¡Al suelo!

Claudel me empujó con fuerza, aplastándome contra la hierba.

Un hombre con barba se arrastró fuera del amasijo de lona y echó a correr hacia un Cristo de piedra con los brazos extendidos. A mitad de camino, su espalda se arqueó y cayó hacia adelante. Se arrastraba por el suelo cuando su cuerpo se agitó otra vez antes de quedarse inmóvil definitivamente.

Intenté ver qué estaba pasando mientras escupía la tierra que tenía entre los dientes. Una bala se incrustó en el castaño que había detrás de mí.

Cuando volví a mirar, el hombre de la chaqueta con el rostro cubierto por el pañuelo estaba detrás de una tumba, inclinándose hacia la base de la cripta. Se puso de pie y el sol destelló en el acero cuando accionó la corredera de una semiautomática. Luego dejó caer la mano junto al cuerpo y echó a andar hacia el ángel nadador.

Sentí una punzada de pánico.

Sin pensarlo dos veces, comencé a arrastrarme hacia el sendero.

—Brennan, vuelva aquí —gritó Claudel.

Ignorando su orden, me puse en pie y me lancé colina abajo, manteniéndome en el lado más alejado para evitar los disparos. Con la cabeza gacha y saltando de una tumba a otra, me acerqué a la estatua que protegía a mi sobrino.

A mi alrededor se oían los disparos de pistolas y metralletas. Los Ángeles estaban cosechando su venganza y los Rock Machine devolvían el fuego. Las balas rebotaban en tumbas y lápidas. Una astilla de granito me alcanzó en la mejilla y algo cálido se escurrió por mi rostro.

Mientras rodeaba la estatua por un lado, el desconocido apareció por el otro. Crease y Kit estaban justo entre nosotros. El pistolero alzó su arma y apuntó.

Crease hizo girar a Kit para protegerse.

—¡Al suelo! —grité. Tenía el rostro cubierto de sudor y sentía la brisa fría sobre la piel.

A Kit le llevó un momento comprender lo que estaba pasando. Luego giró y golpeó con fuerza la entrepierna del periodista con su rodilla. La mano de Crease voló a la zona afectada y su boca dibujó una O perfecta, pero la otra mano aferraba con fuerza la camisa de Kit.

Kit giró hacia su derecha, pero Crease tiró con fuerza de la camisa justo cuando el pistolero apretaba el gatillo. Un sonido ensordecedor reverberó en el torso y las alas de bronce encima de nosotros. Mi sobrino se desplomó en el suelo y se quedó inmóvil.

—¡No!

Mi grito quedó ahogado por el sonido de los motores y el intenso tiroteo.

Otro rugido atronador. En el pecho de Crease vi que se abría un agujero y un río rojo fluyó de él. Por un momento se quedó completamente rígido, luego se desplomó junto a Kit.

Advertí que una figura se movía alrededor del monumento metálico y me lancé hacia adelante para cubrir a Kit. Su mano se movió ligeramente y entonces vi que una mancha roja se extendía por su espalda.

La figura se agrandó y llenó el espacio que había entre el ángel y la tumba contigua, los pies separados, la pistola extendida y cogida con ambas manos apuntando hacia el pistolero que se encontraba delante de nosotros. El cañón lanzó una pequeña lengua de fuego. Otro ruido ensordecedor. El ojo del pistolero estalló, la sangre comenzó a salir a borbotones de la boca y cayó a tierra junto a mí.

Mi mirada se clavó en unos ojos más azules que la llama del gas butano. Luego Ryan dio media vuelta y desapareció.

En ese instante, Quickwater se arrojó debajo del ángel y nos arrastró a Kit y a mí hacia la base del monumento. Agachado delante de los cuerpos supinos de Crease y su asesino, movió su arma describiendo amplios arcos, utilizando el monumento como protección.

Intenté tragar saliva, pero mi boca era un desierto. Los proyectiles ametrallaban la tierra a mi lado y nuevamente fui consciente del olor de la podredumbre y de las flores. Fuera de nuestra pequeña cueva había figuras que corrían en todas direcciones.

Los ojos de Quickwater inspeccionaban todo el terreno, agazapado y preparado para saltar en cualquier momento. Alcancé a oír sirenas y motores lejanos, luego el ruido de una explosión.

Con la adrenalina a flor de piel, apreté una mano contra el orificio abierto en la espalda de mi sobrino y traté de obturar con un pañuelo la herida del pecho. El tiempo perdió todo significado.

Luego se hizo el silencio. Todo parecía haberse quedado inmóvil.

Detrás de Quickwater vi gente que salía arrastrándose de debajo de la tienda derrumbada, desgreñados y sollozando. Los motoristas salieron de sus escondites y se reunieron en grupos, los rostros tensos, moviendo los puños como si fuesen cantantes de hip hop furiosos. Otros yacían inmóviles sobre la hierba. No había señales de Ryan.

Las sirenas ululaban al pie de la montaña. Miré a Quickwater y nuestros ojos se encontraron. Mis labios temblaban, pero no pude decir nada.

Quickwater extendió una mano y me limpió la sangre de la mejilla, luego apartó suavemente un mechón de pelo de mi rostro. Sus ojos se clavaron en los míos, reconociendo lo que ambos acabábamos de ver, el secreto que compartíamos. Sentía una terrible opresión en el pecho y las lágrimas me quemaban los párpados. Me di la vuelta, no quería que nadie fuese testigo de mi fragilidad.

Mi mirada se posó en un pequeño retrato, enmarcado en plástico y fijado al pedestal del ángel. Un rostro solemne me devolvió la mirada, separado por la muerte y desteñido por años de sol y lluvia.

No, Dios. Por favor, no. Kit no.

Desvié la mirada hacia la sangre que se filtraba entre mis dedos. Llorando abiertamente, apliqué más presión a la herida, luego cerré los ojos y comencé a rezar.

39

—¿Qué diablos pensaba hacer? —preguntó Charbonneau.

—No pensé nada. Actué por instinto.

—Estaba desarmada.

—Estaba armada con una furia justa.

—Eso raramente puede vencer a una semiautomática.

Había pasado una semana del tiroteo en el cementerio de Notre-Dame-des-Neiges y habíamos hablado de ello una docena de veces. Charbonneau estaba en mi laboratorio, observándome mientras yo preparaba los huesos de Savannah Osprey para su envío.

La secuencia del ADN había resultado positiva, relacionando el esqueleto encontrado en Myrtle Beach con los restos de St-Basile-le-Grand. Kate Brophy había averiguado que la madre de Savannah estaba muerta, pero había localizado a una tía materna. El entierro se celebraría en Carolina del Norte.

Cada vez que imaginaba esa pequeña y solitaria ceremonia no podía evitar una profunda sensación de melancolía. Mi satisfacción por haber encontrado e identificado a Savannah estaba atenuada por la tristeza que me provocaba la vida que había llevado esa pobre chica. Era tan joven y frágil, impedida por una minusvalía física, solitaria, detestada por su padre, abandonada en la muerte por su madre. Me preguntaba si quedaría alguien que se ocupara de su tumba.

—¿Cree que Savannah eligió ir a Myrtle Beach aquel día? —pregunté, cambiando de tema.

—Según Crease, la chica fue allí voluntariamente.

—Una mala decisión.

Imaginé a la pequeña, pálida y extraviada, y me pregunté qué era lo que la había llevado a hacerlo.

—Sí. Una decisión mortal.

Miré a Charbonneau, sorprendida por la semejanza de nuestros pensamientos. Había habido muchas decisiones mortales. Gately y Martineau. Jocelyn Dion. George Dorsey. Los Ángeles del Infierno responsables del ataque en el cementerio. Y decisiones casi mortales. Kit y Crease, que se las habían arreglado para sobrevivir.

Un escuadrón de la muerte de los Ángeles del Infierno había sido enviado especialmente desde Estados Unidos para liquidar a Crease porque Jocelyn lo había señalado como el asesino de *Cherokee* Desjardins. Los Ángeles habían tratado de dejar bien claro que matar a uno de ellos significaba cierta retribución, y habían elegido un foro muy público para entregar el mensaje. El pistolero encargado de matar a Crease debía escapar en moto del cementerio. La moto consiguió salir de allí, pero no el pistolero. Ryan y Quickwater se encargaron de ello, aunque la versión pública sería muy diferente.

Al no estar familiarizados con el terreno local, los pistoleros del Jeep se salieron del camino y cayeron por un barranco cuando eran perseguidos por la policía. Los dos que viajaban delante murieron en el accidente, el tercero fue hospitalizado con heridas múltiples. Una investigación rutinaria descubrió un pedido de captura por asesinato en Nueva York. El hombre estaba proporcionando una cooperación limitada, prefiriendo la actitud de no-pena-de-muerte de nuestros vecinos del norte a las leyes de su Estado natal. Su razonamiento era que una condena a cadena perpetua en Canadá era preferible a una inyección letal en Nueva York, aunque en ese Estado no se había ejecutado a nadie desde 1963.

Seis horas de cirugía habían conseguido salvar a Lyle Crease, pero el periodista aún se encontraba en la sala de cuidados intensivos. La historia de su implicación en todo este asunto surgía poco a poco a medida que sus períodos de lucidez se alargaban.

Crease y Cherokee habían viajado con los Ángeles del Infierno a comienzos de la década de los ochenta; el segundo aspiraba a entrar en la hermandad; el primero era un futuro académico fascinado por el estilo de vida de los motoristas que vivían fuera de la ley. Los dos congeniaron por sus raíces canadienses.

Según el relato de Crease, Cherokee y él encontraron a Savannah Osprey en la carrera de Myrtle Beach y la invitaron a viajar con ellos. Más tarde, una fiesta se puso fea y Savannah quiso marcharse. El asunto se les fue de las manos, la chica murió estrangulada y Cherokee escondió el cadáver en el bosque.

—¿Crease ha admitido su participación en el asesinato?

—Él lo niega, pero reconoce haber regresado al lugar del crimen, cuando Cherokee decidió recoger los huesos para decorar el cuartel general.

—Los muy cabrones.

Miré los restos de Savannah y experimenté la misma furia y la misma repulsión que había sentido al ver la fotografía que Jocelyn había cogido del apartamento de Cherokee. Había reconocido el cráneo al instante por el diminuto orificio opaco en el costado. El cráneo estaba colocado en una de las paredes; los huesos de las piernas, cruzados debajo como el clásico símbolo de una bandera pirata. Crease y Cherokee posaban debajo de la macabra insignia, con las manos alzadas y el dedo corazón extendido a modo de saludo.

—¿Dónde tomaron esa fotografía?

Hasta entonces, yo no lo había preguntado.

—En el club de los Serpientes, en St-Basile. Crease y Cherokee regresaron a Myrtle Beach el invierno después de que Savannah fue asesinada. Buscaron el cadáver, encontraron el cráneo y los huesos de las piernas debajo de las planchas de hojalata, el resto del cuerpo se había podrido y había sido esparcido por los animales. Pensando que un cráneo humano sería un éxito entre los hermanos, decidieron llevarse las partes no dañadas a Quebec.

Me sentía demasiado asqueada para responder.

—Los huesos de Savannah decoraron el bar durante varios años antes de que los Serpientes, preocupados por la presión de la policía, los enterraran en el bosque.

—¿Por qué tan cerca de las tumbas de Gately y Martineau?

—La proximidad entre las tumbas fue una coincidencia. El caso de Gately y Martineau fue un asunto de negocios. En 1987, los Ángeles querían un bar que era propiedad de Gately. Y ésa fue la manera de conseguirlo. Martineau era amigo de Gately y le había pegado un tiro a un Ángel que estaba acosando a Gately por el bar.

—Mal movimiento.

—Ya lo creo.

—Si Crease es inocente del asesinato de Savannah Osprey, ¿por qué estaba tan desesperado por recuperar esa fotografía?

—Pensó que con los huesos en primera plana, su pasado podría salir a la luz y su carrera habría acabado.

—De modo que mató a Cherokee por esa foto.

—Aún no lo hemos averiguado, pero lo haremos. Y la sangre que hay en ella lo sacará de circulación para el resto de su miserable vida.

—Él negará cualquier relación con esa fotografía y su único testigo ocular no podrá testificar.

Jocelyn había ingresado cadáver en el Montreal General.

—Entonces la caspa servirá para encerrarlo.

—¿Y qué pasa si el ADN no es concluyente?

—No tendrá importancia. Ese tío tiene las manos manchadas de sangre y acabará por confesar.

Eso creímos durante otras nueve horas.

En el hospital, las cortinas de tiro estaban echadas y la luz del sol se filtraba a rayas en la habitación. Kit miraba una serie en la tele, con el sonido quitado, mientras Harry hojeaba una revista de moda. Aunque lo habían sacado de cuidados intensivos hacía cuatro días, su rostro estaba pálido y parecía que le hubiesen pintado los ojos con pintura violeta. Tenía el pecho vendado y una aguja intravenosa en el brazo izquierdo.

Su rostro se iluminó al verme.

—¿Cómo estás?

Le acaricié el brazo.

—Putamadre.

—He traído más flores —dije, mostrándole la selección que había comprado en la floristería del hospital—. El ramo de margaritas de primavera, garantizado para avivar el espíritu más debilitado.

—Muy pronto vamos a necesitar alguna clase de permiso con toda la fotosíntesis que hay por aquí.

Haciendo un esfuerzo por sentarse un poco más alto, trató de alcanzar el vaso de zumo de naranja que había en la bandeja, dio un respingo de dolor y desistió.

—Deja que te ayude con eso.

Le alcancé el vaso de zumo y se recostó sobre las almohadas, apretando los labios alrededor de la pajita.

—¿Cómo está la respiración?

—Muy bien.

Apoyó el vaso sobre el pecho.

La bala destinada a Crease había alcanzado a Kit en un ángulo elevado. Había fracturado dos costillas, tocado ligeramente un pulmón y salido a través de un músculo. Se esperaba que la recuperación fuese total.

—¿Han cogido ya a esos hijos de puta?

Me volví hacia mi hermana. Estaba sentada en un rincón de la habitación con sus largas piernas entrelazadas como las de una contorsionista china.

—El tío de la moto pasó a mejor vida. El que sobrevivió al accidente del Jeep ha sido acusado de intento de asesinato, entre otros cargos. Está cooperando con la policía.

—Tempe, si consigo...

—Harry, ¿podrías pedirle otro florero a la enfermera?

—Lo he entendido. Es la hora de la charla entre tía y sobrino. Saldré a dar unas caladas.

Cogió el bolso, besó a su hijo en la coronilla y salió al corredor, dejando a su paso una estela de Cristalle.

Me senté en el borde de la cama y pellizqué la mano de Kit. Estaba fría y blanda.

—¿Putamadre?

—Es una mierda, tía Tempe. Cada cinco minutos aparece una enfermera y me clava una aguja o me mete un termómetro en el culo. Y no estamos hablando de *Morritos Calientes* Houlihan (32) precisamente. Estas mujeres se alimentan de pequeñas cosas peludas.

—¡Uf!

—Y dicen que aún tendré que quedarme otros dos o tres días.

—Los médicos quieren estar seguros de que el pulmón no vuelva a resentirse.

Kit pareció dudar un momento.

—¿Cuál fue el saldo? —preguntó finalmente.

—Aparte de Crease y tú, dos miembros de la familia resultaron heridos, y tres motoristas de los Idólatras y los Rock Machine murieron en el tiroteo. Del grupo de los atacantes, uno

(32)   Personaje de la película *M.A.S.H.* interpretado por Sally Kellerman y que, como su apodo indica, era una enfermera que se ocupaba íntimamente de sus pacientes. *(N. del t.)*

consiguió escapar, otro cayó abatido por las balas, dos murieron al despeñarse el coche en el que huían y uno fue detenido. Fue un baño de sangre de los que raramente se han visto en Canadá.

Bajó la vista y estiró la manta con su mano libre.

—¿Y él cómo lo lleva?

—Saldrá de ésta. Pero lo acusarán del asesinato de *Cherokee* Desjardins.

—Sé que Lyle no se cargó a ese tío. No pudo hacerlo.

—Intentó sacrificarte para protegerse.

Kit no dijo nada.

—Y te estaba utilizando para conseguir información.

—Es posible que lo haya hecho, pero sería incapaz de matar a nadie.

Imaginé el cráneo y los huesos cruzados debajo, pero no dije nada para contradecirle.

—¿Por qué te llevó al funeral?

—Lyle no quería llevarme, pero yo estaba como loco por ver todas esas motos. Le dije que pensaba ir solo si él no me llevaba. Joder, excepto por esa tienda de motos, Lyle ni siquiera frecuentaba a esos tíos. Cuando fuimos a la tienda trató de mostrarse como un tío entendido, pero puedo asegurarte que nadie lo conocía.

Recordé mi conversación con Charbonneau, y nuestra sospecha inicial de que Crease había sido un doble agente. La idea, retrospectivamente, parecía absurda. No obstante, resultaba irónico que mi preocupación por Kit se hubiese basado en el miedo por su relación con los motoristas. Debería haberme preocupado por Lyle Crease.

Kit jugueteó con un hilo del borde de la sábana.

—Mira, tía Tempe, lamento todo el dolor que te he causado.

Tragó con dificultad e hizo otro nudo con el hilo.

—El Predicador y todos esos otros tíos son unos perdedores que ni siquiera se pueden poner de acuerdo para comprarse sus propias motos.

Claudel ya me lo había dicho, pero dejé que continuara.

—Dejé que creyeras que se trataba de motoristas importantes para parecer importante yo también. En cambio, casi consigo que te maten.

—Kit, ¿quién era ese tío que rondaba mi edificio?

—Te prometo que no lo sé. Probablemente no fuese más

que un gilipollas que pasaba por allí. —Una sonrisa se dibujó levemente en la comisura de los labios—. Tal vez estaba buscando trabajo en ese lugar donde te cortaron el pelo.

Le di un golpe suave en su hombro sano. Esta vez lo creí.

—Eh, ten cuidado con lo que haces. Soy un inválido.

Bebió otro trago de zumo y me devolvió el vaso.

—¿Qué hay del ojo que dejaron en el coche?

—La policía cree que los Serpientes lo dejaron allí para que no siguiera investigando esa historia.

Una pausa. En el televisor, un hombre recitaba silenciosamente las noticias mientras en la parte inferior de la pantalla aparecían los precios de las acciones de la Bolsa.

—Cuando vuelva a casa haré una visita a la facultad. Me apuntaré a algunos cursos. Ya veremos qué pasa.

—Me parece una idea maravillosa, Kit.

—Debes de pensar que soy casi tan estúpido como un róbalo.

—Tal vez una perca.

—Espero que no tires la toalla conmigo.

—Jamás.

Avergonzado, cambió de tema.

—¿Cómo está tu jefe?

—Mucho mejor. Está empezando a traer de cabeza a las enfermeras.

—Que cuente conmigo para eso. ¿Y Ryan?

—No presiones, cerebro de pescado.

—¿Cuánto tiempo crees que seguirá fastidiando por aquí, esperando flores y dulces?

Harry estaba de pie en el vano de la puerta, con una sonrisa en los labios y un florero en las manos. Ambos eran del mismo rojo geranio.

Cuando salí del hospital me marché a casa, cené con *Birdie* y me dediqué a varias tareas domésticas. Un retorno a la normalidad mediante una inmersión en la rutina diaria. Ése era el plan y estaba funcionando.

Hasta que sonó el timbre de la puerta.

Dejé una pila de jerséis sucios y eché un vistazo al reloj. Las ocho y cuarto. Demasiado temprano para que fuese Harry.

Sin poder evitar la curiosidad, fui a comprobar el monitor de seguridad.

¿Qué diablos?

El sargento-detective Luc Claudel estaba en mi vestíbulo, con las manos a la espalda, el peso del cuerpo balanceándose entre los talones y las puntas de los pies.

—Demasiada normalidad —musité mientras pulsaba el botón para dejarlo entrar.

—*Bonsoir, monsieur Claudel.*

—*Bonsoir*. Le pido disculpas por molestarla en su casa, pero se han producido algunos acontecimientos. —Su mandíbula se tensó, como si lo que tenía que decir lo estuviese llevando hasta el límite de la cortesía—. Pensé que debería saberlo.

¿Una cortesía de Claudel? ¿En inglés? ¿Ahora qué?

Birdie trazó un ocho entre mis tobillos pero no ofreció ninguna conjetura.

Retrocedí y le hice un gesto para que pasara. Claudel entró y esperó ceremoniosamente mientras yo cerraba la puerta, luego me siguió al sofá de la sala de estar. Yo me senté en el sillón de orejas delante de él y recordé mi conversación con el compañero de Ryan, Jean Bertrand. El hecho de pensar en Ryan me provocó el habitual nudo en el estómago.

¡Santo Dios, que esté a salvo!

Aparté el pensamiento y esperé a que Claudel hablara.

Se aclaró la garganta y apartó la mirada.

—Tenía razón con respecto a George Dorsey. Él no mató a *Cherokee* Desjardins.

Ésa era toda una revelación.

—Tampoco lo hizo Lyle Crease.

Lo miré fijamente, demasiado asombrada para contestar.

—Poco antes de morir, Jocelyn Dion envió una carta a su madre que incluía información acerca de numerosas actividades ilegales de los motoristas. Entre los temas de la carta estaban las muertes de Emily Anne Toussaint y Richard *Araña* Marcotte, y el asesinato de *Cherokee* Desjardins.

—¿Por qué hizo eso?

—Sus motivos eran complejos. Primero y principal, ella temía por su vida y pensó que esa carta podía darle protección. Además, estaba furiosa por el asesinato de Dorsey, que, por cierto, fue ordenado por su propia banda. Jocelyn Dion estaba viviendo con George Dorsey cuando lo mataron.

Sentí una oleada de calor que invadía los costados de mi

cuello, pero no revelé lo que Jocelyn me había dicho sobre la muerte de Dorsey.

—¿Asesinaron a Dorsey porque había hablado conmigo?

Claudel ignoró la pregunta.

—Dion también sentía remordimientos por algunas de sus propias acciones, incluyendo el asesinato de *Cherokee* Desjardins.

—¿Qué? —exclamé, sin poder creer lo que acababa de oír.

—Así es. Jocelyn Dion mató a Desjardins.

—Pero Jocelyn me dijo que oyó cómo Crease lo aporreaba y luego le disparaba.

—Parece que su empleada era bastante modesta con la verdad.

Apoyó la barbilla sobre los puños.

—Según la carta de esa joven, había ido a visitar a Desjardins en busca de drogas cuando Crease apareció en el apartamento para exigirle que le diese la famosa fotografía del bar de los Serpientes. Los hombres discutieron, Crease golpeó a Desjardins con un trozo de tubería y lo dejó inconsciente, luego empezó a registrar el lugar. Al oír ruidos en el dormitorio, se asustó y huyó.

»Parece que su Jocelyn tenía un hábito muy fuerte y un presupuesto muy corto. Estaba pasada de rosca y vio la oportunidad de llenar su caja de medicamentos. Cuando Crease se largó, ella apaleó el cuerpo inconsciente de Desjardins, lo arrastró hasta el sillón y utilizó una escopeta para arrancarle la cara.

—¿Por qué molestarse en dispararle?

—No quería que Desjardins fuese tras ella. Además, estaba drogada, pero lo bastante sobria como para darse cuenta de que debía ocultar sus huellas, de modo que intentó hacer que pasara como un crimen cometido por motoristas. —Claudel dejó caer las manos—. En ese punto, usted tenía razón.

Volvió a carraspear y continuó.

—Pensando que contenía más drogas, Dion recuperó un paquete que Crease había dejado caer en su huida. Contenía una vieja fotografía de Crease y Desjardins. Más tarde urdió un plan de chantaje, imaginando que si Crease quería tanto esa fotografía como para luchar por ella, podría estar dispuesto a pagar por conseguirla.

—Mientras tanto, los Idólatras se enteraron de mi reunión con Dorsey y ordenaron su muerte.

Nuevamente la tensión en el cuello.

—Sí. Temiendo por su propia seguridad, Dion se inventó la historia de que Crease había asesinado a Desjardins. La historia llegó a oídos de los Serpientes y decidieron que tenían que vengarse. Desjardins había sido un Ángel, su asesino era un desertor de los Ángeles, despreciado por los hermanos, y tenía que morir. Por otra parte, en lo que a ellos concernía, aún no habían saldado la cuenta de *Araña* Marcotte. Llamaron a Nueva York para pedir ayuda de fuera, convencieron a Dion para que atrajera con engaños a Crease al funeral de Dorsey, y decidieron que se cargarían a unos cuantos Idólatras al mismo tiempo.

Una pausa.

—Debió de ser Jocelyn quien dejó esa fotografía sobre mi escritorio.

—Para arrojar sospechas sobre Crease.

Se me ocurrió otra cosa.

—Por eso había sangre de Cherokee en esa cazadora.

—Por una vez, ese pequeño lagarto estaba diciendo la verdad. La cazadora pertenecía a Jocelyn, pero Dorsey no podía admitirlo si quería protegerla.

—Y su reunión conmigo hizo que lo mataran.

Me mordí el labio.

—A Dorsey lo mataron porque sus hermanos temían que fuese a delatarlos. Si no hubiese sido usted, Dorsey se hubiera puesto en contacto con otra persona.

—¿Cree en la carta de Dion?

—En gran parte, sí. Ya teníamos motivos para sospechar de Lecomte en los asesinatos de Marcotte y Toussaint. Mantenemos una estrecha vigilancia sobre él. El fiscal cree que lo que usted oyó gritar a Dion cuando le disparaban no es prueba suficiente para que lo arrestemos ahora, pero sólo es cuestión de tiempo.

—No hay duda de que Jocelyn era la infiltrada que teníamos en el laboratorio.

—Consiguió ese trabajo para espiar para los Idólatras, pero no se oponía a mantener una charla ocasional con la prensa.

—Cuando la autorizaba la casa central.

—Sí.

Claudel respiró profundamente y dejó escapar el aire antes de continuar.

—Esas bandas de motoristas son la mafia del nuevo milenio y ejercen un tremendo poder sobre aquellos que se sienten atraídos por ellas. Jocelyn Dion se encontraba entre los que se alimentan en la parte más baja de la cadena, las prostitutas, los chulos, las bailarinas que se desnudan en garitos miserables, los camellos de la calle. Probablemente necesitaba permiso para llevar a su madre a misa los domingos.

»Los empresarios más exitosos son los propietarios de tiendas y talleres de motos, los peristas, los dueños de bares, todos aquellos a los que se permite estar cerca porque lavan el dinero sucio o llevan a cabo servicios útiles para el club. Si subes un poco, te encuentras a los miembros de pleno derecho que dirigen sus propias células en el tráfico de drogas. En la cima hay tíos que mantienen relaciones con los cárteles de México y Colombia, y con sus colegas en bandas repartidas por todo el mundo.

Nunca había visto a Claudel tan animado.

—¿Y quiénes son esos degenerados que viven de los débiles? La mayoría no posee ni la moral ni la capacidad intelectual para completar un proceso educativo tradicional o funcionar en un mercado libre. Utilizan mujeres porque, en el fondo, los temen. Son ignorantes, estúpidos y, en muchos casos, físicamente deficientes, de modo que se cubren de tatuajes, se inventan apodos y se unen formando bandas para reforzar su nihilismo compartido.

Suspiró mientras meneaba la cabeza.

—Sonny Barger está retirado, probablemente esté escribiendo su autobiografía. Millones de personas comprarán el libro y Hollywood hará una película con su historia. ¡*Salvaje!* volverá a tener un halo romántico y el mito engañará a otra generación.

Claudel se frotó la cara con las manos.

—Y el flujo de drogas continuará corriendo por los patios de nuestros institutos y por los guetos de los desahuciados.

Estiró las mangas de la camisa, enderezó los gemelos de oro y se levantó. Cuando volvió a hablar, su voz era dura como el acero templado.

—Es irónico. Mientras los Ángeles llevaban a cabo su carnicería en el cementerio, sus enemigos estaban enviando asesinos propios. No sé cuál de estos subhumanos asesinó a George Dorsey, y no tengo pruebas para demostrar que Lecomte mató a Jocelyn Dion, *Araña* Marcotte y Emily Anne Toussaint, pero las tendré. Algún día las tendré.

Me miró fijamente a los ojos.

—Y no descansaré hasta que este mal desaparezca de mi ciudad.

—¿Cree que es eso posible?

Claudel asintió, dudó un instante y luego dijo:

—¿Seremos un equipo?

Sin dudar un momento, yo también asentí:

—*Oui*.

40

A la mañana siguiente dormí hasta tarde, fui al gimnasio, luego llevé café y donuts a casa y los compartí con mi hermana. Cuando Harry se marchó al hospital, llamé al laboratorio. No había ningún caso de antropología, de modo que estaba libre para reactivar el plan que había tenido que interrumpir debido a la visita de Claudel.

Lavé los jerséis y luego me lancé a toda velocidad hacia la nevera. Tiré a la basura todos los productos que llevaban más de un mes allí dentro. Hice lo mismo con todo lo que no podía ser identificado.

Hacía semanas que no me sentía tan bien. Claudel había vuelto una vez más para admitir mi valor como colega. Confiaba en que él, Charbonneau y Quickwater continuaran con la investigación hasta que los asesinos de Dorsey y Dion estuviesen entre rejas.

Me disculpé con Martin Quickwater y el hombre no pareció tener ningún tipo de resentimiento hacia mí. Incluso me sonrió.

LaManche se estaba recuperando.

El asesinato de Savannah Osprey había sido resuelto, y sus huesos enviados a su familia.

Katy regresaría dentro de dos semanas. Mi sobrino estaría bien, en todo el sentido de la palabra.

Y mi pelo mostraba claras señales de crecimiento.

La única sombra en mi vida la proyectaba mi preocupación por la seguridad de Ryan. Había roto su tapadera para salvarme la vida y rezaba para que esa acción no le costara la suya. Deseaba con todas mis fuerzas que no hubiese sido otra decisión mortal.

«La recta perfección injustamente deshonrada.»

Ese verso aún hacía que los ojos se me llenasen de lágrimas.

Sabía que Ryan no podía ponerse en contacto conmigo, y no tenía idea de cuándo volvería a verlo.

No importaba. Podía esperar.

Lancé un trozo de Cheddar viejo al cubo de la basura.

Pero podría llevar tiempo.

Dos frascos de gelatina congelada. Fuera.

Necesitaría esa canción.

Ha salido el sol en un día nublado...